Harper
Collins

Zum Buch:

Während Anna mit ihrer Vergangenheit ringt, macht Katarina Loos eine verstörende Entdeckung bei ihrem Arbeitgeber, dem alleinlebenden Dr. Strecker: In seiner Wäsche findet sie eine vollkommen blutverkrustete Socke. Da ein unbarmherziger Sturm die Insel voll im Griff hat und der Fährverkehr eingestellt wurde, muss sie als eine der wenigen Auswärtigen auf Helgoland ausharren. So geht sie weiter ihrer Arbeit als Haushaltshilfe nach. Doch der grausige Fund zieht neue Fragen nach sich: Was ist eigentlich mit Dr. Streckers Frau passiert? Und was befindet sich wohl hinter der immer verschlossenen Kellertür? Katarina Loos beschließt, Antworten darauf zu finden …

„Der Fall ist etwas Besonderes, die Aufklärung logisch, die Konstruktion perfekt und der Stil fesselnd“ *Lübecker Nachrichten*

Zum Autor:

Tim Erzberg entschloss sich nach dem Jurastudium, Literaturagent zu werden. Er vertrat unter anderem den berühmtesten deutschen Strafverteidiger Rolf Bossi, und Zvi Aharoni, den Mann, der Adolf Eichmann aus Argentinien entführte, sowie mehrere ehemalige Geheimagenten. Seine dunklen Erfahrungen verarbeitet Tim Erzberg in Geschichten, in denen es nicht einfach nur Gut und Böse gibt.

Tim Erzberg

Hell-Go-Land

Kriminalroman

Harper
Collins

HarperCollins®
Band 100099

3. Auflage: März 2020

Deutsche Taschenbucherstausgabe

Umschlaggestaltung: Büro für Gestaltung, Cornelia Niere, München
Umschlagabbildung: Plainpicture/C.Müller & Shutterstock
Redaktion: Thorben Buttke
Satz: GGP Media GmbH, Pößneck
Printed in Germany
Dieses Buch wurde auf FSC®-zertifiziertem Papier gedruckt.
ISBN 978-3-95967-139-2

www.harpercollins.de

„Bist du verrückt geworden?“

„Im Gegenteil. Jetzt kann ich endlich ein paar Dinge in Ordnung bringen.“

„In Ordnung bringen? Was soll das heißen? Mach mich sofort los!“

„Ganz ruhig. Niemand kann dich hören.“

„Was ist das?“

„Nur ein Messer.“

„Was hast du vor? Mach mich los! Sofort!“

„Du solltest deine Kräfte sparen. Du wirst sie brauchen.“

„Was soll das? Willst du mir Angst machen? Du? Mir?“

„Aber nein. Wozu sollte ich dir Angst machen.“

„Leg das Messer weg.“

„Das werde ich gleich wieder tun. Vorher müssen wir nur noch etwas erledigen.“

„Stopp! Es reicht! Schluss mit dem Wahnsinn.“

„Es ist kein Wahnsinn. Aber vor allem ist es erst der Anfang. Und jetzt ganz stillhalten bitte, sonst wird es noch viel schmerzhafter.“

„Was? Wie? Lass mich sofort …“

TAG 1

**Freitag, 29. Januar, 16:11 Uhr,
54° 11' nördliche Breite, 7° 53' östliche Länge,
Windstärke 8, West/Südwest**

Das Meer lag vierzig Meter unter ihr. Doch sie konnte es in jeder Pore ihrer Haut spüren, schmeckte das Salz auf ihren Lippen. Es war alles durchdringend und unbezwingbar. Mit der Macht der Urgewalten donnerten die Wellen an den tiefroten Felsen. Die Gischt bäumte sich turmhoch über dem Wasser auf, der Lärm war überwältigend. Wenn sie hier in die Tiefe stürzte, würde sie nie gefunden werden. Alles andere war unvorstellbar. Und doch stimmte es nicht. Man fand die Körper wieder. Irgendwann. Fast immer.

In den späten Nachmittagsstunden waren Tag und Nacht nicht mehr zu unterscheiden, alles verschwamm in einer gnadenlosen Düsternis. Aber sie liebte diese Stimmung. Es war wie ein Mantel, der sie umhüllte und nahezu unsichtbar machte: Niemand war unterwegs bei diesen Witterungsverhältnissen. Alle verkrochen sich in ihren Häusern, schlossen die Läden, sperrten den Sturm aus. Und Anna. Doch davon wussten die wenigsten. Denn sie war erst am Vortag wieder zurückgekehrt. Freiwillig, ja, aber nicht ohne Ängste. Schon als vor sechs Wochen das Angebot gekommen war, den offenen Posten in der kleinen Polizeistation zu übernehmen, waren die Bilder von damals wieder vor ihr aufgetaucht. Und als sie dann auf der Fähre stand und die Insel sich aus dem Nebel herausgeformt hatte, hatte Anna fest damit gerechnet, dass die Kopfschmerzen wiederkommen würden.

Doch sie waren nicht gekommen. Bis jetzt. Bis zu dem Moment, in dem sie hinabgeblickt hatte in das tiefgraue Meer und den wütenden Schaum. Eisig war es und sah doch aus, als würde es dort unten von einem Höllenfeuer zum Kochen gebracht. Im Augenblick der Begegnung mit dem zornigen Gott des Meeres waren sie aufgeflammt, hatte es hinter ihren Augen zu pochen begonnen. Zunächst hatte es sich angefühlt, als packe eine eisige Faust ihren Sehnerv und zöge ihn mit Gewalt in den Schädel. Dann schien das Blut zu pulsieren und gegen die Schläfen zu drücken. In wenigen Minuten würde sie zu nichts mehr fähig sein, vielleicht nicht einmal dazu, wieder zurückzugehen und sich ins Bett zu legen. Tränen rannen ihr über die Wangen, vielleicht des Schmerzes wegen, vielleicht aus Wut und Enttäuschung. Doch sie hatte es ja gewusst. Und es war gekommen, wie sie es erwartet hatte. Alles, alles war wieder da. Nichts hatte sich verändert.

Doch. Sie.

Katarina Loos durchsuchte die Taschen der Hosen und Hemden, ehe sie sie in die Waschmaschine gab. Das gehörte zu ihren Aufgaben und war manchmal ganz interessant. Einmal hatte sie in einer Windjacke eine Karte eines Clubs in Hamburg gefunden. Dass alleinstehende Herren solche Etablissements aufsuchten, war ihr klar. Doch in dem Fall war sie überrascht. Und sie fragte sich, ob das eine Folge der Trennung von seiner Frau war – oder vielleicht eine Ursache dafür. Immerhin hatte sie ihn vor einigen Jahren so plötzlich verlassen, dass selbst Katarina Loos verblüfft war: Sie kannte ihre Arbeitgeber, vor allem diejenigen, für die sie schon längere Zeit tätig war; manchmal kannte sie sie besser, als irgendjemand vermuten konnte. Deshalb sah sie Krisen auch schon mal, bevor sie überhaupt offen ausbrachen. Diese Krise hatte sie nicht kommen sehen. Katarina Loos war, wie jede Woche, am Mittwoch zur Arbeit erschienen, hatte ihren Kittel angezogen und sich die Sachen zum Bügeln hergerichtet, da war Dr. Strecker plötzlich im Hauswirtschaftsraum aufgetaucht und hatte gesagt: „Meine Frau hat mich übrigens verlassen, Frau Loos. Aber keine Sorge, für Sie ändert sich nichts. Sie kommen bitte weiterhin wie bisher und kümmern sich um das Haus. Vielleicht werde ich Sie gelegentlich bitten, etwas zu kochen. Aber dafür macht ein Einpersonenhaushalt ja sonst weniger Arbeit, nicht wahr?“

Sie hatte nur genickt. Das hatte ihr die Sprache verschlagen. Nie wieder hatten sie über Frau Strecker gesprochen. Katarina Loos hatte auch nichts von einer Scheidung gehört oder davon, wohin die Frau gegangen war. Seltsam war ihr vorgekommen, dass alle ihre Sachen noch monatelang im Haus geblieben waren. Alle Kleidung, auch die Unterwäsche, aller Schmuck und die Kosmetika. Die Schuhe. Die Papiere (es gab eine stets verschlossene Schublade an Frau Streckers Schreibtisch, die sich aber mit dem Schlüssel von Dr. Streckers Schreibtisch ebenfalls öffnen ließ). Alles war noch da gewesen, zunächst. Nur die Frau war weg. Bis eines Tages auch der größte Teil ihrer Sachen verschwunden war. Doch auch dazu hatte der Doktor nichts gesagt, und Katarina Loos sprach es von sich aus nicht an. Eine gute Haushaltshilfe dachte mit – und sie dachte sich ihren Teil.

In einer der Hosentaschen steckten ein paar Münzen, die sie nachher im Flur auf die Kommode legen würde. Eine der nachtblauen Socken war dreckverkrustet. Katarina Loos seufzte und nahm sie mit zum Waschbecken. Die würde sie vorbehandeln müssen. Sie gab ein wenig Waschpulver darauf und drehte den Wasserhahn auf. In was um alles auf der Welt war der Doktor getreten, ausgerechnet er, der immer so sorgfältig war. Als sie die Socke unters Wasser hielt, stockte ihr der Atem: Der Fleck, der ihr auf dem Stoff schwarz oder zumindest dunkelbraun erschienen war, er färbte das Wasser tiefrot. Wie Blut.

„Gut, dass Sie erst am Montag anfangen“, sagte Dr. Strecker. Routiniert nahm er die Kanüle von der Spritze und warf sie in den Papierkorb unter dem Schreibtisch. „Zwei Tage Ruhe und Sie sind wieder fit.“

„Es ist Migräne, Doktor Strecker“, sagte Anna. „Das kann eine Woche dauern oder länger.“

„Kann. Muss aber nicht. Ich habe Ihnen ein starkes Mittel gegeben. Das wird den Schmerz nicht ganz beseitigen. Sie werden immer noch einen dumpfen Druck im Kopf spüren. Aber Sie werden schlafen können. Und das sollten Sie auch.“

Anna nickte. Der Arzt meinte es gut. Ob er auf der Insel überhaupt gelegentlich Migräne behandeln musste? Vielleicht. Vielleicht auch nicht, bei den paar Einwohnern. Und selbst wenn: Diese Krankheit war ein Schicksal, nicht therapierbar, man musste die Attacken einfach durchstehen. Und das würde sie. Natürlich. Auch diesmal. Sie wollte sich hochkämpfen, doch der Arzt legte ihr mit sanftem Druck seine Hand auf die Schulter. „Lassen Sie mal, ich finde schon raus. Machen Sie die Augen zu und denken Sie an was Schönes.“

Anna war dankbar, dass er sich umwandte und seine Tasche packte. So sah er nicht, wie ihr erneut die Tränen in die Augen schossen. *An was Schönes denken.* Wie gerne hätte sie das getan. Doch seit sie den Fuß auf die Insel gesetzt hatte, konnte sie an nichts anderes mehr denken als an damals. Einen Moment lang zog das Handy ihre Aufmerksamkeit auf sich. Eine Nachricht blinkte auf:

Willkommen. Genieße diese Woche.

Sie versuchte, den Absender zu erkennen, was vor lauter Kopfschmerzen kaum noch möglich war, doch die Nummer schien ihr völlig unbekannt. Egal. Sie wollte ohnehin nur noch ihre Ruhe haben.

„So“, sagte der Arzt. „Ich bin weg. Gute Besserung.“ Nur ganz entfernt hörte sie noch, wie die Tür ins Schloss gezogen wurde, das Mittel wirkte unglaublich schnell. Und schon war sie in einen willenlosen Schlaf gesunken, aus dem sie nur von Zeit zu Zeit aufschreckte, wenn sich seine Augen aus den diffusen Träumen heraushoben, diese wunderschönen grauen Augen, über die sich der trübe Schatten des Todes gelegt hatte.

TAG 4

Montag, 1. Februar, 06:36 Uhr,
54° 11' nördliche Breite, 7° 53' östliche Länge,
Windstärke 9, West

Am Montag hatte sich der Schmerz gerade so weit zurückgezogen, dass Anna, wenn sie sich Mühe gab, nicht ganz absonderlich auf andere Menschen wirkte. Sie hatte den Wecker auf sechs Uhr dreißig gestellt und hätte beinahe verschlafen. Immer noch wirkten die Medikamente spürbar nach. Sie dämpften den Schmerz und verursachten leichten Schwindel. Vor allem jedoch hatte Anna das Gefühl, als wäre ihr Sichtfeld eingeschränkt. Aber das konnte auch von der Migräne selbst kommen, die sich immer noch hinter dem Schleier der Betäubung in ihrem Schädel festkrallte.

Sie würde das jetzt durchziehen. Es war mehr als freundlich gewesen, dass man ihr diese Stelle angeboten hatte. Immerhin hatte sie nur ein paar Jahre Berufserfahrung. Da war die stellvertretende Leitung der Polizeidienststelle Helgoland ein großer Vertrauensvorschuss. Nun gut, es gab natürlich auch nur drei ständige Beamte und ein oder zwei Hilfskräfte. Trotzdem, sie war dankbar, und sie wollte ihren Job gut machen. Sie würde ihn gut machen. Und deshalb würde sie an diesem Montag auch Punkt acht Uhr zum Dienst erscheinen, egal ob sie zu fünfzig Prozent einsatzfähig war oder nur zu vierzig.

Gleich nach ihrer Ankunft am Donnerstag war sie bereits einmal kurz vorbeigegangen, doch da hatte sie nur Polizeiobermeisteranwärter Marten David Weber angetroffen. Es war ein eher gezwungener Small Talk über alte Zeiten gewesen: Marten war zwei Klassen unter ihr zur selben Schule gegangen. Immerhin war sie ziemlich überrascht gewesen, woran er sich noch erinnern konnte. Ihre Zahnspange, die weißen Jeans, die sie zwei Sommer lang buchstäblich jeden Tag getragen hatte (und die tatsächlich ziemlich sexy gewesen waren), ihre Lieblingsfächer, natürlich Leo … „Du bist jedenfalls der Richtige, um bei der Polizei zu arbeiten, Marten“, hatte sie gesagt, als das Gespräch auf Marten gekommen war. „Dein Gedächtnis ist ja der reinste Polizeicomputer. Wenn hier mal was passiert, müssen wir nur dich losschicken, um die Zeugenaussagen aufzunehmen.“

„Wenn hier mal was passiert?“ Marten hatte gelacht. „Hier passiert nichts. Das weißt du doch, Anna. Helgoland ist so aufregend wie ein toter Fisch im Watt.“

Helgoland. Das einzige Land mit fast hundert Prozent Selbstmordrate. Denn wer hierblieb, brachte sich ums Leben. Hier gab es nichts, was es wert gewesen wäre, auf der Insel zu versauern. Das Klima war zwei Drittel des Jahres fies und menschenfeindlich. Es gab keine Konzerte (wenn man mal vom Inselfest im Juli und der Kurmusik im Pavillon absah), kein Theater, nicht mal ein richtiges Kino. Die Kneipen waren von Touristen verseucht oder, wie jetzt außerhalb der Saison, geschlossen oder Säufertreffs. Nichts an der Insel war jung, und nichts war so alt, dass man es mit Stolz betrachtet hätte. Außer vielleicht der Insel selbst. Dass es sie noch gab, war ein Wunder. Gegen all die Sturmfluten und all die Bomben hatte sich der Fels in der Nordsee gehalten, zerbrochen zwar in zwei Teile und übersät mit Kratern, aber doch unverrückbar, stur wie die Menschen, die auf ihm hausten. Wie Anna, für die es wenige Gründe gegeben hatte, zurückzukehren, aber viele Gründe dagegen.

Sie hatte sich zuerst gewundert, dass sie das Angebot nicht sofort abgesagt hatte. Wollte sie sich wirklich antun, all die alten Wunden wieder aufzureißen, wollte sie ihr bisschen Leben, das sie sich im tausendmal größeren Hamburg erkämpft hatte, an der Gangway einer Nordseefähre zurücklassen, um auf dieses armselige Eiland zurückzukehren? Wofür sollte sie das? Eine Nacht lang hatte sie wach gelegen und sich gefragt, weshalb es sie dorthin zog. Dann hatte sie es gewusst: Sie wollte ihre eigene Vergangenheit überwinden, um endlich eine Zukunft haben zu können. Und dazu musste sie sich den Schatten stellen, die über ihrem Leben hingen.

Marten war ein Lichtblick. Er sah zwar aus wie ein Zwitterwesen aus Mensch und Klabauter, klein, schief, linkisch, aber er lachte sie an, auch an diesem Montag, an dem Anna Krüger ihren Dienst antrat. Sie war gerädert von den zurückliegenden Tagen und noch mehr von den Nächten, fühlte sich etwas wackelig auf den Beinen, aber sie war verdammt noch mal eine Helgoländerin, und sie würde das jetzt durchziehen. Es mochte eine verrückte Anwandlung gewesen sein, zur Polizei zu gehen, es mochte eine Schnapsidee gewesen sein, sich auf den freien Posten der Polizeidienststelle ihrer Heimatinsel zu melden. Aber jetzt, da sie sich dafür entschieden hatte, würde sie so geradlinig sein, wie es die Halunder waren. Und wer konnte schon sagen, ob es nicht wirklich die beste Therapie war, endlich ihre bösen Geister in den Griff zu bekommen oder sich wenigstens von ihnen zu befreien.

„Moin, Marten“, rief sie, fröhlicher, als sie war.

„Moin, moin“, entgegnete der Kollege und hob die Hand an eine nicht vorhandene Dienstmütze. „Schon wieder eingelebt?“

„Kennst du ja, Marten. Wer von der Insel kommt, ist nie wirklich weg.“

„Klar“, sagte der junge Mann und lächelte verständnisvoll. „Helgoland nimmst du immer mit, egal wohin du gehst.“ Er hatte ja keine Ahnung, wie schrecklich recht er damit hatte.

„Chef schon da?“

„Sag bloß nicht Chef zu ihm. Sonst schickt er dich umgehend zurück aufs Festland.“

„Sondern?“

„Hm?“

„Wie soll ich zu ihm sagen?“

„Wir sind hier alle per Du“, hörte sie eine Stimme hinter sich. Als sie sich umdrehte, stand ein ungewöhnlich großer und vor allem ungewöhnlich gut aussehender Mann in der Tür, unter dessen dichten, dunklen Brauen fast schwarze Augen funkelten. „Und ich bin übrigens Paul. Paul Freitag.“ Er streckte ihr seine kräftige Rechte hin, die sich angenehm trocken und warm anfühlte. Anna räusperte sich. „Anna“, erwiderte sie. „Freut mich.“

„Uns auch“, sagte der Dienststellenleiter und nickte ihr bekräftigend zu. „Dann zeig ich dir mal den Laden.“

Anna war früher nie hier gewesen, trotz der Ereignisse, die ihr ganzes Leben verändert hatten. Aber dafür hatte es im Grunde auch keinen Anlass gegeben. Das Gebäude war, wie alle anderen Zweckgebäude auf der Insel, schlicht und funktional, um nicht zu sagen: ziemlich hässlich. Zwei Stockwerke, wobei sich die entscheidenden Räumlichkeiten im Erdgeschoss befanden. Ein Büro mit drei Schreibtischen. Ein Besprechungsraum, den Marten seltsamerweise „Vernehmungsraum“ nannte und der eigentlich nur die Verlängerung des Büros war. Der Waffenschrank, in dem sorgsam verschlossen die Dienstpistolen aufbewahrt wurden. „Benutzt ihr die auch mal?“

„Nur, wenn wir den Flaschenöffner nicht finden“, witzelte Marten.

„Ist Gott sei Dank nicht nötig“, erklärte Paul. „Ich glaube, ich bin einmal mit der Dienstwaffe zum Hafen rüber, als es eine gewalttätige Auseinandersetzung unter einigen russischen Matrosen gab.“

„Und, musstest du sie einsetzen?“

Paul schüttelte den Kopf. „Eine Einladung auf eine Flasche Wodka schien mir wirksamer.“

Sogar eine kleine Arrestzelle gab es im rückwärtigen Teil. „Schon mal jemand hier eingesperrt gewesen?“, fragte Anna, die sich kaum vorstellen konnte, dass es dazu jemals Anlass gab auf einem Eiland mit nur gut tausend Einwohnern.

„Öfter, als man denkt“, entgegnete Paul mit ernster Miene. „Natürlich keine Einheimischen. Die Insulaner können wir nach Hause bringen und bei ihren Frauen abliefern, wenn sie zu voll sind, um den Weg alleine zu finden.“ Klar, dachte Anna, in der dunklen Jahreszeit sind hier einige Häuser vor allem Ausnüchterungszellen für frustrierte Ehemänner. „Also hauptsächlich Touristen?“

Paul nickte. „Hauptsächlich Touris, ja. Wenn sich die Fähre weigert, Sturzbetrunkene zu transportieren. Oder wenn einer auf der Überfahrt randaliert hat. Ab und zu mal ein Taschendieb, der sich am Hafen zwischen die alten Damen gemischt hat und dumm genug war, beim Bezahlen in der Kneipe eine Blümchengeldbörse zu zücken. So was.“

Anna nickte. Klar. Wie alles auf Helgoland: harmloser Kleinkram. „Und wer macht das Büro?“, fragte sie Paul. „Ich meine Telefon, Koordinierung, Dienstpläne verwalten und so was?“

„In der Saison bekommen wir üblicherweise einen Azubi zugeteilt“, erklärte Marten. „Und es gibt noch Frau Schneider.“

„Für zwei halbe Tage die Woche“, murmelte Paul, und es war unschwer zu hören, dass er das für absolut unzureichend hielt.

„Aber heute ist keiner von ihren Tagen“, schloss Anna haarscharf, doch Marten schüttelte den Kopf. „Schwer vergrippt. Schon seit Anfang letzter Woche.“

Paul seufzte. „Sie ist noch krankgeschrieben für diese. Mal sehen, wann sie wieder auftaucht. Aber momentan gibt es auch nicht wirklich viel zu tun. Wir dachten übrigens, du nimmst den Tisch hier.“ Der Dienststellenleiter klopfte auf eine der lichtgrauen Kunststoffplatten. Rechner, Bildschirm, Tastatur, Maus mit Pad, Stiftebecher ohne Stifte, ein Stapel Papiere – und ein kleines Päckchen. „Post hast du auch schon", erklärte Marten und klang ein wenig amüsiert.

„Post? Du meinst Arbeit."

„Nee, nee", stellte Paul fest. „Wir sind ja hier keine Unmenschen. Außerdem, das wirst du bald feststellen, arbeiten wir uns hier nicht zu Tode." Er zuckte mit den Schultern. „Wenn wir ehrlich sind."

Tatsächlich stand auf dem Päckchen zwar die Adresse der Dienststelle, aber auch klar und deutlich ihr Name: Anna Krüger. „Komisch", sagte sie. „Wer weiß überhaupt schon, dass ich hier angefangen habe." Sie nahm das Päckchen zur Hand, das kaum größer als eine Zigarettenschachtel war. Es fühlte sich ganz leicht an. Nun war sie doch neugierig. Unterlagen von der Personalabteilung auf dem Festland konnten es nicht sein, dafür war es zu klein. Bestellt hatte sie zwar ein paar Sachen, aber an ihre neue Privatadresse, und auch nichts, was so klein gewesen wäre. Außerdem trug es den Poststempel von Helgoland, wie sie mit einem Blick auf die Briefmarke feststellte. Es war gut zugeklebt, sie musste die Schere nehmen, um das Packband zu lösen. Kurioserweise war es tatsächlich eine Zigarettenschachtel, die sich unter dem Packpapier fand. Einen Moment zögerte sie, sie wusste selbst nicht, warum. Marlboro. Sie nahm den Geruch von Tabak wahr. Doch es hatte sich eine andere Note daruntergemischt. Als sie die Schachtel öffnete, spürte sie, wie sich die Haare an ihren Armen aufstellten.

„Uhh", sagte Marten. „Das sieht verdammt doch nach Arbeit aus."

Windstärke 8 oder 9 ist für Helgoländer keine große Sache. Was auf dem Festland als schwerer Sturm beurteilt würde, gilt am nordwestlichsten Ende der Deutschen Bucht allenfalls als kräftige Brise. Doch die schwere See ist in jedem Winkel des Eilands zu hören und an vielen Stellen auch zu spüren. Der Fels in der Nordsee gleicht einem Schiff im unberechenbaren Meer. Vor dreihundert Jahren hat der Sturm die Insel in zwei Teile zerbrochen. Seither ragen die Trümmer noch verletzlicher aus den heimtückischen Wassern auf, nordöstlich die Düne, flach und schutzlos, westlich die Hauptinsel: Oberland, Unterland und Mittelland. Von einer winzigen Landebahn für kleinere Flugzeuge auf Düne abgesehen, besteht die einzige Verbindung zwischen Helgoland und dem Festland aus einigen Fähren, die in den Saisonmonaten Touristen, Waren und die Post bringen und den Inselbewohnern ermöglichen, der Abgeschiedenheit zu entfliehen. In den harten Monaten Oktober bis März steuert nur eine einzige Fähre zweimal pro Woche den Südhafen an. Ihr Heimatstandort ist Cuxhaven. Sie nimmt auf dem Weg zur Insel auch noch Windstärke 9 in Kauf, auf der Rückfahrt mitunter sogar Windstärke 10: Orkan. Wenn ein Sturm im zweistelligen Bereich vorausgesagt ist, läuft sie das Eiland aber nicht mehr an. Es sind die Zeiten, in denen zwar die sturmgewohnten Helgoländer ihren Geschäften fast ebenso nachgehen wie bei jeder anderen Witterung, in denen sie aber allein auf der Welt sind, abgeschnitten von allem, ohne Verbindung zu Wasser oder zu Luft. Denn natürlich kommt bei Orkan auch kein Flugzeug mehr nach Düne, und sogar das Übersetzen zwischen den zwei Inselteilen wird ab einem bestimmten Wellengang so gefährlich, dass die Einwohner davon Abstand nehmen.

Der Wetterbericht für die nächsten Tage sagte einen Orkan voraus. Wer die Nordsee kennt, weiß, dass sich das Wetter schnell und heftig ändern kann. In den letzten Tagen war eine Westwinddrift eingetreten. Das bedeutete, dass er ein Tief mit sich führte. Die Ausläufer hatten Regen gebracht, nun kam der

Wind aus Südwest, und die Temperaturen gingen deutlich zurück. Die nächste Fähre würde nicht kommen, vielleicht auch die übernächste nicht. Gemeindeverwaltung und Polizei richteten sich darauf ein, Ausgangssperren zu verhängen. Was wie die Maßnahme eines totalitären Regimes klingt, ist eine Schutzmaßnahme für die Bevölkerung. Denn immer wieder werden Menschen durch Sturmböen vom Felsen in den Abgrund gedrängt und stürzen in den Tod. Gleichwohl nehmen die Halunder Ausgangssperren nicht sonderlich ernst. Die Alten nicht, weil sie denken, auf sich selbst aufpassen zu können, die Jungen nicht, weil sie glauben, dass ihnen schon nichts passieren wird. Und die Polizei nicht, weil sie weiß, dass sich niemand darum kümmert.

Der Schock war wie eine Therapie gewesen. Augenblicklich war die Migräne verschwunden. Anna merkte es erst, als sie mit den beiden Kollegen in der Praxis eingetroffen war und vorsichtig die Treppen hochstieg. Vorsichtig, weil sie mit einer hinterhältigen Schwindelattacke rechnete. Doch da war kein Schwindel mehr. Das Adrenalin hatte den Feind in ihrem Kopf weggespült. Und nun standen sie in dem überraschend dunklen Behandlungszimmer von Dr. Strecker, das makabre Präsent zwischen sich auf dem Labortisch.

„Sicher, dass es nicht einfach nur ein böser Scherz ist und nur so aussieht wie das, was wir denken?“ Paul hatte sich entschlossen, aus dem Fenster zu schauen. Er hatte genug gesehen.

„Böser Scherz?“, sagte Dr. Strecker trocken. „Vielleicht. Aber nicht so, wie Sie das meinen. Es ist, was es ist. Dazu muss man kein Pathologe sein.“

„Vielleicht stammt er von einem Schwein“, schlug Marten vor, dessen Wangen glühten, während Pauls fahl waren, als würde er jeden Augenblick umkippen.

Der Arzt schüttelte den Kopf. „Schweine haben Klauen. Außerdem, wie viele Schweine gibt es auf der Insel. Nein, es ist, was es ist. Ein menschlicher Daumen."

Anna nickte. Noch einmal blickte sie durch die große, beleuchtete Lupe, die Dr. Strecker über die Schale gezogen hatte, in der das Objekt lag. Klein, gekrümmt, eher grau als rosig, eigentlich von ganz ähnlicher Farbe wie Pauls Gesicht. Ein unwirklicher Moment. Sie spürte einen bitteren Geschmack auf der Zunge. Das *Ding* sonderte einen ganz leichten, aber umso perfideren Geruch ab. „Kann man sagen, ob er von einem lebenden oder von einem toten Menschen stammt?", wollte sie wissen.

„Sie meinen, ob der Mensch noch lebte, als ihm der Daumen abgetrennt wurde? Nein. Nicht mit Sicherheit. Es gibt Blutspuren. Von daher können wir sicher sein, dass er nicht an den Strand gespült worden ist oder längere Zeit draußen herumlag."

„Frau oder Mann?", wollte Paul wissen.

„Auch das lässt sich nicht mit Gewissheit sagen. Ich würde eher auf einen Mann tippen, denn der Nagel sieht nicht sehr gepflegt aus, und insgesamt wirkt der Daumen eher grob. Aber das ist keine medizinische Aussage."

Paul nickte stumm. Marten atmete schnell, ihm war die Aufregung anzumerken. Anna überlegte, wie man noch mehr über das „Objekt" herausfinden könnte. „Lässt sich etwas zum Alter sagen? Ich meine, wie alt der Mensch ist, zu dem der Daumen gehört."

Dr. Strecker schüttelte den Kopf. „Erwarten Sie keine Wunder. Vielleicht bietet das Labor im Klinikum noch etwas mehr Möglichkeiten der Analyse, keine Ahnung. Mit den Mitteln, die ich hier in der Praxis habe, kann ich Ihnen bei der Faktenlage nicht sehr viel mehr sagen, als Sie selbst sich ausrechnen können. Menschlicher Daumen, vor vermutlich einigen Tagen abgetrennt, vermutlich von einem lebenden Menschen, und zwar durch eine scharfe Klinge. Ob es sich dabei um ein Amputationsmesser oder ein japanisches Kochwerkzeug gehandelt hat, wer weiß das schon."

„Was könnten uns die Kollegen vom Klinikum sagen?", wollte Anna wissen.

„Ich weiß es nicht. Einen DNA-Test werden die auch nicht dahaben. Die Blutgruppe bestimmen?" Er zuckte mit den Schultern. „Ich weiß es wirklich nicht."

„Sollten wir das Ding ins Klinikum bringen?", fragte Marten, als sie wieder vor der Praxis standen. Unausgesprochen waren sie sich einig, dass es eine Schnapsidee gewesen war, den Daumen einem Hausarzt vorzulegen. Andererseits war das Inselklinikum natürlich auch ein Witz. Es war zwar für die Notfallversorgung erste Wahl, aber darüber hinaus keine ernst zu nehmende medizinische Instanz, wenn man vom Spezialgebiet Neurologie absah. Vielleicht war es auch das, was Anna bewogen hatte, ausgerechnet nicht das Klinikum vorzuschlagen, sondern den einzigen Arzt, den sie auf der Insel kannte – seit Freitag.

Paul schüttelte unwirsch den Kopf. „Bringt nichts", knurrte er. „Strecker hat recht, die werden uns auch nichts sagen können, was uns wirklich weiterbringt. Wir nehmen das Objekt wieder mit und machen uns endlich an die Arbeit."

„Wenn wir die Blutgruppe wüssten, könnten wir den Kreis der Personen eingrenzen", warf Anna ein.

Paul hob die Hände. „Also bitte. Marten, du bringst den Daumen zum Klinikum und findest heraus, ob die mehr sagen können. Anna, du kommst mit mir zurück zur Station."

Der Rest des Tages hatte aus Recherche bestanden. Marten war nach kurzer Zeit ohne weitere Erkenntnisse wieder in der kleinen Polizeistation aufgetaucht und hatte den Daumen in der „Asservatenkammer“ verstaut, wie er den Kühlschrank nun nannte. Anna hatte bereits eine Akte angelegt und dabei festgestellt, dass die Aktenpflege auf diesem Außenposten im Meer alles andere als mustergültig war. Kaum ein Vorgang, der einen Berichtsbogen hatte, wenig, das mit einem Abschlussbericht versehen gewesen wäre. Keinerlei klare Zuständigkeiten. Aber vielleicht brauchte es dergleichen auf einem so winzigen Flecken auch nicht.

Da niemand auf dem Revier aufgetaucht war, hatten sie genügend Zeit gehabt. Paul hatte mit Pinneberg telefoniert, die das Objekt geschickt haben wollten und nicht einzusehen schienen, dass ohne Fähr- und Flugverbindung nichts geschickt werden konnte. Für ein Einschalten der Kriminalpolizei sei es zu früh. Solange niemand einen Daumen vermisste, sei nicht einmal klar, ob überhaupt eine Körperverletzung vorliege. Nach mehreren Gesprächen mit verschiedenen Dienststellen hatte Paul den Hörer auf die Gabel geknallt und sich zu dem Ausruf „Vollidioten!“ hinreißen lassen.

Marten hatte eine Tafel angelegt, als ginge es darum, einen Killer zu suchen. Dabei konnte natürlich nicht einfach von einem Gewaltverbrechen ausgegangen werden. Erst einmal war die Frage: Wer zum Teufel hatte einen Daumen verloren? Die andere Frage stellte Marten ganz nebenbei, fast als wollte er sie nicht aussprechen: „Wieso schickt das gerade dir jemand?“

Anna starrte nach draußen in einen bleigrauen Himmel, vorbei an Martens Tafel, auf der er mit dicken roten Strichen Stichworte notiert hatte. „Ja“, sagte sie. „Wieso? Keine Ahnung. Offensichtlich ein Willkommensgruß.“

„Netter Willkommensgruß“, erwiderte Paul und ließ seinen Blick auf Anna liegen, so als könnte er sie allein dadurch schützen, dass er sie nicht mehr aus den Augen ließ. Sie hatten etwas sehr Sanftmütiges, diese Augen, etwas beinahe Verletzliches, dachte Anna, als sie seinem Blick begegnete.

„Also war es jemand, der wusste, dass du hier anfangen würdest."

„Das können viele sein", warf Paul ein. „Freunde, Bekannte, Einheimische, die dich an Land gehen sehen haben, Kollegen vom Festland …"

„Du denkst, irgendein Polizeibeamter in Pinneberg hat sich übergangen gefühlt und deswegen einen Daumen aus der Asservatenkammer geklaut, um ihn Anna hinterherzuschicken? Was kommt dann als Nächstes? 'ne Leiche aus der Kühlkammer?"

„Wir wissen erst mal überhaupt nichts, Marten." Zu Anna gewandt stellte Paul klar: „Das ist hier eine Dorfpolizei, kein Morddezernat. So was ermitteln wir hier praktisch nie. Uns fehlt auch völlig die technische Ausrüstung."

„Wir müssen das Ding aufs Festland schicken", stellte Marten fest. Anna stand auf und trat ans Fenster. Wenn man ein wenig wartete, konnte man von Zeit zu Zeit die Gischt über dem Südhafen aufspritzen sehen, helles Grau vor dunklem. „Nein", sagte sie. „Erst strengen wir uns selbst mal ein bisschen an." Sie nahm Martens Stift und trat an die Tafel. Dort standen bisher nur die Punkte: *Daumen, männlich (vermutl.), lebendig/tot?, Poststempel Helgoland (Freitag), Inselbewohner.* Hinter den letzten Punkt setzte sie die Klammer *(vermutl.)*. „Wieso soll es ein Inselbewohner sein?", fragte sie. „Es kann doch ebenso gut ein Besucher gewesen sein, der die Post in einen Briefkasten hier geworfen hat."

„Einen der zwei Briefkästen", korrigierte Paul und klang beinahe amüsiert.

„Am Freitag ist keine Fähre mehr gekommen", erklärte Marten.

„Und was, wenn der Absender den Brief am Donnerstagabend eingeworfen hat? Wann wäre er dann abgestempelt worden?"

Die beiden Männer blickten sich an. „Am Freitag“, murmelte Marten.

„Du überprüfst, ob die Postkästen vor oder nach Ablegen der letzten Fähre zum letzten Mal geleert wurden“, wies Paul seinen Kollegen an.

„Kann also sein, dass es ein Inselbewohner war“, sagte Anna. „Muss aber nicht. Wenn wir eines sicher sagen können, dann, dass es ein perverses Schwein sein muss, das solche Post verschickt. Wer so was tut, ist auch imstande, sich selber einen Daumen abzuhacken, nur um jemandem das Leben zur Hölle zu machen.“

„Denkst du das wirklich?“ Paul stellte sich neben sie und folgte ihrem Blick. In den Duft seines Aftershaves hatte sich eine Note von Schweiß gemischt. Paul stand unter Stress. Um seine Mundwinkel hatte sich ein harter Zug gebildet. Das war nicht die Art von Polizeiarbeit, die ein Beamter von seinem Posten auf einer kleinen Nordseeinsel erwartete. „Ich kann mir keinen vorstellen, der zu so was fähig wäre.“

Anna sah ihn von der Seite her an. Wie ahnungslos er war. Dachte er wirklich, nur, weil sie auf einer kleinen Insel lebten, wären die Menschen hier besser als anderswo? „Jedenfalls dürfen wir nichts ausschließen“, erklärte sie und zeichnete einige Spiegelstriche an die Tafel. „Das ist, was wir herausfinden müssen: War es ein Unfall, oder war es eine Straftat? Wenn es eine Straftat war, war es Körperverletzung oder Störung der Totenruhe?“

„Wäre nur eine Ordnungswidrigkeit“, warf Marten ein.

„Stimmt nicht. 168 StGB. Knast bis drei Jahre“, stellte Paul klar.

„Oder Geldstrafe“, ergänzte Anna.

Marten verdrehte die Augen. „Wenn es ein Objekt aus der Asservatenkammer ist, was dann?“

„Dann ist es Diebstahl“, erklärte Anna trocken. „Also gehört auch noch Diebstahl auf die Liste." Sie machte eine zweite Reihe von Spiegelstrichen. „Außerdem müssen wir herausfinden, ob es in der Umgebung der Briefkästen jemanden gibt, dem ein Daumen fehlt."

„Alle, die auf Helgoland leben, leben in der Umgebung eines Briefkastens." Marten blickte hinüber zu der Karte der Insel, die neben der Eingangstür hing.

„Wenn er überhaupt von einem Lebenden stammt", brummte Paul, dem die Entwicklung der Sache ganz offensichtlich kein Vergnügen bereitete.

„Richtig. Wir müssen auch in den Pathologien und in den Leichenkammern der Friedhöfe und Krankenhäuser fragen – wenn sich herausstellen sollte, dass es der Daumen eines toten Menschen ist."

„Und wie grenzen wir das ein?" Es war überdeutlich, dass dem Leiter der kleinen Polizeidienststelle die ganze Angelegenheit zunehmend unheimlich wurde. „Schleswig-Holstein? Norddeutschland? Ganz Europa?"

Anna versuchte es mit einem Kompromissvorschlag: „Zumindest in den nächstliegenden größeren Kommunen können wir mal nachfragen. Das heißt, wir könnten die Zentrale in Pinneberg darum bitten."

„Dazu müssen wir das Ding erst mal dorthin schicken." Zumindest diese Tatsache schien Paul eine gewisse Genugtuung zu verschaffen. „Marten, du machst Fotos von der Verpackung und vom Inhalt und bereitest es dann für den Versand vor. Ich bin froh, wenn der verflixte Daumen weg ist."

„Geht klar, Chef", erwiderte der junge Mann mit den wasserblauen Augen. „Wird aber noch 'ne Weile im Kühlschrank liegen, schätze ich." Er nickte zum Fenster hin. „Stärke 9, da kommt keine Fähre. Und die nächsten Tage soll's eher noch heftiger werden."

Die Facebook-Seite von Bettina Strecker war seltsam. Der Account existierte zwar noch, aber sie selbst hatte vor zwei Jahren zuletzt etwas gepostet oder kommentiert. Danach hatten nur noch ein paar Posts von anderen auf ihrer Seite stattgefunden, bis am 23.12. des vorletzten Jahres zum letzten Mal ein Eintrag vermerkt war. Ausgerechnet. Ein Tag vor Heiligabend. Schon zu Weihnachten hatte niemand mehr gute Wünsche geschickt. Die wenigen Freunde, die sie bei Facebook hatte, waren verstummt. Sie selbst blickte von ihrem Profilbild wie aus einer anderen Welt. Schöne Augen und ein verhärmter Zug um die Mundwinkel. Alles in allem keine sehr attraktive Frau, aber eine selbstbewusste. Ein wenig kühl vielleicht.

Katarina Loos versuchte, im Internet mehr über sie herauszufinden. Es gab einen Apothekerkongress, an dem sie mal teilgenommen hatte, das war Jahre her. Da war sie auf einem Foto abgebildet. Aber sonst: tausend Bettina Streckers – nicht jedoch die Frau des Doktors, jedenfalls nicht auf den ersten paar Dutzend Seiten, die die Suchmaschine anzeigte. Katarina Loos trennte die Verbindung. Sie traute den Betreibern des Hotels nicht: Vielleicht würden sie ja ihre Recherche, die sie über den hauseigenen Internetanschluss betrieb, nachverfolgen. Es sähe nicht gut aus, wenn sie der Frau ihres Arbeitgebers nachspionierte, auch wenn es dafür gute Gründe gab. Das *Haus Stewens* war eine der einfachen Unterkünfte auf der Insel. Nachdem Katarina Loos nicht mehr weggekommen war, hatte sie sich ein Zimmer genommen. Aber natürlich musste sie auf ihr Geld achten. Jede Übernachtung kostete sie hier so viel, wie sie an einem halben Tag bei Dr. Strecker verdiente. Normalerweise würden ihr ein paar Tage extra auf Helgoland nichts ausmachen, aber nicht bei Sturm und Kälte. Zum wiederholten Mal überlegte sich Katarina Loos, ob sie den Job nicht endlich aufgeben sollte. Als sie noch für Familie Fischer geputzt hatte, hatte sich die Fahrt auf die Insel noch einigermaßen gelohnt. Aber die Fischers waren aufs Festland gezogen, und nun hatte sie nur noch eine einzige Arbeitsstelle auf Helgoland. Der Doktor konnte sich auch jemanden von der Insel suchen, der bei ihm putzte. Oder er sollte selbst putzen.

Sie mied die Süderstraße. Natürlich mied sie sie. Lieber ging sie den Umweg über die Frachtstraße und den Klippenrandweg, um sich erst an der Bremerhavener Straße zwischen die Häuser zu bewegen. Irgendwann würde sie zweifellos auch in der Süderstraße zu tun haben, das brachte der Job nun einmal mit sich. Aber solange sie sich von diesem verhassten Ort fernhalten konnte, würde sie es tun, auch wenn sie aus der Ferne das Haus genau erkannte. Für jeden anderen mochte es sich in nichts von der Einfältigkeit der aufgereihten Gebäude unterscheiden, ihr stach es ins Auge wie ein bizarres Monstrum. Sie wandte den Blick ab und starrte aufs Meer hinaus, den feuchtkalten, salzigen Wind im Gesicht. Schnee hatte sich in den leichten Regen gemischt, der seit dem frühen Nachmittag über die Insel fegte.

Einige Male hatte Anna das Gefühl, sie würde verfolgt oder beobachtet. Doch wenn sie sich umdrehte, wenn sie stehen blieb und den Blick über das Unterland schweifen ließ, dann war da nichts und niemand, der sich für sie zu interessieren schien. Im Gegenteil: Die Helgoländer hatten sich in ihre Häuser verkrochen, keine Menschenseele ließ sich sehen. Der Wettervorhersage nach würden sie morgen vermutlich eine Ausgangssperre verhängen müssen. Doch die Wahrheit war, dass die Inselbewohner sie längst einhielten. Kaum jemand ging in diesen Tagen noch freiwillig vor die Tür.

Nach Westen hin war in der Ferne das Flackern eines Gewitters zu erkennen. Anna vergrub den Kopf noch etwas tiefer im Kragen und beeilte sich, nach Hause zu kommen. Einen

Moment zögerte sie, als sie in den Kirchweg einbog. Sie hatte es bisher vermieden, auf den Friedhof zu gehen. Das hieß, sie hatte es bei ihrer Ankunft am Donnerstag vermieden und war stattdessen den Klippenrandweg bis ganz ans nördliche Ende entlanggelaufen. Das war eindeutig der bessere Ort, sich zu erinnern. Am Wochenende hatte sie in ihrer Migräne gedämmert und kaum gewusst, wo sie war. Trotzdem hatte sie ein schlechtes Gewissen. Das Haus, in dem sie eine Wohnung gemietet hatte, lag fast genau gegenüber der Kirche und dem Friedhof. Wenn sie aus dem Fenster blickte, konnte sie die Grabsteine erkennen – wenn auch nicht seinen, der war jenseits der Kirche. Vermutlich hätte sie die Wohnung sonst gar nicht beziehen können. „Entschuldige“, murmelte sie. „Ich schaff das jetzt nicht.“ Sie würde morgen kommen. Ganz bestimmt.

Ein Geräusch ließ sie aufhorchen. Ein Husten? Sie suchte demonstrativ die Schlüssel in den Taschen ihres Parkas und blickte sich unauffällig dabei um. Niemand war zu sehen. Nur ein Schatten, der an der Ecke zur Von-Aschen-Straße auf den Gehweg fiel, schien ihr seltsam unpassend, als stünde hinter der Mauer ein Mensch. Aber das mochte täuschen, denn das Licht, das noch von Westen her auf die Insel fiel, war trüb und diffus.

Mit zitternden Händen sperrte sie auf und drückte die Tür hastig hinter sich zu. Sie schloss für einen Moment die Augen und atmete durch. Wieder fiel ihr der seltsame Geruch dieses Hauses auf, eine Mischung aus Moos und Moder. Sie würde Duftkerzen aufstellen müssen oder ihn mit irgendetwas anderem überdecken müssen, sonst würde sie sich irgendwann wie in einem Grab vorkommen. Für einen winzigen Augenblick kam ihr der Gedanke in den Sinn, es könnte was mit dem Friedhof gegenüber zu tun haben. Ihr Lehrer in der Polizeiausbildung hatte mit besonderem Genuss von einem Fall erzählt, den er „Ahnenbrühe-Fall“ nannte, da ging es um Grundwasser, das von einem nahe gelegenen Friedhof verseucht worden war. Schnell wischte sie den Gedanken beiseite und machte Licht. Ihre Wohnung war im Obergeschoss, die Tür hätte sie wahrscheinlich mit dem kleinen Finger aufsperren können, so altertümlich waren die Schlösser. Die Wohnungstür hatte einen Milchglaseinsatz. Anna fragte sich, ob das Haus früher ein Einfamilienhaus gewesen war. Die alte Dame, die jetzt im Erdgeschoss wohnte und der das Gebäude gehörte, war immerhin eine angenehme Nachbarin: Sie war so schwerhörig, dass Anna sich keine besondere Mühe würde geben müssen, Musik oder Filme leise zu machen.

Eher instinktiv trat sie ans Fenster und blickte hinab auf die Straße. Außer einer tief vermummten Gestalt, die gerade den Friedhof betrat, die Hände in den Taschen vergraben, die Kapuze ins Gesicht gezogen, war niemand unterwegs. Anna hatte das unbestimmte Gefühl, den Mann schon einmal gesehen zu haben. Oder die Frau? Auf die Entfernung war das nicht sicher zu bestimmen.

Sie zog die Vorhänge zu und knipste das Licht an. Die Wohnung war trostlos. Sie hatte sie möbliert gemietet. Kein vernünftiger Mensch zog mit neuen Möbeln nach Helgoland, der Umzug hätte ein Vermögen verschlungen. Seufzend zog sie sich aus und versuchte, nicht darüber nachzudenken, wie viele Menschen schon in dem Bett gestorben waren, in das sie sich nachher legen würde, wie viele Ehen an ihrem Frühstückstisch oder auf dem Sofa gescheitert waren. Zwei Zimmer, Küche, Bad mit Blick auf den Friedhof. Mit Blick nach Nord/Nordwest. Mit Blick auf Annas Trauma. Es war kein Zufall, dass sie ausgerechnet hier gelandet war.

Aus der Dusche kam ein schwaches Rinnsal, das kaum den Rücken bedeckte. Doch Anna hatte das Wasser ganz heiß aufgedreht und genoss die Wärme, die ihren Körper durchrieselte. Nach den Jahren auf dem Festland war sie den schneidenden Wind und die alles durchdringende Feuchtigkeit auf der Insel nicht mehr gewohnt. Sie meinte schon eine leichte Erkältung heranziehen zu spüren. Aber vielleicht konnte sie das noch mal wegbügeln. Nach dem Einstand heute wäre ein Krankheitsausfall das Letzte, was sie brauchen konnte. Sie würde sich früh schlafen legen und ein Aspirin einwerfen. Und morgen würde sie so aufgeräumt zum Dienst erscheinen, als sei nichts gewesen.

Katastrophe. Ich hatte ja nicht erwartet, dass meine Rückkehr großartig sein würde. Aber dass mir irgendein Vollidiot ein Willkommenspäckchen schickt, das wie ein Mafia-Gruß aussieht, Mann … Das Verrückte ist, dass mir das geholfen hat. Die letzten drei Tage war ich wie durch den Fleischwolf gedreht. Natürlich wieder die Migräne. Wahrscheinlich finden sie eines Tages raus, dass es ein Tier ist, ein Parasit, so wie ein Bandwurm. Im Gehirn. Ich werde ihm einen Namen geben. Stalin. Er heißt ab jetzt Stalin. Mein Folterknecht hat jetzt einen Namen. Stalin, ich erkläre dir hiermit den Krieg.

Dr. S. weiß nicht, ob der Daumen von einem lebenden Menschen stammt oder von einem toten. Kann beides sein, sagt er. Auch Unfall oder Amputation aus medizinischen Gründen hält er für möglich. Ich bin aber sicher, er stammt von einem Lebenden. Es war zu viel Blut dran. Aber wem soll das Ding gehören? Wenn es ein Helgoländer wäre, dem er fehlt, dann wüsste Dr. S. das. Er ist einer von drei Ärzten auf der Insel. Und so was erzählt man sich unter Kollegen. Außerdem haben wir ja bei den anderen auch nachgefragt.

Jedenfalls hat das Schwein, das ihn mir geschickt hat, geschafft, dass man meinen Amtsantritt hier nie verges-

sen wird. Und dass wir den Sekt nicht getrunken haben, den Paul in den Kühlschrank gelegt hatte. Gott sei Dank. Sekt! Was kommt als Nächstes – Marshmallows? Jetzt liegt neben der Flasche ein menschlicher Daumen, mir wird schon schlecht, wenn ich nur daran denke.

Draußen ist Sturm. Hab ich vermisst. Auf dem Festland wissen die gar nicht, was Sturm ist. Das wird hier noch um einiges kräftiger werden. Ich kann es spüren.

Anna legte den Stift weg und schloss die Augen. Sie konnte ihn sehen. Immer. Wenn sie nur die Augen schloss und an ihn dachte, tauchte er vor ihr auf. Sein sanftmütiger Blick. Das unbezähmbare blonde Haar. Manchmal spürte sie, wie er seine Hand auf ihre Wange legte. Seine warme, kräftige Hand. Die einzige, die … Anna spürte, wie sich Tränen in ihr hochkämpften. Es war alles zu viel gewesen in den zurückliegenden Tagen. Der Umzug. Die Schmerzen. Das verfluchte Willkommenspräsent …

Auf dem Handy war eine Nachricht eingegangen:

Das war doch ein schöner Einstand. So kann es weitergehen. Auge um Auge, Zahn um Zahn, Tag um Tag.

Absender: die unbekannte Nummer.

Über dem Papierkram war es wieder spät geworden. Dr. Claus Strecker hasste die Bürokratie, mit der in Deutschland die Ärzte drangsaliert wurden, und er hasste die monatliche Steuervoranmeldung, die er mit sich schleppte wie einen Klotz am Bein. Seit zwei Stunden hätte er zu Hause sein können oder im *Fährhaus* zum Abendessen. Er klappte den Kragen hoch, als er aus der Tür seiner Praxis trat, und zog den Kopf ein, sperrte hinter sich ab und wandte sich Richtung Oberland um, da stieß er beinahe mit einer Frau zusammen, die die Straße herunterkam. „Katarina?“

„Oh, Herr Doktor“, sagte Katarina Loos und wischte eine Haarsträhne beiseite, die ihr der Wind in die Stirn geweht hatte. „Guten Abend.“

„Was machen Sie denn hier?“

„Ich bin am Freitag leider nicht mehr zurück aufs Festland gekommen“, erklärte sie und zog den Mantel etwas fester um den Leib. „Der Sturm …“

„Natürlich. Natürlich. Das tut mir leid. Und wo sind Sie jetzt untergekommen? Bei den Fischers?“

Katarina Loos schüttelte den Kopf. „Die Fischers sind doch vor ein paar Jahren nach Kiel gezogen.“

„Dann waren Sie am Freitag nur meinetwegen auf Helgoland?“

Die Putzfrau nickte. Überrascht stellte Claus Strecker fest, dass sie, wenn sie nicht ihren Hausarbeitskittel trug, eigentlich ganz gut aussehend war. „Ich habe mir ein Zimmer im *Haus Stewens* genommen“, sagte sie und verdrehte ein klein wenig die Augen, lächelte aber dazu.

Dr. Strecker räusperte sich. „Das ist bestimmt eine gute Unterkunft. Aber Sie zahlen für den Aufenthalt ja mehr, als Sie für die Arbeit bei mir bekommen haben.“

Katarina Loos zuckte mit den Achseln. „Dafür habe ich einen Kurzurlaub auf Helgoland.“

Der Arzt lachte. „Sie haben jedenfalls Humor“, stellte er fest. „Wissen Sie was? Holen Sie doch Ihre Sachen und nehmen Sie sich ein Zimmer bei mir, Sie wissen ja, ich habe mehr Platz als nötig für einen Menschen.“ Er zögerte kurz. „Und wenn Sie mögen, dann lade ich Sie zum Essen ein. Ich wollte gerade ins *Fährhaus* gehen. Oder haben Sie schon gegessen?“

„Nein, habe ich nicht.“ Beschämt blickte Katarina Loos zu Boden. „Aber ich weiß nicht, ob ich das annehmen kann.“

„Können Sie, Katarina, können Sie“, sagte Dr. Strecker etwas gönnerhaft. „Sonst muss ich ja ein schlechtes Gewissen haben, da Sie meinetwegen hier festsitzen.“

„Also, wenn Sie wirklich meinen …“

„Das tue ich. Sie holen Ihre Sachen, und wir sehen uns in ein paar Minuten im *Fährhaus*.“ Er nickte ihr zu und stemmte sich mit kräftigen Schritten gegen den Wind, ohne das feine Lächeln zu sehen, das über Katarina Loos’ Gesicht huschte.

Die Nachricht. Anna sah in der Liste des Handys nach. Da! Am Freitag hatte sie sie bekommen.

Willkommen. Genieße diese Woche.

Von einer unbekannten Nummer. Und jetzt wieder. Dieselbe Nummer. Sie hatte schon gar nicht mehr daran gedacht. Der erste Willkommensgruß war in einem Nebel aus Schmerz und Selbstmitleid versunken und – bis jetzt – nicht wiederaufgetaucht. Doch nun … Anna legte das Handy weg, setzte sich an den Küchentisch und legte das Gesicht in die Hände. War es eine Drohung? Nein, so klang es nicht. Und doch war die Botschaft bedrohlich. Auge um Auge, Zahn um Zahn, das verwies ganz klar auf Gewalt. Gewalt, die einem Menschen angetan wurde. So wie … einen Daumen abschneiden? Konnte es da einen Zusammenhang geben? Aber wer würde so wahnsinnig sein, seine Telefonnummer zu hinterlassen … Sie zögerte nur kurz, dann tippte sie auf „Wählen“. Es dauerte keine zehn Sekunden, bis die Mitteilung kam: „Dienst oder Dienstmerkmal nicht möglich.“ Was für ein Satz. Den hatte sie nie verstanden. Seufzend stand sie auf und trat ans Fenster, um in die tiefschwarze Nacht zu starren. Nein, eigentlich war es ihr eigenes Bild, das sie anstarrte, die Spiegelung einer jungen Frau in der Glasscheibe. Einer ratlosen, aber keinesfalls mutlosen

Frau. Wenn es einen Zusammenhang gab, würde sie ihn herausfinden, das stand fest. Wenn es keinen gab … dann waren die Nachrichten umso seltsamer. Sie ergaben schlicht keinen Sinn. „Tag um Tag", flüsterte sie ihrem eigenen Spiegelbild zu. „Was immer das zu bedeuten hat." Sie drehte sich um. Das Tagebuch lag immer noch auf dem Tisch. Behutsam nahm sie es und tat es zurück in die Schublade der Küchenkommode. Das Tagebuch. Es war ihr Medium. Die Verbindung zu ihrem eigenen Leben – zumindest zu dem Teil ihres Lebens, der ohne das Tagebuch vermutlich für immer verloren gegangen wäre und der doch zugleich alles war, woraus sie ihre Kraft zog. Denn Kraft hatte sie. Sie fand sie immer wieder. Ihre Kraft wurde gespeist von der Erinnerung, von den stummen Zwiegesprächen mit Leo und vom Hass. Vom Hass auf das Schicksal, das ihr ein ungerechtes Leben zugeteilt hatte und dem sie sich nicht geschlagen geben würde. Nie.

„Du Schwein. Das wirst du büßen."

„Vielleicht. Aber das war es wert."

„Ich habe Durst. – Warum tust du mir das an?"

„Das fragst du im Ernst?"

„Damit kannst du nicht durchkommen."

„Da bin ich mir nicht einmal sicher. So, wie die Dinge liegen, kann es sein, dass man niemals Näheres herausfinden wird."

„Soll das heißen, du willst mich umbringen? He? – Ich hab dich was gefragt!"

„Jetzt ganz ruhig, ja?"

„Was ist das?"

„Nur eine Kanüle. Sehr harmlos. Es wird nicht einmal wehtun."

„Und dann? Spritzt du mir ein Gift?"

„Aber nein. Es ist wirklich nur eine Kanüle, nichts weiter."

„Mach mich los, und ich sage niemandem, was passiert ist."

„Wirklich? Das ist ein sehr vernünftiges Angebot. Aber es hat keinen Vorteil für mich."

„Ich werde schweigen! Ich schwöre es!"

„Du wirst schweigen, da hast du recht. Aber dazu muss ich dich nicht losmachen."

„Mach mich los! Sofort!"

„Jetzt bitte ganz ruhig, sonst wird es wehtun. – Gut. Das ging doch ganz einfach, nicht wahr? Gleich bekommst du was zu trinken."

„Ich … Herrgott noch mal! …"

„Bitte, nicht das. Wenn dich einer nicht hört, dann er. Dich nicht."

TAG 5

Dienstag, 2. Februar, 07:46 Uhr,
54° 11' nördliche Breite, 7° 53' östliche Länge,
Windstärke 9, West/Südwest, Regen

Sie hatte sich gerade den Lidstrich gezogen, da klingelte ihr Handy. Es war Marten. „Guten Morgen, Anna. Bist du schon unterwegs?“

„Ich wollte in fünf Minuten aus dem Haus gehen. Was ist passiert?“

„Vielleicht nichts.“

„Vielleicht?“

„Na ja, du hast Post bekommen.“

„Geht es jetzt um den Daumen? Gibt es was Neues?“

„Es geht nicht um den Daumen“, sagte Marten zögernd.

„Wie? Worum geht es dann?“

Sie hörte ihn atmen. „Um ein neues Päckchen“, sagte er schließlich. „Es lag vorhin hier vor der Tür.“

Anna zögerte. Ihr Bild im Spiegel schien plötzlich ganz durchsichtig, ganz zerbrechlich. „Und es war wieder an mich adressiert?“

„Anna Krüger, Ringstraße 1, Helgoland.“

„Scheiße.“ Vielleicht hatte sie es gesagt. Vielleicht auch nur gedacht. Sie spürte, wie eine kalte Hand nach ihrem Herzen griff. Sollte das hier ein Albtraum werden? Konnte es sein, dass jemand ihre Rückkehr auf die Insel für sie zur Hölle machen wollte? Hatte sie einen Feind, einen kranken Stalker, einen … Ein wenig fühlten sich ihre Beine an, als wollten sie nachgeben. Doch Anna drückte den Rücken durch und holte tief Luft.

„Paul ist auch schon hier“, erklärte Marten. „Er schlägt vor, dass wir es öffnen. Wenn du einverstanden bist. Ich meine, von wegen Postgeheimnis und so.“

Sie würde den Lidstrich noch einmal neu machen müssen. In zwei dunklen Streifen flossen Tränen über ihre Wangen. „Klar“, sagte sie leise. „Macht es auf.“

„Okay“, erwiderte Marten. „Okay. Machen wir.“ Wieder zögerte er. „Übrigens“, sagte er dann. „Es ist größer als das letzte Päckchen.“

Schweißgebadet stand Anna in der Tür und starrte auf ihre Kollegen. Niemals zuvor war sie den Weg und die Stufen hinab zum Mittelland so schnell gelaufen. Die Panik hatte sie beflügelt, nein, hatte sie wie eine Peitsche über die Insel getrieben. Und nun rang sie um Atem und hielt sich am Türrahmen fest, um nicht vor lauter Erschöpfung umzukippen. „Und?“, presste sie hervor.

Paul konnte sich ein süffisantes Grinsen nicht verkneifen. „Hast du Sport gemacht?“, fragte er mit hochgezogenen Augenbrauen. Dankbar wankte Anna zu einem der Stühle und ließ sich darauf niedersinken. Wenn er so reagierte, war das Entwarnung. Kein neuer makabrer Gruß, kein neues perfides Geschenk. Gott sei Dank. Sie pumpte Luft durch ihre Lungen, versuchte ein Lächeln und schüttelte den Kopf. „Und ich dachte schon …“

„Wir auch“, sagte Marten, der neben ihr stand, obwohl sie ihn vorher gar nicht bemerkt hatte. Er legte ihr die Hand auf die Schulter und klopfte mit den Fingern ihren Oberarm. „Wir auch. Aber dann war’s doch nur eine süße Aufmerksamkeit.“ Anna sah zu ihm auf und folgte seinem Blick hinüber zu ihrem Schreibtisch. Dort stand ein Marmeladenglas, hübsch mit einem stoffbezogenen Deckel drapiert und einem offenbar handgeschriebenen Etikett. Misstrauisch betrachtete sie das Präsent, stand auf und ging hin. „Hausgemachte Götterspeise“, hörte sie hinter sich Martens Stimme. „Warum schickt mir nie jemand so was.“

Es dauerte ein wenig. „Anna?“, sagte Paul und kam einen Schritt auf sie zu. Doch sie reagierte nicht. „Alles okay?“, meldete sich Marten zaghaft. Erst nach einer langen Reihe von Augenblicken, in denen die Stimmung in dem kleinen Polizeibüro merklich gekippt war, drehte sich Anna Krüger zu ihren Kollegen um, die Lippen weiß, die Augen in eine unbestimmte Ferne gerichtet. „Vielleicht schickt dir nie jemand so was, weil du es am Ende noch essen würdest.“ Sie vergrub das Gesicht in den Händen und atmete tief durch. „Wer von euch hat es geöffnet?“, fragte sie dann.

„Ich“, sagte Marten. „Aber wieso …?“

„Es ist Blut, Marten. Ein Glas voll Blut.“

Voll Befremden blickten die beiden Männer auf das Einmachglas, das hübsch und harmlos auf dem Schreibtisch stand. Konnte es wirklich sein? „Im Ernst, Anna, ich denke, du siehst Gespenster“, erklärte Paul schließlich und trat auf den Tisch zu. Doch noch ehe er nach dem Glas greifen konnte, hatte Anna seine Hand gepackt. „Du fasst es nicht an. Nicht einfach so. Seine Fingerabdrücke sind drauf“, sagte sie und nickte zu Marten hin. „Deine müssen nicht auch noch dazukommen. Ich möchte, dass das Glas im Labor untersucht wird.“

Paul seufzte. „Die Sache mit dem Daumen hat dir scheinbar ziemlich zu schaffen gemacht, und das kann ich verstehen, ehrlich. Aber jetzt siehst du Gespenster. Wieso sollte dir jemand ein Glas voll Blut schicken?“

„Wieso sollte mir jemand einen menschlichen Finger schicken?“

Schweigen. Der Regen prasselte in unregelmäßigen Böen gegen das Fenster, je nachdem, wie der Wind drehte. „Wir können es nicht ins Labor schicken“, stellte Paul nüchtern fest. „Keine Fähre.“ Er sah sie an, als versuchte er zu ergründen, was in ihrem Kopf vor sich ging. „Und schon gar kein Heli oder Flugzeug – abgesehen davon, dass wir nicht nach

Düne kommen bei dem Seegang." Auf der Nebeninsel Düne gab es einen Flughafen für kleine Maschinen, Flughafen war beinahe zu viel gesagt. Wenn es eilig war, in medizinischen Notfällen oder zu Rettungszwecken, war das die schnellste und beste Verbindung zum Festland. Oder eben der Helikopter, dessen Landeplatz nur ein paar Schritte von der Polizeistation entfernt lag.

Anna holte ein Paar Einmalhandschuhe und einen Gefrierbeutel aus dem Nebenraum und packte das Glas behutsam ein. Dann stellte sie es in den Kühlschrank und zog die Handschuhe wieder ab. „Ich weiß nicht, was hier gespielt wird", erklärte sie mit Blick in die verunsicherten Mienen ihrer Kollegen. „Aber es scheint um mich zu gehen, und das tut mir leid. Ich bin nicht hergekommen, um Ärger zu machen." Paul hob beschwichtigend die Hände, doch Anna winkte ab. „Keine Sorge, ich mache mir keine Vorwürfe, ich kann ja schließlich nichts dafür. Aber so darf das nicht weitergehen. Ich bin sicher, wenn wir den Inhalt des Glases untersuchen lassen, wird sich herausstellen, dass es menschliches Blut ist."

„Du denkst an Mord?" Pauls Augen waren schmal geworden. Er mochte nicht, was er hörte. Er mochte die Konsequenz nicht, die er dahinter vermutete. „Auf Helgoland. Wo jeder jeden kennt und jeder alles über jeden weiß." Er klang auf seltsame Weise vorwurfsvoll.

„Es muss nicht Mord sein", stellte Anna klar. „Man kann ohne Daumen sehr gut weiterleben. Und ein halber Liter Blut ist auch verzichtbar. Aber was kommt als Nächstes? Der andere Daumen? Ein Kopf?"

„Und was sollen wir machen? Kripo spielen?"

Anna zuckte mit den Schultern. „Wo keine Kripo ist, ist die Dorfpolizei die Kripo. Solange wir keine Unterstützung vom Festland bekommen, müssen wir selbst ermitteln."

„Wenn du mich fragst", schaltete Marten sich ein, „dann werden wir auch keine Unterstützung vom Festland bekommen, wenn der Sturm vorbei ist und die Fähren wieder gehen. Wir können zwar unser Zeug zur Analyse hinschicken. Aber die werden sich kein Bein ausreißen wegen einem Daumen, der keinem fehlt, oder wegen ein bisschen Blut. Ich meine natürlich, solange kein Gewaltverbrechen vorliegt. Aber dafür gibt es ja keinen Anhaltspunkt. Wir wissen ja nicht mal, ob es Blut ist. Und wenn es Blut ist, dann kann es immer noch von einem Schwein sein oder von einem Huhn oder was weiß ich."

„Wer weiß", sagte Paul ruhig. „Man muss ja auch nicht die Kripo sein, um ein paar Dinge herauszufinden. Anna hat recht, wir können nicht einfach nichts tun." Seine Skepsis schien verflogen, sein Jagdinstinkt geweckt. Er griff nach dem Telefon.

Das Haus war still. Nur draußen tobte der Sturm. Er klang wie von fern, obwohl es nur Zentimeter waren, die zwischen den ungeheuren Kräften der Natur und dem geschützten Raum des Gebäudes lagen. Und wenn sich die See auftürmte, wie sie das in der Geschichte Helgolands schon öfter getan hatte, dann würde sie wieder gewaltige Felsmassen mit sich reißen – und die Menschen dazu.

Katarina Loos war kein ängstlicher Mensch. Doch das Meer war ihr unheimlich. Sie hatte einmal einen solchen Sturm auf einer Insel erlebt, drüben auf Sylt. Damals war ein Teil des Strands abgerissen und ein Vater mit seinem Kind, die sich das Toben der See angesehen hatten, fortgespült worden. Sie wusste nicht, ob man die beiden jemals wiedergefunden hatte. Nein, Unwetter, Küste, umgeben von Gischt und Wellen, das war nicht ihre Sache.

Doch jetzt, da sie sich unter die warme Bettdecke verkrochen hatte, fühlte sich der Schauder irgendwie auch wohlig an. Man konnte sich vorstellen, dass der Sturm ausgesperrt war und sie hier drinnen warm und geborgen abwarten konnte, bis er vorbei war. Katarina Loos hatte das Gästezimmer bezogen, einen kleinen Raum im Obergeschoss des Hauses, das neben Dr. Streckers Arbeitszimmer lag, gegenüber dem Schlafzimmer. Im Arbeitszimmer brannte schon länger Licht, der Doktor arbeitete früh. Eine Weile lauschte Katarina Loos auf die Geräusche, die sie von dort hörte. Doch das war nur ein gelegentliches Tippen auf der Computertastatur, das Rascheln von Papier, das Knarzen des Schreibtischstuhls, wenn der Arzt sich zurücklehnte oder vorbeugte. Schließlich stand sie auf und schlüpfte in ihre Kleider. Barfuß ging sie hinüber, vielleicht absichtlich etwas leiser als nötig, hielt inne und lauschte. Sie konnte den Arzt atmen hören. Hatte er sie auch gehört? Vorsichtig huschte sie ein paar Schritte zurück und kam noch einmal mit festerem Auftritt. Sie räusperte sich und klopfte gleichzeitig an die sich von selbst öffnende, nur angelehnte Tür. „Herr Doktor Strecker?"

Der Arzt fuhr zusammen, und seine Hand zuckte zur Maus hin und klickte rasch ein paarmal. „Ja, bitte?"

„Entschuldigung, wenn ich Sie störe. Darf ich mir einen Tee machen?"

Strecker nickte, warf noch einmal einen kontrollierenden Blick auf den Bildschirm, obwohl Katarina Loos ihn von der Tür aus gar nicht sehen konnte. „Sicher. Fühlen Sie sich bitte wie zu Hause. Sie müssen mich nicht fragen."

„Das ist sehr nett. Vielen Dank."

„Keine Ursache."

Sie wandte sich um und schloss die Tür, nur um sie einen Augenblick darauf nochmals zu öffnen. Derselbe Effekt. Der Arzt atmete hörbar ein. „Ja?"

„Möchten Sie auch einen Tee?"

„Nein danke. Machen Sie dann bitte die Tür zu. Ich möchte Sie nicht stören."

Katarina Loos nickte und schloss die Tür wieder.

Marten hatte sich mit den unzureichenden Mitteln, die sie auf der Insel zur Verfügung hatten, um die Sicherung der Spuren gekümmert. Das bedeutete vor allem, dass er versuchte, Fingerabdrücke zu nehmen. Paul hatte mit den Kollegen auf dem Festland vereinbart, dass die Spurensicherung dort den Scan mit ihren Datenbanken abglich. Anna saß neben ihrem Kollegen und verfolgte, wie er mit Pinsel und Pulver das Einmachglas bestäubte, um etwaige Abdrücke auf Folie ziehen zu können. „Denkst du, das ist was?", fragte er und deutete auf eine Stelle, an der sich eine diffuse Struktur abzeichnete.

„Unwahrscheinlich. Aber solange wir nichts Besseres finden, mach einen Abzug."

Marten legte eine Spezialfolie auf die Stelle und zog sie vorsichtig wieder ab, dann platzierte er das Blatt vorsichtig auf dem dafür vorgesehenen Feld. In einem Fall waren sich Anna und er sicher, dass es ein Fragment eines Fingerabdrucks sein musste, die Papillarlinien waren deutlich erkennbar, auch wenn es nur ein Bruchteil eines Fingers oder Daumens war. „Er hat das Glas ziemlich gut gereinigt, ehe er es abgeliefert hat", knurrte Marten leise.

„Oder sie", sagte Anna.

„Hm?"

„Er oder sie hat das Glas gereinigt, je nachdem, ob wir es mit einem Täter oder einer Täterin zu tun haben."

Marten nickte grimmig und wiederholte die Prozedur, sodass Paul wenig später zwei Scans zu den Kollegen nach Pinneberg schicken konnte. Marten wischte sich den Schweiß von der Stirn. „Kriminalpolizeiliche Ermittlungsarbeit hatte ich mir prickelnder vorgestellt. Irgendwie ist das hier eher peinlich, finde ich."

Paul ging rüber zum Kühlschrank und kam mit leeren Händen wieder zurück. „Ist es", sagte er. „Weil wir eben nicht die Kripo sind. Denkst du, die arbeiten heute noch mit dem Krempel, den wir seit anno irgendwas hier herumfliegen haben? Die würden sich doch schlapplachen, wenn sie das hier sehen könnten. Ehrlich gesagt bin ich fast dankbar, dass keiner kommen kann. Wir stehen da wie das letzte Dorfrevier."

„Das wir ja auch sind", ergänzte Anna.

„Klar. Und wer sagt eigentlich, dass wir kein Bier hier haben dürfen. Jemand dagegen, dass es hier Bier gibt? Hm? Na also. Ich bringe morgen ein paar Flaschen mit. Das ist ja der reinste Kindergarten hier." Missmutig stapfte Paul zu seinem Schreibtisch zurück und rief die Mails ab. „Noch nichts", murmelte er.

„Die können auch nicht zaubern", sagte Marten. „Das wird ein paar Stunden dauern."

„Von denen sie die meiste Zeit darauf verwenden, es einfach nicht zu tun. Ich denke, Computer können heute innerhalb von Sekundenbruchteilen Milliarden Rechenvorgänge ausführen."

„Hey, Paul, das ist nicht Silicon Valley. Das sind Polizeicomputer! Da musst du schon dankbar sein, wenn man sie nicht mit der Kurbel anschmeißen muss", rief Marten und lehnte sich grinsend auf seinem Stuhl zurück. Anna indes fragte sich, ob sie Paul den Cowboy und Marten den coolen Typen abnehmen sollte. Irgendwie schienen die beiden sich selbst etwas vorzumachen. Oder vielleicht auch ihr.

Gegen Mittag hatte Paul sich auf den Weg gemacht. Er war heute mit der Runde dran, wie sie die Streife hier auf Helgoland nannten. Bei dem Wetter nahm er das Auto. Es war eines der wenigen, die es auf der Insel gab, und der ganze Stolz des

Gemeindeamts, weil es voll elektrisch fuhr. Anna fand, es sah albern aus, aber sie sagte nichts, weil sie den Eindruck hatte, auch Marten war ein bisschen stolz darauf. Er hatte es ihr gezeigt und erklärt, was alles anders war als an einem normalen Wagen. Nicht allzu viel, wenn man es genau nahm. „Lust, mit rüber zum *Inselschuppen* zu gehen?", fragte er, nachdem er die Vordertür für die Mittagszeit abgesperrt hatte.

„Ist das eure inoffizielle Kantine?" Anna verkniff sich ein Lächeln. Der *Inselschuppen* war eine der Touristenkneipen, die in den bunt bemalten Hummerbuden aufgereiht am Hafen standen. Im Sommer die Pest: überlaufen, laut und hektisch. Im Winter Zufluchtsort für Inselbewohner, denen zu Hause die Decke auf den Kopf fiel, Männer vor allem.

„Nö, kann man so nicht sagen", entgegnete Marten. „Wir gehen mal hierhin, mal dorthin. Aber Dienstag ist bei Wolfgang Schnitzeltag. Und er macht echt die besten auf der ganzen Insel."

„Okay. Dann lass uns mal prüfen, ob du recht hast", sagte Anna und zwinkerte ihm zu. Sie schnappte sich ihre Jacke und schlüpfte in die Stiefel, die sie im Büro gegen die normalen Dienstschuhe getauscht hatte. „Scheint 'ne längere Angelegenheit zu werden mit dem Sturm."

„Olaf", sagte Marten.

„Wie?"

„Olaf. So heißt er. Müsste spätestens heute Nacht zum Orkan werden."

„Fühlt sich jetzt schon so an."

„Bist eben lange eine Landratte gewesen." Marten schritt kräftig aus, Anna hatte Probleme mitzuhalten. Aber bis zum *Inselschuppen* waren es kaum zweihundert Meter. Als sie eintraten, schlug ihnen eine Mischung aus Küchendampf und Zigarettenqualm entgegen. „Das Rauchverbot nehmen sie nicht sehr ernst hier, was?", stellte Anna fest.

„Jedenfalls lassen sie sich nicht besonders von unserer Anwesenheit beeindrucken." Marten steuerte auf einen Tisch am Fenster zu, offenbar der Stammplatz der Polizisten.

Die Karte war ernüchternd. Außer Fleischgerichten gab es praktisch nur Wurstspezialitäten. Für eine Insel, die jahrhundertelang vom Fischfang gelebt hatte, ein Armutszeugnis. Doch Anna wollte Marten nicht den Spaß verderben. „Dann also zweimal Schnitzel, oder?", sagte sie. Er nickte. „Klar. Und du bist übrigens eingeladen."

„Wieso das denn?"

„Nach dem ganzen Stress hier. Irgendwie geht's mir schlecht, wenn ich daran denke, was für einen miesen Empfang dir meine Insel beschert hat."

„Hey, das ist hier auch meine Insel, Marten."

Der Kollege sah sie ernst an, so als suche er etwas in ihrem Blick, von dem er nicht wusste, ob er es finden würde. „Ist sie das?", fragte er schließlich leise. „Ist sie das wirklich, nach allem, was passiert ist?"

Der Wirt kam an den Tisch. „Moin, Marten", sagte er launig. „Wen haste denn da mitgebracht?"

„Moin, moin", erwiderte Marten. „Das ist meine Kollegin Anna Krüger. Neu in unserer Dienststelle."

„Freut mich", sagte Anna, die Wolfgang Westermann schon seit ihrer Kindheit kannte. Aber natürlich war sie fast sechs Jahre weg gewesen, sie hatte sich verändert, nicht nur innerlich. „Anna Krüger?", sagte der Wirt und kniff die Augen ein wenig zusammen. „Die Anna Krüger von den Krügers im Unterland?"

„Genau die", sagte Anna, lächelte tapfer und hielt ihm die Karten hin. „Wir nehmen zweimal das Schnitzel mit Röstkartoffeln, und für mich bitte ein Wasser dazu."

„Bring uns einfach eine große Flasche, Wolfgang, ja?", sagte Marten und wandte sich so demonstrativ Anna zu, dass selbst ein einfältiger Geselle wie Wolfgang Westermann kapierte, dass das Gespräch beendet war. Nachdem er sich entfernt hatte, nickte Marten Richtung Fenster, hinter dem Olaf sich austobte. „Hast du das vermisst? Oder warum bist du wiedergekommen?“

„Ich weiß es ehrlich nicht, Marten. Vielleicht habe ich es vermisst. Vielleicht habe ich auch bloß eine Gelegenheit gesucht, mit meinem Leben klarzukommen.“

„Ausgerechnet hier?“

„Sicher. Hier kann ich Frieden machen mit allem, was geschehen ist.“

„Kannst du das?“ Er blickte unverwandt nach draußen, als fesselte ihn das Bild der stürmischen See und der an ihren Tauen zerrenden Boote, deren Masten von Backbord nach Steuerbord wankten und zurück. „Ich glaube, ich könnte das nicht.“

„Nachricht aus Kiel!“, rief Marten keine Stunde später und sah bedeutungsvoll in die Runde. Paul sog scharf die Luft ein, Anna hielt den Atem an. Die Fingerabdrücke. Sie hatten die Scans nach Pinneberg geschickt – die Scans von dem bisschen, was auf dem Klebestreifen zu finden gewesen war. Die Kollegen dort hatten es nach Kiel weitergeleitet, wo sie spurensicherungstechnisch ganz andere Möglichkeiten hatten. Jetzt also die Rückmeldung. „Und?“, knurrte Paul, während er sich neben ihn stellte und auf den Bildschirm starrte.

„… hat der Abgleich keinen Treffer mit unserer Datenbank ergeben“, murmelte Marten. „Einige relativ deutlich ausgebildete Fragmente von Fingerabdrücken sind offensichtlich auf eine Verunreinigung des Objekts zurückzuführen, da sie mit der Referenzprobe von PMAnw. Marten Weber übereinstimmen.“ Marten räusperte sich und fluchte leise. Paul legte ihm die Hand auf die Schulter. „So was passiert, Marten, mach dir keinen Kopf. Wenn wir vorher gewusst hätten, was ... was es ist, dann hätten wir alles anders gemacht."

„Weitere Befunde lassen sich nur anhand des Originalobjekts erzielen", schloss Marten die ebenso spröde wie kurze E-Mail der kriminalistischen Untersuchung aus Kiel.

„Okay", sagte Anna. „Was bedeutet das?"

„Dass wir uns diese Schleife hätten sparen können." Marten fuhr sich mit den Händen durchs Haar. Er sah übermüdet aus. Kein Wunder, angesichts der zurückliegenden Nächte. Paul trat wieder vor die Wand mit den Zetteln. „Nicht unbedingt", sagte er. „Es sagt uns, dass der Täter jedenfalls seine eigenen Fingerabdrücke nicht hinterlassen wollte."

„Will das *irgendein* Täter?" Anna stellte sich neben ihn, während Marten die E-Mail ausdruckte und mit einem Klebestreifen neben die anderen Dokumente heftete.

„Das wohl nicht. Aber es hätte dem Täter auch egal sein können."

„Wieso sollte es ihm egal sein?"

„Vielleicht weil es ihm nichts ausmacht, wenn er erwischt wird?", schaltete Marten sich ein.

„Ja, vielleicht. Oder weil er nichts zu verlieren hat. Ich weiß es nicht." Paul rieb sich mit den Fingerspitzen die Schläfen, auch er war am Anschlag. „Unser Täter jedenfalls hat sich darum bemüht, seine Spuren zu verwischen. Wir wissen alle, dass das nicht so leicht ist." Da hatte er allerdings recht. Anna erinnerte sich gut an ihre Ausbildung und wie überrascht sie gewesen war, als ihr Ausbilder sie einen Brief hatte schreiben, zukleben und in einen Pseudobriefkasten werfen lassen, ohne dabei Fingerabdrücke zu hinterlassen. Am Ende hatten sie fast alle zumindest Teile von Spuren hinterlassen. „Da ist was dran", sagte sie. „Es ist auf jeden Fall jemand, der sehr planvoll vorgehen kann und der sehr sorgfältig arbeitet."

Paul nickte und starrte düster auf die Wand mit den Bildern und Dokumenten. „Ja“, sagte er leise. „Und genau das macht mir Angst.“

Der Doktor kam tagsüber nie nach Hause, obwohl es nicht weit war von der Praxis hierher. Alle Strecken auf Helgoland waren ja kurz. Katarina Loos würde das Haus also für sich haben.

Während sie auf die Wolken blickte, die sich wie im Zeitraffer über das Meer wälzten, musste sie an den gestrigen Abend denken. Das Essen mit ihrem Arbeitgeber war nett gewesen, sehr nett sogar. Er hatte sie überrascht, denn Dr. Strecker war an sich kein Mensch, der viel redete oder sich jemals für sie interessiert hätte. Sie erwartete das auch nicht. Er war Arzt, sie war Putzfrau, viel weiter konnte man im Leben nicht auseinander sein. Und doch: Sie hätte schon mehr als einfältig sein müssen, nicht zu erkennen, dass er sie attraktiv fand. Nun gut, Katarina Loos war auch nicht der Typ Putze, den man so vor Augen hatte, wenn man an das Gewerbe dachte: Sie trug normalerweise bei der Arbeit einen Kittel und das Haar zu einem Knoten gewunden. Ohne Make-up und mit den Clogs, die sie im Haus anhatte, konnte man sie durchaus übersehen – und das war sogar Absicht. Denn Unsichtbarkeit oder doch zumindest Unscheinbarkeit war seit jeher der beste Schutz gegen zudringliche Arbeitgeber, die sich in den eigenen vier Wänden alles herausnehmen zu dürfen glaubten.

Kein Wunder also, dass der Doktor einen schnelleren Puls bekommen hatte, als sie plötzlich elegant geschminkt und mit ihren langen, wilden Locken vor ihm saß und ihn über den Rand ihres Weinglases hinweg anblickte wie die wahr gewordene Verlockung. Und das war keineswegs schwer gewesen. Denn Strecker hätte ihr auch gefallen, als sie noch verheiratet gewesen war. Der Verdacht, dass das Verschwinden seiner

Frau womöglich nicht mit rechten Dingen zugegangen war, und die Entdeckung der blutverkrusteten Socke hatten ihn zu ihrer eigenen Überraschung eher attraktiver gemacht. Plötzlich war aus dem langweiligen Landarzt ein geheimnisvoller Mann geworden, vor dem man sich hüten musste. Vielleicht war seine Aufgeräumtheit eiskaltes Kalkül und seine ganze Freundlichkeit nur eine Falle.

Die Situation am Morgen gab ihr zusätzlich zu denken. Vielleicht hatte sie den Arzt ja nur überrascht, als er gerade auf irgendwelchen Erotikseiten im Internet gesurft war. Aber dafür hatte er eigentlich zu geschäftsmäßig geklungen. Sie kannte den Ausdruck, den Männer im Gesicht hatten, wenn man sie in einer peinlichen Situation erwischte. Das war hier anders gewesen. Eher als hätte er ein Geschäftsgeheimnis vor ihr verbergen müssen, etwas von Bedeutung, das sie nichts anging.

Katarina Loos hatte lange wach gelegen. Kurz hatte sie mit dem Gedanken gespielt, zur Polizei zu gehen. Doch das war natürlich Unsinn. Was hätte sie dort schon erzählen sollen? „Doktor Streckers Socke war voller Blut? Jedenfalls möglicherweise?“ Oder: „Haben Sie sich schon mal gefragt, wo seine Frau geblieben ist?“ Nein, damit konnte man nicht ernsthaft bei der Polizei aufkreuzen. Wenn sie es genau betrachtete, dann war alles, was sie sicher wusste, dass sie ein ungutes Gefühl hatte. Irgendetwas ging hier nicht mit rechten Dingen zu. Aber sie würde herausfinden, was es war. Dann konnte sie immer noch zur Polizei gehen. Dann würde sie vielleicht sogar müssen.

Sie hatte sich einen Plan gemacht und würde ihn Punkt für Punkt abarbeiten. Die meisten Winkel kannte sie von ihrer Arbeit her wie ihre eigene Handtasche: Die Nachtkästchen mit den Ohropax, dem Nasenspray, den zweierlei Arten von Kondomen (schwarze glatte auf ihrer Seite, rosa genoppte auf seiner). Den Badezimmerschrank mit der Warzensalbe und dem Viagra. Das Bücherregal im Arbeitszimmer mit dem Fach für eine Schnapsflasche (meist Whisky, manchmal Korn). Die beiden Pornofilme in DVD-Hüllen über medizinische Fortbildung. Kannte sie alles. Langjährige Praxis als Putzfrau hatte ihren Blick geschärft und ihren Sinn für delikate Details trainiert. Deshalb waren für sie vor allem die Bereiche des Hauses interessant, die sie sonst nie zu Gesicht bekam: der Speicher und der Keller. Auf dem Speicher war sie noch nie gewesen, wozu auch. Im Keller gab es einen Hauswirtschaftsraum, in dem Waschmaschine und Trockner standen, Bügelbrett und ein Schrank mit Putzmitteln, und in dem mehrere Bahnen Wäscheleine von einer Wand zur anderen aufgespannt waren. Dort verbrachte sie bei jedem Besuch etwa zwei Stunden. Neben dem Haushaltsraum führte eine Tür zum Vorratskeller. Und dann gab es noch zwei stählerne Türen. Die eine gehörte zum Heizungsraum, wo auch die Abwasserpumpe war, der Sicherungskasten und sonstige technische Installationen. Sie war einmal dort gewesen, als die Pumpe ausgefallen war und der halbe Keller im Morast stand, eine der widerlichsten Arbeiten ihres Lebens: Sie war buchstäblich durch Scheiße gewatet.

Wohin die andere Stahltür führte, wusste sie nicht. Bisher hatte es sie nicht gekümmert. Doch je länger sie ihr jetzt gegenüberstand, umso mehr hatte sie das Gefühl, dass dahinter etwas Besonderes verborgen lag. Vorsichtig drückte sie die Klinke. Doch die Tür war verschlossen. Unwillkürlich sah sie sich um, ob irgendwo ein Schlüssel hängen könnte, was natürlich nicht der Fall war.

Das Schloss war ein einfaches Sicherheitsschloss. An sich nichts Außergewöhnliches. Wenn man davon absah, dass es um eine Kellertür in einem Einfamilienhaus ging. Katarina Loos schritt im Geiste das Haus ab. Schlüssel gab es im Flurschrank. Alle möglichen Schlüssel sogar – aber keinen, der für dieses Schloss in Frage gekommen wäre. Im Gästezimmer im Obergeschoss stand eine Schatulle, in der ein paar Schlüssel lagen. Ob einer von ihnen passte? Und natürlich in Dr. Streckers Schreibtischschublade. Katarina Loos hatte sie immer für Praxisschlüssel gehalten. Aber konnte es nicht sein, dass einer davon zu diesem Schloss gehörte?

Neugierig huschte sie die Treppen hoch und suchte vorsichtig die Schublade von Dr. Streckers Schreibtisch durch. Sie musste nicht lange wühlen, zwei Schlüssel gab es, die sie beide mit nach unten nahm. Gerade als sie den ersten ausprobieren wollte, läutete das Telefon.

„Ich habe in der Klinik angerufen“, erklärte Paul. „Soweit sie es feststellen konnten, fehlt dort keine Blutkonserve.“

„Soweit sie es feststellen konnten?“, hakte Anna nach.

„Es gab vor ein paar Tagen an den Westkajen einen Unfall. Bei dem Notfalleinsatz scheint ein ziemliches Chaos geherrscht zu haben. Jedenfalls können sie nicht ausschließen, dass ein oder zwei Blutbeutel benutzt, aber nicht registriert worden sind.“

„Also fehlen doch welche?“

„Sie denken, nicht.“

„Menschenleben sind natürlich wichtiger als Bürokratie“, sagte Marten.

Anna nickte. „Jedenfalls müssen wir, auch wenn wir nicht sicher sein können, dass es Blut ist, beziehungsweise menschliches Blut, bis zum Beweis des Gegenteils davon ausgehen, dass es welches ist.“

Die drei Polizisten blickten auf das Schaubild, in dem sich zum Foto des Daumens das Foto eines Marmeladenglases gesellt hatte – nur dass wohl keine Marmelade drin war. „Ich finde ja, der Daumen sieht ziemlich verschrumpelt aus“, stellte Marten fest.

„Ist mir auch schon aufgefallen", sagte Anna. „Aber wissen wir, ob abgetrennte Daumen, wenn sie eine Weile herumliegen, nicht alle verschrumpelt aussehen? Scheint mir jedenfalls durchaus möglich."

Paul nickte. „Alles, was wir wissen, steht auf dieser Tafel. Und das ist nicht allzu viel. Die Frage ist, was wissen wir nicht?"

„Wer der Täter ist", sagte Marten mit schrägem Grinsen.

„Und welche Taten überhaupt vorliegen", ergänzte Anna weitaus nachdenklicher. „Außerdem wissen wir nicht, was die beiden Taten miteinander zu tun haben."

„Haben sie denn sicher etwas miteinander zu tun?"

„Entschuldige mal, wenn beide Päckchen an mich adressiert waren ..."

„Stimmt. Der Zusammenhang ist eindeutig." Paul blickte etwas beschämt an Anna vorbei.

„Was wir brauchen, ist ein klarer Plan für die Recherche. Wir haben drei Anhaltspunkte. Erstens die Päckchen. Sie sind verpackt, beschriftet und verschickt worden ..."

„Das zweite ist nicht mit der Post gekommen, sondern lag einfach vor der Tür", warf Marten ein.

„Gut. Das ist schon mal ein Anhaltspunkt. Jemand hat es selbst gebracht. Der Täter muss auf der Insel sein. Aber auch über die Post, die das erste Päckchen transportiert hat, lässt sich vielleicht etwas herausfinden."

„Zweitens?", fragte Paul, der die Notizen vervollständigte.

„Zweitens der Daumen. Was wissen wir über ihn, was könnten wir noch herausfinden?"

„Da werden wir mit den Mitteln, die uns hier auf der Insel zur Verfügung stehen, nicht sehr weit kommen", erklärte Paul und machte eine vage wegwerfende Handbewegung.

„Drittens", fuhr Anna unbeirrt fort, „das Blut. Wenn es nicht von einer Konserve stammt, von wem stammt es? Wer könnte sich oder jemand anderem überhaupt Blut abnehmen? Ist es frisch oder schon vor Längerem genommen worden? Könnte es auch in einer der Arztpraxen entwendet worden sein?“

„Die haben doch keine Blutkonserven“, warf Marten ein.

„Stimmt. Aber sie nehmen Blut ab.“

„Ein ganzes Glas?“

„Keine Ahnung. Das sollten wir herausfinden.“

Paul sah auf seine Armbanduhr. „Also gut“, sagte er. „Anna, du gehst in die Klinik und sprichst alle Fragen mit Dr. Bause durch. Ich will insbesondere wissen, ob man feststellen kann, wie alt das Blut in dem Glas ist, und ob es von einer Frau oder von einem Mann stammt. Überhaupt: Was lässt sich noch aus dem Blut über den Menschen sagen, von dem es stammt. Krankheiten? Schwangerschaft? Auffälligkeiten? Irgendwas, was den Kreis der Menschen eingrenzt, von denen das Blut stammen könnte. Wenn wir den Spender finden, finden wir vielleicht auch den, der es ihm abgenommen hat oder der es geklaut hat. Falls es derjenige, von dem es stammt, nicht selbst geliefert hat. Marten, du begleitest Anna.“

„Wenn sich da jemand systematisch selbst verstümmelt“, warf Anna nachdenklich ein, „liegt dann überhaupt ein Verbrechen vor? Ich meine: Man kann sich selber Blut abnehmen, und man kann sich selber einen Daumen abschneiden … Das ist vielleicht idiotisch, aber keine Straftat.“

„Es sei denn, du machst es zu einer“, widersprach Paul.

„Ich? Wie soll ich das verstehen?“

„Wenn es unser Verrückter an dich schickt, dann ist er ein Stalker, und du kannst ihn anzeigen.“

Einen Augenblick war Stille auf der kleinen Polizeistation. Selbst Paul schien seinen eigenen Worten nachzulauschen. War jemals zuvor Derartiges hier gesprochen worden? Wohl kaum. Anna aber spürte, wie sie Paul in dem Moment ziemlich attraktiv fand. Er hatte die Initiative ergriffen und gab die Linie vor.

„Du hast tatsächlich einen vierten Punkt vergessen, Anna", sagte Marten leise.

„Nämlich?"

„Dich."

„Ob es Blut ist, lässt sich ziemlich leicht klären", stellte der Chefarzt des Inselklinikums, Dr. Ralf Bause, fest. „Dafür reicht im Grunde ein Test, wie ihn Diabetiker machen." Er zog eine der Schubladen auf, entnahm ihr ein kleines Plastikdöschen mit Schraubverschluss und eine in Folie verpackte Spritze. Dann stellte er die Tüte mit dem Marmeladenglas vor sich auf den Schreibtisch und wollte sie aufmachen, um das Glas herauszuholen, da hielt ihn Anna zurück: „Stopp!"

Irritiert sah der Arzt auf.

„Ich möchte Sie bitten, Handschuhe anzuziehen."

Er hob die Augenbrauen, halb belustigt, halb empört. „Haben Sie Angst, dass ich Spuren hinterlasse und dann nicht mehr als Verdächtiger gelten kann?"

„Wessen sollten Sie denn verdächtig sein, Dr. Bause?", fragte Marten.

Anna versuchte es mit einem begütigenden Lächeln. „Wir sind Ihnen sehr dankbar, dass Sie uns helfen, Herr Doktor. Aber natürlich müssen wir unsere Arbeit auch gegenüber Dritten verantworten. Wenn wir verunreinigte Beweismaterialien abliefern, machen uns die Kollegen in Pinneberg einen Kopf kürzer. Und das zu Recht. Für die Spurensicherung ist absolute Hygiene und Präzision genauso wichtig wie für die Medizin."

„Natürlich", murmelte Dr. Bause. Er hielt ihr eine Packung steriler Handschuhe hin, Anna blickte kurz darauf, packte die Enden und riss sie so auf, dass der Arzt sie mit spitzen Fingern am Rand nehmen und hineinschlüpfen konnte, ohne von außen damit in Berührung zu kommen. „Sie sind vom Fach?“, fragte er Anna.

„Nur ein Praktikum in der Unfallchirurgie.“ Was untertrieben war. Anna hatte den Schein als Rettungssanitäterin gemacht.

Der Arzt nickte und griff in die Tüte. „Götterspeise, hausgemacht“, sagte er und blickte von Anna zu Marten und wieder zurück. „Wäre jedenfalls ein schöner neuer Ausdruck für Blut. Machen Sie mir die Spritze auch auf?“

Wieder nahm Anna die Verpackung und zog sie von beiden Seiten auf. „Und was machen Sie, wenn Sie die Tüte selbst verunreinigt haben? Die Anordnung sieht für mich nicht gerade steril aus.“

„Wir müssen mit dem arbeiten, was wir haben“, stellte Marten trocken fest. Er beobachtete, wie der Arzt vorsichtig einige wenige Tropfen der Flüssigkeit aus dem Marmeladenglas zog und sie in das Plastikdöschen träufelte. Dann legte er die Spritze in eine Nierenschale, zog sich die Handschuhe ab, warf sie dazu und nahm das Döschen mit zum Wasserhahn, wo er es zu drei Vierteln auffüllte.

„Sie verdünnen es?“, fragte Marten mit deutlich verdrießlicher Stimme. Doch Anna legte ihm die Hand auf den Arm. „Natürlich“, sagte sie. „Ein guter Gedanke. So geht es zweifellos am schnellsten.“

„Was geht am schnellsten?“, wollte Marten wissen und nahm seinen Arm weg. Misstrauisch beobachtete er Dr. Bause, der das Gläschen zugeschraubt hatte und leicht schüttelte. „Wie lange haben Sie das Glas schon?“, fragte der Arzt.

„Seit heute Morgen“, sagte Marten.

„Dann hat die Hämolyse natürlich längst eingesetzt.“ Der Arzt schraubte das Döschen wieder auf, nahm einen schmalen Plastikstreifen aus einer anderen Schublade und steckte ihn in die beinahe klare Flüssigkeit. Als er es wieder herausnahm, hielt er es ins Licht und nickte. „Sehen Sie?“, sagte er und zeigte es den Polizisten. „Der Teststreifen hat sich verfärbt. Wenn Hämoglobin auf diese gelbe Fläche kommt, sehen Sie darauf kleine grüne Pünktchen.“

Marten runzelte die Stirn. „Also ist es kein Blut? Da sind keine Pünktchen. Oder gilt das auch, wenn es grünliche Schlieren sind?“

„Wenn die roten Blutkörperchen zerplatzen – und das tun sie nach kurzer Zeit außerhalb des Körpers –, dann wird das Häm freigesetzt und färbt den Streifen diffus grün.“

„Das heißt?“

„Es ist Blut.“

„Kein Zweifel?“

„Kein Zweifel.“

„Hm“, machte Anna. „Damit ist die eine Frage beantwortet.“

„Die eine?“ Dr. Bause sah sie über den Rand seiner Brille an, und er war erkennbar nicht begeistert, polizeiliche Ermittlungsarbeit leisten zu sollen, noch dazu ohne zu wissen, was hier eigentlich ermittelt wurde. „Und was wäre die andere?“

„Ich nehme an, das werden Sie sich schon denken, lieber Herr Dr. Bause“, sagte Anna so sanftmütig wie möglich. „Ist es menschliches Blut?“

Der Arzt nahm seine Brille ab und rieb sich die Augen. „Darüber sagt uns der Test leider nichts“, erklärte er. „Menschliches und tierisches Blut sind mehr oder weniger identisch aufgebaut. Es ist nun einmal so: Biologisch sind wir Menschen Tiere. Und Blut funktioniert nach ganz bestimmten Mustern. Das Einzige, was uns da weiterbringen würde, wäre ein DNA-Test. Aber so was haben wir auf der Insel nicht. Dazu müssten wir eine Probe in eines unserer Labore auf dem Festland schicken.“

„Angenommen", murmelte Marten und betrachtete nachdenklich das Glas, das direkt vor ihm auf dem Tisch stand. „Angenommen, wir würden mit dem Blut einen Schwangerschaftstest machen ... Das wäre doch eine Möglichkeit. Klar, es ist nicht sehr wahrscheinlich. Aber der Versuch lohnt sich, finde ich."

Der Arzt lächelte süffisant und nickte. „Damit wüssten wir dann, ob das Tier schwanger ist."

„Das Tier?"

„Oder der Mensch."

Marten blickte etwas betreten zu Boden.

„Medikamente?", sagte Anna.

„Hm?"

„Vielleicht gibt es Medikamente, die sich nachweisen lassen."

Der Arzt wiegte den Kopf. „Wenn Wirkstoffe aus Medikamenten im Blut sind, lassen sie sich üblicherweise nachweisen. Sofern es Wirkstoffe sind, die – zumindest in entsprechenden Dosen – nicht bei Tieren verwendet werden, wäre auf diese Weise ein Wahrscheinlichkeitsnachweis möglich. Aber erstens wäre der Aufwand immens, denn wir wüssten ja gar nicht, nach welchen Wirkstoffen wir suchen, und zweitens bräuchten wir dazu ebenfalls ein Labor. Ich denke mal darüber nach."

„Trotzdem", befand Anna, als sie wieder zurückgingen in die Polizeistation, die kaum mehr als hundert Meter vom Klinikum entfernt lag. „Ich finde, wir sollten das noch genauer erforschen."

„Was erforschen?", wollte Marten wissen, der keine Kapuze trug und dem der Wind das Haar um den Kopf wirbelte, was ihn ein bisschen lächerlich aussehen ließ.

„Blut sagt doch viel über einen Menschen. Wenn wir ein Blutbild machen lassen, dann können wir herausfinden, ob wir es mit einem Diabetiker zu tun haben, wie die Harnsäurewerte sind, die Thrombozyten …"

Marten sah sie von der Seite an. „Du meinst im Ernst, das könnte uns irgendwie weiterbringen? Was sollen mir denn die Thrombozyten sagen?"

„Wenn sie erhöht sind, haben wir es mit einem Menschen zu tun, der zum Beispiel herzinfarktgefährdet ist. Die nehmen dann oft Aspirin zur Blutverdünnung und …"

Marten blieb stehen und packte Anna an den Schultern. „Hey", sagte er. „Wir wissen nicht mal, ob wir es mit einem Menschen zu tun haben. Und selbst wenn: Es gibt niemanden, dem ein Daumen fehlt oder der Blutdiebstahl angezeigt hat oder was weiß ich."

Anna schüttelte den Kopf. „Nein, Marten. Auch damit sollten wir uns nicht zufriedengeben." Und auf seinen fragenden Blick hin erklärte sie: „Nur dass niemand etwas angezeigt hat, ist kein Beweis dafür, dass es kein Verbrechen gibt. Ich hoffe, du hast recht, Marten. Ich hoffe, wir machen uns wirklich nur wegen eines billigen, gemeinen Streichs Sorgen. Ja, ich hoffe sogar, dass es nur irgendeine persönliche Hassattacke gegen mich ist. Das ist nicht schön, aber immer noch tausendmal besser als ein Verbrechen. Aber wenn es ein Verbrechen gibt und wir warten, bis die Leiche vor unserer Tür liegt, ein Mensch, den wir vielleicht hätten retten können, dann werden wir alle es uns für den Rest unseres Lebens nicht verzeihen. Deshalb, Marten. Deshalb gehen wir der Sache doch auf den Grund."

Sie trat einen Schritt zurück, und seine Hände ließen sie los. „Abgesehen davon, und nimm mir das jetzt nicht übel, ja, abgesehen davon ist bisher nichts passiert, seit ich hier bin. Über diese Schwelle ist außer uns kein Mensch getreten", sagte sie und deutete auf die Tür der Polizeistation, die nur noch wenige Schritte entfernt war. „Niemand. Anrufe? Ich habe keinen mitbekommen. Alles, was wir tun, ist, auf der Insel herumzulaufen, damit die Bürger wissen, wofür sie ihre Steuern bezahlen, und damit sie ruhig schlafen können." Anna wandte sich ab und stapfte mit kräftigen Schritten auf das Gebäude zu, riss die Tür auf, ging hinein und warf sich auf ihren Schreibtischstuhl.

Erst ein paar Minuten später trat auch Marten ein, betont ruhig und ohne Anna auch nur anzusehen. Er legte seine Jacke ab und ging in die Teeküche. Einige weitere Minuten später kam er wieder in das Büro zurück, in jeder Hand eine Tasse Kaffee. Eine stellte er vor Anna, dann lehnte er sich lässig an Pauls Schreibtisch, der Annas gegenüberstand, und nahm einen Schluck aus seiner Tasse. „Okay", sagte er schließlich. „Du hast recht. Wir lassen Bause nicht von der Angel. Er soll für uns alle Informationen aus dem Blut herausholen, die er mit seinen Mitteln herausholen kann. Trotzdem denke ich, dass wir zuerst einmal einen anderen Weg wählen müssen. Und der wird wesentlich anstrengender sein."

Anna nahm zögerlich ihre Tasse und schnupperte daran. Schwarze Brühe, immerhin frisch gemacht. Vorsichtig nippte sie. „Nämlich?"

Die Tür ging auf und Paul kam herein. „Gut, dass ihr da seid. Wir müssen einen Schlachtplan entwerfen."

„Schlachtplan klingt gut", sagte Marten. „Was kann ich tun?"

„Auf der Insel leben ungefähr tausend Menschen. Wir müssen zuerst herausfinden, ob einer vermisst wird oder einer verletzt wurde."

„Du meinst, ob ihm ein Daumen fehlt."

„Unter anderem. Wir werden herausfinden, ob jemand einen Daumen vermisst oder Blut oder beides."

„Tausend Menschen?", wunderte sich Anna. „Ich dachte, es sind fünfzehnhundert?"

Paul zuckte die Achseln. „Die Zahlen sind immer getürkt. Hat was mit finanziellen Zuwendungen vom Bund zu tun. Aber im Winter sind es noch mal weniger als in der Saison, du müsstest das wissen."

Anna nickte. „Klar. Leuchtet mir ein. Ich habe mir früher über so was keine Gedanken gemacht. Und jetzt …" Sie machte eine vage Handbewegung. „Aber was ist mit den Fremden?"

„Stimmt", sagte Marten. „Auch wenn es keine Touristen gibt, sind doch immer ein paar Leute vom Festland hier."

„Okay. Nehmen wir uns die zuerst vor. Wenn von denen jemand abhandenkommt, kann es sein, dass nicht einmal eine Vermisstenmeldung eingeht. Marten, du klapperst die Hotels ab." Er nahm sich von Martens Schreibtisch einen Stift und ging zur Tafel, um zu schreiben: – *Hotels (Marten).* Darunter setzte er einen weiteren Spiegelstrich und schrieb: *Institutionen (Anna).*

„Institutionen?"

„Das Klinikum, die Vogelwarte, das Zollamt, das Museum. Die Feuerwehr. Das Schwimmbad … Das alles."

„Okay", sagte Anna. „Um was herauszufinden?"

„Ob jemand fehlt. Nicht zur Arbeit erschienen ist."

„Guter Punkt", sagte Marten. Anna nickte. Sie ärgerte sich über ihre dumme Frage. Aber klar, Paul war der Chef, da ging es schon in Ordnung, dass er das Kommando an sich riss. Und sie hatte es ja auch gewollt. „Und was machst du?", fragte sie ihn.

„Ich", sagte Paul und zögerte kurz. „Ich werde schon mal das Oberland durchkämmen. Marten, wenn du mit den Hotels durch bist, mach drüben am Ostufer weiter. Kurhaus, Aquarium. Das alles."

„Schrebergärten?"

„Klar, die auch. Da wird ja hoffentlich jetzt keiner sein,

dann geht das schnell. Anna, lass dir von Marten bei der Liste mit den Institutionen helfen."

Marten räusperte sich. „Wo setzen wir Doras Hotel drauf?"

„Lass das mal besser Anna machen."

„Alles klar."

„Doras Hotel?" Anna konnte sich nicht erinnern, den Namen schon mal gehört zu haben.

„Ist das Inselbordell", sagte Marten knapp.

„Im Ernst jetzt? Es gibt auf der Insel ein Bordell?"

„Mit einer einzigen Hure, ja."

Anna wusste nicht, ob sie das nur komisch oder lächerlich oder endlos peinlich finden sollte. Aber klar, wenn man mal die schlichte Tatsache hochrechnete, dass ungefähr jeder dritte Mann einmal im Monat ins Bordell ging, dann gab es mindestens zweihundert Männer auf der Insel, die zum Kundenstamm der Dorfhure zählten. Kein schlechtes Geschäft. „Ich finde trotzdem, das ist eher was, wo einer von euch hingehen sollte."

Doch Paul schüttelte den Kopf. „Du machst das", bestimmte er knapp. Damit war die Diskussion beendet.

Etwas ratlos starrte Katarina Loos auf die Stahltür. Beide Schlüssel hatten nicht gepasst. Sie hatte noch einmal ans Schlüsselbrett im Flur geschaut und in die Schubladen im Haushaltsraum, wo allerlei Kleinkram lag. Doch nichts. Die Tür blieb verschlossen.

Sie spürte, wie sie ins Wanken geriet. Dass jemand von der Polizei angerufen hatte, hatte sie unruhig gemacht. Sie spürte, wie sie schwitzte, und bildete sich plötzlich ein, ihr Geruch könnte hier haften bleiben und sie bezüglich ihrer Schnüffeleien überführen. Ein schlechtes Gefühl begleitete sie, als sie nach oben ging, um sich im Gästebad frisch zu machen. Dr. Strecker hatte ihr etwas Wäsche von seiner Frau überlassen. Sie hatte zuerst abgelehnt. Aber sie konnte nicht drei Tage lang dasselbe tragen – oder womöglich noch länger. Also nahm sie die Sachen doch und warf ihre eigenen in die Waschmaschine.

Dann machte sie sich einen Tee und setzte sich ans Fenster. Draußen herrschte nach wie vor Weltuntergangsstimmung. So schlechtes Wetter erlebte sie nur auf Helgoland. Wie Menschen hier freiwillig leben mochten, konnte sie nicht verstehen. Sie selbst stammte eigentlich aus dem Westfälischen. Doch ihr Exmann hatte sie nach Cuxhaven gelockt. Trist genug, aber die reinste Vergnügungsmetropole gegen diesen traurigen Flecken Erde mitten im schmutzigen Meer. Ihr war die See nicht geheuer. Diese Tiefe, das Undurchsichtige, die Unberechenbarkeit der Wellen, das Ausgeliefertsein ... Sie hasste es. Nur im Sommer genoss sie die Arbeit auf den Inseln. Neben Helgoland war sie ja vor allem auf Sylt tätig, wo sich die reichen Landratten ihre Ferienhäuser putzen ließen, als wäre dort ständig Party. Dabei waren sie die längste Zeit des Jahres nicht mal dort. Zwei Hausbesitzer hatten ihr sogar dauerhaft den Schlüssel gegeben, damit sie hinfahren und putzen konnte, auch wenn niemand da war, um alles schmutzig zu machen. Erstklassige Jobs, keine Frage. Und wunderbare Gelegenheiten, mal ein textilfreies Wochenende im Whirlpool zu verbringen. Sie musste nur aufpassen, dass die Nachbarn nicht da waren und am Ende petzten.

Der Speicher. Den hatte sie noch nicht besichtigt. Sie sah auf die Uhr. Mehr als genug Zeit, bis der Hausherr wieder auftauchen würde.

Es war nicht einfach gewesen, im Dickicht der Zuständigkeiten einen Ansprechpartner zu finden, zumal einen, der ein Vorkommnis auf Helgoland zumindest ein klein wenig ernst nahm. Denn das merkte Anna sehr schnell: Eine kleine Polizeistation im Nirgendwo war für die großen Präsidien und Kommissariate vor allem eins: lächerlich. Man machte sich nicht einmal die Mühe, so zu tun, als könnte auch ein Fall auf einer kleinen Nordseeinsel von Belang sein. Helgoland, das war was für die Postkarte, für ein Wochenendbesäufnis oder für die Oma auf Butterfahrt. Aber ein echter Kriminalfall, der fand dort mit Sicherheit nicht statt. Und dann, Anna hatte schon fast aufgegeben, war plötzlich ein Kollege im Morddezernat der Freien und Hansestadt Hamburg am Apparat gewesen, der verbindlich und neugierig klang und sogleich begriff, dass es nicht damit getan war zu sagen: Wir schicken dann mal jemanden vorbei, wenn ihr da draußen wieder anständiges Wetter habt. Kriminaloberkommissar Schlüter hörte aufmerksam zu, fragte nach, dachte nach und kam dann gleichwohl zu dem einen klaren Schluss: „Sie müssen das mit Pinneberg klären. Wir können uns hier nicht einschalten."

„Aber Pinneberg unterstützt uns nicht."

„Die müssen."

„Das weiß ich, Herr Kollege. Aber wenn sie es nicht tun, müssen wir hier Alternativen finden. Tun wir es nicht, sind wir kein bisschen besser."

Einen Moment schwieg KOK Schlüter, ehe er feststellte: „Jedenfalls sind Sie hartnäckig."

„Gut", sagte Anna. „Dürfen wir mit Amtshilfe rechnen?"

„Ich muss das mit Kriminaldirektor Weise besprechen."

„Klar. Ich warte." Anna konnte KOK Schlüter kichern hören. „Ich sehe ja ein, dass die Sache ernst ist. Aber Sie erwarten nicht, dass ich den Hörer weglege und ins Nebenzimmer gehe, um die Sache zu klären."

„Wenn ich ehrlich bin ..."

„Dann seien Sie es nicht. Im Ernst, Frau Kollegin, ich rufe Sie zurück. Sagen wir, ich rufe Sie in der nächsten Stunde zurück, das wird vermutlich klappen. Aber in der Zwischenzeit suchen Sie sich bitte eine Beschäftigung. Wir sitzen hier nicht gerade und warten, dass uns die Friesischen Inseln Arbeit verschaffen."

Anna räusperte sich. „Natürlich. Das kann ich verstehen." Es war verdammt noch mal ohnehin sehr fair, dass der Hamburger Kollege sich einschaltete. Er hätte auch – wie die anderen – sagen können: „Das geht uns hier nichts an." Was es ja auch objektiv nicht tat. Sie legte auf und rief Martens Diensthandy an.

„Ja?"

„Hast du die Informationen?"

„Klar. Die Kollegen vom Gemeindeamt waren froh, mal ein wenig zu tun zu bekommen." Marten hatte alle Listen besorgt, die man in der Verwaltung am Hafen führte. Das reichte von Einwohner- und Meldelisten über Zoll- und Anlegebescheide bis hin zu Katasterplänen, damit sie für den Abgleich der zu überprüfenden Häuser nicht auf Google oder andere Kartendienste angewiesen waren. „Sehr gut. Ich habe einen Kollegen in Hamburg aufgetan, der uns unterstützt."

„Hamburg? Hab ich was verpasst? Sind wir jetzt eingemeindet worden? Helgoland gehört zu Schleswig-Holstein. Und unsere zuständige Direktion ist ..."

„Das weiß ich alles, Marten. Aber die kümmern sich nicht um unseren Kram. Ich konnte kaum erzählen, was das Problem ist. Die lachen schon, wenn sie nur Helgoland hören."

„Sollten mal hierherkommen, die Blödmänner", knurrte Marten, dessen gute Laune wie weggepustet schien. „Wir werden spätestens ab heute Nacht Ausgangssperre haben."

„Echt jetzt?"

„Beaufort 11. Wahrscheinlich. Viel zu gefährlich, sich dann noch ohne Not draußen herumzutreiben."

„Ist sowieso kaum einer draußen", sagte Anna und betrachtete durch das Fenster den kleinen Ausschnitt vom Hafen, den man von der Dienststelle aus sehen konnte. Kein Mensch unterwegs. Außer Marten, der den Kopf zwischen die Schultern gezogen hatte und mit seiner Kapuze aussah wie ein Gnom aus einem Herr-der-Ringe-Film. „Ich seh dich schon."

„Was?"

„Ich kann dich schon sehen!"

Doch die Verbindung war zu schlecht geworden, der Wind verhinderte jedes weitere Gespräch. Marten würde ohnehin in zwei Minuten hier sein, und dann konnten sie sich in die Papierarbeit stürzen.

Marten hatte eine Karte angelegt: Alle Einwohner, die sie telefonisch erreichen konnten, wurden abgehakt. Alle anderen mussten sie persönlich aufsuchen. Es gab allerdings mehrere Komplikationen: Erstens gab es einige, die außerhalb der Saison nicht auf Helgoland lebten, sondern ihr Geld auf dem Festland verdienten oder im Winter in den Süden verschwanden, statt sich hier oben die Stürme anzutun. Zweitens waren natürlich viele berufstätig und tagsüber weder telefonisch noch persönlich zu Hause erreichbar. Dennoch würden sie es bei allen probieren müssen, und zur Not halt so oft wie nötig, bis jeder einzelne Haushalt durchforstet war. Anna hatte drüben in der Gemeindeverwaltung alles geholt, was es sonst an Listen gab: Gewerbetreibende, Hotels und Gästehäuser, Melderegister der Unterkünfte ... Vom Zollamt hatte sie sich alle Aufzeichnungen über die zuletzt auf der Insel angelandeten Schiffe geben lassen, einschließlich der Besatzungen, soweit vorhanden. Der Flughafen auf Düne hatte die Passagierlisten der letzten vier Wochen gemailt. „Die Frage ist, ob wir Treffer- oder Ausschlussdiagnostik betreiben wollen", sagte sie.

„Treffer- oder was?" Marten konnte mit dieser Art von Polizeischuldeutsch offenbar nichts anfangen.

„Wollen wir alle, die da sind und denen nichts fehlt, abhaken und sehen, wer als mögliches Opfer übrig bleibt?", erklärte Paul. „Oder versuchen wir, die Zielperson einzukreisen und ein Profil zu entwerfen, bis wir nur noch ein paar wenige potenzielle Opfer auf der Liste haben?"

„Und das wäre dann die Trefferdiagnose?"

„Na ja, so ungefähr", sagte Anna.

„Ich schätze, das können wir gar nicht alternativ betreiben. Das müssen wir beides gleichzeitig tun."

„Marten hat recht, Anna", stellte Paul fest.

„Trotzdem müssen wir methodisch vorgehen."

„Klar", sagte Marten. „Wir sollten erst einmal alle Haushalte anrufen oder aufsuchen, in denen mehrere Personen leben. Dann können wir immer gleich ein paar Haken machen."

„Okay", sagte Paul. „Ihr macht mir eine Telefonliste. Geht das Telefonbuch durch und merkt alle Nummern von Haushalten mit zwei oder mehr Personen an. Ich fange direkt an zu telefonieren, später wechseln wir uns ab. Wenn die Liste lang genug ist, können parallel zwei von uns rausgehen und damit anfangen, alle Häuser und Wohnungen abzuklappern, die wir telefonisch nicht erreicht haben. Marten, du druckst uns ein paar Pläne aus, auf denen wir jedes Haus, das wir gecheckt haben, markieren. Ich will, dass die Liste bis morgen Abend durch ist und wir so gut wie jedes Haus abgehakt haben." Er senkte die Stimme. „Oder wir das gefunden haben, wonach wir suchen."

Anna setzte sich an ihren Computer. „Du sagst mir die Nummer und den Namen, Marten, ich gebe das direkt ins System ein, dann muss Paul nur noch draufklicken und hat den Teilnehmer in der Leitung."

„Alles klar. Dann wollen wir mal."

Die nächsten zwei Stunden waren Akkordarbeit. Marten diktierte, Anna tippte – dann umgekehrt. Paul telefonierte, fluchte, fragte, erklärte, bat um Verständnis, warf sich in seinem Schreibtischstuhl zurück und ächzte. „Was muss das schön gewesen sein, als die Leute noch einen natürlichen Respekt vor der Polizei hatten. Es ist zum Kotzen. Entweder sie freuen sich, dass mal jemand anruft, und wollen endlos quasseln, oder sie sind verstockt und misstrauisch, als wenn wir hier die NSA wären. Kann mal irgendjemand einfach so tun, als wären wir nicht der natürliche Fressfeind der Bürger?"

„Mach dir keinen Kopf, Paul", sagte Marten. „Es ist nun mal so: Sie kommen immer nur, wenn sie was von uns wollen."

Anna hielt inne. „Das ist es", flüsterte sie.

„Das ist was?"

„Wir sind auf dem völlig falschen Dampfer."

„Aha?", machte Paul, der das erkennbar nicht gerne hörte. „Und warum, wenn ich fragen darf?"

„Wir sind von falschen Voraussetzungen ausgegangen."

Paul sah sie mit genervter Miene an. „Kannst du dich etwas klarer ausdrücken?"

„Wir vergeuden unsere Zeit", erklärte Anna und deutete auf die Listen. „Hier: Wir klappern alle ab, machen unsere Häkchen und freuen uns, wenn wir in einem Haus gleich drei oder vier Häkchen machen können. Aber genau die Häuser brauchen wir eigentlich gar nicht zu prüfen."

„Wieso?", fragte Marten mit skeptischer Miene. „Das ist doch supereffizient."

„Ist es nicht. Es ist Zeitverschwendung." Anna stand auf und begann, im Besprechungszimmer hin und her zu gehen, bis sie am Fenster stehen blieb und hinausdeutete. „In jedem Haus, in dem mehr als ein Mensch in derselben Wohnung lebt, brauchen wir gar nicht zu fragen. Denn wenn da einer fehlt oder wenn da einer verletzt ist, sind wir die Ersten, die das erfahren. Wenn wir diese Wohnungen alle durchgehen, dann kostet uns das wertvolle Zeit. Wir müssen zuerst diejenigen Häuser und Wohnungen durchkämmen, in denen Alleinstehende wohnen. Erst danach ergibt es Sinn, die anderen Häuser zu prüfen."

Paul wiegte den Kopf. „Vielleicht hast du recht", sagte er. „Vielleicht aber auch nicht."

„Vielleicht auch nicht?" Anna drehte sich zu ihm um. Konnte es etwas geben, das klarer war als der Schluss, den sie gerade verkündet hatte?

„Das stimmt unter der Voraussetzung, dass das Opfer, das wir suchen, nicht gerade in seinem eigenen Haus von einem Mitbewohner festgehalten wird."

„Wenn das der Fall ist, haben wir sowieso verloren, Paul", mischte sich Marten ein. „Denn das finden wir mit der Methode, mit der wir jetzt vorgehen, auch nicht heraus. Sonst müssten wir, statt nur zu fragen, auch noch so was wie einen Zählappell machen. Nein, ich finde, Anna liegt richtig. Wir müssen die Haushalte checken, in denen nur einer lebt."

Paul seufzte. „Also gehen wir nach Liste 2 vor und packen Liste 1 erst mal weg."

Nachdenklich blickte Anna wieder nach draußen, wo sich ein paar einsame Gestalten gegen den Wind stemmten. „Vielleicht sollten wir die Liste erst noch eindampfen." Sie ging zum Schreibtisch. „Alle, die wir in den letzten Tagen persönlich gesehen haben, können wir gleich streichen. Diejenigen, die übrig bleiben, telefonieren wir ab. Und wer dann noch auf der Liste steht, bekommt Besuch."

„Okay", sagte Marten. „Mich könnt ihr schon mal streichen."

„Du stehst nicht mal drauf, Marten." Anna setzte sich und nahm die Liste zur Hand. „Doktor Strecker", sagte Paul. „Und Pastor Willemsen."

„Stimmt.“ Anna strich den Namen aus. „Und Frau Hovekamp.“

„Eigentlich sollten wir auch noch eine Liste machen mit allen, von denen wir wissen, dass sie zurzeit nicht auf der Insel sind“, sagte Paul, „das entzerrt das Bild.“

„Fleischer“, sagte Marten nach kurzem Zögern. „Hab ich am Donnerstag auf die Fähre gehen sehen.“

„Dann ist er ja vielleicht schon wieder da.“

„War die letzte vor dem Sturm.“

„Okay. Wer noch?“

„Henry von *Henry's Hummerbude*. Keine Ahnung, wie er mit Nachnamen heißt.“

Keine halbe Stunde später waren die Listen vollständig und gegengecheckt. Ohne sich mit etwas so Profanem wie einem kleinen Snack oder dergleichen aufzuhalten, machten sich die drei Kollegen auf den Weg in ihre jeweiligen Reviere.

Der Regen hatte jetzt nachgelassen, und der Wind strömte einigermaßen gleichmäßig über die Insel, wenn auch mit ungeheurer Kraft. Anna musste immer mal wieder an das Gedicht denken, das sie in ihrer Schulzeit auswendig gelernt hatte, die Ballade vom versunkenen Rungholt:

Heut bin ich über Rungholt gefahren,
die Stadt ging unter vor sechshundert Jahren.

Eines Tages würde es auch Helgoland so ergehen, das war sicher. Die Insel war jeden Tag brutalen Gewalten ausgesetzt, die an ihr zehrten. Mit zusammengebissenen Zähnen stemmte Anna sich gegen den Sturm und ließ sich dann von ihm hinüber zu den Häusern von Unterland schieben, während sie leise die Verse aufsagte:

Von der Nordsee, der Mordsee, vom Festland geschieden,
liegen die friesischen Inseln im Frieden,
und Zeugen weltenvernichtender Wut,
taucht Hallig auf Hallig aus fliehender Flut.

Mitten im Ozean schläft bis zur Stunde
ein Ungeheuer, tief auf dem Grunde.
Es zieht, sechs Stunden, den Atem nach innen
und treibt ihn, sechs Stunden, wieder von hinnen.

Doch einmal in jedem Jahrhundert entlassen
die Kiemen gewaltige Wassermassen.
Dann holt das Untier tiefer Atem ein
und peitscht die Wellen und schläft wieder ein.
Viel tausend Menschen im Nordland ertrinken,
viel reiche Länder und Städte versinken.

Vielleicht war es ja längst wieder so weit. Vielleicht arbeitete der Sturm bereits an einem teuflischen Plan, die Düne zu verschlingen oder den Rest der Hauptinsel entzweizubrechen. Die Lange Anna drüben über den Lummenfelsen würde als Erste dran glauben. Eigentlich war es ein Wunder, dass sie immer noch stand.

Die meisten Hotels und Pensionen befanden sich auf Unterland. Etwa zwanzig hatte Marten für sie aufgelistet. Anna würde sie gleich vom Süderstrand her abarbeiten. Aber aus Neugier beschloss sie, zuerst Doras Hotel im Lotsengang aufzusuchen. Die Aussicht, die Inselhure zu treffen, versprach Abwechslung.

Das Haus als solches unterschied sich in nichts von den Gebäuden drumherum. Es war die gleiche Einheitsarchitektur, keine rote Laterne wies auf die Bestimmung hin und auch kein Klingelschild ließ den Verdacht zu, es könne sich hier um ein

„Etablissement“ handeln. Einen Augenblick lang zögerte Anna. Wäre es nicht um Leben und Tod gegangen, sie hätte es für einen schlechten Scherz der Kollegen gehalten, dass sie hier mit entsprechenden Informationen auflief, einen Scherz, wie man ihn gerne bei Neulingen machte. Doch angesichts des Ernsts der Lage war das wohl auszuschließen. Also klingelte Anna und wartete einen Moment. Anders als erwartet, kam niemand zur Tür, sondern es summte nach kürzester Zeit der elektrische Öffner, und Anna konnte die Tür aufdrücken. Im Hausflur war es dunkel, nur von der nach oben führenden Treppe kam ein warmes Licht, ja tatsächlich ein rötlicher Schimmer, und leise Musik. „Bitte einfach raufkommen!“, rief eine Frauenstimme, und Anna stieg beherzt hinauf.

Oben war es freundlich und hell, sehr aufgeräumt, sehr bieder. „Komme gleich!“, rief dieselbe Frau, offenbar aus einem Raum neben dem offen stehenden Schlafzimmer, vermutlich einem Badezimmer. Anna ließ den Blick schweifen. Ein Bett mit bunter Decke. Ein Nachttischchen, auf dem einige Utensilien professioneller Natur standen. Vorhänge wie bei Großmuttern, die Gardinen zugezogen. An der Decke ein billiger Lüster. Über dem Bett ein Spiegel, der vielleicht etwas zu stark gekippt war. Und dann stand die Dame des Hauses tatsächlich vor ihr und starrte sie an. „Anna? Bist du das?“

Zum Speicher gab es keine Treppe, sondern nur eine Luke in der Decke des Obergeschosses, und zwar fast genau über dem Treppenabsatz. Katarina Loos wusste, wo der Stab mit dem Haken war, an dem man den Griff der Luke herabziehen konnte. Fünf Minuten später stand sie oben und versuchte, ihre Augen an die Dunkelheit zu gewöhnen. Sie hätte sich eine Lampe mitbringen sollen. Natürlich gab es hier oben kein elektrisches Licht, das Haus stammte wie alle hier aus den

1950er- und 1960er-Jahren. Trübes Licht kam lediglich durch ein halb blindes Fenster von der Größe einer Zigarrenkiste und durch die geöffnete Luke unter ihr.

Vorsichtig tastete sie sich voran. Die Bodendielen knackten, es war eisig und unvorstellbar staubig. Buchstäblich alles war von einer dicken Schicht bedeckt. Langsam erkannte Katarina Loos mehr. Zwei Kleiderschränke standen an den geraden Wänden, eine große Kommode unter einer der Dachschrägen. Zahllose Kisten stapelten sich auf der gegenüberliegenden Seite, Kisten mit Büchern, mit Ordnern, mit Papieren. Ein lederner Sessel, der zu ihrer Überraschung nicht so stark verstaubt schien. In einer Ecke Schuhe. Viele Schuhe. Herren- und Damenschuhe und sogar ein paar Kinderschuhe. Ein medizinisches Gerät, vielleicht ein Ultraschallgerät, so genau ließ sich das nicht sagen. Jedenfalls wirkte es ziemlich veraltet. Katarina Loos beschloss, die kleine Fensterluke zu öffnen, damit vielleicht etwas mehr Licht hereinkam. Es ging schwer, aber es ging. Erleichtert hielt sie ihr Gesicht nach draußen in die frische Luft, die sogleich hereindrang. Der Speicher roch schimmelig, er roch alt und dumpf, obwohl er eisig kalt war. Als sie die Augen öffnete, sah sie gerade noch, wie Dr. Strecker in die Straße einbog.

Hastig stieg sie die Leiter wieder hinunter, die an der Bodenluke angebracht war, drückte sie dann nach oben und stieß die Klappe wieder zu. „Katarina?“, hörte sie Dr. Streckers Stimme von unten.

„Ich bin hier oben!“, rief sie, wischte den Staub von der Bluse und lief rasch die Treppe hinunter ins Erdgeschoss.

„Alles in Ordnung bei Ihnen?“

„Alles in Ordnung, Herr Doktor. Ich hatte gerade überlegt, ob ich mich ein bisschen nützlich machen kann.“

Er sah sie an. „Wie ich sehe, haben Sie die Kleider meiner Frau angezogen.“

„Ja. Ich wollte eigentlich gar nicht, irgendwie kommt mir das komisch vor. Aber nach vier Tagen …“

„Ach was“, winkte der Arzt ab. „Bevor die Sachen hier nur nutzlos herumhängen, ist es doch besser, Sie tragen sie. Eigentlich können Sie sie auch mitnehmen, wenn Sie möchten. Passen Ihnen ja ausgezeichnet.“ Er hängte seinen Mantel an die Garderobe und legte seinen Schlüsselbund auf die Konsole im Flur. Der Schlüssel, schoss es Katarina Loos durch den Kopf. Natürlich! Er hatte den Schlüssel immer an seinem Bund, nahm ihn mit, wenn er aus dem Haus ging. Deshalb war nirgendwo im Haus ein Schlüssel für die Stahltür im Keller. „Und Sie haben schon frei?“, fragte sie.

„Ja. Wir hatten eine schwere Operation heute. Ich bin völlig durchgeschwitzt und froh, wenn ich unter die Dusche komme.“

„Soll ich Ihnen in der Zwischenzeit einen Kaffee machen, Herr Doktor?“

„Das wäre nett. Vielleicht machen Sie ja auch einen für sich?“

„Vielleicht“, sagte sie und lächelte unverbindlich. Konnte ein Arzt erkennen, wenn jemandes Puls plötzlich um ein Vielfaches schneller schlug? Sie hatte das Gefühl, dass ihr das Blut in die Wangen schoss, und wandte sich rasch ab.

Wenige Augenblicke später hörte sie das Wasser in der Dusche rauschen. Während die Kaffeemaschine fauchte, lief sie auf Strümpfen in den Flur, schnappte sich den Schlüsselbund und eilte die Treppe hinab in den Keller. Trotz ihrer zittrigen Hände hatte sie die möglichen Schlüssel schnell durch. Es war der letzte, klar. Der sperrte. Einmal, zweimal … Ihr Herz klopfte wie wild. Schon hatte sie die Hand auf der Klinke, da überlegte sie sich, noch einmal zur Sicherheit zu lauschen, ob der Arzt auch wirklich noch duschte. Also nahm sie die Treppe nach oben ins Erdgeschoss und noch die halbe Treppe ins

Obergeschoss. Doch: Das Wasser war deutlich zu hören. Sie drehte um und war schon wieder auf dem Treppenabsatz in den Keller, als sie bemerkte, dass das Rauschen aufgehört hatte. „Scheiße", flüsterte sie und beeilte sich, den Schlüssel wieder auf die Konsole zu legen und möglichst selbstverständlich mit ihrem Kaffee am Küchentisch zu sitzen, als ihr Arbeitgeber wieder aus dem Bad kam.

Es war, als stünde ihr eine Frau gegenüber, hinter deren Maske sich eine weitere Maske verbirgt: Das Make-up verdeckte mit Mühe die wahren Züge von Nele Steenkamp – und die wahren Züge dieser jungen Frau hatten kaum etwas zu tun mit jenen des Mädchens Nele Steenkamp, das Anna einst gekannt hatte. „Nele", stammelte sie. „Ich … ich wusste nicht …"

Einen kurzen Augenblick nur dauerte es, bis die Frau, die ihr in Dessous und einem offenen Morgenmantel gegenüberstand und deren mit allzu langen Wimpern und dramatischem Lidschatten geschminkte Augen sie verblüfft angestarrt hatten, ihre Fassung wiedergewonnen hatte. „Wusstest du nicht, wen du hier treffen würdest oder womit ich meinen Lebensunterhalt verdiene?"

Anna versuchte, sich nicht anmerken zu lassen, wie schockiert sie war, weil ihre ehemalige Mitschülerin sich auf so schreckliche Weise verändert hatte. Nele Steenkamp war ein hübsches Mädchen gewesen, vielleicht kein besonders fröhliches, aber ein Mädchen mit Zukunft. Hatte Anna jedenfalls gedacht. Oder hätte sie gedacht, wenn sie jemals darüber nachgedacht hätte. Dass Nele außerdem als die Schulschlampe in ihrem Jahrgang galt, wen juckte das? Die gab es in fast jedem Jahrgang ab der Mittelstufe. Und das verging mit der Zeit. Oder auch nicht. Aber musste es unbedingt in die Prostitution führen?

„Ich wüsste jetzt zu gerne, was alles in deinem Kopf herumgeht", sagte Nele Steenkamp, trat zu einer Kommode, auf der neben Sexspielzeug auch ein Päckchen Zigaretten lag, und steckte sich eine an. Sie hielt Anna die Schachtel hin, doch die schüttelte den Kopf. „Ehrlich gesagt, es haut mich schon um, dass du jetzt als Hure arbeitest", sagte sie, und es klang etwas heiser.

„Na ja, es gibt Schlimmeres."

Gab es das? Vermutlich. Anna hatte nur in dem Augenblick keine Idee, was das sein könnte.

„Was führt dich zu mir? Ich bekomme hier nicht oft Damenbesuch. Und ich vermute, du bist nicht als potenzielle Kundin hier." Nele Steenkamp warf den Kopf in den Nacken und blies Rauch über Annas Kopf.

„Aber warum?"

„Warum was?"

„Warum verkaufst du deinen Körper?"

„Ach komm schon, Anna. Mach du mal nicht auf moralisch. Du hast selbst erlebt, wie die Typen hier ticken. Denkst du, es ist so viel besser, sich einen von denen als Ehemann zu nehmen und dann zweimal die Woche für lau die Beine breit zu machen? Die Kerle sind Schweine. Alle. Dann mach ich eben die Schweinereien mit und lebe ganz gut davon. Kannst Gift drauf nehmen, dass die meisten mich besser behandeln als ihre Frauen zu Hause."

Anna seufzte. „Okay", sagte sie. „Geht mich auch gar nichts an. Ich bin in einer dienstlichen Angelegenheit hier."

„Dienstlich? Bist du jetzt beim Gesundheitsamt? Willst du überprüfen, ob ich Gummis benutze?"

„Ich bin bei der Polizei – und es geht überhaupt nicht um dich." Anna hatte Nele schon früher nicht gemocht. Jetzt wusste sie auch wieder, wieso. Es war diese herablassende Art. In der Jugend war das vielleicht noch nicht so ausgeprägt gewesen. Aber jetzt kam ganz offensichtlich dazu, dass das Leben als Prostituierte für eine Menge Desillusionierungen gesorgt hatte. Da mochte Zynismus eine Überlebensstrategie sein.

„Bei der Polizei!" Nele Steenkamp nickte anerkennend. „Das gefällt mir. Hätte ich dir nicht zugetraut, Anna Krüger." Sie zögerte kurz. „Oder heißt du jetzt anders? Hast du geheiratet?"

Anna schüttelte den Kopf. „Nein. Anna Krüger. Heute wie damals. Kein Mann."

„Da haben wir was gemeinsam. Und die Jungs haben dich geschickt, ja?" Die Hure, die einmal Annas Mitschülerin gewesen war, lächelte hintersinnig. „Hatten sie Angst, sie könnten befangen sein?"

„Paul? Oder Marten? Wieso sollten sie befangen sein?"

Nele Steenkamp lachte, dass man ihre vom Rauchen vergilbten Zähne sah. „Du hast auch keine Ahnung, was?" Sie deutete auf einen Stuhl neben dem Bett. „Setz dich."

Anna nahm Platz, etwas widerwillig, sie wollte sich lieber nicht vorstellen, wer auf diesem Möbel sonst saß – und in welchem Zustand. „Was kann ich für dich tun?" Nele klang nun ganz verbindlich, setzte sich ihr gegenüber auf das Bett und sah sie mit halb belustigtem, halb neugierigem Blick an.

„Es geht darum, dass wir Grund zu der Annahme haben, dass jemand verschwunden ist."

„Verschwunden?"

„Ich kann das leider nicht näher ausführen. Aber ich bin unterwegs, um herauszufinden, ob jemand abgängig ist." Annas Blick glitt über die Peitsche, die schwarze Maske und die Lederriemen mit Dildo und Nieten, die neben dem Bett an der Wand hingen. „Beziehungsweise ob jemand körperlich misshandelt oder an der Gesundheit geschädigt wurde."

„Hm. Den Polizeijargon hast du ja schon gut drauf", stellte Nele fest und musterte Anna mit schiefem Lächeln. „Denkst du, ich könnte ein bisschen zu hart geschlagen oder ein bisschen zu stramm gefesselt haben?“

„Auf die Idee war ich noch nicht gekommen.“ Anna fragte sich, wie oft hier wohl überhaupt schon eine Frau gewesen war, von der Gastgeberin abgesehen. Das waren ja Einblicke, die der weibliche Teil der Bevölkerung von Helgoland vermutlich überhaupt noch nicht genossen hatte. „Aber vielleicht muss ich in der Hinsicht mal Nachhilfe bei dir nehmen. Ich schätze, da fehlt mir etwas die Fantasie.“

„Wenigstens bist du ehrlich.“ Die Hure nahm wieder einen Zug von der Zigarette. „Es geht also nicht um mich, ja? Ihr sucht jemanden, wisst aber nicht, wen. Hm. Seltsame Geschichte. Also hier fehlt niemand, wie du siehst. Ich bin da – und außer mir gibt es hier niemanden. Nur die Kunden eben. Und die wohnen alle in ihren eigenen Wohnungen.“

Anna nickte. „Klar“, sagte sie. „Das liegt nahe. Aber ist vielleicht in den letzten Tagen einer deiner Kunden nicht aufgetaucht? Ich meine, du hast doch bestimmt so was wie Termine, oder?“

„Termine und Spontanbesuche, je nachdem.“

„Und Kunden, die immer zu bestimmten Zeiten oder an bestimmten Tagen auftauchen? Auch ohne einen Termin, meine ich?“

„Klar. Auch. Der eine oder andere kommt nach der Arbeit. Oder vor der Nachtschicht. Das sind dann gerne bestimmte Wochentage, was weiß ich, wenn die Frau gerade aufs Festland gefahren ist oder mit ihren Freundinnen beim wöchentlichen Kaffeekränzchen sitzt.“

„Irgendwer, der in den letzten Tagen hätte kommen sollen, aber nicht gekommen ist?“

„Du erwartest jetzt nicht im Ernst, dass ich dir sage, wer zu meinen Kunden gehört, oder?“

„Es wäre eine große Hilfe.“

„Kommt überhaupt nicht in Frage, Anna. Das ist mein Geschäftsgeheimnis. Und übrigens auch meine Geschäftsgrundlage. Wenn ich anfange, über Kunden zu sprechen, dann kann ich den Laden gleich dichtmachen. Mal ganz abgesehen davon, dass ich den Job nicht mache, um Existenzen zu vernichten oder so was." Nele Steenkamp stand auf. „Ich glaube, du solltest jetzt gehen, Anna Krüger."

Anna erhob sich ebenfalls und lächelte ihrer ehemaligen Mitschülerin begütigend zu. „Entschuldige", sagte sie. „So war das nicht gemeint. Ich weiß schon, dass es so was gibt wie, keine Ahnung, Hurenehre?"

Die Augen der Prostituierten blitzten. „Du bist gerade dabei, dich ziemlich danebenzubenehmen, Anna. Geh jetzt besser."

„Okay. Ich bin weg." Anna ging zur Treppe. „Aber denk bitte noch einmal darüber nach. Du würdest auch nicht glücklich, wenn vielleicht jemandem etwas Schlimmes passiert, nur weil du uns nicht helfen wolltest. Man kann eine Existenz auch zerstören, indem man nichts sagt." Ohne ein weiteres Wort drehte sie sich um, nahm die Treppe nach unten und verließ Doras Hotel.

Es ist alles wieder da, Leo. Alles. Ich kenne zwar kaum noch jemanden, aber trotzdem hat sich nichts verändert. Sie sind genau, wie sie immer waren. Misstrauisch. Verschlossen. Aber das bin ich ja auch. Vielleicht passe ich sogar besser auf diese verdammte Insel, als mir lieb ist. Aber wenn ich dann wieder an alles denke, was passiert ist ... Stell dir vor, ich war da. Ich weiß nicht, ob ich wirklich absichtlich hingegangen bin oder ob es Zufall war. Vielleicht war es ja weder noch. Vielleicht wollte ein Teil von mir hingehen. Süderstraße. Das Haus sieht unverändert aus. Obwohl jetzt eine neue Familie drin lebt. Schult-

zes. Ich habe mit der Frau gesprochen. Es war genau wie damals. Ich stand da und mein Herz schlug wie wild. Fast hätte ich gar kein Wort rausgebracht. Die Frau hätte meine Mutter sein können. Sie ist ungefähr so alt, wie meine Mutter jetzt wäre, vielleicht ein bisschen jünger. Sie hat mich sogar reingebeten. Aber ich konnte nicht. Das habe ich nicht über mich gebracht. Ich habe auch nicht gesagt, dass ich selbst früher in dem Haus gewohnt habe. Im ersten Stock brannte Licht. Mein Zimmer. Du warst da. Zweimal. Genau zweimal. Einmal vor der Sache und einmal danach. Dass du danach noch einmal gekommen bist, das war so, so ... Wir wären ein super Paar geworden, Leo. An dem Abend wusste ich es. Da habe ich mir gedacht, mit ihm würde ich mein ganzes Leben verbringen. Vielleicht habe ich es mir da auch noch nicht gedacht, sondern erst später. Ich glaube, dass ich an dem Tag gar nicht mehr denken konnte. Ich konnte ja nicht einmal heulen. Eigentlich war ich jemand anderes. Es gab plötzlich zwei Annas. Eine von vor den Ereignissen und eine aus der Zeit danach. Und das waren nicht dieselben. Gab es auch zwei Leos? Damals konnte ich das nicht fragen, weil ich es nicht verstanden hätte. Und dann konnte ich dich gar nicht mehr fragen.

Die Süderstraße hätte ein Heim sein können. Ein Hafen. Sicherheit und Geborgenheit oder so was. Aber in Wirklichkeit war das Haus nur ein Felsbrocken im Meer. Man kann daraufklettern und sich vor dem Ertrinken retten, aber man stirbt am Ende doch, weil man verhungert und verdurstet. Hoffentlich ist die Familie, die heute in dem Haus lebt, glücklicher, als wir es damals waren. Hoffentlich geht es den Kindern anders als mir damals. Als uns, Leo.

Sie legte den Stift weg und wischte sich die Augen. Marten hatte ihr angeboten, die Süderstraße zu übernehmen. Sie hatte abgelehnt. Hätte sie diesen verfluchten Ort dauerhaft meiden wollen, dann hätte sie ganz einfach die Möglichkeit ausschlagen müssen, auf der Insel zu arbeiten. Helgoland war zu klein für verbotene Flecken. Aber sie hatte ja auch für sich selbst die Konfrontation mit dem Ort suchen müssen, an dem über ihr Schicksal ein zweites Mal entschieden worden war. Wenn sie die Augen schloss, konnte sie ihre Eltern vor sich sehen, so gestochen scharf wie an jenem Tag. Die besorgten Mienen wegen des Geredes, das es geben würde. Die Zornesfalten auf der Stirn ihres Vaters. Ihre Wange glühte noch heute, wenn sie an die Schläge dachte. Zweimal, dreimal, viermal mitten ins Gesicht. Mit aller Kraft, mit aller Wut. Brennend der Schmerz auf ihren Wangen, ebenso wie in ihrer Seele.

„Wie konntest du nur! Hast du gar keinen Respekt vor deinen Eltern? Bedeuten wir dir gar nichts?“ Sein Kopf so rot, als würde er jeden Moment platzen. „Eine Hure bist du! Meine Tochter ist eine kleine Hure!“ Völlig unerwartet der erste Schlag. Anna verliert das Gleichgewicht und fällt zu Boden. Er zerrt sie hoch und schlägt gleich noch einmal zu.

„Kind!“, schluchzt die Mutter. „Ach, Kind, du dummes Kind.“ Sie schaut weg, als der Vater erneut ausholt. Und noch einmal. Auch später schaut sie weg, verdrängt alles, was danach kommt. Bleibt blind für Annas Leiden. Und überschüttet sie mit Vorwürfen, als der Vater später an einem Herzinfarkt stirbt.

Doch da lag Annas Welt schon in Trümmern. Da war alles vorbei, was ihr das Leben lebenswert gemacht hatte. Da war die alte Anna längst erloschen und an ihrer Stelle hatte ein schwaches Glimmen ihren Lebensweg zu beleuchten begonnen. Hell genug, um sie am Laufen zu halten, doch viel zu dunkel, um ihr Hoffnung zu geben. Wahrscheinlich hatte sie letztlich auch ihre Mutter umgebracht, weil sie ihr nie verziehen hatte.

„Ach, Leo“, flüsterte Anna. Doch es antwortete nur Stalin, indem er seine Krallen um ihr Gehirn legte.

Er hasste den Schnee, der auf dieser verdammten Insel immer nur Eisregen war. Er hasste die Insel. Welcher Teufel hatte ihn geritten, hierherzukommen? Hätte er nicht irgendwo auf dem flachen Land eine Praxis übernehmen können? Er hatte keinen Grund gehabt zu fliehen. Aber wenn es so weiterging, würde er bald einen Grund haben. Buchstäblich alles schien sich gegen ihn verschworen zu haben. Es ging schief, was nur schiefgehen konnte. Jetzt war auch noch die Putze aufgetaucht. Und wenn ihn nicht alles täuschte, schnüffelte sie herum, wo sie nichts zu schnüffeln hatte. Nervös griff er nach dem Schlüsselbund in seiner Jackentasche und holte ihn heraus. Alle noch dran. Natürlich. Wie sollte es auch anders sein, er hatte den Bund ja immer dabei. Eine Böe riss ihm fast die Tasche aus der Hand. Das hätte noch gefehlt, dass ihm sein Material ins Meer geschleudert wurde. Er brauchte es so dringend wie noch nie. Schließlich hatte er eine Aufgabe zu Ende zu bringen. Eine verflucht wichtige Aufgabe. Es ging um nicht weniger als Leben oder Tod. Da würde er seine Zeit nicht länger verschwenden und über Katarina Loos nachdenken. Kurz blieb er stehen. Sein Blutdruck war im Keller. Kein Wunder, er hatte letzte Nacht kaum geschlafen. Wenn er so weitermachte, war er bald ein Gesundheitsrisiko für seine Patienten. Er biss die Zähne zusammen, zog sich den Schal über die Nase und lief weiter. Irgendwann, irgendwann musste er ein paar Stunden Ruhe bekommen. Irgendwann musste er auch mal an sich selbst denken.

„Oh Gott, was für eine Schweinerei! Du hast dich eingeschissen, du Sau."

„Mir ist schlecht. Meine Hand schmerzt höllisch. Ich glaube, ich habe eine Blutvergiftung. Ich brauche einen Arzt."

„Lass sehen – nein, kein blauer Strich. Keine Blutvergiftung. Du willst mich nur verarschen. Ein Arzt! Sonst noch was? Glaubst du im Ernst, ich lasse einen Arzt kommen? Du hast offenbar noch nichts kapiert."

„Mir geht es schlecht."

„Soll ich jetzt Mitleid haben?"

„Was … was hast du vor?"

„Erst einmal brauche ich noch mehr Blut. Allerdings sehr viel mehr als letztes Mal."

„Halt! Tu das nicht! Willst du mich umbringen? Tu es nicht. Bitte! Bitte!"

„Gut, dass wir die Kanüle dringelassen haben. So muss ich dich nicht mehr stechen. Du siehst, ich mache nicht mehr als unbedingt nötig."

„Du Schwein! Du bringst mich um! Hör auf! Lass mich gehen! Wenn ich hier rauskomme, dann …"

„Wenn du hier rauskommst? Wenn du hier rauskommst? Nein, du hast wirklich nichts kapiert."

TAG 6

Mittwoch, 3. Februar, 09:00 Uhr,
54° 11' nördliche Breite, 7° 53' östliche Länge,
Windstärke 10, West/Südwest, Regen,
Ausgangssperre seit 06:00 Uhr

Die Häuser auf Helgoland standen dicht auf dicht. Sie bildeten lange Reihen, die sich wie Wellen über den Fels erstreckten, zwei Wellenfelder: eines auf dem Unterland, eines auf dem Oberland. Die Wohnhäuser waren nach sehr ähnlichen Plänen erbaut und glichen einander stark. Gegen die Tristesse einer sozialistisch anmutenden Gestaltung hatten die Insulaner viele in leuchtenden Farben angemalt: Rot, Blau, Gelb … Doch im ewigen Dämmerlicht des Nordseewinters verblasste dieses Farbenspiel, und die Straßen wirkten grau und düster. Wenn der Westwind, so wie an diesem Tag, durch die schmalen Quergassen jagte, schubste er die Menschen geradezu über die Insel. Erst etwas weiter zur östlichen Seite hin schwächte sich dieser Schub, von der Krümmung der Straßen aufgefangen, ein wenig ab.

Sie hatten sich bereits vor acht Uhr in der Polizeistation getroffen, um eine Besprechung abzuhalten. Paul hatte die Ausgangssperre am frühen Morgen herausgegeben und war dann gar nicht mehr nach Hause gegangen. Jeder von ihnen hatte am Vortag bis spät gearbeitet. Doch die Berichte hatten nichts ergeben. „Ich weiß nicht, ob ich mich darüber freuen soll“, hatte Paul gesagt und damit ausgesprochen, was auch Anna und Marten dachten. Nachdem sie die Situation nochmals von allen Seiten beleuchtet hatten, waren Anna und ihr jüngerer Kollege wieder ausgerückt und schlugen sich bei Regen und Sturm durch, während Paul die Stellung hielt und den Schreibtischjob übernahm.

Anna hatte sich vom Südstrand aus vorgearbeitet. Viele Pensionen waren während der Wintermonate geschlossen, allerdings dennoch bewohnt. Die Familienbetriebe hatten notgedrungen eine ruhige Zeit. Anna fiel auf, dass in etlichen Häusern renoviert wurde. Natürlich gab es aber auch die Unterkünfte, deren Schäbigkeit sich im leeren Zustand erst so richtig zeigte. Im *Haus Thorstensen* schien jede zweite Deckenlampe außer Funktion zu sein, die Toilette im Erdgeschoss war mit einem Besenstiel abgesperrt, über der Rezeption wucherten Stockflecken an der Wand. „Gäst? Nee, opstunns nich. Is keen büschen Tiet for Beseuker", frieselte die Besitzerin und betrachtete Anna wie ein seltenes Tier. Ganz anders im *Hotel Friesenhof*, wo man Wert darauf legte, zu den feinen Adressen der Insel zu gehören. Der Portier widmete sich Anna mit großer Aufmerksamkeit, nickte sogar leicht, als er ihren Dienstausweis sah, setzte ein perfektes unverbindliches Lächeln auf und nahm sein Gästebuch hervor, in dem auf ganz altmodische Art noch handschriftlich jeder Besucher, der in dem Hotel abgestiegen war, vermerkt wurde. Tatsächlich gab es zwei Gäste, die aber beide anwesend und wohlauf waren – abgesehen davon, dass man ihnen den Aufenthalt so schön wie möglich machen musste, weil sie mit der Tatsache unzufrieden waren, dass sie die Insel wegen des Sturms nicht Richtung Festland verlassen konnten. Das *Gästehaus Seeblick* – eine Absteige übelster Sorte. Die *Pension Fredebold* – ein entzückendes Schmuckstück, leider ebenfalls ohne aktuelle Gäste. Im *Haus Stewens* hatte es interessanterweise einen Gast gegeben, der mit der letzten Fähre nicht mehr weggekommen war, aber dennoch zwei Tage später ausgecheckt hatte, eine gewisse Katarina Loos, wie das Gästebuch besagte. Wohin sie umgezogen war? Das wusste die Wirtin nicht zu sagen. Anna war gespannt, ob sie in einer anderen Pension oder einem anderen Hotel auftauchen würde – doch das tat sie nicht. Weder im *Inselhotel Möwe* noch in der *Pension Delfin*, nicht im *Haus Familie Rose* oder im *Gasthaus Blank*. Als sie ihre Liste mit möglichen Unterkünften durchgearbeitet hatte, gab es – von diesem einen Fall abgesehen – keine offenen Fragen und vor allem: keinen Verdachtsmoment, dass irgendwo dort ein Mensch Opfer einer Gewalttat geworden war. Auch die Jugendherberge und das Kurhaus, die beide auf Martens Liste standen, waren unverdächtig. Was die geheimnisvolle Frau aus dem *Haus Stewens* betraf, so konnte sie natürlich genauso gut privat untergekommen sein, wenn auch nicht nachvollziehbar wäre, warum sie dann nicht gleich dort abgestiegen war, sondern sich zuerst in einer Pension eingemietet hatte. Jedenfalls zählte sie nicht zu den vordringlich gesuchten Personen, da der Inhaber der Pension Anna versichert hatte, sie sei gesund und munter gewesen – vor allem auch im Besitz ihrer beiden Daumen. Anna machte einen Vermerk und zog weiter. Nach den gewerblichen Unterkünften ging es nun daran, möglichst schnell auch die Wohnhäuser der Halunder zu überprüfen. Irgendwo musste es schließlich einen Menschen geben, dessen Leben im wahrsten Sinne des Wortes versiegte und der vielleicht gerettet werden konnte – wenn sie ihn rechtzeitig fanden.

Zuerst ging sie die Gartenstraße hinab und klingelte an jedem Haus, fragte in jeder Wohnung mit dem immer gleichen Sprüchlein: „Anna Krüger von der Polizei.“ An der Stelle hielt sie ihren Dienstausweis hoch und versuchte ein Lächeln. „Wir befürchten, dass es einen Unfall gegeben hat, und wollten nur nachfragen, ob bei Ihnen im Haus alle wohlauf sind. Keine Vermissten, keine Verletzungen, nichts dergleichen?“

Die Halunder sind wie alle Bewohner der nördlichen Inseln zwar vorsichtige Menschen, doch im Grunde freundlich und hilfsbereit. „Bei dem Wetter gehen Sie von Haus zu Haus?“, sagte eine Frau in mittleren Jahren, die ihr die Tür des dritten oder vierten Hauses öffnete. „Sie Arme. Kommen Sie doch rein und wärmen sich auf!"

„Das ist sehr nett von Ihnen, vielen Dank. Aber dafür habe ich im Moment keine Zeit", erwiderte Anna und musste niesen.

„Verstehe. Dann mal alles Gute."

„Danke." Und weiter ging sie. Der Regen hatte bereits ihre Stiefel durchnässt, die irgendwo ein Loch haben mussten und nun klamm und schwer wurden.

„Vermisst? Hätten wir angezeigt", sagte die nächste Hausfrau.

„Es gibt nur eine Wohnung hier im Haus?", fragte Anna mit Blick auf das Klingelschild, an dem zwei Knöpfe angebracht waren.

„Nee. Aber die andere Wohnung ist leer. Die sind nur in der Saison hier."

„Alles klar. Danke." Anna fragte sich, ob sie nicht eigentlich auch all die Wohnungen und Häuser prüfen mussten, die leer standen, weil gerade keine Saison war. Aber wie sollten sie dort hineinkommen? Ohne Durchsuchungsbeschluss ging gar nichts, es sei denn, der Eigentümer war da und erlaubte es – und genau das war bei vielen Wohnungen ja eben nicht der Fall.

Elsbeth Schneider. So ein Klingelschild hatte niemand mit Familie. Das musste die Sekretärin der Polizeistation sein. Anna überlegte, ob sie klingeln und sich vorstellen sollte. Doch dann entschied sie sich dagegen. Die Frau war krank, wozu sie stören. Außerdem hatte Anna gehört, wie Paul am Morgen mit ihr telefoniert hatte, um sich nach ihrem Befinden zu erkundigen. Wenn sie etwas mit dem Fall zu tun gehabt hätte, wäre das längst bekannt gewesen.

Mitunter dauerte es, bis jemand öffnete. Einige Male hatte Anna das deutliche Gefühl, dass jemand hinter dem Vorhang stand, sie beobachtete und überlegte, ob er überhaupt aufmachen sollte. Gegen Ende der Straße öffnete ein alter Mann die Tür. „Anna Krüger? Das ist ja schön, dass man dich noch mal hier sieht."

Anna schielte zum Türschild. „Herr Doktor Rückert! Ich hab gar nicht dran gedacht, dass Sie hier wohnen. Aber klar." Sie räusperte sich. „Schön, Sie zu sehen." Es war eine Lüge, aber eine nett gemeinte. Ob ihr ehemaliger Englischlehrer das durchschaute, ließ sich nicht sagen. Er war alt und schmal geworden, seine kleinen Augen versteckten sich hinter einer dicken Brille. Schon hatte er sie am Arm gefasst und zog sie ins Innere seines Hauses. „Ich hab oft an dich gedacht." Er schloss die Tür und bugsierte Anna, die sich befangen fühlte, in die „gute Stube", wie er seine Wohnküche sogleich nannte, um ihr einen Tee aufzudrängen. Und Anna ließ ihn gewähren, weil sie befürchtete, noch ein paar Minuten mehr in dem eisigen Wind draußen würden ihr endgültig die fette Erkältung einbringen, gegen die sie schon seit vorgestern ankämpfte. „Wie geht es Ihnen, Herr Doktor Rückert?"

„Och, wie es einem so geht im Ruhestand. Man wartet aufs Sterben."

„Sagen Sie das nicht. Sie haben bestimmt interessante Hobbys. Und viele Freunde."

Der alte Mann lachte. „Ja", sagte er leise und schenkte ihr Tee aus einer Kanne ein, die bereits auf dem Tisch stand. „Sind alle schon vorausgegangen. Aber ich will nicht klagen. Immerhin bin ich halbwegs gesund, das kann nicht jeder in meinem Alter sagen."

„Da bin ich froh." Anna nippte und schüttelte sich innerlich. Der Tee war so kräftig, dass man sich damit die Haare hätte schwarz färben können. „Ich bin jetzt bei der Polizei."

Aufmerksam musterten sie die kleinen Augen hinter der Brille. „Bei der Polizei, soso. Das ist vielleicht eine gute Idee gewesen, zur Polizei zu gehen." Natürlich, er kannte Annas

Geschichte. Zumindest in Teilen. Und er war damals auf ihrer Seite gewesen, so weit man eben überhaupt auf einer Seite sein konnte. „Und wo lebst du jetzt?"

„Oh, ich bin wieder auf die Insel gezogen." Sie räusperte sich. „Letzte Woche."

„Das heißt, du arbeitest jetzt hier auf unserem kleinen Polizeiposten?" Der alte Lehrer nickte bedächtig. „Das ist gut", sagte er dann. „Du bist mutig, hast dich entschlossen, dein Leben zu leben. Respekt, Anna Krüger." Und etwas leiser: „Respekt."

„Wir müssen leider nachfragen, ob irgendjemand fehlt, ob alle wohlauf sind. Ich vermute, das ist bei Ihnen der Fall?"

„Tja, wie gesagt, mir geht es so weit gut. Und sonst lebt hier niemand mehr."

Einen Augenblick lang herrschte ein etwas befangenes Schweigen. Dann fragte der alte Mann: „Und du? Wo wohnst du jetzt? Wieder in der Süderstraße?"

„Nein. Kirchstraße. Direkt gegenüber von St. Nicolai."

„Dann bist du ganz bei der Schule."

„Ja. Ich kann sie fast sehen. Vom Dach aus zumindest."

„Sind nicht mehr viele da von damals."

Damals. Damit konnte er seine aktive Zeit als Lehrer meinen. Er konnte aber auch die Vorfälle meinen, die unausgesprochen im Raum standen und es verhinderten, dass hier ein ehemaliger Lehrer mit einer seiner ehemaligen Lieblingsschülerinnen von der Vergangenheit schwärmte. „Wie lange sind Sie denn schon im Ruhestand, Herr Doktor Rückert?"

„Fünf Jahre sind es im Herbst gewesen." Er nahm selbst einen Schluck Tee und blickte vor sich hin. „Wer wird denn vermisst?"

„Wenn wir das wüssten ..."

„Aber wie kommt es dann, dass ihr denkt, es könnte jemand vermisst werden?"

„Oh, das ist nur eine Vermutung, Herr Doktor Rückert. Wir fragen herum, um sicherzugehen."

Wieder nickte der alte Mann. „In der Gemeindeverwaltung habt ihr gefragt?"

„Was gefragt?"

„Ob jemand weggezogen ist. Ob es im Melderegister eine Veränderung gegeben hat. Solche Dinge."

„Nein. Aber das ist ein guter Gedanke."

„Marten ist auch zur Polizei gegangen", stellte der ehemalige Lehrer unvermittelt fest. „Ihr arbeitet also jetzt zusammen." Wieder bohrte sich sein an sich nicht unfreundlicher Blick in sie hinein, und Anna nickte nur und lächelte etwas unsicher. „Stimmt. Wir sind jetzt Kollegen."

„Selber Dienstgrad?"

„Nun ja, ich bin seine Vorgesetzte. Stellvertretende Leiterin der Dienststelle."

„Das ist gut. Sehr gut. Gib auf ihn acht."

„Das mache ich, Herr Doktor Rückert. Das mache ich. Aber jetzt muss ich los."

Der alte Mann stand auf und begleitete Anna zur Haustür. „War schön, dich gesehen zu haben, Anna Krüger. Komm jederzeit gerne vorbei, wenn du möchtest."

Wenn Katarina Loos sonst in Dr. Streckers Haus arbeitete, machte sie immer ein Radio an. Die Geräuschkulisse verschaffte ihr Ablenkung von der steten Erkenntnis, dass es keine Freude war, anderer Leute Toiletten zu putzen, hinter ihnen herzuräumen, benutzte Socken hinter dem Wäscheeimer hervorzuziehen und gebrauchte Unterhosen in die Maschine zu stopfen. Auch die vornehmsten Menschen waren in ihren schlichten körperlichen Angelegenheiten nicht besonders appetitlich. Dr. Strecker machte da keine Ausnahme, auch wenn er sonst ein sehr ansehnlicher und kultivierter Mann war.

Diesmal aber war es still im Haus. Keine Musik, keine albernen Moderatoren, keine netten Plaudereien. Kein Laut. Nichts außer den Geräuschen, die Katarina Loos selbst machte. Sie wollte hören, falls ihr Arbeitgeber zurückkam. Nicht, dass sie ihn erwartet hätte. Wenn er in der Praxis war, dann blieb er dort normalerweise zuverlässig bis mittags oder abends. Dass es auch anders sein konnte, hatte sie nun festgestellt. Den Fehler, sich auf Dr. Streckers Abwesenheit zu verlassen, würde sie nicht noch einmal machen. Wenn sie daran dachte, wie nah sie daran gewesen war, erwischt zu werden, wurde ihr jetzt noch ganz anders. Nein, Katarina Loos hatte einen Plan. Nachdem der Arzt das Haus wieder verlassen hatte, wartete sie einige Zeit. Er würde nur ein paar Minuten brauchen, um in die Praxis zu kommen. Sie ließ eine Viertelstunde verstreichen, dann rief sie dort an und bat darum, Dr. Strecker sprechen zu dürfen.

„Ja, Katarina, was ist denn los?"

„Ich müsste zum Unterland, Herr Doktor", sagte sie und ließ ein klein wenig den unterwürfigen Polnische-Putzfrau-Ton durchblitzen. „Und ich wollte nicht einen Schlüssel nehmen, ohne Sie zu fragen."

„Einen Schlüssel?"

„Um wieder ins Haus zu kommen."

„Ach so, aber natürlich. Nehmen Sie den Schlüssel. Sie sind mein Gast, nicht meine Gefangene."

„Danke, Herr Doktor, das ist sehr nett."

„Keine Ursache." Er legte auf, und Katarina Loos vergeudete keine Zeit. Nun, da sie sicher wusste, dass er in der Praxis war, konnte kommen, was wollte, sie würde zehn Minuten haben, um das Geheimnis des Kellerraums zu ergründen.

Die Besprechung war deprimierend. Paul hatte stundenlang versucht, mit Kollegen vom Festland weiterzukommen, hatte über den Melde- und Passagierlisten gebrütet, Namen und Katastereinträge sortiert und jede Meldung von Anna und Marten auf seine Einsatzkarte übertragen. Marten lag bei den Institutionen über Plan und hatte schon die Hälfte seiner Liste von Privathäusern abgearbeitet. Doch nichts. Nirgendwo wurde jemand vermisst, niemand hatte sich verletzt und vor allem: Niemandem war irgendetwas aufgefallen. „Jede Menge Grippekranke", stellte Anna fest. „Halb Helgoland scheint im Bett zu liegen."

„Klar", erwiderte Paul. „Bei den Wetterverhältnissen …"

Grippe ging bekanntlich nicht einher mit dem Verlust von Daumen und Blut.

„Frau Schneider ist auch krank", sagte Marten.

„Elsbeth Schneider?" Anna blickte kaum von ihren Notizen auf.

„Ja", seufzte Paul. „Die könnten wir jetzt gut brauchen. Aber mit Grippe bringt das nichts."

Anna nickte. „Dann noch eine Jugendliche mit Windpocken, Tanja Möring."

„Ich hoffe, du hast sie nicht besichtigt. Noch ein Ausfall wäre jetzt fatal."

„Hätte nichts gemacht, ich hatte die Windpocken schon."

„Und nun?" Marten schien müde, sehr müde.

Paul betrachtete seine Karte. „Ein Drittel ist noch weiß", sagte er. „Es fehlen noch etliche private Häuser, der Hafen fehlt – den übernehme ich, denn das ist eine komplizierte Angelegenheit."

Plötzlich kam Anna ein Gedanke: „Gibt es da nicht Überwachungskameras? Am Hafen, meine ich."

„Sicher. Und was sollen uns die sagen?"

„Ich weiß es nicht. Aber falls die Hafenbehörde Aufzeichnungen hat, können wir sie im Schnelldurchlauf anschauen. Wer weiß, vielleicht ergibt sich ja etwas."

„Dann musst du auch die Überwachungskameras vor dem Gemeindebüro und in der Bank durchsehen."

„In der Bank wird zwar wahrscheinlich niemand einen Menschen zur Ader lassen und ihm einen Daumen abschneiden", bemerkte Paul müde. „Aber klar, warum nicht. Das sind Aufgaben, die sich erledigen lassen, wenn andere Sachen nicht möglich sind."

„Du meinst nachts", bemerkte Anna trocken.

„Richtig. Und du kannst das übernehmen. War schließlich dein Gedanke."

„Geht in Ordnung", sagte Anna und lauschte auf Stalin, der sich irgendwo in der linken Gehirnhälfte festgekrallt hatte und nun wieder einen beständigen, fiesen Schmerz aussandte, mit dem sie aber umgehen konnte. Besser als die Stromstöße, die er in besonders gehässigen Phasen abfeuerte, oder der bohrende Schmerz, mit dem er sie morgens gerne folterte.

„Was ist eigentlich mit den Katakomben?" Marten saß plötzlich aufrecht, als wäre ihm der Gedanke des Jahrhunderts gekommen.

„Klar. Die fehlen auch noch. Auch wenn da ja außerhalb der Saison kein Mensch ist."

„Vielleicht gerade deshalb eine wichtige Überlegung", warf Anna ein. Die Katakomben waren ein vierzig Kilometer langes System von unterirdischen Gängen, die vor allem in der Zeit der beiden Kriege in den Fels getrieben worden waren. In den Bombennächten 1943 waren sie die Rettung für die Helgoländer Bevölkerung gewesen, die ohne dieses Stollengeflecht schutzlos dem Inferno ausgesetzt gewesen wäre. Seit der Wiederbesiedelung des Eilands in den Fünfzigerjahren waren die Katakomben nur noch eine Touristenattraktion. „Soll ich mal runtergehen?", bot sich Marten an.

„Ja, mach das." Paul kringelte die Stelle ein, an der der offizielle Eingang in das Höhlenlabyrinth lag, ein Wohnhaus in

Oberland, dessen externer Kellereingang mitnichten in den Keller führte, sondern in die Inselhöhlen. „Wichtiger scheint mir die Frage, was wir perspektivisch machen“, sagte er und warf einen unheilvollen Blick in die Runde.

„Perspektivisch? Was meinst du damit?“ Anna entdeckte ein paar weiße Haare an seiner Schläfe. Zusammen mit dem tiefen Ernst, der Paul umgab, wirkte dieses Detail ausgesprochen attraktiv.

„Es gibt zwei Möglichkeiten“, erklärte er. „Entweder war es das jetzt, die Geschenke sind abgeliefert und es bleibt dabei.“ Er sog scharf die Luft ein und richtete den Blick in die Ferne, als würde er dort schon alles Böse dieser Welt auf sie zukommen sehen. „Oder es geht so weiter.“

„Und wenn es so weitergeht?“ Marten schien es eher wie ein Abenteuer zu sehen, jedenfalls fehlte ihm völlig die düstere Aura seines Chefs.

„Dann ist die Frage, wie lange es so weitergeht und wohin das führt. Hat der Täter den Tod des Opfers im Sinn? Wird es bei einem Opfer bleiben? Spielt er ein Spiel mit uns? Wartet er, bis wir sein Opfer finden, und sucht sich dann ein anderes? Beschleunigen wir den Tod des Opfers, wenn wir bei unserer Suche Fortschritte machen?“

„Aber wie sollte er das herausfinden?“, schaltete sich Anna ein.

Pauls Miene hatte sich noch weiter verfinstert. „Vielleicht haben wir es ihm heute gesagt.“

„Wir? Gesagt?“

„Als ihr über die Insel gegangen seid und mit den Leuten gesprochen habt. Wer sagt uns denn, dass nicht einer von denen, die euch erzählt haben, dass alles in Ordnung sei, der Täter ist? Wer sagt uns denn, dass nicht einer von den Biedermännern, die an der Haustür standen, im Schlafzimmer jemanden aufs Bett gefesselt hatte? Oder im Keller.“

Betroffen starrte Anna die Wand mit den Aufzeichnungen an. „Dann wäre alles vergeblich gewesen."

„Wäre es." Paul nickte und faltete die Hände vor dem Mund. „Ja. Das wäre es."

„Jetzt lasst uns mal nicht gleich schwarzsehen", widersprach Marten. „Die Gefahr besteht doch immer, wenn die Polizei irgendwas ermittelt, oder? Klar muss man fragen. Und wahrscheinlich macht man damit so gut wie immer den Täter darauf aufmerksam, dass man ihm auf der Spur ist. Das ist doch ganz normal."

„Ja", gab Paul zu. „Ist es. Ich wünschte, wir wären ihm auf der Spur."

Die nächsten Stunden verbrachte Anna wieder auf der Straße und vor fremden Haustüren. Webers, Winterhuders, de la Chaux', Müllers, Özoguz', Reitmeiers, Amerongens ... Die Liste schien kein Ende zu nehmen. Oft achtete sie gar nicht auf die Namen, schließlich hatte sie ja ihren eigenen Katasterplan, auf dem sie ein Kreuzchen für jedes Haus machen konnte, an dem sie geklingelt und in dem sie jemanden gesprochen hatte. Manches Haus schien unbewohnt, in anderen begegnete man ihr mit Misstrauen, als wäre sie eine Kleinkriminelle, die gerade den Enkeltrick probierte. Manche Halunder waren natürlich auch sehr entgegenkommend, einige schon zu freundlich, um schnell abgearbeitet werden zu können. Sie boten ihr Tee und Kaffee an, waren neugierig, fragten nach, interessierten sich etwas zu sehr für die Arbeit der Polizei und den Fall, den Anna nur sehr vage umschrieb. Zum einen fehlte die Zeit für lange Erklärungen, zum anderen war es ein Gebot der Diskretion. Polizeiarbeit war eine diskrete Angelegenheit, jedenfalls dann, wenn sie seriös war und zum Erfolg führen sollte. Deshalb machte Anna es kurz. Manchmal musste sie beinahe schroff sein, um weiterzukommen. Und dann wieder war es, als müsste sie jemandem buchstäblich jedes Wort aus der Nase ziehen. Fast überall traf sie die Bewohner zu Hause an, ein praktischer Nebeneffekt der Ausgangssperre, die Paul gegen Mittag eigentlich schon wieder aufgehoben hatte. Bis zum frühen Abend hatte sie ihre Liste beinahe durch, als sie an einer Tür klingelte, durch deren kleines Milchglasfenster es freundlich einladend schimmerte. Erst als sie die Hand zurückzog, bemerkte sie den Namen auf dem Schild: Franzen. Ein Stich durchfuhr ihr Herz. Sie trat einen Schritt zurück und machte sich klar, dass sie tatsächlich in der Friesenstraße war. Franzen. Natürlich. Für einen kurzen Augenblick war sie versucht, weiterzugehen. Doch dann öffnete sich schon die Tür, und eine junge Frau stand vor ihr, eine Kochschürze umgebunden, im Gesicht eine widerspenstige Haarsträhne, die sich aus ihrem Pferdeschwanz gelöst hatte. „Ja, bitte?"

Anna holte Luft und machte es so kurz wie möglich. „Anna Krüger von der Polizei, guten Abend. Wir haben Grund zu der Annahme, dass jemand vermisst wird oder einen Unfall gehabt haben könnte. Sind Sie sicher, dass Sie niemanden vermissen? Sind alle Mitglieder Ihres Haushalts unversehrt?"

Die junge Frau lächelte etwas verwirrt. Ihre freundlichen dunklen Augen hatten sich verblüfft geweitet. „Vermisst? Nein. Mein Mann ist zwar noch nicht zu Hause, aber ich habe eben noch mit ihm telefoniert."

„Sie sind …"

„Diana Franzen."

„Und Ihr Mann …"

„Peter Franzen."

Peter Franzen. Ja. So war das. Er lebte hier im Haus seiner Eltern und hatte sich eine Frau vom Festland geholt. Eine hübsche Frau, sehr hübsch sogar. Und wenn sie halb so nett war, wie sie aussah, dann musste es das reine Glück sein, mit ihr verheiratet zu sein. Von drinnen hörte Anna Kindergeschrei.

„Entschuldigen Sie“, sagte die junge Frau. „Ich bin gerade beim Kochen. Die Zwillinge haben schon ziemlichen Hunger. Aber ich wollte warten, bis Peter, also mein Mann, nach Hause kommt.“ Sie sagte es, als schulde sie Anna eine Erklärung.

„Kein Problem“, sagte Anna und hoffte, dass die junge Frau nicht erkannte, wie sie Tränen des Zorns niederrang, nicht hörte, wie die Enttäuschung ihr die Kehle zuschnürte. „Also alle gesund und munter, ja?“

„Alle gesund und munter!“, bestätigte Diana Franzen lächelnd. „Gott sei Dank.“

„Dann will ich nicht weiter stören“, sagte Anna mit rauer Stimme und hob die Hand zum Gruß. In der nächsten Sekunde war sie unterwegs zum nächsten Haus. Doch dort klingelte sie nicht mehr, sondern wartete nur, bis sie ihre Fassung wiedergefunden hatte, und ging dann hinunter zum Südhafen. Peter Franzen lebte das glückliche Leben eines Biedermanns. Und daheim wartete auf ihn eine wunderhübsche, liebevolle Frau, jung und schön und rein – und ahnte nicht, wen sie in Wahrheit geheiratet hatte. Und zwei Kinder warteten auf ihn. Zwei Kinder, wie sie selbst welche hätte haben können – unter anderen Umständen.

Als sie die Tür öffnete, stellte sie als Erstes fest, dass es vor diesem Raum keinen Lichtschacht gab: Es war finster wie in tiefster Nacht, nur von der Tür her fiel Licht nach drinnen, das den Schatten von Katarina Loos wie einen dunklen Racheengel auf den Boden warf. Alles, was von draußen zu sehen war, waren die Beine eines Tischs und seitlich eine Kommode oder eine Arbeitsplatte. Katarina Loos stieg die drei Stufen hinab, um die der Raum noch tiefer war, und tastete an der Wand nach dem Lichtschalter. Sie knipste ihn an und war überrascht, als nicht einfach irgendwo eine Kellerfunzel aufflackerte, sondern mehrere Leuchtstoffröhren den Raum in gleißendem, eisig kaltem Licht erstrahlen ließen. Die Kommode an der Seite entpuppte sich als Teil einer Einbauküche. Jedenfalls schien es Katarina Loos auf den ersten Blick so. Sie wandte sich zur anderen Seite um und erstarrte: Vor ihr stand ein bizarres Objekt, das wie eine Mischung aus elektrischem Stuhl und Sadomaso-Spieltisch wirkte, ein Sitz, der einerseits an einen gynäkologischen Stuhl erinnerte, andererseits aber eine unendlich grausame, deprimierende Aura hatte. Der Stuhl war schräg nach hinten gekippt und an der Wand befestigt, über die vorderen Beine ragten links und rechts angeschraubte Metallgestelle, auf denen Auflageflächen montiert waren. Darüber hing ein Griff, wie er an Klinikbetten angebracht war. Seitlich neben dem Stuhl stand auf der einen Seite ein Tisch, über dessen Platte ein grünes Tuch gebreitet war, auf der anderen Seite ein Plastikeimer. Katarina Loos schluckte. Mit zitternden Fingern klappte sie eine Ecke des Tuchs um und schaute darunter, nur um einige befremdliche Geräte zu entdecken. „Verdammt", flüsterte sie. Denn augenblicklich wurde ihr klar: Ein Arzt, der eine Praxis hat, braucht zu Hause kein Behandlungszimmer. Schon gar keines, in dem ganz offensichtlich blutige Angelegenheiten stattfanden. Der Herr Doktor hatte ein Geheimnis, und es war ein ziemlich scheußliches.

Vielleicht war *Henry's Hummerbude* ein wenig schnuckeliger als die meisten anderen Kneipen am Südhafen. Vielleicht lag es aber auch daran, dass sie Henry nicht kannte, warum Anna sich augenblicklich wohlfühlte, als sie eintrat. „Moin."

„Moin, moin", grüßte Henry, ein rundlicher Mann um die fünfzig, vielleicht auch sechzig Jahre, der Anna entfernt an ihren Onkel in Kiel erinnerte, bei dem sie in ihrer Kindheit immer einige Wochen während der Sommerferien verbracht hatte. „Anna Krüger", sagte sie. „Von der Polizei."

„Oh. Habe ich irgendwas ausgefressen?“ Er sah nicht so aus, als glaubte er, dass diese Möglichkeit ernsthaft in Betracht käme.

„Nichts, wovon ich wüsste“, erwiderte Anna und wickelte ihren Schal ab. Der Laden war leer. Klar. Fast neun Uhr. Um die Zeit lagen die meisten Insulaner wahrscheinlich schon in ihren Betten und schliefen. „Nicht viel los heute“, sagte sie trotzdem.

„Hätte sowieso gleich zugemacht. Möchten Sie noch was? Oder wie kann ich Ihnen helfen?“

„Vielleicht kann ich noch einen Kaffee bekommen? Mit einem Schuss Rum oder so?“

„Klar. Kommt sofort.“ Henry ging nach hinten und warf die Kaffeemaschine an, die nach wenigen Augenblicken keuchte. Anna suchte sich einen Platz am Fenster, von wo aus sie den Hafen in seiner bleichen Nachtbeleuchtung betrachten konnte. An der Ecke eines der Hafengebäude meinte sie, Paul im Dämmerlicht der Notleuchten erkennen zu können, das Gesicht im fahlen Blau seines Handydisplays. Er schien eine Nachricht zu schreiben. Aber auf die Entfernung konnte es auch jemand anderes sein. Drüben an den Kais peitschte die Gischt von See her. Sicher fünf, sechs Meter hoch, vielleicht noch höher. Heilige Scheiße, dachte Anna. Wie lange würde es mit diesem Wetter noch so weitergehen?

„Sie sind neu hier, richtig?“ Mit einem großen Becher Kaffee und einer Flasche Rum in der Hand stand der Wirt plötzlich neben ihr. „Hab Sie jedenfalls noch nie gesehen.“

„Ja. Ich habe meinen Dienst erst diese Woche angefangen.“

„Da haben Sie uns ja ein schönes Wetterchen mitgebracht.“

„Allerdings. Und es hört nicht auf.“

„Och, es wird schon wieder aufhören“, sagte Henry und goss einen kräftigen Schuss Rum in die Tasse. „Gut so?“

„Perfekt. Danke." Anna hob das Getränk an die Nase und sog den heißen Dampf ein.

„Sind Sie noch im Dienst?", wollte Henry wissen.

„Sagen wir so", erwiderte Anna. „Ich nehme mir jetzt mal einen Kaffee mit Schuss lang frei. Anschließend bin ich wieder im Dienst."

„Guter Trick." Henry lachte. „Sie gefallen mir."

„Danke."

Einen Moment herrschte Schweigen. Doch der Wirt gehörte zu den Neugierigen. „Schon mal vorher auf Helgoland gewesen?"

„Ich bin hier aufgewachsen", sagte Anna. „War aber lange nicht da."

„Aye. Das ist natürlich was anderes. Ich bin eine Landratte aus dem Holsteinischen."

„Verstehe. Und wie lange schon hier?"

„Fünf Jahre knapp. Eigentlich ganz schön. In der Saison irre viel Arbeit natürlich. Dafür ist im Winter tote Hose, was ja auch ganz schön ist."

„Hm." Anna nippte von ihrem Kaffee, der ein wenig zu stark geraten war. „Und wohnen Sie auch hier?" Sie ließ den Blick durch die Schankstube schweifen. Die Hummerbuden waren winzig, kaum mehr als ein Raum im Erdgeschoss und einer darüber.

Der Wirt richtete den Daumen aufwärts. „Hier obendrüber. Passt gerade ein Bett rein und sonst nicht viel. Aber für mich reicht das."

„Dann sind Sie alleine hier?"

„Jep. Geht in Ordnung. Ich bin meine eigene Familie."

Anna nickte und schenkte ihm ein freundliches Lächeln. „Geht mir auch so." Vielleicht hätte sie das nicht sagen sollen, denn irgendwie schien sich das Interesse des Wirts an dem Gespräch dadurch zu verstärken. „Was dagegen, wenn ich mir auch einen Kaffee hole und mich zu Ihnen setze?"

„Ich glaube, ich hätte jetzt lieber ein Bier", sagte Anna und schob das tiefschwarze Gebräu von sich.

„Zwei Bier!", rief Henry nach hinten, dann ging er hinter den Tresen und rief zurück: „Kommt sofort!"

„Ihnen ist nichts zu Ohren gekommen, dass jemand vermisst wird?", fragte Anna, als er die beiden Biergläser auf den Tisch stellte.

„Nee, wieso? Wird jemand vermisst?"

„Das frage ich Sie."

„Also ich habe nichts gehört. Aber wieso fragen Sie?" Henry stieß mit seinem Glas an ihres. „Geht aufs Haus."

„Danke." Sie nahm einen kräftigen Schluck und setzte ihr Glas wieder ab. Paul draußen – wenn er es denn gewesen war – war verschwunden. Die Kais lagen verlassen da. „Dienstgeheimnis. Leider."

„Oh." Das machte selbst Henry kurz sprachlos. Aber dann fasste er wieder Tritt und hakte nach: „Aber vielleicht kann ich Ihnen ja trotzdem irgendwie helfen! Fragen Sie mich alles, was Sie wissen wollen."

Anna besann sich kurz, dann entschied sie, dass es nicht schaden würde, und begann, ihr Programm abzuspulen. „Sie haben sicher Stammgäste. Ist Ihnen aufgefallen, ob davon in letzter Zeit jemand nicht aufgetaucht ist?"

„Gott, Stammgäste", sagte Henry und wiegte den mächtigen Schädel. „Sind nicht wirklich viele. Die meisten Einheimischen sind zurückhaltend, wenn sich was ändert. Als ich hier die Bude übernommen habe, hatten die alle längst woanders angeheuert. Eigentlich ist mir nur ein Stammtisch geblieben. Alles alte Männer. Die treffen sich donnerstags. Und letzte Woche waren sie alle da. Glaube ich."

Anna spürte ihr Handy in der Jackentasche vibrieren. Als sie es herausnahm, war eine Nachricht eingegangen:

Es geht voran. Wir haben dasselbe Ziel. Wenige Schritte noch, dann haben wir es erreicht.

Natürlich eine unbekannte Nummer.

„Alles in Ordnung?", fragte Henry, der ihren erschrockenen Blick bemerkt hatte.

„Keine Ahnung, ehrlich", seufzte Anna und steckte das Handy wieder weg. „Irgendein Idiot, der mir Nachrichten schickt." Und ich hoffe, sie haben nicht das zu bedeuten, was ich fürchte, dachte sie. „Ich muss los."

Wenige Augenblicke später stand sie draußen und zog sich gegen den atemraubenden Wind die Kapuze über den Kopf. Sie musste sie mit der Faust zuhalten, damit die Wucht des Sturms sie ihr nicht wieder herunterriss. Es waren nur drei Minuten hinüber zur Polizeistation, aber bei den Wetterverhältnissen waren auch diese drei Minuten eine Ewigkeit. Von den Kaimauern her spritzten die Ausläufer der Gischt bis weit über die Wege. Anna schmeckte das Salzwasser auf ihren Lippen, während sie durch das Halbdunkel hastete. Als ein Schatten an ihr vorbeihuschte, zuckte sie zusammen. Doch es war nur der wankende Lichtkegel einer Laterne, die im Wind schaukelte. Und doch: Hatte sie nicht aus den Augenwinkeln jemanden drüben beim Invasorenpfad gesehen? Nein. Auch das eine Täuschung. Leise fluchend kam sie vor der Polizeistation an und klingelte. Vergebens. Drinnen nur Notlicht. Offenbar war niemand mehr da. Oder doch? Von der Straße aus war nicht zu erkennen, ob jemand im Besprechungszimmer war. Mit klammen Fingern nestelte sie den Schlüssel aus ihrer Hosentasche und sperrte auf. „Marten?", rief sie, während sie die Tür hinter sich zudrückte. „Paul?"

Keine Antwort. Sie seufzte, schüttelte den Kopf, legte die Jacke ab, die vom Regen schwer wie ein Sack Kartoffeln war. Ausgerechnet jetzt war niemand da, verdammt. Diese Botschaften wurden ihr zunehmend unheimlich. Und die Tatsache, dass sie ihre Kollegen immer noch nicht eingeweiht hatte, bereitete ihr zunehmend ein ungutes Gefühl. Gut, die erste Nachricht hatte sie verdrängt. Daran war Stalin schuld. Und dann hatten die Ereignisse sie überrollt. Aber jetzt war ein Punkt erreicht, an dem es für sie keinen Zweifel mehr geben konnte, dass alles miteinander zusammenhing, irgendwie zumindest, und dass jemand ein makabres Spiel mit ihr spielte. Anders jedenfalls konnte sie es sich nicht erklären. „Wer bist du, du Schwein?“, flüsterte sie und rief die Nachricht noch einmal auf. Dann drückte sie auf Rückruf und wartete.

Nichts. Nicht einmal die alberne Ansage vom letzten Mal. Es kam gar nicht erst eine Verbindung zustande. Was natürlich auch mit dem Sturm zu tun haben konnte. Wenn die Wetterverhältnisse nur schlecht genug waren, dann hängte sich irgendwann auch das stärkste Funknetz auf.

Anna ging hinüber zum Toilettenraum und wusch sich über dem winzigen Waschbecken das Gesicht, auch um die Nase etwas freizubekommen. Sie spürte, wie sich die Nebenhöhlen langsam füllten. Aus dem Spiegel blickten ihr rote Augen entgegen. Sie brauchte Schlaf, keine Frage, das war das Einzige, was jetzt helfen würde. Sie musste nach Hause. Ein Blick zur Uhr sagte ihr, dass es längst nach einundzwanzig Uhr war. Was für ein Wahnsinn: An Schlaf zu denken war verrückt – es nicht zumindest zu versuchen, um neue Kraft zu schöpfen, war es nicht minder. Kurz überlegte sie, ob sie Paul und Marten anrufen sollte. Doch dann entschied sie sich dagegen. Die beiden hatten recht. Was sie jetzt alle nötig hatten, war eine Pause. Sie warf sich wieder in ihre Jacke und stellte sich dem Sturm, der jetzt, zumindest trocken, stramm von West wehte und sie auf der zweiten Hälfte des Weges nach Hause schieben würde.

Sechs Tage lang hatte sie es vermieden, obwohl sie von ihrer Wohnung beinahe hinübersehen konnte. Aber nun musste es sein. Irgendwann war es an der Zeit, der Wahrheit ins Gesicht zu blicken. Die Wahrheit, das war in diesem Fall ein einfaches Holzkreuz. Immer noch. Die Schrift kaum mehr zu lesen, was nicht nur am schwachen Licht der Straßenbeleuchtung lag, das vom Weg her dämmerte. Nah an der Kirchenmauer ragte das verwitterte Zeichen eines viel zu früh verloschenen Lebens aus dem harten Boden der Insel empor. Keine Blume, nichts zeigte, dass sich jemand an ihn erinnerte. Nichts gab Zeugnis, dass der junge Mann von irgendjemandem vermisst wurde. Nichts außer einem kargen Büschel Efeu, das an der Stelle aus dem Boden kroch, an der das Kreuz in die Erde gerammt worden war. Sie spürte einen Stich im Herzen, tief und grausam, einen langen, unbarmherzigen Stich, so schmerzhaft, dass sie unwillkürlich auf die Knie sank. „Leo", flüsterte sie. Ihre Stimme war rau, Tränen liefen ihr über die Wangen. „Oh, Leo …"

Sie wusste nicht, wie lange sie so vor dem Grab gekniet hatte, als sich plötzlich eine Hand auf ihre Schulter legte, eine kalte, schmale Hand. „Er hat seinen Frieden gefunden, meine Tochter", hörte sie. Doch sie drehte sich nicht um.

„Woher wollen Sie das wissen?"

„Ich weiß es. Er ist beim Herrn." Und der Pastor ließ sich neben sie auf die Erde sinken. Statt seines Talars trug er ganz normale Alltagskleidung. Aber Anna konnte den Geruch von Kerzen und Pfeifenrauch an ihm wahrnehmen, trotz des Windes, trotz der Tränen, die ihre Sinne benebelten. „Er ist tot, das ist alles", sagte sie trotzig. „Das ist das Einzige, was sicher ist."

„Du kannst für ihn beten."

„Ich habe für ihn gebetet. Es hat nichts geholfen, das wissen Sie."

Der Pastor schüttelte den Kopf. „Du urteilst ungerecht. Es

ist nicht des Herrn, der Menschen Unrecht zu richten. Sein ist die himmlische Gerechtigkeit."

„Ich glaube eher an die irdische", sagte Anna. Doch wenn sie ehrlich war, glaubte sie auch an die nicht. Längst nicht mehr. Das Einzige, woran sie glauben konnte, war Rache. Rache, die sie nicht üben würde. Wahrscheinlich.

„Komm mit ins Haus. Wir können auch dort an Leo denken." Der Pastor hielt ihr die Hand hin, doch Anna beachtete sie nicht.

„Danke, Pastor Willemsen. Ich habe es nicht weit."

„Ich weiß. Du bist bei Frau Hovekamp eingezogen. Du wolltest ihm nahe sein, nicht wahr?"

Anna zuckte die Schultern. „Vielleicht. Und trotzdem konnte ich erst nicht herkommen. Tagelang."

„Aber jetzt bist du hier. Du hast den letzten Schritt getan. Den größeren Teil des Weges hattest du schon zurückgelegt, den viel größeren Teil. Du musst kein schlechtes Gewissen haben." Endlich wandte er ihr das Gesicht zu. „Du nicht", sagte er, und Anna erschrak, als sie sah, wie alt der Pastor geworden war. Beinahe sah er aus wie ein Gespenst, bleich und kahl, abgehärmt mit traurigen Augen, die so tief in den Höhlen lagen, dass sie wie Schatten wirkten. Er sah, wie sie unwillkürlich eine Winzigkeit zurückwich, und lächelte. „Ich werde ihm bald folgen", sagte er. „Aber keine Sorge, noch ist es nicht so weit. Und ich bin vorbereitet."

„Hast du seither jemals mit jemandem darüber gesprochen?", fragte Pastor Willemsen wenig später, während er ihr Tee einschenkte, starken friesischen Tee, dunkel und tröstlich.

„Sie meinen, abgesehen von den Psychologen, zu denen meine Eltern mich geschickt haben?" Anna schüttelte den Kopf. „Nein", sagte sie leise. „Wie auch? Und wozu?"

„Wer sein Leid mit anderen teilt, wird erleichtert."

Sie sah auf und erkannte für einen Augenblick den alten Pastor wieder, von dem sie konfirmiert worden war und der auch mal zwei Jahre lang Religion in ihrer Klasse unterrichtet hatte. Obwohl sie keine Pfeife sehen konnte, haftete ihm noch der Geruch an, auch er eine Erinnerung an eine Zeit, in der alles besser gewesen war. „Es gibt Dinge, die kann man nicht teilen, Herr Pastor, die muss man für sich behalten."

„Weil es wehtut, sich zu offenbaren?"

„Ja. Natürlich."

Der Pastor nahm seine Kette mit dem Kruzifix ab und legte sie vor Anna auf den Tisch. „Sieh nur", sagte er. „Jesus Christus starb nackt am Kreuz, vor aller Augen. Sein Leiden war für jeden sichtbar, seine Blöße trug er ohne Scham. Er zeigt uns, dass es ein Segen für die Menschen ist, wenn man sein Kreuz nicht alleine erduldet. Du bist stark, Anna, du hast viel durchgemacht und hast gekämpft. Aber jetzt verschließe dich nicht vor der Welt, sondern sei offen. Die Welt hat dich verletzt, doch die Welt wird dich auch heilen."

Annas Finger glitten über das bronzene Kruzifix. Sie war versucht, zu widersprechen. Pfarrer hatten immer einen schlauen Spruch zur Hand, fanden für alles allgemeingültige Weisheiten. Aber sie glaubte Pastor Willemsen, dass er ihr gerne helfen wollte. „Vielleicht haben Sie recht", sagte sie deshalb versöhnlich, wenn auch gegen ihre tiefe Überzeugung.

„Ja, vielleicht", erwiderte er. „Behalte das Kruzifix. Sprich mit Christus, solange du nicht mit den Menschen sprechen magst."

Anna war überrascht. „Das kann ich unmöglich annehmen, Herr Pastor. Es ist doch Ihr Kreuz, das Sie immer um den Hals tragen. Es ist bestimmt sehr wertvoll."

„Natürlich ist es das", sagte der Pfarrer mit milder Stimme. „Das wäre es auch, wenn es aus Holz wäre. Der Geist ist es, der es wertvoll macht."

„Ich meine, es ist *für Sie* besonders wertvoll", erklärte Anna und hielt es ihm hin.

„Dann möge es das auch für dich sein, meine Tochter. Ich habe alles, was ich brauche, in meinem Herzen. Und bald wird dieses Kruzifix sowieso einen neuen Besitzer suchen. Ich würde mich freuen, wenn du das bist und wenn du es jetzt schon an dich nimmst." Und um ihre letzten Zweifel zu zerstreuen, fügte er hinzu: „Außerdem habe ich noch eines."

Sie steckte das Kruzifix in ihre Tasche und blickte zu Boden.

„Warst du auch schon am Grab deiner Eltern?"

Anna schüttelte den Kopf. Was sollte sie dort? Sie gönnte den beiden nicht einmal, dass sie denselben Friedhof mit Leo teilten. Von ihr aus hätte es eine Seebestattung sein dürfen, weit draußen auf hoher See, weit weg von Helgoland und so weit wie möglich weg von ihr. Doch ihr Vater hatte sich zu Lebzeiten selbst um seine Beerdigung gekümmert. Typisch. So typisch. Um seine und um die ihrer Mutter gleich mit. Damit alles ganz korrekt ablief. Und Anna hatte sich mit den Formalien herumschlagen müssen.

„Du solltest hingehen", sagte der Pfarrer leise, verständnisvoll, sacht. „Es wird dir guttun. Wenn du nicht Frieden mit der Vergangenheit schließt, wird deine Gegenwart immer Krieg sein, ein steter innerer Kampf. Es wird nie aufhören, glaub mir."

„Vielleicht ist das so, Pastor Willemsen. Aber vielleicht bin ich einfach noch nicht bereit für Frieden. Vielleicht muss ich noch kämpfen, um mich für die psychiatrische Klinik in Flensburg zu rächen und für die Psychopharmaka und die Aufsicht des Jugendamts und ..." Sie hielt inne. „Vielleicht muss ich das einfach noch."

„Rache ist kein guter Grund. Für nichts, Anna. Und Rache macht nichts wieder gut. Deine Eltern haben sicher vieles falsch gemacht. Sie haben dich verletzt, dir unrecht getan. Ich weiß nicht alles, was sie dir angetan haben. Aber ich kannte sie und weiß, dass sie dachten, sie müssten es tun. Sie dachten, es sei das Richtige. Für dich. Deinetwegen, nicht ihretwegen."

„Das glaube ich nicht, Herr Pfarrer. Vermutlich haben Sie mit allem sonst recht. Aber damit nicht. Sie haben es für sich getan. Sie wollten nicht, dass ihre kleine heile Welt beschädigt wird. Sie dachten, ich müsste funktionieren und müsste mitspielen. Sie dachten, ich sei schuld an allem gewesen. Und sie wollten verdammt noch mal nicht an mich denken!" Erschrocken unterbrach Anna sich und flüsterte: „Sie wollten nicht an mich denken. Und jetzt will ich nicht mehr an sie denken."

Beschämt und dankbar, gehen zu können, verließ Anna einige Zeit später das Pfarrhaus, nachdem sie ihren Tee ausgetrunken hatte. Obwohl sie eigentlich nicht über die Vorkommnisse von damals gesprochen hatten, hatte sie das Gefühl, als hätte sie dem Pastor ihr Herz ausgeschüttet. Zum ersten Mal, seit sie auf die Insel gekommen war, zum ersten Mal seit Jahren eigentlich, fühlte sie sich ein klein wenig erleichtert, obwohl es sie bekümmerte, dass der Geistliche todkrank war. Vielleicht aber auch ein wenig deshalb. Auf eine seltsame Weise waren sie beide durch den Tod verbunden. Der Tod war Teil ihres Lebens, ein unverrückbarer, gnadenloser Teil, und beide wussten, dass sie ihm nicht entgehen konnten. Wenn auch auf sehr unterschiedliche Weise, so hatte er sie doch beide in seinen Klauen und fraß sie nach und nach auf.

Der kurze Weg über den Kirchhof, der gleichzeitig Friedhof war, brachte sie wieder ganz in die Gegenwart zurück. Unbarmherzig fuhr der Wind durch ihre Kleidung, eisig und feucht. Schnee hatte sich in den Regen gemischt. Mit klammen Fingern sperrte sie die Haustür auf und sah noch aus den Augenwinkeln am oberen Ende der Straße einen Schatten sich gegen den Wind stemmen. Dann trat sie ein und schloss die Tür ganz schnell wieder. Der Hausflur war nur schwach erleuchtet, aus der Tür zu Frau Hovekamps Wohnung drang der Lärm eines viel zu lauten Fernsehers. Sie guckte wieder irgendeine dieser Musikshows, bei denen Taubheit der reine Segen war. Lächelnd schälte Anna sich aus ihrer dicken Jacke, wickelte den Schal ab und wunderte sich, dass auf der Treppe feuchte Flecken waren. Als sei jemand von draußen gekommen und mit nassen Schuhen zu ihrer Wohnung hinaufgegangen. Nachdenklich stieg sie nach oben, musterte misstrauisch die Tür und griff instinktiv nach ihrer Dienstwaffe, die sie aber natürlich nicht bei sich trug, sondern sorgsam im Waffenschrank der Dienststelle weggeschlossen hatte. Paranoia, dachte sie. Abgesehen davon, dass kaum jemand wusste, dass sie überhaupt wieder auf der Insel war, und noch viel weniger Menschen, dass sie hier wohnte, gab es einfach keinen Grund, sich vor ungebetenen Besuchern zu fürchten. Niemand würde bei der alten Frau Hovekamp einbrechen. Da gab es wesentlich lohnendere Ziele auf der Insel. Und selbst die waren Kleinkram gegen das, was man auf Sylt holen konnte. Nein, Helgoland war ein Eiland ohne Verbrechen. Fast ohne Verbrechen. Und das, was wirklich geschah, wusste man gut unter den Teppich zu kehren, wie Anna aus eigener Erfahrung wusste. Hier geschah nichts.

Sie drehte den Schlüssel im Schloss, doch die Tür war bereits aufgeschlossen. Anna atmete scharf ein. Automatisch bückte sie sich ein wenig und riss die Tür dann mit einem Ruck möglichst schnell auf, huschte zur Seite und wartete einen kurzen Augenblick, den Rücken an die Flurwand gedrückt. Lauschte, so konzentriert, dass sie das Blut in ihren Ohren hören konnte. Doch da war nichts. Sie deutete an, hinter der Wand hervorzukommen, nur um gleich wieder zurückzuzucken. Doch auch darauf erfolgte keine Reaktion. Also nahm sie all ihren

Mut zusammen und drehte sich zur Tür. Bis zum Zerreißen gespannt, blickte sie vorsichtig um die Ecke – und erstarrte.

„Paul?“

„Anna! Was gibt’s?“

„Könntet ihr bitte schnell bei mir vorbeikommen?“

„Bei dir zu Hause?“

„Ja. Beeilt euch.“

„Was ist passiert?“

„Ich schätze, wir brauchen noch mal so einen Test von Dr. Bause.“

„Blut?“

„Jede Menge.“ Sie musste sich konzentrieren, damit ihr keine Tränen in die Augen schossen.

„Okay. Beruhige dich. Ich bin schon unterwegs. Und ich gebe Marten Bescheid. Er wohnt ja nur ein paar Häuser von dir entfernt.“

„Danke.“

„Anna?“

„Ja?“

„Bleib ganz ruhig, ja? Und fass nichts an.“

„Klar.“

Zehn Minuten später, als Paul klingelte, war Marten schon da und öffnete ihm die Tür. „Ich habe noch so einen Teststreifen von Dr. Bause mitgebracht“, erklärte er und sah die beiden neugierig an, offenbar zufrieden, dass Anna so weit in Ordnung war. „Und?“, fragte er. „Wo hat unser Stalker das Päckchen abgelegt?“

„Kein Päckchen, Paul“, sagte Anna und trat zur Seite, damit er ins Zimmer blicken konnte. Einen Moment herrschte Schweigen. Dann presste der Polizeichef ein raues „Scheiße!“ zwischen den Lippen hervor.

Anna drehte sich um und betrachtete das Kunstwerk an der Wand: ein Herz, mit grobem Pinsel auf die Fläche von vielleicht einem Quadratmeter gemalt. An den Rändern war die Farbe hinabgelaufen und formte ein Bild wie das Plakat zu einem Horrorfilm. „Ich schätze eher, es ist Blut."

Da an Schlaf nicht zu denken war, hatten sie sich ohne Zögern an die Arbeit gemacht: Marten hatte Aufnahmen gemacht, Paul den Bluttest, der erwartungsgemäß positiv ausgefallen war. Sie hatten Spuren gesichert, soweit das die Möglichkeiten einer simplen Inselpolizei zuließen, das hieß, sie hatten den Spusi-Koffer vom Revier geholt und festgestellt, dass die Folien, mit denen sich etwaige Fingerabdrücke hätten sichern lassen, nicht luftdicht verpackt worden und nun vertrocknet waren und zwar aneinander, aber nicht mehr auf der zu dokumentierenden Oberfläche hafteten, dass jede Handykamera um Klassen besser war als das Gerät, mit dem sie ausgestattet worden waren, und dass das Einzige, was sie wirklich hätten in die sterilen Behälter füllen können, großflächig an der Wand klebte: Blut.

„Es ist offensichtlich eine persönliche Sache", sagte Paul. „Und es steckt offenbar auch ein ganz perfider Plan dahinter. Die Frage ist, was für ein Plan das sein soll."

„Einer, der sich gegen mich richtet", erwiderte Anna. „Ich frage mich, ob es aufhört, wenn ich die Insel wieder verlasse."

„Gute Frage. Allerdings rein theoretisch. Bei der Wetterlage kommst du hier sowieso nicht weg." Paul wandte den Blick von dem makabren Gemälde ab. Anna fragte sich, ob er sich wohl wünschte, sie wäre wieder weg. Nachdem sie anfangs das Gefühl gehabt hatte, dass er ihr Sympathie entgegenbrachte, schien es ihr jetzt, als ginge er innerlich auf Distanz.

Marten nickte. „Außerdem ist ja wohl nichts damit gewonnen, davonzulaufen."

„Meinst du? Wenn das ernsthaft Blut von einem Menschen ist, dann könnte es Leben retten."

„Wenn es Blut von einem *lebenden* Menschen ist, ja", sagte Paul.

„Aus einem Toten bekommst du nicht so viel Blut", erklärte Marten voll Überzeugung.

Paul zog die Stirn kraus. „Da bin ich mir nicht sicher. Im Schlachthaus bluten die Schweine ganz schön aus. Ich bin auf einem Bauernhof aufgewachsen."

„Die sind aber gerade erst getötet worden", hielt Marten dagegen. „Im Grunde leben sie ja sogar oft noch, wenn das Blut rausläuft." Das war der Augenblick, in dem Anna aus der Tür stürmte und sich in die Toilette erbrach.

Zehn Minuten später, als sie kreidebleich wieder ihr Schlafzimmer betrat, blickten die beiden Männer zu Boden. „Sorry", murmelte Marten.

Paul aber straffte den Rücken, nickte ihr aufmunternd zu und sagte: „Denkst du, du kannst ein paar Tage woanders schlafen? Ich meine, in deinem Wohnzimmer zum Beispiel? Dann könnten wir dieses Zimmer versiegeln, bis ein paar Profis vom Festland rüberkommen."

Anna nickte. „Klar", sagte sie. „Hier könnte ich sowieso nicht schlafen." In der Luft hing ein seltsam metallischer Geruch. Unwillkürlich fragte sich Anna, ob es auch im Schlachthaus so riechen mochte. „Und? Wie geht es jetzt weiter?"

„Paul könnte dich freistellen", schlug Marten vor. „Erstens könntest du ein bisschen Ruhe brauchen. Und zweitens, wer weiß, vielleicht hört der ganze Spuk ja auf, wenn du nicht mehr auf die Polizeistation kommst."

Anna sah ihren Kollegen voll Befremden an. „Hast du nicht gerade selbst gesagt, mit Davonlaufen ist nichts gewonnen? Nein. Im Gegenteil: Ich will das Schwein finden, das mir das antut. Außerdem wäre es für mich jetzt wirklich das Allerschlimmste, allein zu sein und nur abwarten zu können, bis wieder was geschieht."

Paul nickte. „Das kann ich verstehen." Er sah übernächtigt aus, sein Haar wirkte etwas grauer als bei Tag, doch seine großen, dunklen Augen blickten ganz tief in Annas. Vielleicht mochte er sie ja doch. Ein wenig bedauerte sie, dass Marten auch hier war. „Ich schätze, wir müssen jetzt Frau Hovekamp holen."

„Ich mache das", sagte Anna. „Sie erschreckt sich sonst zu Tode."

Die alte Dame war sehr gefasst. Sie hatte nicht geschlafen, obwohl es weit nach Mitternacht war. In ihrer Wohnküche bot sie den Polizisten einen Tee an oder wahlweise ein Kirschwasser. Anna entschied sich für Letzteres, die beiden Männer tranken Wasser. Nachdem sie Frau Hovekamp erklärt hatten, was vorgefallen war, kam Paul auf den Punkt: „Haben Sie jemanden das Haus betreten sehen?"

Die alte Dame schüttelte den Kopf. „Nein", sagte sie. „Ich saß beim Fernsehen, und der ist bei mir immer ziemlich laut. Wegen der Ohren, Sie wissen schon."

„Natürlich. Also, Sie haben nichts gehört und auch nichts gesehen."

„Das Licht ist angegangen", erinnerte sich Frau Hovekamp.

„Das Licht?"

„Auf dem Flur. Ich dachte natürlich, es ist Anna." Sie schenkte Anna ein warmherziges Lächeln, obwohl auch ihr Gesicht zu dieser nächtlichen Stunde etwas grau wirkte.

„Wussten Sie denn, dass ich nicht da bin?", fragte Anna.

Anna versuchte sich zu erinnern, ob die Tür zugesperrt gewesen war, als sie nach Hause gekommen war, oder nur zugeschnappt.

„War abgesperrt, als du zurückgekommen bist?", fragte Paul, der offenbar auf denselben Gedanken gekommen war.

Anna schüttelte den Kopf. „Kann ich dir nicht sagen. Leider."

„Wissen Sie, wann das Licht im Flur angegangen ist?", fragte Marten. Doch die alte Frau zuckte mit den Schultern.

„Was haben Sie denn gerade angeguckt im Fernsehen?", forschte Paul weiter.

„Zuerst gab es eine Sendung über, Moment, das war …" Die alte Frau dachte nach. „Ich glaube, es ging um Mülltrennung. Und um Windkraft. Umweltsachen. Später lief ein Film. Und die Nachrichten natürlich. Wissen Sie, ich bin zwischendurch sicher mal eingenickt. Das Alter."

Paul nickte verständnisvoll. „Natürlich, Frau Hovekamp. Haben Sie den ganzen Abend denselben Sender geguckt? Oder haben Sie mal weggezappt?"

„Wie bitte?"

„Umgeschaltet?"

„Nein. Nein. Es läuft ja nicht viel Gutes im Fernsehen. Und ich bekomme nicht so viele Sender rein. Aber hier, das Norddeutsche Fernsehen, das gucke ich schon gerne." Während sie sprach, suchte Anna auf dem Smartphone schon das Programm des Regionalsenders und scrollte durch. „Hatten die Nachrichten schon angefangen, als das Licht anging? Was meinen Sie, Frau Hovekamp?"

„Die was?"

„Die Nachrichten! Hatten die schon angefangen, als das Licht anging?"

„Oh, die waren schon vorbei. Da lief gerade der Wetterbericht. So ein Wetter haben wir ja auch nicht alle Tage, nicht wahr? Da war ich wach. Wollte doch wissen, ob der Sturm bald vorbei ist. Als alte Frau traut man sich ja gar nicht mehr aus dem Haus …"

„Zweiundzwanzig Uhr", sagte Anna leise.

„Ganz schön gewagt", murmelte Paul. „Um die Zeit in ein

Haus einzubrechen. Normalerweise muss man damit rechnen, dass jemand da ist."

Anna nickte mit blitzenden Augen. „Allerdings. Außer derjenige weiß, dass das Vögelchen noch ausgeflogen ist."

Heiße, stickige Luft schlug ihnen entgegen, als Paul die Tür der kleinen Polizeistation öffnete, sie hatten vergessen, die Heizung runterzudrehen. „Mensch, Marten", knurrte Paul. „Wer als Letzter hier rausgeht, macht das Licht aus und sieht zu, dass die Heizung nicht auf vollen Touren läuft." Was Marten allerdings nicht hörte, weil er vor Ort noch das Protokoll der Zeugenaussage von Frau Hovekamp fertig machte.

„Du lüftest und ich mache uns einen Kaffee", schlug Anna vor, warf ihre Jacke über den Stuhl und verschwand in der Teeküche. Sie hörte, wie Paul die Fenster öffnete und fluchte, weil der verdammte Wind sie sofort wieder zuschlug, während sie den kleinen Oberschrank nach Kaffeepulver durchwühlte. Irgendwo fand sie noch ein halbes Glas Instantpulver, der Filterkaffee war alle. „Du willst nicht im Ernst dieses Zeug trinken, oder?", fragte Paul, der sich irgendwie mit den Fenstern arrangiert hatte und jetzt hinter ihr stand. Ziemlich nah hinter ihr stand. Anna konnte ein leichtes Zittern in ihrer Stimme nicht vermeiden. „Na ja, gemeinsam stehen wir das durch, oder?"

Was immer er antworten wollte, er wurde unterbrochen, weil auf seinem Handy eine Nachricht einging. Die besorgte Miene des Polizisten, der spätnachts noch eine Mitteilung erhält, wich aber binnen Sekunden einem kleinen Lächeln, einem vielleicht etwas wehmütigen Lächeln, wie es Anna schien. „Zumindest keine schlechten Nachrichten", sagte sie und wandte sich ab, um nicht indiskret zu sein.

Paul seufzte. „Von meiner Tochter. Paulina."

„Oh. Ich wusste nicht …"

„Sie ist neun."

„Neun?" Anna, die den Wasserkocher unter den Wasserhahn hielt, wunderte sich. „Und schreibt dir um die Uhrzeit?"

„Na ja. Sie ist … sie hat … sie hat es gerade nicht leicht. Und sie tut sich deshalb schwer mit Schlafen."

„Verstehe. Das tut mir leid."

Sein Gesicht war nun ganz Kümmernis. „Ich mache mir Vorwürfe."

„Weil du nicht bei ihr bist?"

Paul nickte. „Klar. Und weil es meine Schuld ist, dass … nun, dass wir getrennt sind, ihre Mutter und ich." Er versuchte ein Lächeln. „Schichtdienst. Versetzung. Na ja, ich war eben immer nicht da, wenn ich hätte da sein sollen. Und jetzt bin ich gar nicht mehr da."

„Das tut mir leid", sagte Anna noch einmal und drückte seine Hand. „Aber mit dem Herzen bist du doch bei ihr. Und sogar rund um die Uhr erreichbar. Sie merkt das, da bin ich ganz sicher."

Er hob das Kinn etwas, als müsste er aufpassen, dass ihm keine Träne aus den Augen rollte. „Vielleicht", flüsterte er heiser. „Vielleicht ist es so." Er löste sich und ging hinüber, um sich an seinen Schreibtisch zu setzen.

Anna goss zwei Tassen Kaffee auf, gab in beide noch einen Schuss Milch und stellte eine vor ihn hin.

„Danke."

„Gerne. Ich wollte sagen, es tut mir leid, dass ich solchen Unfrieden auf die Insel gebracht habe und euch das Leben so schwer mache."

Paul zuckte die Achseln und sah sie an, als würde er etwas in ihren Augen suchen. „Der eine macht anderen das Leben schwer, weil er geht", sagte er dann. „Der andere, weil er kommt."

Das ganze Haus hatte sich verändert. Es war dunkler, kälter, größer geworden. Es war, als wäre es auf einem grausamen Geheimnis errichtet worden, als stünde es auf einem Grab, dessen Tiefe nicht absehbar war. Ein Gefühl, das Katarina Loos nicht in Worte hätte fassen können, das aber in jede Faser ihres Körpers gekrochen war. Nachdem sie die stählerne Tür des Kellerraums wieder hinter sich zugezogen hatte, war sie längere Zeit auf der Treppe stehen geblieben und hatte den Geräuschen des Hauses gelauscht, dem Ticken der Wanduhr im Flur, das plötzlich ganz nah schien, dem Summen der Gefriertruhe oder des Kühlschranks, einem unregelmäßigen Knacken unbekannter Herkunft, dem Klappern der Rollläden im Sturm. Alles erschien ihr gleichzeitig ganz gegenwärtig und weit weg. Die Luft im Haus war eisig geworden und griff nach ihr, zog in ihre Kleider und packte sie im Nacken. Das Bild des metallisch blitzenden Operationsbestecks unter dem grünen Tuch hatte sich in ihre Netzhaut geprägt, als stünde sie noch davor. Ihr Magen war in Aufruhr. Zitternd tastete sie sich an der Wand entlang wie eine Blinde, um den Weg ins Bad zu finden, wo sie sich zuerst ins Waschbecken übergab und dann fröstelnd auf die Toilette setzte.

Was ging in diesem Haus vor sich? Was tat Dr. Strecker in diesem Keller – und wer lag auf diesem Stuhl? Wenn es auf all diese Fragen eine ganz einfache Antwort gäbe, dann gäbe es keinen Grund für einen OP hinter einer Stahltür im Keller eines Wohnhauses. Dann würde Dr. Strecker seine Arbeit in der Praxis oder in einem offiziellen Operationssaal einer Klinik durchführen. Nein, hier ging es um eine Angelegenheit, die aus guten Gründen vor den Augen der Öffentlichkeit verborgen bleiben sollte, und sie, Katarina Loos, war hinter etwas gekommen, wovon sie noch nicht wusste, wie tief es reichte.

Es hatte eine Weile gedauert, bis sie sich so weit wieder im Griff gehabt hatte, dass sie klare Gedanken fassen konnte. Was immer hier vor sich ging, sie musste es festhalten. Niemand würde ihr glauben, solange sie keine Beweise hatte. Solange der Arzt nicht zurück war, drohte ihr keine Gefahr. Sie durfte nur nicht zögern. Mit neuem Mut war sie ins Gästezimmer gegangen, hatte ihr Handy geholt und war dann die Treppen wieder hinunter in den Keller gelaufen. Es fiel ihr nicht leicht, den Raum wieder zu betreten. Doch sie wusste, was sie erwartete. Deshalb versuchte sie, so routiniert wie möglich nach einem ganz bestimmten Plan vorzugehen. Sie knipste das Licht an, stieg die drei Stufen hinab und rief die Kamera auf ihrem Handy auf. Zuerst schoss sie Bilder von allen vier Wänden. Dann eines von der Arbeitsplatte, dem Schrank und dem Hocker. Danach kam die Liege dran, die im Display ihres Handys aussah, als stünde sie in einem beliebigen Behandlungsraum. Und schließlich der Tisch mit dem OP-Besteck, den sie zuerst zugedeckt fotografierte und dann mit zurückgeschlagenem Tuch. Noch ein Bild aus ganz kurzer Distanz, auf dem alle Geräte deutlich zu erkennen sein würden. Und noch eine Aufnahme von Stuhl und OP-Tisch. Schließlich ging sie zurück zur Treppe und schoss von dort noch zwei Fotos in Richtung auf die Laborseite und in Richtung auf die OP-Seite des Raums. Ein letzter Blick auf den Speicher des Handys, ob alles drauf war, dann löschte sie das Licht, schloss die Tür hinter sich und huschte nach oben, wo nichts mehr so war wie zuvor.

Stunden später lauschte sie auf die Geräusche im Haus. Längst war Dr. Strecker wieder zurück. Sie hatte eine Begegnung mit ihm vermieden, war nur rasch ins Bad gehuscht, wenn sie hörte, dass er auf einer anderen Etage war. Und dann hatte sie sich wieder in ihrem Zimmer eingeschlossen. In der Falle. Das ging ihr immer wieder durch den Kopf. Sie saß in der Falle. Dann wieder schüttelte sie den Kopf über sich selbst. Sie war allein. Alles war gut. Ihr würde nichts geschehen.

„Sie werden dich erwischen."

„Vielleicht."

„Ist es das wert?"

„Heute werden wir wieder ein wenig Blut entnehmen. Na ja, ein wenig mehr."

„Du kannst die Zeit nicht zurückdrehen. – Wird irgendjemand davon wieder lebendig? – Hey, ich spreche mit dir!"

„Die Vene ist dicht. Schade. Dann muss ich eine neue Kanüle legen."

„Mach das nicht. Du ruinierst dein Leben."

„Es geht hier nicht um mich."

„Natürlich geht es um dich. Niemand braucht das, was du da tust, was immer es ist."

„Was immer es ist? Sag bloß, du bist immer noch nicht dahintergekommen."

„Ich weiß genau, was du denkst. Aber du … du … ahhh!"

„Nicht ganz leicht zu finden, deine Adern. Vielleicht probieren wir es besser in der Armbeuge. – Ja, das sieht besser aus."

„Hör auf damit, ich bitte dich. Bitte, hör auf. Bitte! Ich hab's kapiert. Ich weiß, was ich falsch gemacht habe. Ich werde alles tun, um es wiedergutzumachen! Wirklich! Aber hör auf. Hör auf! – Mein Gott, wie viel Blut denn noch? Bist du verrückt? Hör auf! Oh Gott, ich … ich … hhhh …"

„Es gibt Dinge, die kann man nicht wiedergutmachen. Man kann nur dafür bezahlen. Hörst du? – Hä? – Sag bloß, du bist schon wieder ohnmächtig geworden. Was für ein hilfloses Stück Dreck."

TAG 7

Donnerstag, 4. Februar, 08:25 Uhr,
54° 11' nördliche Breite, 7° 53' östliche Länge,
Windstärke 10, West

Die Wetterstation hatte die aktuellen Daten und die Vorhersage durchgegeben. Nach wie vor Orkan, allerdings bei etwas geringerer Windgeschwindigkeit. Vorläufig musste keine weitere Ausgangssperre verhängt werden. Anna und ihre beiden Kollegen hatten den Rest der Nacht auf der Polizeistation verbracht. Die Runde über die Insel machten diesmal Paul und Marten. Als sie wieder zurückkamen, trat Anna gerade aus der Tür. „Entschuldigt. Ich muss noch rasch etwas erledigen", sagte sie und bog ab Richtung Klinikum. Die beiden Männer blickten ihr kurz ratlos hinterher und sahen, wie sie ihr Handy aus der Jackentasche nahm und wählte. Dann flüchteten sie vor dem Sturm ins Haus.

„Herr Dr. Bause, hätten Sie einen Augenblick Zeit, dass ich vorbeikomme?", fragte Anna, als sich am anderen Ende der Leitung der Klinikarzt meldete.

Der Arzt klang nicht sehr amüsiert. „Wenn es sein muss. Worum geht es denn?"

„Ich bräuchte etwas Blut."

„Oh. Da werde ich Sie enttäuschen müssen. Wenn es sich nicht um einen Notfall handelt …"

„Sie haben mich falsch verstanden, Herr Doktor. Sie sollen mir etwas Blut abnehmen."

„Und wozu, wenn ich fragen darf?"

„Das kann ich Ihnen leider nicht sagen. Aber es geht um einen Test im Rahmen einer polizeilichen Untersuchung."

„Tja, dann muss ich Sie wohl unterstützen. Können Sie gleich kommen?"

„Ich stehe bereits vor der Tür." Anna beendete das Gespräch und betrat das Klinikgebäude. Am Empfang machte sie es kurz: „Dr. Bause erwartet mich."

Die Rezeptionistin lächelte sehr professionell und entsprechend unglaubwürdig. „Ich fürchte, Sie haben keinen Termin." Sie blätterte etwas lustlos in ihrem beinahe tischgroßen Organizer und schüttelte den Kopf, als hätte sie sich selbst noch einmal vergewissern müssen.

„Wir haben gerade eben telefoniert." Anna rief die Telefonliste auf ihrem Smartphone auf und hielt sie der Mittvierzigerin hin. Die schaute etwas unschlüssig und griff dann nach ihrem Telefonhörer. Sie war noch nicht mit dem Arzt verbunden, da stand Anna bereits in seiner Tür. Dr. Bause sah sie verdrießlich über seine randlose Brille an, murmelte „Ist schon in Ordnung" in den Hörer und legte auf. „Sie waren schnell."

„Wie gesagt, ich stand bereits vor der Tür."

„Wie viel Blut soll ich Ihnen denn abnehmen?" Der Arzt nahm eine Kanüle zur Hand, dann kam er hinter seinem Tisch hervor und forderte Anna auf: „Machen Sie mal einen Arm frei."

Sie streifte die Jacke ab, setzte sich auf den Stuhl neben seinem Schreibtisch, schob den Ärmel ihres Pullis hoch und hielt ihm den Arm hin. Er klopfte die Venen in ihrer Armbeuge ab, bedeutete ihr, eine Faust zu machen, schnürte den Oberarm ab und setzte mit der Übung vieler Jahre ärztlicher Praxis die Nadel. „Wie viel brauchen Sie denn?"

„Sagen wir, einen Viertelliter."

Der Arzt hielt inne. „Einen Viertelliter? Wozu um alles in der Welt wollen Sie so viel Blut haben? Mit einem Viertelliter können Sie eine ganze medizinische Fakultät einen Tag lang experimentieren lassen."

Anna sah das Blut aus ihrem Arm in ein Reagenzröhrchen laufen, tiefrot und dick. „Kennen Sie die spezifische Dichte von Blut?", fragte sie.

„Nein“, erwiderte der Arzt. „Weil es sie nicht gibt. Blut ist ein ganz besonderer Saft. Es ist individuell. Es kann dicker sein und dünner, das heißt auch dichter oder weniger dicht. Es hängt von der Zusammensetzung ab. Da spielen viele Faktoren eine Rolle.“

„Verstehe.“ Kurz überlegte Anna, dann korrigierte sie sich. „Sie haben recht, ich brauche keinen Viertelliter. Wie viel passt in ein solches Röhrchen?“

„Wenn ich es bis zum Strich volllaufen lasse, sind das zwanzig Milliliter.“

„Gut. Geben Sie mir fünf davon.“

„Wie Sie wollen. Das ist nicht sehr viel, aber auch nicht gerade wenig. Ich halte es trotzdem für sinnvoll, wenn Sie sich anschließend kurz draußen auf die Liege legen.“

„Sicher“, sagte Anna. Drei Minuten später war sie wieder vor dem Gebäude.

Paul und Marten saßen vor der Tafel, auf der inzwischen Platzmangel herrschte. Auch wenn die Informationen spärlich und oft vage waren: Es wurde ein immer komplexeres Bild daraus. Neben den nackten Fakten hatte Paul noch eine Sparte „Motive“ unten rechts in die Ecke gesetzt. Dort stand nun an erster Stelle „Hass“. Dann kam „Perversion“. Danach folgten mehrere Spiegelstriche, hinter denen nichts vermerkt war. „Warum zum Teufel macht jemand so was?“ Paul war nicht zufrieden. Er fand, es müsse deutlich mehr mögliche Motive geben.

„Da ich offenbar die Zielperson bin, würde ich an erste Stelle Neid setzen.“

„Neid?“ Pauls dichte, dunkle Augenbrauen hoben sich etwas. „Worauf?“

„Auf diese Position hier? Immerhin fing das Ganze an, als ich meine Stelle antrat.“

Paul notierte „Neid“ auf der Tafel.

„Sorry“, sagte Marten, „aber wer soll denn auf dich neidisch sein? Du meinst, weil du den Job als stellvertretende Leiterin der Polizeidienststelle angenommen hast? Ich meine, entschuldige, aber echt: Außer mir fällt mir da niemand ein.“

„Dann bist du, so weit es dieses Motiv betrifft, der Hauptverdächtige“, sagte Anna, schenkte Marten aber ein Lächeln. Marten konnte sich nicht zu einem Lächeln durchringen. „Schreib's auf, Paul“, sagte er. „Sie hat recht.“

„Aber das ist doch Blödsinn“, erwiderte Paul.

„Ist es auch“, stellte Anna klar. „Aber vielleicht ist das sogar der Plan.“

„Nämlich?“

„Dass wir uns verunsichern lassen. Wenn es Hass ist, dann wäre es ein gutes Mittel, mich bei den Kollegen unbeliebt zu machen und unter uns Misstrauen zu säen.“

„Guter Punkt“, sagte Marten. Aus schmalen Augen musterte er seine Kollegin. „Du bist blass. Alles in Ordnung mit dir? Soll ich uns einen Kaffee machen?“

„Alles in Ordnung, Marten. Aber ein Kaffee wäre trotzdem super. Ich habe mir ein wenig Blut abnehmen lassen.“

Die beiden Kollegen sahen Anna verwundert an. „Blut?“, fragte Paul. „Wozu?“

„Ich möchte wissen, wie viel Blut bei mir an der Schlafzimmerwand klebt. Das kann ich nicht mit Wasserfarben herausfinden und auch nicht mit Ketchup. Das geht nur mit Blut.“

„Um Himmels willen, Anna, willst du jetzt ständig unter Einsatz deines Lebens ermitteln oder was?“ Paul war einigermaßen fassungslos. Er legte den Stift zur Seite und ließ sich auf seinen Schreibtischstuhl fallen. „Ich verbiete dir solche Maßnahmen. Das geht zu weit, kapiert?“

Anna hob begütigend die Hände. „Alles gut, Paul, wirklich. Ich habe mir ja auch keinen Daumen abschneiden lassen, nur um zu sehen, wie ein Daumen vom lebenden Menschen aussieht, wenn er nicht mehr dranhängt." Paul musterte sie, als müsste er sich ernsthaft überlegen, wie wahrscheinlich es war, dass sie auch das noch tat. „Und wo ist es?", fragte er schließlich. „Das Blut?"

Sie griff in die Tasche ihrer Jacke, die sie über die Stuhllehne gehängt hatte, und holte die Röhrchen hervor. „Hier."

„Das wird nicht reichen", stellte Marten fest. Auch er wirkte plötzlich etwas blass. „Ich meine, nicht dass du denkst, ich möchte, dass du noch mehr …"

Anna winkte ab. „Wenn wir wissen, wie groß die Fläche ist, die wir mit diesem Blut bemalen können, wissen wir ungefähr, wie viel Blut der Täter benötigt hat, um die Fläche auf meiner Wand vollzuschmieren."

„Müssen wir das wirklich so genau wissen?"

„Ich finde, es ist wichtig, dass wir eine Idee davon haben, wie ernst die Sache tatsächlich ist."

Paul seufzte. Er stand auf und ging Richtung Teeküche. „Ich weiß nicht, ob ich solche Ermittlungsmethoden gutheißen kann. Meine Beamten haben die Pflicht, auf sich aufzupassen. Mir nützen Polizisten nichts, die Kreislaufprobleme haben." Und leise fügte er hinzu: „Oder Schlimmeres."

Der Kaffee war das nackte Elend. Genauso, wie er sein musste, um Tote aufzuwecken. Oder drei Polizisten, die keinen Schlaf abbekommen hatten. „Es wäre eigentlich Zeit für die Runde", sagte Marten mit Blick auf die Uhr über der Tür.

„Denkst du, jemand merkt, wenn wir mal nicht rausfahren?" Pauls Laune näherte sich einem neuen Tiefpunkt. Wieder und wieder schüttelte er den Kopf. Das war nicht, was er unter Polizeiarbeit auf Helgoland verstand. „Die ganze Sache ist so was von faul", sagte er. „Seit ich hier bin, habe ich nicht so eine Scheiße erlebt."

Anna nippte an ihrer Tasse und nickte. „Und dabei wissen wir noch immer nicht, wie groß die Scheiße eigentlich ist."

„Hm?"

„Wir wissen nicht, was genau passiert ist."

„Oder gerade erst passiert", warf Marten leise ein.

„Richtig. Und deshalb hängen wir auch bei der Frage nach dem Motiv. Es ist leichter, ein Motiv zu finden, wenn man weiß, was eigentlich für eine Straftat vorliegt", sagte Anna.

„Liebe", murmelte Marten. Und auf die verständnislosen Blicke der anderen hin erklärte er: „Vielleicht ist es nicht Hass oder Neid, vielleicht geht es hier um eine Art Liebesbeweis."

Paul, der wieder an der Tafel stand, sah auf ihn herab mit einem Blick, als wollte er sagen: Du hast schon wieder die Nachbarskatze geschwängert? „Liebe, ja?"

„Ja", insistierte Marten. „Warum nicht? Ich meine: Wenn Hass ein Motiv sein kann, dann kann es doch auch Liebe sein. Außerdem hat der Täter doch ein Herz gemalt."

Nachdem er ausgiebig die Augen verdreht hatte, notierte Paul auf der Liste den Punkt „Liebe". Dann drückte er den Deckel auf den Stift und atmete einmal tief durch. „Okay. Schon nach neun. Jetzt bitte an die Telefone. Wir müssen die Ärzte fragen."

„Wonach fragen?", wollte Marten wissen.

„Ob Blutkonserven vermisst werden, ob irgendetwas Auffälliges letzte Nacht vorgefallen ist, so was …"

„Paul?"

„Ja, Anna?"

„Ich finde, wir sollten sie kommen lassen."

„Nämlich wen?"

„Die Ärzte. Alle, und alle gleichzeitig."

Abgesehen von den zwei Zahnärztinnen, die sich eine Praxis in Unterland teilten, gab es drei niedergelassene Ärzte auf

Helgoland. Und es gab die Klinik. Von den drei Ärzten war einer über die Wintermonate auf dem Festland oder auf den Malediven, jedenfalls nicht auf der Insel. Das Klinikum arbeitete auch nur mit kleiner Besetzung. Aber der leitende Arzt, Dr. Bause, war anwesend. Ebenso die beiden Praxisärzte, Dr. Strecker und Frau Dr. Reiter. Alle drei saßen mit fragenden Mienen im Besprechungsraum und wirkten unruhig. Von der Polizei vorgeladen zu werden war etwas, das sie nicht gewohnt waren. Außerdem war es Zeitverschwendung. Und nicht zuletzt war anzunehmen, dass es Patienten gab, deren Termine gerade platzten.

Paul hatte die Tafel mit den Notizen umgedreht, sodass nichts davon zu sehen war. Stattdessen hingen an der Wand, mit Klebestreifen nebeneinandergehängt, drei Farbausdrucke der Fotos von den drei Objekten: Links der Daumen, in der Mitte das Einmachglas, rechts die Schmiererei an der Wand von Annas Schlafzimmer. „Wir haben Sie gebeten zu kommen“, fing Paul an und versuchte ein Lächeln, das freundlich, aber nicht fröhlich war, „weil wir Ihre Hilfe brauchen.“

„Haben Sie die nicht schon bekommen?“, fragte Dr. Bause säuerlich.

„Sicher“, entgegnete Paul schnell. „Natürlich. Und wir sind Ihnen dafür sehr dankbar …“

Anna stand von ihrem Stuhl auf und stellte sich neben Paul. „Der Punkt ist: Wir sind, wie Sie wissen, nicht die Kripo, sondern nur eine einfache Dorfpolizeistation. Es sind Dinge vorgefallen, deretwegen normalerweise längst Kollegen auf der Insel wären, die täglich mit so etwas umgehen. Das geht derzeit, wie Sie ebenfalls wissen, nicht. Auch ins Labor können wir nichts schicken. Deshalb sind wir auf Hilfe angewiesen. Vielerlei Hilfe. Sie spielen dabei eine ganz wichtige Rolle.“

„Als Polizeilabor?“, fragte Dr. Reiter. Sie hatte ihr dichtes, dunkles Haar zu einem Pferdeschwanz gebunden und trug unter dem weißen Kittel, den sie scheinbar stets unter dem Mantel anhatte, einen schwarzen Rollkragenpullover und schwarze Hosen.

Anna spürte gleich, dass die Frau sich nicht mit Allgemeinplätzen aufhielt. Sie war klar und direkt. Eigentlich nicht die schlechtesten Voraussetzungen, wäre da nicht dieser undefinierbare Blick Richtung Paul gewesen. War sie an ihm interessiert? Hatte sie etwas gegen ihn? War er ihr Patient? „Nicht nur", sagte Anna und ging zu den Fotos hin. „Zunächst einmal brauchen wir medizinische Beratung. Ohne Grundwissen sind unsere Chancen, das Richtige zu tun und das Falsche zu vermeiden, minimal."

„Ein Blitzseminar Humanmedizin?", bohrte Dr. Reiter weiter.

Paul schüttelte den Kopf. „Das nicht, Sarah, nein. Es geht eher darum, dass wir hier bei Adam und Eva anfangen müssen und ein paar Dinge schneller gehen, wenn wir wissen, woran wir sind und mit wem wir worüber sprechen können."

„Also?", mischte sich nun auch Dr. Bause ein. „Wollen Sie uns mal Ihrerseits einen kurzen Überblick geben, welche Probleme Sie zu lösen haben und wo Sie dabei stehen?"

Paul nickte Anna zu. Die deutete auf das linke Bild. „Zuerst haben wir Post bekommen. Und mit Post meine ich: Post. In einem kleinen Päckchen war dieser Daumen, von dem wir zwar dank Dr. Strecker wissen, dass es ein echter menschlicher Daumen ist, aber nicht, ob er von einem lebenden oder von einem toten Menschen abgetrennt wurde, ob es durch einen Unfall geschehen ist oder durch eine Amputation."

„Es müsste schon ein ungewöhnlicher Unfall gewesen sein", sagte Dr. Reiter. „Offensichtlich war es ein glatter Schnitt. Das kann keine Säge gewesen sein. Abgerissen ist er schon gar nicht, dann wären die Ränder ausgefranst."

„Eine Hacke vielleicht", schlug Dr. Bause vor.

„Auch dann wär es eine Amputation“, beharrte Dr. Reiter.

„Aber nicht notwendig eine absichtliche“, stellte Dr. Strecker klar. Er war der einzige der Ärzte, der den Daumen im Original gesehen hatte.

„Wenn Sie das sagen, Herr Kollege“, bemerkte Dr. Reiter. „Man müsste ihn mal in echt sehen.“

„Das können wir nachher gerne machen“, bot Paul an. „Aber lassen Sie uns erst einmal zu den beiden anderen Bildern kommen.“ Er gab Anna ein Zeichen, die sich räusperte und auf das mittlere Papier deutete. „Hier sehen Sie ein Einmachglas. Es ist offenbar voll Blut. Hier können wir nicht sicher sagen, ob es menschliches Blut ist oder tierisches, aber dass es Blut ist, hat uns Dr. Bause freundlicherweise nachgewiesen. In Anbetracht aller übrigen Umstände wäre es naiv und fahrlässig, nicht von menschlichem Blut auszugehen.“ Und an den Klinikarzt gerichtet fragte sie: „Konnten Sie inzwischen feststellen, ob Blutkonserven fehlen?“

„Nein. Das heißt, ja. Wir konnten es feststellen. Es fehlt nichts.“

„Dann ist die Möglichkeit, dass es sich einfach um den Diebstahl gespendeten Blutes handelt, leider ausgeschlossen.“ Paul blickte zu Marten hin, der hinter den Ärzten saß und einen Block in der Hand hielt, um das Protokoll zu führen. Marten nickte und machte eine Notiz.

„Es handelt sich etwa um einen Drittelliter“, erklärte Anna. „Ist das viel, ist das wenig?“

Die Ärzte blickten einander an, offensichtlich unschlüssig, wer antworten sollte. „Tja“, sagte Dr. Bause. „Ein erwachsener Mensch hat etwa sechs Liter Blut. Null Komma drei Liter zu verlieren, schwächt ihn zwar etwas, beeinträchtigt aber nicht im Geringsten die lebenswichtigen Funktionen des Körpers.“

„Und wenn der Mensch noch einmal einen halben Liter oder vielleicht sogar einen ganzen Liter verliert?“, fragte Anna und deutete auf das dritte Bild. „Das ist die Aufnahme eines an eine Wand gemalten Bildes. Was Sie hier auf einem Blatt Büropapier sehen, ist in Wirklichkeit etwa einen Quadratmeter groß."

Dr. Strecker pfiff leise durch die Zähne. „Und es ist auch Blut? Haben Sie das untersucht?"

Anna nickte. „Ja. Es ist auch Blut. Auch hier wissen wir mangels Labortechnik nicht, ob es menschliches Blut ist oder tierisches. Aber wenn wir mal annehmen, dass es von einem Menschen stammt …"

Dr. Reiter musterte Anna, Paul und das Bild, als wären alle drei gefährliche Viren. „Hübsches Bild", sagte sie. „Wer hat das gemalt?"

„Das versuchen wir herauszufinden, Sarah", sagte Paul, und Anna fiel auf, dass er sie zum zweiten Mal mit dem Vornamen anredete. Bei zwei Halundern ähnlichen Alters mochte das üblich sein. Doch Paul stammte nicht von der Insel, er war nicht mit Sarah Reiter aufgewachsen. „Angenommen, es handelt sich in beiden Fällen um das Blut ein und desselben Menschen. Wäre das ein Problem?"

Dr. Bause wiegte den Kopf. „Man kann auch zwei oder sogar drei Liter Blut verlieren. Es dauert natürlich einige Tage, bis man einen solchen Aderlass wieder aufgefüllt hat. Aber ab einem bestimmten Punkt wird es kritisch, das ist ganz klar."

„Und wo liegt dieser Punkt?", wollte Anna wissen.

„Vier Liter Blut", sagte Dr. Strecker leise. „Wenn man die verliert, ist man üblicherweise tot."

Kurz senkte sich Schweigen über die Runde. Alle Augen hatten sich auf das Bild mit dem Herz aus Blut gerichtet. Als Anna die Ärzte wieder ansah, konnte sie sie förmlich rechnen sehen. Wie viel mochte das sein, was da auf diese Wand aufgetragen worden war? War das ein Bild, das man mit einem halben Liter Blut malen konnte? Brauchte man einen ganzen?

Oder noch mehr? Dr. Bause starrte sie an. „Dafür haben Sie das Blut gebraucht, richtig?“

Anna nickte. „Ja. Was Sie auf dem Bild sehen, entspricht nach meinen Berechnungen ungefähr noch mal zwei Drittel Liter Blut.“

„Verstehe. Seltsame Methoden.“

Anna überging die Kritik. „Wenn wir weitere medizinische Überlegungen über diesen Fall anstellen“, sagte sie, „dann würde uns auch interessieren, ob es – vorausgesetzt, der Daumen stammt von derselben Person wie das Blut – auf den Bluthaushalt nennenswerte Auswirkungen hat, dass ein Daumen fehlt.“

„Es kann zu weiterem Blutverlust führen“, sagte Dr. Strecker.

„Je nach Gesundheitszustand des Patienten kann es den Kreislauf destabilisieren, was den Tod beschleunigen kann“, erklärte Dr. Bause.

Des Patienten. In diesem Sinne hatte Anna das Opfer noch nicht betrachtet.

„Die Wunde kann sich entzünden“, erklärte Dr. Reiter. „Das hat natürlich auch Auswirkungen auf die Selbstheilung und die Versorgung des gesamten hämologischen Systems.“

„Das heißt, wenn weitere Körperteile auftauchen würden, würde das die Überlebenschancen des Menschen senken?“

„Sicher“, erklärte die Ärztin. „Wenn Sie den Kopf finden, ist er vermutlich tot.“

„Vielleicht wird es ja nur ein Ohr sein“, sagte Anna und spürte, noch während sie es aussprach, wie sich alle ihre Haare sträubten und die Migräne endgültig zurückkehrte.

Nachdem die Ärzte wieder weg waren, ging Anna sich frische Kleidung holen. Sie duschte kurz, aß im Stehen das Stück Sandkuchen, das ihr Frau Hovekamp aufgedrängt hatte, und schlüpfte wieder in ihre Dienstkleidung. Die Dienstwaffe hatte sie in ihre Jacke gesteckt. Sie nahm sie heraus und betrachtete sie. Kalter, schwarzer Stahl, matt glänzend. In der Ausbildung hatte sie zu den besten Schützen gehört. Doch seither hatte sie es, wenn irgend möglich, vermieden, an Schießtrainings teilzunehmen. Zu oft war sie mit jedem Schuss tiefer in einen Sog geraten, der sie selbst zu einer Maschine gemacht hatte: Immer wieder hatte sie in dem Papierdummy einen echten Menschen gesehen. Einerseits war das zweifellos auch der Grund gewesen, weshalb sie so verdammt gut getroffen hatte, andererseits hatte es ihr Angst gemacht. Was, wenn sie eines Tages wirklich vor diesem Menschen stand oder in einen ähnlichen Sog geriet? Würde sie dann auch tödliche Schüsse in Serie abgeben? Würde sie ihn auch wegblasen, ihm nacheinander Schultern, Beine, Herz und Kopf wegsprengen? Anna war immer das Thema auf dem Schießstand gewesen. Wenn sie da war, gab es großes Hallo. Wenn der offizielle Teil vorbei war, sollte sie „den Amerikaner" geben. Und sie hatte mitgespielt, ein paarmal. Hatte jenseits aller Ausbildungsrichtlinien den Pappkameraden mehrfach gezielt hingerichtet. Schnell, präzise, gnadenlos.

Sie prüfte das Magazin, entsicherte und sicherte die Waffe wieder, strich über den Lauf und den Abzug, zielte einmal auf die Küchenlampe, einmal durchs geschlossene Fenster auf die Kirchturmspitze, dann steckte sie die Pistole wieder weg und machte sich auf den Weg.

Zwar gab es keinen Beweis dafür, dass die drei Empfängeradressen auf der Insel gedruckt worden waren. Doch es bestand natürlich die Möglichkeit. Eine Schriftanalyse ist aufschlussreich, wenn man eine Handschrift vorliegen hat und sich darauf versteht. Wenn es aber ein Computerausdruck ist, dann lässt sich nicht auf Links- oder Rechtshänder, nicht auf

Mann oder Frau, nicht auf charakterliche Eigenschaften schließen. Das Einzige, was man vielleicht herausfinden kann, ist, ob es sich um eine auf PC oder Mac gebräuchliche Schrift handelt oder ob der Drucker, auf dem sie ausgefertigt wurde, irgendwelche Besonderheiten aufweist. Anna hatte die beiden Empfängeradressen und auch den Schriftzug „Götterspeise – hausgemacht“ sorgfältig abfotografiert und nebeneinander unter ihrer Schreibtischlampe positioniert. Eine gerade, schlichte Schrift, wie sie fast jedes Computerprogramm auf fast jedem Drucker umsetzen konnte. Immerhin: Die Tatsache allein, dass es Computerschrift war, machte es eher unwahrscheinlich, dass der Täter sehr alt war. Das Problem war nur: Das galt bei Kapitalverbrechen sowieso als Faustregel. Siebzigjährige morden nicht. Achtzigjährige erst recht nicht. Das klassische Täterprofil bei vorsätzlichen Tötungsdelikten, das hatte Anna in der Polizeiausbildung gelernt, ist männlich (außer bei Giftmorden) und zwischen zwanzig und sechzig Jahren alt. Es war anzunehmen, dass fast jeder männliche Einwohner Helgolands in dieser Altersspanne Zugang zu einem Drucker hatte.

Was gab es noch an Verwertbarem? Packpapier von der ersten Sendung. Ein Klebestreifen, auf dem keinerlei Fingerabdrücke gewesen waren – außer ihren eigenen und denen der beiden Kollegen. Das Einmachglas, das man sicher noch mikroskopisch auf irgendwelche Spuren untersuchen konnte, so wie man alles noch auf DNA-Spuren überprüfen konnte, vor allem die Briefmarke, aber eben erst, wenn die Fähren wieder gingen und sie das Zeug ins Labor schicken konnten.

Was ließ sich aus etwas schließen, das so frei von Besonderheiten war? Zumindest so viel, dass es sich um jemanden handelte, der genau wusste, was er tat. Der einem Plan folgte. Der sich sicher fühlte. Hier war nichts impulsiv, hier war alles Berechnung.

„Marten gar nicht da?“ Anna schüttelte sich an der Tür, ehe sie die Jacke auszog. In der Polizeistation war es völlig überheizt. Ihren Chef schien das diesmal nicht zu stören. Er saß im Hemd da, die Ärmel hochgekrempelt, und tippte auf seinem Handy. Konnte es sein, dass Marten immer noch drüben auf der Kurhausseite forschte?

Paul schüttelte den Kopf. Er verschränkte die Hände hinter dem Kopf und heftete den Blick auf die Tafel, die Augenbrauen zusammengezogen. Anna spürte, dass seine ungemein männliche Ausstrahlung auf sie wirkte. Sogar Stalin schien ein wenig in den Hintergrund zu treten. „Und? Irgendwas Neues?“, fragte sie und nickte zu den Notizen hin.

„Solange wir nicht anfangen, Ausschlusskriterien draufzuschreiben, nein“, entgegnete Paul.

„Ausschlusskriterien?“

„Der Abgleich der Fingerabdrücke hat keine Übereinstimmung ergeben. Niemand fehlt, niemand ist als verletzt registriert. Na ja, außer dem Jungen von Familie Weitel drüben in der Dänenstraße.“

„Wieso? Was hat er?“

„Hat sich vom Sturm von der Treppe wehen lassen und sich einen offenen Armbruch zugezogen. Ist im Klinikum operiert worden.“

„Aber das war nach dieser ganzen Sache …“

„Klar. Sonst hätten wir die Geschichte ja schon längst auf dem Schirm. Ich muss auch mal rüber zu den Westkajen. Die hatten da doch den Unfall, wo sie eine Blutkonserve gebraucht haben. Vielleicht hat dabei ja jemand einen Daumen verloren.“

„Aber das hätte dann doch einer von den Ärzten erwähnt“, sagte Anna.

„Sicher. Trotzdem.“

„Und nun?“ Anna hängte die Jacke auf und setzte sich auf

seine Schreibtischkante, durchaus bereit zu riskieren, dass er einen Blick auf ihren Hintern warf. „Was können wir tun?"

„Wir warten ab, bis Marten kommt, der hat schließlich noch nicht berichtet. Dann sehen wir weiter."

„Ich habe auch noch nicht berichtet."

„Ich nehme an, wenn du was Neues hättest, hättest du es gleich gesagt."

„Stimmt." Nein, Paul war für so was wie einen Flirt nicht in der Stimmung, das war offensichtlich. Und eigentlich war Anna das auch nicht. Einen Augenblick lang war es ihr peinlich, dass sie sich so dekorativ vor ihn gesetzt hatte. Doch das Handy erlöste sie. „Eine Nachricht", murmelte sie und rutschte von Pauls Schreibtisch. Sie konnte nicht vermeiden, dass er sah, wie betroffen sie war, als sie die Nachricht aufrief.

„Was ist los?", fragte Paul, und seine Augenbrauen hoben sich neugierig.

„Ich weiß nicht", sagte Anna. Sie legte das Handy auf den Tisch und schob es zu ihm hin. „Diese Nachrichten. Kein Absender. Langsam wird das gruselig für mich."

Paul beugte sich vor und las: *„Nicht mehr lange."*

„Was soll das bedeuten?"

„Ich weiß es nicht, Paul. Aber inzwischen fürchte ich, es könnte mit unserem Fall zu tun haben."

„Gab es noch andere solche Nachrichten?"

Anna nickte. Sie hätte es natürlich früher sagen müssen, das war klar. Gut, die erste Nachricht war in einem Rausch von Kopfschmerz und Betäubungsmitteln untergegangen. Bei der zweiten hatte es sich nicht ergeben – und dann waren die Ereignisse wie eine Sturmflut über sie hereingebrochen und hatten alles in den Hintergrund gerückt. „Ich wollte es sagen. Aber dann …" Hilflos stand Anna vor ihrem Chef und rang um Fassung und Worte. „Es tut mir leid …"

Paul sah sich die früheren Botschaften an. Dann schwieg er.

Er schwieg lange. Er schwieg auch noch, als Marten endlich zur Tür hereinkam, sein obligatorisches „Moin!" schmetterte und neugierig von ihm zu Anna und von Anna wieder zurück zu ihm guckte. „Was liegt an?", fragte Marten irritiert. „Ist jemand gestorben?"

Paul atmete scharf ein. „Noch nicht", sagte er dann und schob Annas Handy Richtung Marten. „Aber lange wird es wohl nicht mehr dauern."

Marten nahm es zur Hand und las die Nachrichten durch. Einmal. Zweimal. Dann blickte er auf und fragte: „Schon gecheckt, wem die Nummer gehört?"

Anna seufzte. „Natürlich hab ich's versucht. Ich habe zurückgerufen. Aber da war nichts zu erreichen."

„Nichts heißt?"

„Dienst oder Dienstmerkmal nicht möglich."

„Ich habe nie kapiert, was dieser Satz soll", sagte Marten und warf sich auf seinen Stuhl.

„Aber warum hast du das nicht gesagt?", fragte Paul, und es war überdeutlich, dass er zwischen professionellem Frust und persönlicher Enttäuschung schwankte. „Es sieht doch verdammt so aus, als hätte es mit unserem Fall zu tun!"

Anna blickte zu Boden. „Das wollte ich doch, Paul. Nach der letzten Nachricht bin ich sofort hierhergekommen, um euch davon zu erzählen. Aber es war niemand mehr da."

„Wann war das?" Paul scrollte auf der Nachrichtenliste.

„Gestern, Paul. Gestern Abend. Bevor ich von hier nach Hause ging. Und dann war plötzlich die Wand voller Blut, und ich habe die Sache mit den Nachrichten völlig vergessen." Sie musste schlucken. „Vielleicht habe ich sie auch verdrängt."

„Hm. Kann ich verstehen. Sollten wir jetzt aber dringend recherchieren, oder?" Marten blickte zu Paul. „Soll ich mich drum kümmern?"

„Ja, bitte."

„Und sollten wir das nicht auf die Tafel schreiben?"

„Sollten wir, ja." Paul sah Anna mit einem langen, vorwurfsvollen Blick an. Dann sagte er: „Du schreibst die vier Botschaften auf vier Zettel und klebst sie untereinander an die Wand. Wir müssen das im Zusammenhang sehen. Und wir müssen die Sprüche im Zusammenhang sehen."

„Wenn es wirklich was mit unserer Angelegenheit zu tun hat", sagte Marten, „dann klingt es verdammt noch mal so, als hätte da jemand eine Aufgabe zu Ende zu bringen." Er räusperte sich. „Eine ziemlich blutige." Leise zitierte er: „Auge um Auge, Zahn um Zahn, Tag um Tag. Klingt martialisch. Irgendeine Idee, was der Absender damit sagen will?"

„Das gilt es herauszufinden. Dürfen wir dich bitten, Anna, das nächste Mal, wenn du irgendwelche Nachrichten bekommst, gleich Bescheid zu sagen?"

„Na klar, Paul." Anna zog sich hinter ihren eigenen Schreibtisch zurück. „Entschuldige. Ich dachte wirklich, dass es etwas ganz anderes ... Das war bescheuert. Tut mir leid."

„Jedenfalls wissen wir jetzt, dass wir keinem Phantom nachjagen", stellte Marten fest und versuchte, die Stimmung etwas aufzuheitern. „Denn wenn das wirklich im Zusammenhang mit unseren Ermittlungen steht, dann lebt das Opfer noch – und wir haben noch ein paar Tage lang die Chance, es zu finden!"

„Ja", knurrte Paul. „Super Nachrichten. Das freut mich wirklich ungemein." Er zögerte. Dann stand er auf. „Und noch was", sagte er, während er in den Nebenraum ging. Anna hörte seinen Schlüssel, ein paar metallische, nüchterne Geräusche, dann stand er wieder vor ihrem Tisch. „Wo ist deine Dienstwaffe?"

„Du willst, dass ich sie abgebe?"

„Nein. Ich will, dass du sie in Zukunft immer bei dir trägst."

Es gab nur eine Apotheke auf der Insel, aber die war gut besucht. Kein Wunder angesichts des widerlichen Wetters in den letzten Tagen. Wahrscheinlich lag die halbe Einwohnerschaft krank im Bett. Die andere Hälfte jedenfalls nutzte den Umstand, dass keine Ausgangssperre herrschte, und stand an der Theke, um irgendwelche Grippemittel, Erkältungstees, Fiebersenker und Nasensprays zu kaufen. Katarina Loos drückte sich eine Weile bei den Fußpflegemitteln herum und dann bei der Naturkosmetik, bis endlich für eine Weile niemand sonst mehr im Laden war und die Mitarbeiterin sich an sie wandte: „Kann ich Ihnen weiterhelfen?"

„Ach, danke", sagte Katarina Loos. „Ich weiß auch nicht. Ich habe früher hier manchmal eine Hautcreme eingekauft, die ganz wunderbar war." Sie sah sich scheinbar ratlos in den Regalreihen um. „Aber jetzt weiß ich nicht mehr, welche das war."

„Tja, war es eine Tagescreme oder eine Nachtcreme? Für welchen Hauttyp wäre das denn?" Die Apothekerin musterte sie, ohne allzu aufdringlich zu schauen.

„Eine Tagescreme", erklärte Katarina Loos. „Für Mischhaut. Sie sehen es ja selbst."

Die Apothekerin nickte verständnisvoll und trat an das Regal, um einige Präparate zur Hand zu nehmen. „Wissen Sie", sagte Katarina Loos, „die Creme hat mir mal Frau Strecker empfohlen. Vielleicht können wir sie ja fragen?"

„Frau Strecker? Die arbeitet schon länger nicht mehr hier."

„Oh. Wie schade. Aber vielleicht könnte ich sie anrufen und fragen, wenn Sie zufällig noch ihre Nummer haben", schlug Katarina Loos vor und nahm ihr Handy heraus.

„Tut mir leid, ich fürchte, da kann ich Ihnen nicht helfen. Frau Strecker ist, nun ja, sie hat ziemlich plötzlich aufgehört und lebt nicht mehr auf Helgoland."

„Ach …" Jetzt tat Katarina Loos verblüfft. „Das ist ja seltsam. Ich fand sie sehr nett, wissen Sie. Früher war ich oft auf der Insel und habe deshalb öfter mal hier etwas besorgt. Und Sie wissen gar nicht, was sie jetzt macht? Sie ist aufs Festland, ja? Bestimmt arbeitet sie jetzt in einer Apotheke in Hamburg oder Bremen. Oder Cuxhaven."

„Gut möglich." Die Mitarbeiterin schien nicht recht zu wissen, was sie von der Kundin halten sollte. Um sie bei Laune zu halten, fragte Katarina Loos: „Was würden Sie mir denn empfehlen?"

„Also ich würde Ihnen zu dieser Creme hier raten." Sie hielt ihr ein Döschen hin, das so teuer aussah wie nur irgend möglich. „Sie zieht schnell ein, ist rein natürlich, schneidet bei allen Tests mit Spitzenwerten ab ... Und gerade bei dem Wetter, das wir zurzeit haben, bietet sie wunderbar Schutz. Kann ich wirklich nur allen Kundinnen ans Herz legen."

„Oh, es ist aber für meinen Mann."

„Für Ihren Mann? Sagten Sie nicht, es ginge um Ihre Mischhaut?"

Katarina Loos lachte ein wenig, als wäre das eine überaus alberne Frage. „Nein, nein, ich meinte nur als Beispiel. Mein Mann hat praktisch die gleiche Haut."

„Hm. Also die Haut von Frauen und Männern unterscheidet sich eigentlich schon sehr deutlich", gab die Apothekerin zu bedenken. „Das hängt mit den Hormonen zusammen, wenn Sie verstehen ..."

„Ach ja, jetzt wo Sie es sagen. Und Sie würden also diese hier empfehlen?"

„Nun, das kommt wirklich auf die Haut an ..."

„Schade, dass wir Frau Strecker nicht mehr fragen können. Hat sie sich denn gar nicht mehr gemeldet?"

Ein älterer Herr, offenbar der Inhaber der Apotheke, war hinter den Tresen getreten und blickte zu den beiden Frauen herüber. „Sie hat einen Brief geschrieben", sagte er leise, als ginge es um eine sehr entfernte, aber noch in unguter Erinnerung befindliche Begebenheit.

„Eine Kündigung", erklärte die Mitarbeiterin. „Nicht wahr, Herr Kampe? Drei Zeilen – und nicht mal eine Unterschrift. Ich finde das unmöglich. Von jetzt auf gleich und ohne ein Wort vorher zu sagen. Wir mussten die ganze Arbeit …"

„Ich denke nicht, dass das unsere Kundin hier interessiert, Frau Breitlein." Es war dem Apotheker offenbar unangenehm, dass seine Mitarbeiterin interne Angelegenheiten vor einer Fremden ausbreitete. „Die Creme?", fragte er, an Katarina Loos gewandt.

„Oh. Ja, natürlich. Die Creme und die …" Sie griff wahllos in eines der anderen Regale. „Und diese Zahncreme hier, bitte." Während sie umständlich in ihrer Geldbörse nach passenden Münzen kramte, bemerkte sie: „Ich fand sie trotzdem nett, die Frau Strecker."

Der Blick des Apothekers war in eine unbestimmte Ferne gerichtet und seine Backenknochen mahlten, ehe er erwiderte: „Doch, das stimmt schon. Sie war eine nette Frau. Umso merkwürdiger …"

Der Sturm hatte wieder ein klein wenig nachgelassen. Wenn die Wettervorhersage stimmte, war das nur eine kurze Pause, vielleicht eine von mehreren, bevor es wieder richtig losging. Schneestürme wurden erwartet. Auf einem Eiland wie diesem fühlte sich eine solche Wetterlage besonders fies an. Die große Katastrophe von Helgoland war fest im kollektiven Gedächtnis verankert: die Springflut vor dreihundert Jahren, in der die Insel in drei Teile zerbrochen und das mittlere Drittel im Meer versunken war. Auch wenn viele sich seinerzeit auf das Oberland gerettet hatten, waren zahlreiche Helgoländer ertrunken. Seebestattung bei lebendigem Leib.

Anna stand mit Marten über der Steilküste bei den Lummenfelsen. Was für Hunderttausende Besucher der Insel bei schönem Wetter ein Idyll war, war für Anna ein immerwährender Albtraum. Hier, ganz in der Nähe, war es geschehen, vielleicht hundert Meter weiter südlich. Sie blickte nicht hin, sondern starrte unverwandt auf die Lange Anna, jenen einsamen Felsen, der etwas abseits von der Insel unwirklich aufragte. Sonst war die Lange Anna tiefrot, heute schien sie dunkelgrau. Wenn der Schneesturm einsetzte, würde sie wie der Bug eines riesigen Schiffs aussehen, das sich auf die Insel zubewegte, Anna hatte das oft gesehen. Sie fühlte sich dem Felsen tief verbunden, vielleicht weil sie nach ihm benannt worden war. Und dort drüben bei der Böschung hatte sie Leo gesehen. Es war das erste Mal gewesen, dass sie überhaupt ein paar Worte mit ihm gewechselt hatte.

Er blickt erschrocken auf, stellt aber erleichtert fest, dass es nur Anna ist. „Hi“, sagt er mit einem Lächeln. Anna muss schlucken. „Hi.“ Sie sollte weitergehen. Aber sie kann nicht. Sie kann auch nichts sagen. Das ist Leo, der Junge, den fast alle Mädchen in der Schule anhimmeln. Sie wahrscheinlich am allermeisten. Aber er ist natürlich unerreichbar, schließlich ist er zwei Klassen über ihr. Er würde sich nie für ein Mädchen wie Anna interessieren.

„Alles klar?“, fragt er, als er bemerkt, dass sie nicht weitergeht. „Suchst du wen?“

„Nein.“ Ihre Stimme hört sich ganz fremd an. „Nein, nein, ich bin nur unterwegs zur Jugendherberge.“ Sie wedelt mit dem Stapel Flyer, den sie in der Hand trägt. „Wegen unserer Theateraufführung.“

Leo nickt und wendet sich ab.

„Und du?“, traut sich Anna zu fragen.

„Och, ich ...“ Er blickt sie an, mustert sie fast ein wenig.

Dann scheint er sich zu entschließen, dass er ihr trauen kann. „Anna, oder?"

Sie nickt. „Anna Krüger."

„Kannst du ein Geheimnis für dich behalten, Anna Krüger?"

„Klar." Ihr Herz schlägt wie verrückt. Vorsichtig tritt sie einen Schritt näher. Sie sind hier fast am Rand der Klippe. Und ihr ist auch ein klein wenig schwindelig. Leo winkt sie zu sich her. Dann geht er in die Hocke. Anna stellt sich neben ihn und guckt ins Gras, von wo sie erst jetzt ein seltsames Geräusch hört. Es klingt ein bisschen wie das Quietschen einer Tür. „Ein Küken?", fragt sie verblüfft.

„Ein Jungvogel. Küken kann man da nicht mehr sagen." Leo drückt das Gras ein wenig zur Seite, damit sie es besser sehen kann. „Ist wahrscheinlich aus einem Nest gefallen. Ich habe ihn dort unten gefunden." Er zeigt auf eine Stelle, an die man niemals klettern darf, weil es viel zu gefährlich ist.

„Dort?" Annas Augen weiten sich. „Und wie hast du ihn hierher bekommen?"

„Ich bin hingeklettert."

„Dorthin? Aber das ist lebensgefährlich!"

„Hätte ich ihn dort sterben lassen sollen?"

Einen Moment schweigt Anna, weil ihr keine Antwort einfällt, die nicht doof geklungen hätte, und weil sie auch gar keine Antwort weiß. Dann streckt sie die Hand aus Richtung Vogel. „Darf man ihn berühren?", fragt sie.

„Hier musst du ihn streicheln", flüstert Leo und führt ihre Hand, die sich plötzlich ganz heiß anfühlt. „Da ist das Gefieder ganz weich." Und sie spürt ihre Fingerspitzen über flaumweiche Federn gleiten und hofft, dass er seine Hand nicht wegnimmt, was er aber natürlich tut.

„Und jetzt kümmerst du dich um ihn?"

„Ich versuche es", erklärt er. „Ich komme vor der Schule

vorbei, nach dem Unterricht und am Abend noch mal. Vielleicht bringe ich ihn ja durch." Er zögert. „Vielleicht auch nicht."

„Das finde ich total nett von dir."

Er lächelt sie wieder an, doch diesmal scheint mit seinem Blick etwas zu geschehen, seine Pupillen wirken auf einmal viel größer, seine Stimme ein wenig höher. „Du bist auch ganz nett", sagt er, und sie hat das Gefühl, dass ihr Herz gleich zerreißen wird.

„Danke", flüstert sie. „Ich muss weiter." Sie muss gar nicht weiter, sie hat alle Zeit der Welt. Warum hat sie das nur gesagt!

„Klar", erwidert Leo und zwinkert ihr zu. „Bis bald mal."

„Ja. Bis bald mal." Wie ferngesteuert steht sie auf und macht sich wieder auf den Weg. Da hört sie hinter sich noch einmal seine Stimme.

„Ach, Anna?"

„Ja?"

„Cooler Nagellack."

Sie wird nie vergessen, wie er dasteht, die Beine in den Boden gestemmt, den Wind im Haar, mit einem Blitzen in den Augen und einem Lächeln, so strahlend wie …

„Du hast noch nicht nach Fleischer gefragt", sagte Marten, ohne sie anzusehen.

„Fleischer?"

„Pauls Vorgänger, du weißt."

Anna nickte, auch wenn er es nicht sah. „Und? Ich nehme an, er ist in Pension gegangen."

„Ist er. Großer Bahnhof im Gemeindehaus. Halb Helgoland war da."

„Schön für ihn." Es fiel ihr nicht leicht, neutral zu klingen.

„Wusstest du, dass er nicht mehr im Dienst sein würde, als du dich für den Posten beworben hast?"

„Warum fragst du?“

„Na ja …“ Marten zögerte, blickte dann zu ihr und musterte sie nachdenklich. „Ich kann mir nicht vorstellen, dass du gut auf ihn zu sprechen bist.“

Wie auch. Er hatte dafür gesorgt, dass die Ermittlungen damals im Sand verlaufen waren, dass es genau genommen gar keine gegeben hatte. Er hatte ein Kartell des Schweigens auf der Insel errichtet. Fleischer war derjenige gewesen, der sie geopfert hatte für die gutnachbarschaftlichen Verhältnisse und den guten Ruf der Gemeinde. „Ich wüsste nicht, was es über ihn zu sprechen gibt“, erklärte Anna und drehte sich um. „Lass uns gehen.“

Langsam trotteten sie zum Auto zurück. „Ich habe nie verstanden, warum deine Eltern ihm das haben durchgehen lassen“, fing Marten wieder an. „Sie müssen doch auch furchtbar gelitten haben.“

Anna atmete tief durch. „Ist echt nett von dir, Marten, dass dich das so bewegt. Aber lass uns bitte nicht darüber reden. Das tut mir nicht gut.“

Er nickte. „Kann ich verstehen. Entschuldige.“ Etwas unbeholfen legte er ihr den Arm um die Schulter und Anna fand, bis sie beim Auto waren, nicht die richtige Idee, wie sie das unterbinden konnte. Marten wollte freundschaftlich sein, das verstand sie. Doch solche Nähe, wie er sie suchte oder wie er sie ihr anbot, fiel ihr schwer. Körperliche Berührungen fielen ihr schwer, jedenfalls meistens. Nichts hatte sich in den letzten sieben Jahren geändert. Nichts außer ihrer Art, mit den Geschehnissen von damals umzugehen.

Als sie den Klippenrandweg wieder zurückfuhren, musste sie es dann doch wissen. „Lebt er noch?“

„Fleischer? Aber ja. Er ist umgezogen, das Haus im Unterland war ihm zu groß. Lebt jetzt in einem kleineren im Oberland. Geht ihm ganz gut, denke ich. Macht jetzt Führungen für die Touris. Katakomben und so.“

Sie kommentierte das nicht. Was sollte sie auch sagen. Das freut mich? Schade? Warum ist er nicht längst krepiert? Schweigend fuhren sie weiter. Schneefall setzte ein. Zu ihrer Linken tauchte die Kirche auf. Auf dem Friedhof lag Leo. Kalt. Vermodert. Seit sieben Jahren Dünger. Wann immer Anna an ihn dachte, stand ihr das Bild vor Augen, wie sie sich nach der Schule verabredet hatten. Er hatte sie auf dem Schulhof angesprochen, als sie für Mathe gelernt hatte: „Hast du Lust, nach dem Unterricht mit mir zu den Klippen zu gehen?" Seine himmelblauen Augen hatten sie angeleuchtet wie Glücksversprechen, aber gleichzeitig hatte sie die Angst darin gesehen, sie könnte ablehnen. „Klar", hatte sie gesagt. „War schon lange nicht mehr dort." Und nach kurzem Zögern: „Nur wir zwei?" Er hatte genickt und ganz leicht gezwinkert, und sie hatte ebenfalls zu zwinkern versucht, aber nur mit den Wimpern geklappt, so aufgeregt war sie plötzlich gewesen. Leo! Leon van de Loop, der tollste Junge der ganzen Insel …

Mathe war die reine Katastrophe gewesen und zugleich die schönste Stunde, die sie je erlebt hatte. Sie hatte eine Fünf minus im Ausfragen bekommen und konnte vor Aufregung nicht mehr geradeaus gucken, dachte nur noch an Leo. Und an sich und die Lummenfelsen und ob sie sich küssen würden. Nur dass Leo nach dem Unterricht nicht gekommen war.

„Wir sind gleich da", sagte Marten unvermittelt. „Ich wollte nur sagen, falls du mal jemanden zum Reden brauchst, ich bin jederzeit gerne für dich da."

„Das ist supernett von dir, Marten. Danke."

„Keine Sache." Er hielt vor dem Polizeirevier. Doch, Marten war in Ordnung. Er machte nicht viel Wind um sich selbst, interessierte sich für andere, war hilfsbereit und aufgeräumt. Anna mochte ihn. Er war zwei Klassen unter ihr in der Schule gewesen. Damals hatte sie ihn eigentlich gar nicht wahrgenommen. Er war einfach nur einer dieser Blondschöpfe gewesen, die auf dem Schulhof Fußball spielten oder sich prügelten. Obwohl, wenn sie jetzt so zurückdachte, dann war Marten wohl eher keiner von den Fußballjungs gewesen – und geprügelt hatten sie eher ihn, weil er kleiner und schwächer war als seine Klassenkameraden. Als er nun so vor ihr das Gebäude betrat, schien es ihr nur konsequent, dass er Polizist geworden war: ein Weg, sich Respekt zu verschaffen. Auf eine Weise nicht anders als ihre Motive, auch wenn es bei ihr noch etwas mehr war als nur das.

Sollte sie zur Polizei gehen und die Bilder vorlegen? Sollte sie Dr. Strecker damit konfrontieren und ihn zur Rede stellen? Sollte sie die Bilder irgendwohin mailen? Anonym vielleicht, und hoffen, dass die Polizei kommen würde, ohne dass sie, Katarina Loos, als Urheberin der Verdächtigung aufflog?

Schlaflos wälzte sie sich im Bett herum, immer wieder lauschend. Das Haus war ihr unheimlich geworden, Dr. Strecker war ihr unheimlich. Er war sehr freundlich gewesen, als er spät nach Hause gekommen war. Vielleicht hatte er auch ein schlechtes Gewissen gehabt, weil sie nun schon seit vier Tagen hier festsaß. Aber vielleicht war diese Freundlichkeit auch gespielt. Oder er verfolgte Absichten? So, wie er sie seit dem Abendessen im *Fährhaus* anblickte, war es ziemlich klar, dass er Absichten verfolgte. Vielleicht auch nicht direkt Absichten. Aber er sandte Signale aus.

Katarina Loos stand auf und ging zum Fenster. Die Insel lag weitestgehend im Dunkeln, es war spät. Doch ein paar Lichter brannten: in den Häusern und drüben am Hafen. Dahinter aber lag tiefste Finsternis, schwärzeste Nacht. Dort, wo die See war, von wo die Wellen gegen die Insel rollten – und niemand wusste, wie hoch diese Wellen waren und ob sich nicht irgendwann wieder eine grausame Riesenwelle auftürmen und das halbe Eiland verschlingen würde. Doch: *Irgendwann* würde das ganz sicher geschehen; nur wusste niemand, *wann*. Ratlos und einsamer, als sie sich je gefühlt hatte, stand Katarina Loos am Fenster und dachte nach. Sie konnte Dr. Strecker hören, wie er im Haus herumging. Auch er war offenbar schlaflos. Weil er entdeckt hatte, dass die Tür unten immer noch unverschlossen war? Ob er sich sicher war, dass er sie beim letzten Mal abgeschlossen hatte? Katarina Loos schauderte. Beim letzten Mal, dachte sie. Was wohl dieses letzte Mal gewesen sein mochte? Vielleicht schöpfte er Verdacht, dass sie hinter ihm herschnüffelte, wenn er feststellte, dass die Tür unverschlossen war. Und dann? Würde er sie zur Rede stellen? Würde er so tun, als wäre nichts geschehen? Als wäre es das Normalste von der Welt, im Keller ein Verlies zu haben, in dem – ja, was? Sie schlug die Hände vors Gesicht. In was hatte sie sich da nur hineingeritten! Jetzt saß sie hier fest. Sie konnte nicht plötzlich wieder ausziehen und in eine Pension gehen, wie hätte sie das begründen sollen. Vor allem: Wenn er wirklich Verdacht schöpfte, dann wäre das ein glattes Geständnis. Nein, sie konnte nichts tun, als hierzubleiben und zu versuchen, aus ihrem schrecklichen Verdacht, von dem sie noch nicht wusste, worin er eigentlich genau bestand, eine Gewissheit zu machen, indem sie weiterforschte und letztlich Beweise fand. Wofür auch immer.

Leise ging sie zur Tür und lauschte. Nichts. Sie huschte hinüber ins Badezimmer und setzte sich kurz auf die Toilette. Als sie wieder herauskam, stand er vor ihr. „Sie können auch nicht schlafen“, sagte er, und ein seltsames Lächeln lag auf seinen Zügen.

Ich war an deinem Grab. Der Efeu ist noch da, das ist irgendwie tröstlich. Ansonsten ist alles deprimierend. Niemand pflegt es. Jetzt werde ich dein Grab pflegen. Sie wollen, dass man dich vergisst. Aber das werde ich nicht zulassen. Gott sei Dank liegst du auf der anderen Seite der Kirche, weit weg von meinen Eltern.

Es ist verrückt: Dieses Stück Land liegt mitten im Meer und alles ist unendlich weit, das habe ich so vermisst. Aber kaum geht man ein paar Schritte, kommt man schon an ein Ende der Insel. Klaustrophobie und Grenzenlosigkeit in einem, man macht sich das nicht klar, wenn man nicht hier ist. Bei Tag kann man wie der König der Welt oben auf den höchsten Punkten stehen, und nachts ist man in ein winziges Gefängnis gesperrt, wo man nichts sieht und von niemandem bemerkt wird. Na ja, zurzeit haben wir Sturm, da ist die Insel auch tagsüber ein Gefängnis.

Du liegst nicht dort unten, das weiß ich. Es ist nur dein Körper oder das, was von ihm übrig ist. Du selbst bist bei mir. Ich trage dich immer bei mir, immer. Sogar, wenn ich mit jemand anderem – aber das – egal. Morgen werde ich Blumen auf dein Grab legen. Sie sollen dich nicht vergessen.

Hoffentlich ist niemand dort! Die Chancen stehen gut. Die Schrebergärten sind um die Jahreszeit schon ziemlich verlassen. Und der von Leos Eltern liegt sowieso ein bisschen abseits, am Rand der Kolonie. Sie ist mal dort gewesen, letztes Schuljahr. Im Biounterricht haben sie Photosynthese durchgenommen. Da hat Leos Vater, der Chemiker ist, in dem kleinen Holzhäuschen eine Versuchsanordnung für die Klasse aufgebaut. Anna hat nicht besonders aufgepasst. Eigentlich hat niemand aufgepasst. Sie sind nur froh gewesen, dass sie mal aus dem Schulhaus gekommen sind. Wenn sie genügend trödelten, konnten sie sogar noch die Hälfte der nächsten Schulstunde vermeiden.

Aber jetzt ist es ganz anders. Jetzt spürt sie ihr Herz flattern und bekommt kaum Luft, so aufgeregt ist sie. Leo! Im Gartenhäuschen! Sie hofft, dass sie niemanden trifft. Ihre Wangen müssen knallrot sein, so sehr fühlt sie sie glühen. Hoffentlich sieht sie gut aus. Sie hat sich auf der Toilette in der Schule extra noch Lippenstift hingemalt. Hätte sie nur nicht das doofe Höschen mit den blauen Tupfern an heute! Und den bescheuerten BH, der aussieht wie einer von ihrer Mutter. Na ja, vielleicht wird es auch nicht so weit kommen. Und wenn doch, dann wird sie das Ding ganz schnell ausziehen. Anna merkt, wie sie leise vor sich hin kichert bei dem Gedanken. Fast wäre sie gestolpert. Das fehlte noch, dass sie im Matsch landete. Sie sieht sich um. Niemand da. Die Schrebergartensiedlung scheint völlig verlassen. Super! Zur Hütte der Familie van de Loop muss sie sich rechts halten. Der winzige Garten liegt ganz nah an der Klippe über dem Binnenhafen, sie kann ihn schon sehen. Nun hat sie doch ein bisschen ein flaues Gefühl im Magen. Und ihr Herz klopft plötzlich bis zum Hals. Ob er schon da ist? Die Tür der Hütte ist geschlossen. Ob sie vor dem Garten warten sollte? Aber dann würde sie jeder sehen können. Und es soll ja niemand wissen, dass sie mit Leo hier ist. Allein. Sie muss schlucken, als sie die Gartentür öffnet, die unverschlossen ist. Hat sie Stimmen gehört? Sicher nur ein Geräusch, das der Wind heraufgetragen hat. So ganz allein ist ihr hier draußen doch ein bisschen unheimlich. Schrebergarten, das klingt so nett. Aber irgendwie seltsam ist ihr schon zumute. Sie sieht sich um. Nein, ist ja sonst niemand da. Vielleicht wartet Leo auch schon in der Hütte. Warum hat sie keinen Spiegel mitgenommen? Sie kann gar nicht nachschauen, wie sie aussieht. Mit geübtem Griff zieht sie ihren Pferdeschwanz stramm. Dann klopft sie an die Tür der Hütte. Nichts. Sie ist die Erste. Ob die Tür offen ist?

„Hey! Wach auf, du hast Besuch."

„Was … was …"

„Gut. Heute wird es vielleicht etwas unangenehm."

„Du bist es."

„Was dachtest du denn? Der Weihnachtsmann? Die Feuerwehr?"

„Lass mich … los. Oder … oder sag mir … wenigstens, was du willst. Du kannst alles haben. Ich … will hier nur raus."

„Das kann ich verstehen."

„Und?"

„Und was?"

„Was willst du?"

„Ich habe alles, was ich will. Wir müssen nur noch ein paar Dinge erledigen."

„Was heißt das … erledigen? Was … hast du vor?"

„Ich bin wirklich erstaunt, dass du darauf nicht längst gekommen bist."

„Du willst mich umbringen, ja? Ist es … wegen der … alten Sache? Ist es das?"

„Vielleicht. Ich weiß ja nicht, wie viele alte Sachen es in deiner Vergangenheit gibt."

„Ich … ich kann nichts dafür. Ich habe nichts getan … hörst du? Das war doch nicht … meine Schuld! Was ist das?"

„Das kennst du schon. Es ist das Messer aus unserer ersten Arbeitssitzung. Es hat gute Dienste geleistet."

„Willst du mir noch einen Finger abschneiden? Warum, um Gottes willen? Was hab ich dir getan? Sag mir, was ich tun kann … und ich tu es. Dann … lässt du mich gehen, und ich werde niemals jemandem etwas sagen. Nie! … Ich schwöre es. Ich schwöre es! Aber lass mir meine Finger! Bitte!"

„Deine Finger kannst du behalten. Ich werde dir die restlichen lassen, keine Sorge. Und jetzt sei still und beweg dich nicht, sonst wird es hässlich."

TAG 8

**Freitag, 5. Februar, 02:13 Uhr,
54° 11' nördliche Breite, 7° 53' östliche Länge,
Windstärke 10, West, Schnee**

Sie konnte nicht schlafen. Es war nicht der Sturm, der am Haus rüttelte, den war sie seit ihrer Kindheit gewohnt. Es war auch nicht der Geruch, der vielleicht von dem Wandgemälde im Nebenzimmer zu ihr herüberdrang oder den sie sich vielleicht auch nur einbildete. Es war die Frage, mit wem sie in einer Wohnung war. Denn auch wenn es nur das Blut war, es war doch *jemandes* Blut. Sie war mit jemand anderem in dieser Wohnung. Mit jemandem, der buchstäblich an der Wand ihres Schlafzimmers klebte. Es war das nackte Grauen.

Gegen drei Uhr morgens stand sie auf und zog sich an. Sie streifte ihren dicksten Pulli über, schlüpfte in ihre schweren Stiefel und packte sich in die wetterfeste Jacke. Dann steckte sie Handy, Schlüssel und ein Springmesser ein, das sie vor ein paar Monaten auf Streife in Hamburg von einem Jugendlichen kassiert hatte, und verließ das Haus.

Es war eisig. Der Sturm hatte etwas nachgelassen, die Wolken reflektierten das bisschen Licht, das die Insel um diese Zeit abstrahlte. Ab und zu brach der Mond durch und tauchte alles in bleiches Blau. Anna lief über den Friedhof und an der Schule vorbei, hinter der der Kartoffelweg begann. Kerzengerade Richtung Nord-Nordwest, ein paar Hundert Meter darauf, folgte der Küstenrandweg. Rechter Hand lag ein Feld von Schrebergärten, das sich im Dunkeln bizarr ausnahm, als würden sich all diese kleinen Häuschen gemeinsam den Hang hinabstürzen. Hätten sie es doch nur getan. Dann die obere Beuge der Insel, die höchste Stelle mit ihren Kratern und Wunden aus finstersten Zeiten. Tiefschwarz gähnten Anna diese

Löcher an, in deren größten man ohne Weiteres ganze Häuser hätte versenken können. Der Wind war hier so schneidend, dass sie sich mit aller Kraft dagegenstemmen musste. Sie ging schnell, so schnell sie konnte, ohne zu laufen. Es tat ihr gut, sie spürte, wie sie unter ihrer warmen Kleidung schwitzte, während die Kälte aus ihrem Gesicht eine Maske formte.

Und dann stand sie über dem Meer, das unheimlich unter ihr fauchte. Nur wenn der Mond sich zeigte, konnte Anna die Gischt erkennen, die bis auf halbe Höhe der Klippen emporspritzte, zwanzig Meter. Einzelne Finger dieser nassen Klauen griffen ihr ins Gesicht. Sie schmeckte das Salz, roch die See. Ein Meer aus Tränen. Schauder jagten ihr über den Rücken. Sie sollte wieder gehen. Es war gefährlich hier oben bei dem Wetter. Schon am hellen Tag war es gefährlich. In der Nacht, wo jeder Schritt der falsche sein konnte, auch wenn man von der Insel stammte, war es geradezu verrückt, sich hier herumzutreiben. Plötzlich spürte sie etwas, das sie seit vielen Jahren nicht mehr gespürt hatte: Angst.

Vorsichtig trat sie ein paar Schritte zurück, dann wandte sie sich um und hastete über die Wiese und beim Leuchtturm den Kartoffelweg entlang Richtung Dorf. Der Leuchtturm, den sie so sehr hasste, seit Leo dort nicht aufgetaucht war.

Nur wenige Lichter brannten in den Häusern. Im Pfarrhaus war ein Fenster erleuchtet. Im Schulhaus brannte das Notlicht. Zwischen den eng auf eng stehenden Gebäuden hindurch konnte sie nach Mittel- und Unterland blicken, die wie immer heller erstrahlten. Die Lichter am Hafen, die Amtsgebäude, alles das. Aber hier im Oberland war es tiefe Nacht. Im Windschatten des Bop de Kark beruhigte sich Anna ein wenig, ging langsamer, spürte, wie die Panik, die sie zwischenzeitlich befallen hatte, sie losließ. Ein paar Schritte würde sie noch gehen, dann umdrehen und die restliche Nacht im Bett verbringen, vielleicht sogar schlafen. Ja, das würde sie.

Doch dann stand sie plötzlich vor dem Haus, in dem Marten gewohnt hatte, damals, vor einer Ewigkeit, als sie noch zur Schule gegangen waren. Auch hier brannte noch Licht. Durch die kleine Milchglasscheibe in der Tür glomm ein freundlicher Schimmer. Erst als sie geklingelt hatte, bemerkte sie, was sie tat. Doch da war es schon zu spät. Das Bellen eines Hundes zerstörte die Friedlichkeit des Fensterbildes. Zweimal scharf. Knapp. Laut. Annas Hand zuckte zurück. Unwillkürlich griff sie nach dem Messer in ihrer Tasche, obwohl das natürlich Unsinn war. Jeder Hund hätte gebellt.

Es dauerte keine Minute, da öffnete sich die Tür einen Spalt breit und Marten kam dahinter zum Vorschein. „Anna?"

Der Hund zwängte sich knurrend zwischen Marten und den Türrahmen, doch der junge Mann schob ihn zur Seite und zischte „Aus!". Dann öffnete er die Tür ganz und trat, den Hund am Halsband eng bei sich haltend, zur Seite, um sie hereinzulassen. „Alles in Ordnung?"

„Alles okay. Entschuldige. Du hast einen Hund?" Hunde waren auf der Insel verpönt. Auf nicht beseitigte Hundehaufen standen bizarre Bußgelder. Wer sein Tier nicht angeleint dabeihatte, musste ebenfalls mit gehörigem Ärger rechnen. Helgoland die Vogelinsel hatte keinen Platz und vor allem keinen Sinn für Hunde.

„Das ist Nelson", stellte Marten das Tier vor, das die Zähne zeigte und Anna unverhohlen feindselig anknurrte. Er war kein Schoßhund, ein Ridgeback vielleicht oder irgendein anderer Jagdhund, Anna kannte sich da nicht aus. „Was gibt's denn?"

„Ich ... ich wollte eigentlich gar nicht ... Ist ja total verrückt um die Uhrzeit."

„Verrückt ist, wenn du draußen stehen bleibst", sagte Marten und zog sie am Arm ins Haus.

„Du hast bestimmt schon geschlafen", murmelte Anna.

„Und ich möchte dich gar nicht stören. Und … und deine Familie."

„Du störst uns nicht", erklärte Marten, während er die Tür hinter ihr schloss. „Und mehr Familie als Nelson und mich gibt es hier nicht." Er scheuchte den Hund ins Wohnzimmer und schloss die Tür.

„Oh. Du bist nicht …"

„Verheiratet oder so? Nein. Komm, zieh mal die Jacke aus." Er versuchte, galant zu sein, indem er die Hände über ihre Schultern hielt. Aber mit seinem schwarzen Bademantel wirkte er eher wie Graf Dracula.

„Und deine Eltern?"

„Beide tot. Schon seit Jahren."

Irgendwie wirkte das erleichternd auf Anna. Sie ließ sich die Jacke abnehmen und drehte sich zu ihm um. „Das ist total bescheuert", sagte sie. „Entschuldige."

„Hey, ich hab doch gesagt, wenn du mich brauchst, ich bin immer für dich da. Und ich meine das auch so." Er deutete den Flur entlang Richtung Küche. „Einen Tee?"

Sie schüttelte den Kopf. „Ich glaube, ich bin gerade in so einer Art Einsamkeitsdepression."

„Und was hilft da?"

Einen Augenblick lang sagte Anna nichts. Marten mochte klein sein und mit seinem unförmigen rötlich-blonden Haarschopf ein wenig lächerlich. Aber er war vermutlich der einzige Mensch auf dieser Insel, der sich dafür interessierte, wie es ihr ging. Er war ein guter Kerl. „Wo ist dein Schlafzimmer?", fragte sie.

Trübes Licht fiel durch das Fenster. Anna tat gar nicht erst, als würde sie schlafen. Die Nacht war vorüber, und sie hatte seit vierundzwanzig Stunden nicht geschlafen. Und sie hatte auch nicht mit Marten geschlafen.

„Ist es wegen damals?", fragte er mit rauer Stimme. Es war eine bescheuerte Idee gewesen. Sie hatte sich eingebildet, kuscheln zu wollen, irgendwie Trost gesucht, eine breite Brust, ein warmes Bett, um den ganzen Wahnsinn zu vergessen, der sich über ihre Rückkehr nach Helgoland gebreitet hatte. Dabei war absolut klar, dass sie es nicht ertragen würde. Jede körperliche Nähe war ihr verhasst, ließ ein Gefühl von Panik in ihr aufsteigen – selbst wenn es ein Mensch war, zu dem sie Zuneigung empfand oder gar mehr. Ein Fluch, der jede Beziehung von vornherein belastete und letztlich völlig unmöglich machte. Auch Marten hatte natürlich mehr gewollt, klar. Dabei war er absolut nett gewesen, hatte es ganz auf die zärtliche Tour versucht, dann ein bisschen auf die leidenschaftliche, bis er irgendwann eingesehen hatte, dass es nichts brachte. Anna hätte sich verfluchen können, dass sie ihn in eine so miese Situation gebracht hatte. Und sich. Sie seufzte. „Sicher", sagte sie. „Es lässt sich einfach nicht ungeschehen machen."

„Das nicht. Nein. Was passiert ist, ist passiert." Er machte eine kleine Pause und fügt dann leise hinzu: „Aber ich bin sicher, es wäre alles besser, wenn du Gerechtigkeit bekommen hättest."

Gerechtigkeit. Gab es das? Für andere vielleicht. Aber nicht für sie. Das war vorbei. Sie hatte ihre Hoffnungen gehabt. Jetzt hatte sie nur noch Bitterkeit. Aber eigentlich war sie darüber hinweg. Eigentlich. Doch sobald sie mit einem Mann zusammen war, schob sich die Vergangenheit wie eine unsichtbare, aber auch unüberwindbare Mauer zwischen sie und ihn. Eine Psychologin hatte ihr einmal erklärt, dass sie ihre Gefühle von sich selbst abgekapselt hatte, damals. Um zu überleben. Um sich zu schützen. Doch irgendwie war es ihr nicht mehr gelungen, diesen Teil ihrer Gefühle wieder zu sich zu holen.

„Anna?"

„Ja?"

„Du musst es ihm sagen."

„Wem?" Sie blickte ihn an, fühlte seine sich hebende und senkende Brust an ihrer Schulter und versuchte, ihren Fluchtreflex im Zaum zu halten. „Was?"

„Paul." Er schlug die Bettdecke zurück und schwang die Beine aus dem Bett. „Du weißt, was."

Sie nickte, auch wenn er es nicht sehen konnte. „Ja. Ich werd's ihm sagen. Irgendwann."

„Bald. Es muss sein. Je eher, desto besser."

„Es muss nicht sein, Marten. Warum sollte es?"

Er stand auf, drehte sich um und sah sie mit so eisigen Augen an, dass sie fröstelte. „Warum es sein muss? Das weißt du verdammt gut. Du weißt es am besten von allen. Diese ganze Scheiße, die hier gerade passiert, die ist doch kein Zufall! Du kommst auf die Insel, und noch am gleichen Tag beginnen hier blutige Pakete einzutreffen. Ein Daumen! Zufall? Kaum, oder? Dann das ganze Blut. Da spielt doch jemand mit dir."

Anna schlug sich die Hände vors Gesicht. „Marten! Bitte, hör auf. Ich kann das nicht länger anhören. Das kann doch alles auch wirklich ein Zufall sein. Jemand spielt uns einen makabren Streich."

„An dich adressiert? Du bist doch gerade erst bei uns eingetroffen. Wenn du die Leiterin der Dienststelle wärst, vielleicht. Aber so? Nein. Und dann die Nachrichten auf deinem Handy ... Es geht hier nicht um irgendeine abstrakte Sache. Das ist auch kein Racheakt oder so was. Es geht hier um niemand anderen als dich!"

Von der Tür her war ein Scharren zu hören. „Ich muss mit Nelson raus", sagte Marten knapp, schlüpfte in seine Hose, streifte einen Pulli über und blickte auf sie herab. „Du solltest gehen."

„Oh, ja. Natürlich. Ich bin gleich weg. Okay, wenn ich noch mal rasch bei dir auf Toilette gehe?"

„Klar“, sagte er. Aber irgendwie klang es, als sei er nicht ganz glücklich darüber. Dann war er weg.

Die Frau im Spiegel war ihr fremd. Alt war sie, mindestens zwanzig Jahre älter als Anna. Verbittert. Verängstigt. „Mann, siehst du scheiße aus“, murmelte sie und rieb sich mit den Händen übers Gesicht. Sie klappte die Junggesellenklobrille runter und setzte sich hin. An der Tür gegenüber der Toilette hing ein Poster von Nirvana. Hatte sie damals auch drauf gestanden. Sie erinnerte sich, sogar ein T-Shirt mit dem Motiv gehabt zu haben, der Säugling, der unter Wasser schwebt. *Smells like teen spirit*, das waren Zeiten gewesen. Schöne Zeiten. Zeiten, in denen die Zukunft noch vor ihr gelegen hatte.

Auf dem Fußboden klebten Zahnpastaflecken. Das Handtuch am Waschbecken war offensichtlich schon lange nicht mehr ausgewechselt worden. Anna spürte, wie ihr ein bisschen übel wurde. Marten lebte allein. Männer, die allein leben, haben so ihre Eigenarten. Ordnung gehörte nicht dazu. Einerseits. Andererseits standen die Hygieneutensilien sorgfältig aufgereiht mit exakt gleichen Abständen auf dem Regal: Zahnputzglas mit Bürste, Rasierwasser, Deo, Shampoo, Mundwasser, eine große, aber leere Flasche Isopropanol … Durch die Badezimmertür hörte Anna, wie die Wohnungstür ins Schloss fiel. Nun war sie allein, allein in einer fremden Wohnung. Schon seltsam. Sie wischte sich ab und stand auf. Beim Spülen bemerkte sie, dass der Erste-Hilfe-Kasten so gefährlich über dem Sitz angebracht war, dass sie sich fast den Kopf daran angeschlagen hatte. Der Kasten war gut ausgestattet, Marten war für alle Fälle gerüstet. Zwischen zwei Großpacks Mullbinden klemmte eine Packung Kondome, die aussah, als hätte er sie lange nicht mehr herausnehmen müssen. Ja, Helgoland war eine Wüste für Singles, jedenfalls außerhalb der Saison, wenn auch abenteuerfreudige Urlauberinnen und Urlauber nicht greifbar waren. Für Anna kein Problem. Aber wie ging einer wie Marten damit um? Sie musste an Nele denken, die ihr versichert hatte, dass die Insel eine Goldgrube für sie war.

Nachdem sie sich ein wenig frisch gemacht hatte, schlüpfte sie in ihre dicke Jacke, stülpte die Kapuze über und stieg in ihre Stiefel, die sie im Flur neben dem Hundekorb hatte stehen lassen. Für einen Augenblick spielte sie noch mit dem Gedanken, auch mal einen Blick ins Wohnzimmer zu werfen, doch dann kam sie sich schäbig vor und checkte nur noch einmal, ob sie im Schlafzimmer nichts vergessen hatte. Doch außer Martens Bett, das aussah, als hätten sie die ganze Nacht hindurch den heißesten Sex gehabt, und dem überdimensionalen Hifi-Board war der Raum völlig leer. Erst jetzt entdeckte Anna das Foto, das zwischen den beiden Fenstern an der Wand hing: eine Aufnahme vom Schulhof anlässlich der Fünfzig-Jahr-Feier. Alle Schüler und Lehrer hatten sich damals im Pausenhof aufgestellt. Sie war auch drauf, tatsächlich, in der zweiten Reihe, ziemlich in der Mitte, strahlend. Schön. Eine junge Frau, die sich am Leben freut und für die das Leben noch viele aufregende, großartige Erfahrungen bereithielt. Anna schnaubte bitter. Wie man sich täuschen konnte. Das Mädchen von damals gab es nicht mehr. Nichts an Anna erinnerte an diesen hübschen, optimistischen Teenager mit dem Nirvana-Shirt und den leuchtenden Augen. Und nur ein paar Köpfe weiter, schräg hinter ihr und halb verdeckt: Leo. Er leuchtete. Und es schien Anna sogar, als hätte er seine Augen auf sie gerichtet, wie sie da eine gute Armlänge von ihm entfernt stand in jenem letzten unbeschwerten Sommer. Dieses Bild! Sie konnte sich noch an den strahlend schönen Vormittag der Aufnahme erinnern. Aber einen Abzug hatte sie nie gesehen, sie selbst hatte nie einen gehabt. Vielleicht weil das kurz vor den Ereignissen gewesen war, die ihr Leben so ganz aus den Fugen gebracht hatten, vielleicht auch nur, weil ihre Eltern sich nicht interessiert hatten oder zu geizig gewesen waren. „Ach, Leo", flüsterte sie. Aus einer plötzlichen Eingebung heraus nahm sie ihr Handy aus der Tasche und machte eine Aufnahme von dem Bild. Mit einem leisen Seufzen steckte sie das Handy wieder weg. „Alles klar?", fragte plötzlich Martens Stimme von der Tür her. Anna schrak zusammen. „Du bist noch da?"

„Ich hatte die Leine vergessen", sagte Marten und wog eine lederne Hundeleine in der Hand, als wäre sie ein Fesselwerkzeug. „Und du weißt ja, wie unsere Halunder sind. Ein Hund ohne Leine ist so ähnlich wie ein Feuer im Dachstuhl: Sie bekämpfen ihn mit allem, was sie haben."

Anna nickte. „Guter Vergleich", sagte sie und blickte auf die Leine. „Also, ich geh jetzt."

„Ja. Wir auch. Bis nachher."

„Bis nachher, Marten. Und danke."

„Keine Sache. Kannst jederzeit ..." Er unterbrach sich, lächelte, drehte sich um und war weg. Jederzeit wiederkommen, dachte Anna den Satz zu Ende und fragte sich, ob er wohl dachte, dass doch noch mehr als ein peinliches Schweigen und ein angespanntes Nebeneinander daraus werden könnte.

Zurück in ihrer Wohnung sprang Anna zunächst unter die Dusche. Sie hatte das Gefühl, als hätte sie aus Martens Wohnung einen perfiden Geruch aus gebrauchter Bettwäsche und Hund mitgebracht, vor allem aber: als würde sie ihn nicht richtig los, nicht einmal mit viel Shampoo und Bodylotion. Sie hätte sich verfluchen können für die Idee, nachts bei Marten aufzukreuzen und in sein Bett zu steigen. Erstens stand sie nicht auf ihn, zweitens war die Sache ziemlich peinlich geworden, und drittens würde er sie in Zukunft mit anderen Augen betrachten – und das nicht zu ihrem Vorteil. Für Marten war sie jetzt eine Frau, die eine starke Schulter zum Anlehnen brauchte. Und sie war die Frau, die er vielleicht rumkriegen konnte. Eine denkbar schlechte Position angesichts dessen, dass sie seine Vorgesetzte war. Sie hatte ihre eigene Autorität beschädigt.

Die Wohnung lag im Halbdunkel wie an jedem Tag, seit sie auf die Insel gekommen war. Das Wetter machte, dass praktisch immer Dämmerung herrschte. Anna wickelte sich in ihr Badetuch und setzte sich einen Kaffee auf. Die Uhr auf ihrem Smartphone zeigte 06:04 an. In zwei Stunden musste sie zum Dienst antreten. Und wieder würde es um nichts als ihre Geschichte gehen. Sie nahm ihr Tagebuch heraus und schrieb:

Stalin kommt zurück. Diesmal nicht mit einer Flutwelle, sondern mit kleinen Angriffen aus dem Hinterhalt. Er wiegt mich in Sicherheit, ein, zwei Stunden lang. Dann fährt er mir wieder wie ein Stromschlag durch die Stirn, dass ich schreien könnte. Aber den Gefallen tue ich ihm nicht. Ich kenne seine Tricks. Wenn ich mich dem Schmerz hingebe, bohrt er sich durch meine ganze Seele und zerquetscht sie genüsslich in seinen eiskalten Fingern, tagelang. Aber jetzt, wo ich ihm einen Namen gegeben habe, kann ich ihn leichter beobachten.

Natürlich hilft ihm die Situation hier. Irgendein Verrückter stalkt mich mit blutigen Überraschungen. Der Daumen hat mich zuerst nicht stutzig gemacht. So was kann ein perverser Streich sein. Irgendein krankes Hirn schickt einen Finger durch die Welt, den ein Hafenarbeiter beim Löschen der Ladung verloren hat oder ein Fischer draußen auf See. Dann wird das Ding an Land gespült und jemand findet es. Wer sollte mir so was schicken? Eines von den Schweinen damals? Wozu? Lebt von denen überhaupt noch einer auf der Insel? Ich muss das nachschauen. Aber jeder von ihnen hat ein Interesse, dass die Dinge weiter unter der Decke bleiben.

Ein Daumen allein – keine Sache. Aber das Blut … Wir haben es ausprobiert. Es muss insgesamt mindestens ein Liter sein. Wer immer das Blut gelassen hat, langsam wird es kritisch. Viel mehr darf es nicht werden. Schon gar nicht, falls der Daumen wirklich von ihm stammt. Ich hoffe nur, es hört auf. Und Stalin gibt endlich Ruhe.

Sie legte den Stift weg und schloss für einen Moment die Augen. Es hatte ihr geholfen, dieses Tagebuch zu beginnen. Eigentlich war sie erst damit wieder unter die Lebenden zurückgekehrt. Zwei Jahre lang hatte sie nach der Katastrophe in einem tiefschwarzen Loch verbracht. Dass sie sich nicht selbst das Leben zu nehmen versucht hatte, lag allein daran, dass sie die Kraft dazu nicht aufgebracht hatte. In ihrem Kopf war Sturm und Leere zugleich. Und dann, irgendwann um ihren achtzehnten Geburtstag, hatte sie ihr Kindertagebuch in einer Kiste entdeckt, die man ihr von Helgoland geschickt hatte. Sie hatte all die belanglosen Dinge gelesen, die eine Acht- oder Neun- oder Zehnjährige beschäftigen – und hatte schließlich einen Stift genommen und einen neuen Eintrag geschrieben: einen Brief an Leo. Alle ihre Einträge waren Selbstgespräche mit Leo, alle. Und mit jedem war ihr Kopf klarer geworden, hatte sie sich selbst wieder ein wenig mehr entdeckt oder doch zumindest Teile von sich. Leo hatte sie gerettet.

Während die Kaffeemaschine zischte, fuhr sie ihr Notebook hoch und rief verschiedene Wettervorhersagen auf. Sturm. Orkan. Sturmtief … Überall die gleichen Prognosen. Die nächsten Tage würden nicht besser werden. Und wenn sie zu Hause bliebe? Vielleicht könnte sie damit verhindern, dass neue blutige Botschaften kämen. Doch nein, natürlich würde sie das nicht. Damit konnte sie allenfalls unterbinden, dass sich wieder jemand in ihr Schlafzimmer schlich und es mit Blut beschmierte. Mit enger Brust betrachtete sie die Schlafzimmertür, die sie geschlossen hatte. Irgendwann musste sie wieder dort hinein, ihre ganze Kleidung lag dort im Schrank.

Ein Klopfen an der Wohnungstür ließ sie zusammenzucken. Instinktiv blickte sie sich nach einer Waffe um. Verdammt! War sie wirklich schon so paranoid? Welcher Killer klopfte an die Wohnungstür? Und trotzdem lauschte sie nur. Es dauerte einen Augenblick, dann klopfte es erneut. „Gleich!", rief sie, schnappte sich ein großes Küchenmesser, nahm ihren Mantel von der Garderobe und schlüpfte hastig hinein. „Wer ist da?", fragte sie durch die Tür, den Leib an die Wand daneben gepresst.

„Anna?", drang von draußen eine ältliche Stimme herein.

„Frau Hovekamp?" Anna öffnete die Tür einen Spalt breit und versteckte das Messer hinter ihrem Rücken.

„Sie waren nicht zu Hause heute Nacht."

„Ich äh, ja, ich ..."

Die alte Frau wedelte mit der Hand in der Luft herum. „Das geht mich nichts an. Ich wollte Ihnen nur etwas geben."

Wäre die alte Frau nicht so schwerhörig gewesen, sie hätte sich gewundert, wie erleichtert Anna aufatmete. „Kommen Sie doch rein, Frau Hovekamp", sagte sie und öffnete die Tür ganz. Erst jetzt kam ihr in den Sinn, wie seltsam es aussehen musste, dass sie um sechs Uhr morgens fast nackt mit einem Mantel in der eigenen Wohnung stand. Andererseits war es auch eine seltsame Zeit für einen Besuch ... „Ich habe gerade Kaffee gemacht. Darf ich Ihnen eine Tasse anbieten?"

„Wie bitte?"

„Kaffee!"

„Oh ja, gerne. Danke."

Anna deutete auf den Küchentisch, ohne an das Messer zu denken, das sie in der Hand hielt. Doch die alte Dame schien sich nichts zu denken – oder wenn, so wusste sie es zu verbergen. „Nett haben Sie es sich gemacht", sagte sie und studierte die Bilder, die Anna aufgehängt hatte: ein halbes Dutzend Fotografien von ihrem verstorbenen Kater Wölfchen, dem einzigen Wesen, mit dem sie seit jenen schrecklichen Tagen geschmust hatte.

„Danke“, sagte Anna, legte das Messer endlich neben die Spüle und schenkte Kaffee ein. „Milch? Zucker?“ Nachdem die alte Dame nicht antwortete, stellte sie die Tasse vor sie hin und die Zuckerdose daneben. Es war ihr ein bisschen peinlich, dass sie kein Milchkännchen hatte und nur mit der Packung aus dem Kühlschrank vor den Augen von Frau Hovekamp wedelte.

Doch die lächelte freundlich und schüttelte den Kopf. „Nein danke, Kindchen.“

Kindchen. Das hätte Anna jedem anderen übel genommen. Aber irgendwie fühlte sich die Gegenwart von Frau Hovekamp an, als wäre ihre Großmutter wiederauferstanden. Anna setzte sich ihr gegenüber, den Mantel um ihr feuchtes Handtuch ziehend. „Sie wollten mich sprechen?“

Die Augen der alten Frau ruhten auf Anna, als blickten sie ganz tief in sie hinein. Wie Pfarrer Willemsen, dachte Anna und versuchte, nicht zu ungeduldig zu sein. „Ich freue mich, dass du wieder auf die Insel gekommen bist“, sagte Frau Hovekamp, unvermittelt zum Du wechselnd, und seufzte. „Das ist sicher nicht leicht für dich gewesen. Nach allem, was passiert ist.“

Anna schwieg. Was hätte sie auch sagen sollen. Die alte Frau nahm einen Schluck Kaffee und stellte die Tasse mit zitternder Hand wieder auf den Unterteller. Ihr Blick blieb in unbestimmter Ferne hängen. „Wusstest du, dass Leon ein Neffe von mir war?“

Nein, das hatte Anna nicht gewusst. Aber es überraschte sie nicht. In einer Gemeinschaft wie auf Helgoland sind viele Menschen miteinander verwandt, ja nahezu alle irgendwie.

„Er war ein guter Junge. Er hat mich oft besucht." Sie lächelte wehmütig. „Meiner Schwester hat er es natürlich nicht gesagt. Wir verstehen uns nicht sehr gut." Sie zuckte mit den Schultern. „An dem Tag, als es passierte, war ich nicht zu Hause. Vielleicht würde Leon sonst noch leben. Er wollte zu mir kommen, hat mir sein Vater gesagt. Nachdem niemand hier war, ist er weitergegangen, rüber zum Leuchtturm. Na ja, und dann zu den Felsen ..." Sie atmete tief durch. „Deine Eltern haben auch sehr gelitten damals", sagte sie und senkte den Kopf. „Sehr gelitten. Aber vielleicht kannst du das nicht verstehen, Anna."

Anna hatte das Gefühl, als müsste sie etwas erwidern, ohne zu wissen, was. „Frau Hovekamp, Sie können nicht wissen, wie das damals für mich war. Sie kennen auch nicht die ganze Geschichte." Niemand kannte die ganze Geschichte. Niemand außer Anna. Und ihren Eltern. Aber die waren tot und hatten ihre Schuld mit ins Grab genommen.

„Er hat mir auch von dir erzählt", erklärte die alte Dame mit ruhiger Stimme. „Ich glaube, mit mir fiel es ihm leichter zu sprechen als mit seiner Mutter. Vielleicht weil ich so viel älter bin als sie. Vielleicht dachte er auch, dass ich ihn gar nicht richtig höre." Sie zwinkerte Anna spitzbübisch zu. „Aber manchmal hört man doch mehr, als die anderen denken. Nun ja." Sie legte ihre Hand kurz auf Annas. „Alles Vergangenheit. Danke für den Kaffee." Die alte Frau erhob sich, vermutlich hatte sie Annas Worte gar nicht gehört. „Ich gehe dann mal." Sie stand schon an der Tür, da hielt sie inne.

„Wollten Sie mir nicht etwas geben?", fragte Anna, die ihr nachgekommen war.

„Ja! Natürlich. Ich hatte es ganz vergessen." Frau Hovekamp griff in ihre Kittelschürze und nahm ein kleines Schächtelchen heraus. „Das hat mir Pastor Willemsen für dich gegeben. Gestern. Aber dann warst du nicht zu Hause, und ich wollte es nicht einfach vor die Tür legen." Sie hielt es ihr hin.

„Pastor Willemsen?"

Die alte Frau nickte. „Jemand hatte es bei ihm für dich abgegeben."

„Für mich? Wer?"

Doch die alte Frau nickte nur noch einmal und tappte dann draußen vorsichtig die Treppen ins Erdgeschoss hinab.

Anna betrachtete die kleine Schachtel. Sie hatte ebenfalls die Größe einer Zigarettenschachtel und war in einfaches Packpapier gewickelt. Die Schrift darauf kannte Anna, es war eine schlichte, schmucklose Computerschrift, und es lief ihr eiskalt über den Rücken, denn in dem Moment wusste sie, was darin war.

Paul hatte die Tour alleine gemacht und kam mit zwei Pappbechern Kaffee herein. „Hier. Mal was anderes als unsere Plörre." Zu seiner Überraschung reagierte Anna nicht positiv. Genau genommen reagierte sie gar nicht. „Übrigens war ich auch drüben bei den Westkajen", sagte er und platzierte auf jedem Schreibtisch einen der Becher. „Kann sich keiner an einen Unfall erinnern. Ist das nicht merkwürdig?"

„Paul", fiel ihm Anna ins Wort. „Wir haben mal wieder Post. Soll heißen: *Ich* habe mal wieder Post." Sie nickte in Richtung der kleinen Schachtel, die auf dem Tisch neben dem Fenster lag.

„Scheiße", fluchte Paul. „Mann, Mann, Mann …" Er ging hinüber und blickte auf die kleine Box hinab. „Und was ist es diesmal? Sieht ja nicht aus, als hätten wir wieder eine Lieferung Blut bekommen, was?"

„Mach es auf", sagte Anna und trat neben ihn. Sie hielt ihm ein Päckchen mit Einmalhandschuhen hin. „Hier. Damit du keine Spuren verwischst."

„Keine nicht vorhandenen“, murrte Paul. Er zog zwei Handschuhe aus der Packung und streifte sie sich über. Dann nahm er das Päckchen ganz behutsam zur Hand und öffnete es. Anna konnte hören, wie ihm der Atem stockte. Mit zitternden Fingern legte Paul das Objekt mit seiner Verpackung wieder hin, vorsichtig, als könnte es aufwachen und nach ihm schnappen. Doch das würde es nicht. Das Objekt war tot. „Ein Ohr“, flüsterte Paul. „Ein verdammtes Ohr.“

Er blickte zu Anna. „Warum hast du es wieder eingepackt?“ Schweigen. Ungläubiges Staunen. „Du hattest es noch gar nicht ... “ Nach einer Weile nickte er. „Klar“, murmelte er. „Kann ich verstehen.“ Er trat einen Schritt zurück und stellte sich neben Anna, die das Gefühl hatte, er müsse ihr Zittern spüren. Vielleicht tat er es ja. Für einen winzigen Augenblick dachte sie, er sei im Begriff, seinen Arm um sie zu legen. Doch dann griff er nur nach dem Becher auf dem Schreibtisch.

Schweigend hielten sie ihre Kaffeebecher und starrten auf den Tisch am Fenster. Obwohl sie wussten, dass der Verlust eines Ohrs weniger lebensgefährlich war als der Verlust größerer Mengen Blut, hatten sie doch beide das Gefühl, dass diese „Lieferung“ eine neue Qualität in die Angelegenheit brachte. Der Daumen, das war zunächst lediglich die Möglichkeit eines Gewaltverbrechens gewesen, vielleicht ja auch nur ein makabrer Scherz. Das Blut war etwas Abstraktes: vielleicht menschlich, vielleicht aber auch nur von einem Tier, womöglich frisch, eventuell aber auch aus einer Konserve. Doch dieses Ohr, das war der letzte Beweis, dass hier ein Mensch unter dem Messer lag, in diesem Augenblick, auf dieser Insel – und dass der Fantasie eines irren Täters, in dessen Gewalt er sich befand, keine Grenzen gesetzt waren.

Anna erwachte als Erste aus der Schockstarre. Sie nahm die Prints von der Tafel und fixierte sie mit Klebestreifen an der großen freien Wand hinter den Schreibtischen, verschob die

Schreibtische, sodass sie der Wand gegenüber einen Halbkreis bildeten, wischte die Tafel und beschriftete sie neu mit allen fraglichen Punkten, während sie von den feststehenden Ausdrucke in großer Schrift machte und sie über, unter und neben die Fotos hängte. Langsam entstand so ein riesiges Panorama des Schreckens: Blut, Körperteile, makabre Gegenstände. Und obendrüber, über alles, schrieb sie einen Titel, mit dem sie den Fall benennen wollte: „Hell-Go-Land".

„Du spinnst", sagte Paul und stellte seinen Becher beiseite, dass der Kaffee auf den Schreibtisch schwappte. „So haben die Engländer damals die Insel genannt, als sie sie von der Erdoberfläche wegbomben wollten. Wenn hier jemand reinkommt, der hält uns für komplett übergeschnappt."

„Die Sache sollte einen Namen haben, Paul", sagte Anna. „Mein Kopfschmerz hat mich darauf gebracht."

„Dein Kopfschmerz?"

„Migräne. Sie kommt immer wieder und foltert mich manchmal tagelang. Ich habe ihr einen Namen gegeben. Stalin."

Paul zögerte. „Hell-Go-Land?"

„So gut wie jeder andere Name, Paul. Wenn das Böse einen Namen hat, kann man es besser bekämpfen. Es wird klarer sichtbar. Erkennbar. Und ich finde den Namen verdammt passend."

„Aber dieser Titel bleibt unter uns, klar?"

„Von mir aus gerne." Sie blickte zur Tür. „Wo bleibt Marten? Ich denke, wir haben viel zu tun heute."

„Marten ist schon in unserer Angelegenheit unterwegs. Er klappert die Gegend drüben beim Kurbad ab. Im Grunde müssten wir die Insel in drei Sektoren aufteilen, und jeder würde dann in seinem Gebiet recherchieren." Er drehte sich zu ihr um. „Im Grunde …" Sie spürte, wie er sie musterte. Da war kein Vertrauen, keine Sympathie, da war nur der kalte Blick der Analyse.

„Im Grunde was?“, fragte Anna, doch sie ahnte schon, was kommen würde.

„Im Grunde ist es Zeit, dass du verdammt noch mal auspackst, Anna. Ich will wissen, was hier gespielt wird.“

Anna versuchte gar nicht erst, seinem Blick standzuhalten. Sie nahm ihre Jacke, stieg in die Stiefel und ging zur Tür. „Du willst wissen, was gespielt wird?“, rief sie Paul über die Schulter zu. „Dann komm mit.“ Mit diesen Worten stieß sie die Tür auf und stemmte sich gegen den Sturm.

Der Wind rüttelte an dem kleinen Elektroauto, die Scheibenwischer hatten Probleme, der Wassermassen Herr zu werden, die von einem Augenblick auf den anderen herabzustürzen begannen. Anna war mit dem Vehikel noch nicht sehr vertraut, vor allem aber war sie mit der buckeligen Piste nicht vertraut, die sich über das Oberland schlängelte und von Schlaglöchern und Rissen geprägt war. Mehr als einmal hielt sich Paul an dem Griff auf seiner Seite fest und fluchte. „Wo fahren wir hin?“

„An einen ganz besonderen Ort, Paul. An den Ort, an dem mein Leben zerstört wurde.“

Er schwieg und beobachtete sie von der Seite. Anna wusste nicht, ob er sie für melodramatisch hielt oder für übergeschnappt oder ob er sich ernsthaft fragte, was an dem ominösen Ort geschehen sein mochte. Es waren nur ein paar Minuten bis hinauf an die Nordwestkante der Insel, nah bei den Lummenfelsen, unweit der Langen Anna. Als sie unvermittelt stehen blieben, rutschte das Auto auf dem matschigen Untergrund ein kleines Stück Richtung Steilküste und Paul stöhnte erschrocken auf. Dann räusperte er sich. „Sind wir da?“

„Ja. Hier ist es.“

„Ich vermute, es hat etwas mit deinen Eltern zu tun.“

„Wie kommst du darauf?“, fragte Anna verwundert.

„Nun, du stammst von hier, aber offensichtlich hast du keine Angehörigen mehr. Ich vermute, deine Eltern sind nicht mehr am Leben?“

Anna starrte auf die Klippen. „Ja“, sagte sie. „Das auch. Aber für mich waren sie schon vorher gestorben. Für mich wären sie auch tot, wenn sie für alle anderen noch am Leben wären.“

„Das klingt nach einer komplizierten Geschichte“, meinte Paul und klang plötzlich ganz sanft. Behutsam forschte er weiter: „Aber diese Felsen haben nichts mit ihnen zu tun, richtig?“

„Nein“, sagte Anna so leise, dass er sie im Lärm des Sturms kaum hören konnte. „Diese Felsen haben mit Leo zu tun.“ Und dann konnte sie die Tränen doch nicht mehr zurückhalten. Es dauerte einige Augenblicke, bis sie sich wieder gefangen hatte. Sie atmete tief durch, doch gerade als sie anfangen wollte, Paul ihre Geschichte zu erzählen, schien in einiger Entfernung ein Schatten vorbeizuhuschen. Auch Paul hatte ihn bemerkt.

„Verdammt“, knurrte er. „Bei dem Wetter hier draußen. Welcher Idiot …“ Er stülpte seine Kapuze über den Kopf und hatte schon die Hand an der Tür, da packte ihn Anna am Ärmel.

„Besser, wir fahren“, sagte sie und startete den Motor.

„Ich fahre“, bestimmte Paul und stieg aus. Keine fünf Sekunden später scheuchte er Anna vom Fahrersitz und warf sich hinters Steuer. Mit einem Ruck fuhr der Wagen los, nur um kurz darauf wieder stehen zu bleiben. „Siehst du ihn noch?“ Paul starrte in den Regen draußen, in das Halbdunkel, in das die ganze Insel getaucht war.

„Ich glaube, er ist nach rechts gelaufen“, sagte Anna. Aber das war ohnehin klar, nach links wäre er direkt in den Abgrund gerannt, geradeaus ebenso. Und hier standen sie. Der Mann war weg. Oder die Frau. Paul schüttelte den Kopf.

„So ein Idiot. Was muss er sich bei dem Wetter hier oben herumtreiben."

„Vielleicht war es jemand von der Radarstation", warf Anna ein und nickte hinüber in Richtung des Turms, der vage durch die Schauer zu erkennen war.

„Hm. Vielleicht." Einen Moment saß Paul unschlüssig da. Dann entschied er: „Wir kehren um. Ist sowieso sinnlos hier." Er blickte zu ihr. „Und du erzählst mir endlich, was los ist. Wir gehen in den *Pott*."

Der Pott war ein Café in den Hummerbuden am Südhafen. Der Besitzer stand am Eingang, beobachtete das Wetter und schien sich nicht entschließen zu können, ob er öffnen sollte. Bis er das Polizeiauto vorfahren sah. „Nettes Wetterchen heute", stellte er fest.

„War schon mal schöner", murrte Paul. „Hast du schon geöffnet, Hansen?"

„Geht nicht geöffneter", erwiderte der drahtige Mann mit schiefem Grinsen. „Was wollt ihr denn?" Neugierig beobachtete er Anna, die nach Paul aus dem Wagen gestiegen war und jetzt, die Kapuze über den Kopf gezogen, zum Eingang geflüchtet kam.

„Für mich einen Kaffee und ein Hörnchen."

„Zweimal."

„Geht klar."

Hansen verschwand im Haus, Anna und Paul kamen ihm hinterher und setzten sich an einen Tisch am Fenster. Anna atmete tief durch. Dann sah sie ihrem Vorgesetzten fest in die Augen und fragte: „Was willst du wissen, Paul?"

Paul fixierte sie aus seinen beinahe schwarzen Augen. Da war keine Sympathie in seinem Blick, keine Verbundenheit, ja nicht einmal so etwas wie Kollegialität. Da war nur Misstrauen. „Wieso wusstest du, dass es ein Ohr sein würde?"

„Wusste ich das? Wie kommst du darauf?"

„Als Sarah Reiter ihren Scherz gemacht hat, von wegen dass der Patient vermutlich tot ist, wenn wir einen Kopf bekommen, hast du gesagt, es könnte ja vielleicht nur ein Ohr sein."

Anna sah hinaus in den Sturm, der an den Kais die Gischt meterhoch in die Luft peitschte. Das Meer war hellgrau aufgewühlt, der Himmel tiefgrau zerklüftet, das Schiff der Küstenwache hob und senkte sich im Südhafen und neigte sich immer wieder bedenklich zur Seite. Hätte es auf der Beaufort-Skala mehr als zwölf Stufen gegeben, wäre jetzt vermutlich die dreizehnte erreicht. Das totale Chaos. „Du hast ein gutes Gedächtnis, Paul."

Paul sagte nichts, sondern durchbohrte sie nur immer weiter mit seinem eisernen Blick. Mit einem Seufzen wandte sich Anna ihm wieder zu. Der Wirt, der merkte, dass die Stimmung ernst war, stellte die Kaffeetassen vor sie hin und murmelte: „Hörnchen kommen gleich." Dann zog er sich rasch wieder zurück.

„Tja", sagte Anna. „Sieht aus, als müsste ich dir einiges über mein Leben erzählen. Aber vor allem über Leo. Und seinen Tod."

Eine Stunde später klingelte Anna am Pfarrhaus von St. Nicolai. Es dauerte einige Zeit, bis eine Frau mittleren Alters die Tür öffnete. „Ja, bitte?"

„Anna Krüger. Ich würde gerne Pastor Willemsen sprechen."

„Dem Pastor geht es heute nicht gut. Ist es etwas Dringendes?"

„Leider ja. Denken Sie, er kann mich kurz empfangen?"

Die Frau musterte Anna, als müsste sie prüfen, wie dringend ihr Anliegen aussah. Dann nickte sie. „Warten Sie. Ich frage ihn." Statt sie einzulassen, schloss sie wieder die Tür, und Anna wartete draußen im eisigen Wind. Sie zog sich die Kapuze wieder über den Kopf und ließ den Blick über den Friedhof schweifen. Natürlich war bei diesem Wetter niemand da. Sie würde nachher noch an Leos Grab vorbeischauen. Das Gespräch mit Paul lastete auf ihr. Sie hatte ihm die Fakten gesagt, aber die Wahrheit verschwiegen. Nun ja, natürlich nicht alle Fakten und nicht die ganze Wahrheit. Aber manches musste sie einfach hinter sich lassen dürfen. Es wieder und wieder aufzureißen machte Stalin nur stark. Er würde sie umbringen. Stalin war ein Raubtier, das an ihr fraß, sich an ihren Erinnerungen mästete. Sie musste ihn in Schach halten. Der Besuch bei Pastor Willemsen war schon das Äußerste, was sie ihm anbieten durfte.

Die Tür öffnete sich wieder. Die Frau bat sie herein, sie tat es offensichtlich ungern. „Der Pastor erwartet Sie jetzt."

„Danke." Anna ging hinter der Frau her, die vermutlich seine Haushälterin war, vielleicht auch seine Pflegerin, wenn es ihm schlecht ging. Und das war offensichtlich der Fall. Der Pastor saß in einem Sessel am Fenster seines Zimmers. Das trübe Licht, das hinter ihm in den Raum fiel, ließ seine schmale Silhouette schwarz erscheinen: der lange, fast kahle Kopf, der dünne Hals, die knochigen Schultern.

„Guten Tag, Pastor Willemsen." Anna trat zu ihm und reichte ihm die Hand. Er drückte sie schwach.

„Guten Tag, Anna. Entschuldige, dass ich nicht aufstehe. Heute geht es mir nicht besonders."

„Das sehe ich. Tut mir leid."

„Ach, das sind so die diesseitigen Kümmernisse. Darüber müssen wir ja schließlich alle mal hinweg."

Hinweg, dachte Anna. Ja, das stimmte und klang in dem Zusammenhang gruselig. Wie lange würde der Pfarrer wohl noch haben? Tage? Wochen? Musste er sich am Ende noch Monate quälen?

„Man weiß es nicht", sagte der Geistliche, als habe er ihre

Gedanken gelesen. „Man weiß nicht, wie lange man sich damit herumschlagen muss. Das weiß Gott allein. Aber da er immer einen guten Plan hat, weiß ich mich in guten Händen."

„Und ob ich schon wanderte im finstern Tal", sagte Anna und nickte.

„Fürchte ich kein Unglück", ergänzte der Pastor. „Denn du bist bei mir." Auch er nickte. „Wie schön", sagte er, „dass du den Psalm noch kennst."

„Ich habe lange versucht, mich damit zu trösten. Leider hat es bei mir nicht geklappt."

„Das tut mir leid. Trotzdem tröstet es mich, dass mein Unterricht an der Schule nicht ganz vergessen ist."

„Dann hat es zumindest etwas genützt." Anna setzte sich auf sein Zeichen hin auf einen Stuhl neben seinem Sessel.

„Was kann ich für dich tun?"

„Es geht um das Päckchen für mich, das Sie Frau Hovekamp gegeben haben."

„Drei Jugendliche stürzen einen vierten die Klippe runter, und das nur, weil er ein Außenseiter ist?"

Marten zuckte mit den Achseln. „Hat sie das so gesagt?"

„Mehr oder weniger ja", sagte Paul und suchte im Polizeicomputer nach der Akte. Aber natürlich war nichts zu finden. „Warum zum Teufel haben wir davon keine Unterlagen?"

„Das ist sieben oder acht Jahre her, Paul."

„Da gab es auch schon Polizeiakten. Und ein Strafregister, Aktenzeichen, eine Datenbank und den ganzen Schmu. Das kann doch gar nicht sein, dass wir dazu keinen Vorgang im System haben!" Er hackte wütend auf seine Tastatur ein.

„Unter was suchst du denn?"

„Unter allem. Anna Krüger. Leo van de Loop …"

„Leon", korrigierte Marten. Doch das würde natürlich auch keinen Unterschied machen. „Soll ich mal suchen?"

„Ja. Such du. Ich muss nachdenken.“ Während Marten verschiedene Suchbegriffe in seinen Computer eingab, stierte Paul aus dem Fenster und brütete vor sich hin. „Eigentlich müssten wir sie als Verdächtige führen“, sagte er nach einer Weile.

„Anna?“ Marten sah überrascht auf.

„Sicher. Sie ist jedenfalls der Auslöser dieses ganzen Terrors. Aber wer sagt uns, dass sie nicht auch dahintersteckt. Wer sagt uns, dass sie nicht einfach nur eine Verrückte ist, die sich rächen will.“

„Rächen wofür?“ Marten nahm die Hände von der Tastatur und verschränkte sie hinter dem Kopf. „Was hat sie dir denn erzählt?“

„Sie hat mir von ihrem Freund erzählt.“

„Leo.“

„Ja. Kanntest du ihn?“

Marten wiegte den Kopf, was wohl bedeuten sollte: nicht wirklich. Paul sah ihn irritiert an und fuhr dann fort: „Dass sie ihn unter irgendeinem Vorwand nach oben zu den Lummenfelsen gelockt und dann die Klippen runtergestürzt haben. Drei Halbwüchsige, von denen keiner verurteilt wurde.“

„Es konnte nicht nachgewiesen werden, ob ein Unfall vorlag oder ob er tatsächlich runtergeschubst wurde.“

„Du kennst den Fall?“

Marten hob die Hände. „Ich war auf derselben Schule, Paul. So eine Geschichte bleibt auf einer so kleinen Insel nicht unbemerkt. Darüber haben alle wochenlang gesprochen.“

„Denkst du, dass es ein Unfall war?“

„Nein. Leo war ein cooler Junge. Der wäre da nicht aus Versehen runtergefallen.“

Paul stand auf und ging im Raum umher. „War er cool oder fandst nur du ihn cool?“

Marten beugte sich vor. „Die Frage versteh ich nicht.“

„Anna sagt, er sei ein Außenseiter gewesen."
„Glaube ich nicht. Leo hat nur keiner Clique angehört."
„Du meinst, so einer wie der, von der Anna denkt, sie hätten ihn in einen Hinterhalt gelockt und von der Klippe gestoßen?"
Wieder machte Marten eine vage Geste, die Paul für Zustimmung hielt.
„Gab es denn Ermittlungen damals?"
„Gab es wohl. Ist aber nichts dabei rausgekommen."
„Was war der Auslöser für die Ermittlungen?"
„Paul, das ist lange her. Ich glaube, es gab eine anonyme Anzeige."
„Die auch von Anna gewesen sein könnte …", murmelte Paul.
„Glaube ich nicht. Anna wäre in ihrem damaligen Zustand nicht in der Lage gewesen. Nein, das glaube ich nicht."
„Also gab es Zeugen."
Marten zuckte die Schultern. „Kann sein. Vielleicht wollte auch bloß jemand jemanden hinhängen."
„Hm. Gegen wen wurde ermittelt?"
„Na ja, das war so eine Bande von Halbstarken."
„Halbstarke." Paul runzelte die Stirn. „Und wer war der Kopf dieser Bande?"
„Oh, das war natürlich Steve der Große."
„Steve der Große, ja?"
„Stefan Schwarz. Der war so was wie der heimliche Herrscher an der Schule."
Paul blieb vor Martens Tisch stehen. „Na, dann sollten wir uns diesen Stefan Schwarz vielleicht mal genauer ansehen."
„Wird schwierig", sagte Marten. „Der ist bei einem Badeunfall auf Düne drüben ums Leben gekommen. Ist erst zwei Jahre her. Kurz bevor du hier angetreten bist."
„Gab es Ermittlungen?"

Marten schüttelte den Kopf. „War nicht nötig. Eindeutig ein Unfall. Er ist zu weit rausgeschwommen und in die Strömung geraten. Die Flut hat ihn wieder zurückgebracht. Aber da lag er schon kieloben im Wasser."

„Hm. Und die anderen? Ich denke, sie waren zu dritt."

„Tja, müsste ich mal nachsehen, ob die noch auf der Insel leben."

Paul riss sich aus seinem Stuhl hoch und begann, im Zimmer auf und ab zu laufen. „Und noch etwas interessiert mich", sagte er, ob zu sich selbst oder zu Marten, schien nicht festzustehen.

„Nämlich?"

„Wie hängt das mit den ominösen Nachrichten zusammen, die Anna bekommen hat?" Er blieb vor den Zetteln mit den Texten stehen und studierte sie. „Klingt wie gemeinsames Wissen, um das es da geht. Der Verfasser spricht mit ihr, als müsste sie genau wissen, was er meint."

„Vielleicht weiß sie es ja."

„Denkst du?" Paul drehte sich zu ihm um und blickte geradewegs durch ihn hindurch. „Muss sie das?"

„Ist jedenfalls nicht allzu schwer." Marten lehnte sich zurück und studierte die Decke. „Obwohl es schon ein wenig eigen formuliert ist."

„Dann sprich du wenigstens nicht in Rätseln!", fuhr ihn Paul an. „Wenn du was weißt, spuck es aus."

„Na ja, ich finde, diese Wie-du-mir-so-ich-dir-Formulierung ist verräterisch."

„Auge um Auge, Zahn um Zahn … Meinst du das?" Die Zeile prangte auf dem letzten Zettel, der weiß von der zunehmend vergilbenden Wand leuchtete. „Was soll uns das verraten?"

Marten war tiefernst geworden. „Auge um Auge, Zahn um Zahn, ich glaube, das kann man wörtlich nehmen. Wir haben einen Daumen bekommen und ein Ohr und viel Blut. Leo war bei dem Sturz von der Klippe unter anderem ein Ohr abgerissen und ein Daumen zerfetzt worden. Gestorben ist er dann an inneren Blutungen."

Paul ließ sich wieder auf seinen Schreibtischstuhl sinken. „Willst du damit sagen, dass jemand einen Menschen ermordet, indem er ihm dieselben Verletzungen zufügt, wie sie der Junge damals erlitten hat?"

Marten zuckte die Achseln. „Sieht jedenfalls bis jetzt ganz so aus."

Paul stöhnte auf. „Aber das ist doch lächerlich", sagte er dann. „Das denkst du doch nicht wirklich, oder? Wieso nach all den Jahren?"

„Vielleicht weil Anna wieder zurückgekehrt ist?"

Paul schüttelte den Kopf. „Nein. Du liegst falsch. Das ist eine völlig verrückte Idee." Er blickte wieder hinüber zu dem Blatt mit der Nachricht. „Außerdem geht der Spruch ja noch weiter. Es heißt ja auch noch Tag um Tag. Was bitte schön soll das bedeuten?"

Er hatte es an Leos Grabkreuz abgelegt. Dorthin, wo der Efeu wuchs. Hatte es nicht bei Pastor Willemsen abgegeben, wie Frau Hovekamp dachte, sondern dorthin gelegt in den Windschatten der Kirche, wo es irgendwann gefunden werden musste. Von ihr. Doch dann war es der Pfarrer gewesen, der es gefunden und aufgehoben hatte. Der gelesen hatte, dass es an sie gerichtet war, und der es bei Frau Hovekamp abgegeben hatte. Wer immer der Absender war, eines war klar: Er kannte die Geschichte von Leo.

Wie durch Zufall stehen sie auf dem Pausenhof plötzlich nebeneinander. „Alles gut?", sagt Leo mit leiser Stimme, ohne sie anzublicken.

„Ähm, ja." Anna fühlt, wie sich ihre Wangen röten. „Wie geht es deinem Vögelchen?", fällt ihr ein.

Nun blickt er zu ihr. „Gut, danke. Es hat sich gefreut, dass es dich kennengelernt hat."

Sie muss lächeln und beißt sich auf die Lippen. „Ich hab mich auch gefreut", sagt sie dann.

„Vielleicht magst du es ja mal wieder besuchen ..." Er räuspert sich, dann klingt seine Stimme wieder so toll tief wie sonst immer. „Ich meine, wenn du Lust hast."

„Klar!", erwidert Anna.

„Tja ..."

Da läutet die Glocke zum Ende der Pause und sie verabschieden sich, wobei Leo sie wie zufällig am Arm berührt. Wirklich zufällig? Die ganze nächste Schulstunde spürt sie die Berührung und kann sich nicht konzentrieren.

Später, als sie aus hat, bleibt sie am Sportplatz stehen, als sie sieht, dass Leos Klasse Fußball spielt. Er ist Rechtsaußen und der schnellste Läufer auf dem Platz. Zuerst denkt sie, dass er sie gar nicht entdeckt hat. Doch dann schießt er ein Tor – und schaut mit breitem Grinsen zu ihr herüber ...

Anna stand vor dem Grab und betrachtete es mit fremden Augen. In diesem Moment war es nicht der Ort, an dem Leos Körper begraben lag, sondern ein Tatort. Ein Ort, an dem Beweismittel sichergestellt werden konnten. Oder vernichtet. Deshalb hielt sie sich auf Abstand, sah sich genau jeden Zentimeter des Grabes, des Kreuzes, des umgebenden Erdreichs an. Gab es irgendwelche Hinweise, die sich vielleicht nutzen ließen? Abdrücke eines Schuhprofils im feuchten Boden? Irgendetwas, das zurückgeblieben war? Sherlock Holmes würde jetzt den sprichwörtlichen abgerissenen Knopf finden oder einen Faden, der sich am Holzkreuz verfangen hatte. Doch die Wirklichkeit war kein Roman von Arthur Conan Doyle, und eine Polizistin auf Helgoland war nicht Sherlock Holmes. Hier war verdammt noch mal nichts zu sehen, was auch nur ansatzweise verdächtig wirkte. Absolut nichts. Das Grab, das Kreuz, die verkommene Bepflanzung, alles sah so trostlos aus wie bei ihrem ersten Besuch. Hier war niemand gewesen. Oder nein: Hier hatte niemand Spuren hinterlassen. Keine sichtbaren jedenfalls.

Umso deutlicher waren die unsichtbaren. Das wurde Anna mit jedem Schritt klarer, den sie auf dem Weg zurück zur Polizeidienststelle hinter sich brachte. Und ausnahmsweise war sie dankbar, dass ihr der Wind ins Gesicht fegte, jetzt trocken und gleichmäßig. Das drängte Stalin zurück und ließ sie besser denken. Dass der Unbekannte das Päckchen an Leos Grab abgelegt hatte, hieß nicht nur, dass er die Vergangenheit kannte, sondern enthielt eine noch wichtigere Botschaft. Er wollte ein Zeichen setzen: Es ging hier nicht nur um Anna. Es ging auch um Leo. Jedenfalls aber hatte die ganze Sache mit Leos Geschichte zu tun. Was Anna bis gestern noch lediglich als schreckliche, wahnsinnige Möglichkeit gesehen hatte, war nun zur Gewissheit geworden. Ein Daumen, Blut – das mochte das Werk eines Psychopathen sein. Das Ohr aber war der Beweis, dass es jemand war, der mehr wusste als die meisten.

Vom Invasorenpfad aus konnte sie Paul und Marten auf das Dienstgebäude zugehen und darin verschwinden sehen. Sie hatten die Köpfe eingezogen. Niemand sonst war unterwegs, obwohl die Ausgangssperre wieder aufgehoben worden war. Eine Minute später trat sie hinter den beiden durch die Tür. „Es war Leos Ohr", sagte sie.

Die beiden Männer drehten sich um und starrten sie an. „Leos Ohr?", stieß Marten hervor. „Spinnst du? Willst du damit sagen, jemand hat ihn ausgegraben und … Das kannst du nicht im Ernst meinen."

„Im Ernst schon. Aber nicht so, wie du es darstellst." Anna warf ihre Jacke über den Stuhl und setzte sich hinter ihren

Schreibtisch. Sie wählte die Nummer des Klinikums. „Krüger hier. Ich hätte gerne Herrn Doktor Bause gesprochen … Wissen Sie, wann er wiederkommt? … Ja, bitte. Es ist dringend." Sie sah zu Paul und Marten auf, die sich an ihren Schreibtisch gestellt hatten. „Ich will wissen, was den Ärzten zu dem Ohr einfällt", sagte sie.

„Klar", erwiderte Paul. „Das wollen wir alle. Außerdem denke ich, unsere Wand braucht dringend ein paar Ergänzungen. Und die haben mit dir zu tun, Anna."

Sie legte den Hörer auf und ließ sich in ihrem Stuhl zurücksinken. „Okay", sagte sie. „Wo fangen wir an?"

„Was für eine Rolle hast du damals gespielt? In dem Fall des Jungen, den sie die Klippe runtergestoßen haben. Leon van de Loop. Ich habe nach einer Akte gesucht, aber keine gefunden."

Anna zuckte die Achseln. „Frag Fleischer."

„Wie du weißt, geht das nicht, weil er nicht da ist. Also frage ich dich."

„Ich kann dir aber nicht sagen, weshalb es keine Akte gibt." Ihr Blick hatte etwas Eisiges bekommen, das Paul irritierte.

„Aber du kannst mir sagen, was drinstünde, wenn es eine gäbe. Und genau das wirst du jetzt tun."

„Ach, Paul", sagte Anna und schenkte ihm ein müdes Lächeln, während sie durch ihn hindurchblickte. „Können wir nicht auf dem Boden der Tatsachen bleiben? Du fragst mich nach Hypothesen."

Paul stemmte sich mit beiden Händen auf ihren Schreibtisch und beugte sich so nah zu ihr, dass sie die kleinen Äderchen in seinen Augen sehen konnte. Er war übermüdet. Er hasste seinen Job. Er war überfordert. Er wusste nicht, wie er mit der Situation umgehen sollte. „Ich frage dich jetzt noch einmal, Anna Krüger, oder du bist augenblicklich von dem Fall abgezogen, und ich erkläre dich zur Verdächtigen."

Anna schob ihren Stuhl zurück und stand auf. Sie trat an die Wand mit den Aufzeichnungen und nahm den Stift zur Hand. Auf eines der noch leeren Blätter schrieb sie:

Stefan Schwarz

Bernd Bergson

Lars Braun

„Das waren die drei, die Leo getötet haben." Hinter den Namen Stefan Schwarz zeichnete sie ein Kreuz. „Steve ist tot. Scheinbar gibt es so was wie höhere Gerechtigkeit. Bergson und Braun? Marten, sag du, sind die beiden noch auf der Insel? Ich habe auf unserer Liste die Familiennamen gesehen. Braun gibt es mehrere, Bergson nur einen. Ist das Bernd?" Sie ließ sich nicht anmerken, wie groß die Überwindung war, die es sie kostete, von den drei Männern zu sprechen, als seien es ganz normale Zeitgenossen.

Marten zuckte die Schultern. „Bernd Bergson sieht man ab und zu. Aber ich glaube, er wohnt nicht mehr fest auf der Insel. Ist jetzt sein Zweitwohnsitz. Der hat in Hamburg Karriere gemacht. Ist Jurist. Anwalt, glaube ich."

„Anwalt", wiederholte Anna, ohne den Sarkasmus in ihrer Stimme zu verbergen. „Wahrscheinlich in einer großen Kanzlei. Wirtschaftsrecht? Irgendwas, womit man richtig viel Kohle verdient, oder?"

„Keine Ahnung, Anna", sagte Marten kleinlaut. „Das müsste man nachsehen."

„Das kannst du machen, wenn du nichts Besseres zu tun hast", blaffte Paul, dessen Nerven blank lagen. „Und weiter?"

„Also, den Lars Braun hab ich schon lange nicht mehr gesehen", sagte Marten. „Der war mal sehr krank. Vielleicht wissen die von der Klinik was."

„Finden wir raus", sagte Paul und starrte auf Annas Hand, die auf einem weiteren Zettel notierte:

Verletzungen Leon v. d. L.

Paul wedelte mit der Hand in der Luft herum. „Hat mir Marten schon gesagt. Ein Ohr, ein Daumen. Innere Blutungen …"

„Leo lag zehn Tage im Koma", sagte Anna mit fremder Stimme. Sie klang, als hätte sie ein Gespenst gesehen. „Am elften Tag ist er an seinen inneren Blutungen gestorben."

„Elf Tage?"

„Am Ende ist wohl irgendein Gefäß geplatzt. Ich weiß es nicht genau." Anna wandte sich ab, damit er nicht sehen konnte, wie ihr Tränen in die Augen stiegen. Sie trat an die Wand, an der alle Informationen hingen. Am unteren Ende der Tafel zeichnete sie elf Kästchen auf, dann kreuzte sie nach und nach die ersten neun Kästchen an.

„Neun?"

„Wir haben Freitag", sagte sie. „Der Poststempel stammt vom letzten Donnerstag. Also noch zwei Tage Zeit, um das Opfer zu finden."

„Zwei Tage", murmelte Paul. „Dann dürfen wir keine Zeit verlieren."

Anna legte den Stift beiseite und trat zu den beiden Kollegen. „Und es war nicht nur der Daumen und das Ohr." Paul sah zu ihr auf mit einem Blick, als hätte ihn jetzt schon ein Krake bei den Eingeweiden gepackt. „Sondern?"

„Das willst du nicht wissen, Paul."

Dr. Bause ließ mitteilen, dass er mit dringenden Fällen beschäftigt sei und für Polizeiarbeit keine Zeit habe. Dr. Strecker war und blieb nicht erreichbar, weder in seiner Praxis noch auf seinem Mobiltelefon – und auch zu Hause meldete sich niemand. Blieb Frau Dr. Reiter, die aber bat, zu ihr in die Praxis zu kommen. Wenig später saßen also Anna und ihre beiden Kollegen in den blendend weiß getünchten Räumen der im Übrigen menschenleeren Arztpraxis und betrachteten Inselfotografien, die in dramatischen Querformaten im Wartezimmer hingen. „Schick“, sagte Marten leise.

„Dafür, dass kein Mensch da ist“, murmelte Paul noch leiser.

„Ist keine Saison“, stellte Anna trocken fest.

„Stimmt“, sagte die Ärztin, die plötzlich in der Tür stand. „Von März bis Ende Oktober können wir uns vor Arbeit nicht retten.“ Es war den zwei Polizisten erkennbar peinlich, dass sie sich eine Blöße gegeben hatten. Anna stand auf und gab der Ärztin die Hand.

„Aber die halbe Insel ist krank.“

„Da haben Sie recht. Die Einheimischen bevorzugen allerdings Hausbesuche. Und ich bin auch nicht erpicht darauf, dass mir jeder Virus und jeder bakterielle Infekt in die Praxis geschleppt wird.“

Anna nickte. „Das kann ich verstehen. Danke, dass Sie bereit waren, uns zu helfen.“

„Worum geht es denn diesmal? Wieder eine Blutprobe gefunden?“

„Leider nein“, sagte Anna.

„Leider?“

„Diesmal ist es ein bisschen ernster.“

„Sie machen mich neugierig. Kommen Sie in mein Behandlungszimmer.“

„Vielleicht wäre das Labor der bessere Ort“, schlug Anna vor.

Frau Dr. Reiter atmete hörbar ein. „Wenn Sie meinen.“ Sie wies den Flur hinab und leitete die drei Besucher in einen Raum mit verschiedenen medizinischen Geräten und einer Liege. „Bitte. Setzen Sie sich doch einfach hierhin.“ Sie selbst setzte sich auf den Hocker neben den Schränken. „Nun, wie ernst ist es also?“

Paul nahm den Beutel mit der Schachtel aus der Tasche seiner Jacke und hielt ihn ihr hin. Die Ärztin nahm ihn und betrachtete das Objekt von außen. „Was ist es?“

„Ein Ohr“, sagte Anna. „Ein menschliches Ohr.“

Die Ärztin zog die Augenbrauen hoch und legte den Beutel auf die Arbeitsfläche. „Wie unschön“, sagte sie, während sie ein Paar Einmalhandschuhe aus einer Box zupfte und vorsichtig überstreifte. „Und was erwarten Sie von mir? Dass ich Ihnen sage, zu welchem Kopf es gehört?“

„Wenn Sie das könnten, hätten *wir* es vermutlich auch schon erfahren. Will ich jedenfalls hoffen“, entgegnete Anna. Frau Dr. Reiter lachte. „Da haben Sie allerdings recht.“

Paul räusperte sich. „Wir möchten dich bitten, uns alles zu sagen, was du als Medizinerin über dieses Ohr sagen kannst.“

„Was schwebt euch da vor?“

„Verschiedenes“, sagte Anna. „Aber lassen Sie sich nicht von unseren Vorschlägen beeinflussen.“

Mit spitzen Fingern hob die Ärztin die Schachtel aus dem Plastikbeutel und legte sie auf die Arbeitsplatte. Dann öffnete sie sie und konnte ein leichtes Zucken ihrer Miene nicht unterdrücken. Da lag es. Bleich, mit dicken schwarzen Blutkrusten. Eine vollständige Ohrmuschel vom oberen Bogen bis zum Ohrläppchen. Sogar der vordere Knorpel war mit abgetrennt. Die Ärztin atmete tief ein, griff scheinbar ganz automatisch nach ihrem Diktiergerät und diagnostizierte: „Vorliegt eine vollständig abgetrennte Auricula auris, offensichtlich von einem erwachsenen Menschen. Helix, Fossa triangularis, Scapha, Antihelix und Lobulus zur Gänze vom Kopf abgetrennt. Ebenso Antitragus und Teile des Tragus. Verletzung der Fossa triangularis in Form einer einmal gezackten Stichwunde, die beim Abtrennen des Ohres passiert sein kann. Größe und Bewuchs legen nahe, dass es sich um das Ohr eines Mannes handelt. Viele weiße Haare am Tragus. Vermutlich ein älterer Mensch.“ Sie drehte das Ohr vorsichtig um und diktierte weiter: „Rückseitig Verkrustung von starker Blutung. Das Ohr wurde sauber abgetrennt, vielleicht mit einem Skalpell, der Schnitt ist sorgfältig ausgeführt. Der Blutaustritt belegt, dass es sich um einen lebenden Menschen handelt." Sie schaltete das Diktiergerät aus und sagte leise: „Oder gehandelt hat." Dann sah sie, weitaus weniger sicher wirkend als zuvor, die drei Polizisten an, die vor ihr auf der Liege saßen. „Was ist da los?"

Als sie auf dem Weg nach draußen waren, läutete Pauls Handy. „Freitag?", bellte er, der Frust war ihm überdeutlich anzuhören. „Ah! Endlich. Schießen Sie los. – Ja, prima, können wir den Teil mit Ihren Heldentaten überspringen? – Nein, das hat gar nichts mit Unhöflichkeit zu tun, die Tatsache ist einfach, dass ihr uns hier draußen Scheiße noch mal alleine lasst! – Trotzdem könntet ihr uns ganz anders unterstützen. – Aber natürlich! Erwarten Sie nicht, dass ich das jetzt mit Ihnen diskutiere, wir haben hier ganz andere Probleme. – Gut. Also? – Mhm. – Mhm. Das heißt, wir wissen nichts? – Herr Kollege, das ist gleichbedeutend mit nichts. – Doch, ist es. Was bringt uns das denn, wenn wir wissen, wo das Mobiltelefon gekauft wurde. Oder jedenfalls die SIM-Karte ..." Längeres Schweigen. Dann, etwas gemäßigter: „Na gut, dann recherchieren Sie, was Sie glauben recherchieren zu müssen. Aber halten Sie mich auf dem Laufenden." Er räusperte sich. „Bitte."

„Und?", fragte Marten, als Paul den Anruf weggedrückt hatte.

„Ein Prepaid-Handy aus den Niederlanden."

„Bitte?"

„Annas Anrufer. Das heißt, nicht Anrufer, sondern der, der ihr die Nachrichten schickt. Er benutzt ein Prepaid-Handy, das in den Niederlanden zugelassen ist."

„Wie macht er das?", wollte Anna wissen. „Das funktioniert doch nicht mehr, wenn er über die Grenze ist."

„Auf den Friesischen Inseln kann es schon funktionieren“, erklärte Marten. „Die haben hier auch Inseln. Und der Mast fängt viel ein.“ Er deutete über seine Schulter, dorthin, wo ein einsames rotes Licht im Nachthimmel blinkte: der Funkturm.

„Jedenfalls bringt uns das nicht weiter“, stellte Paul fest und Anna konnte seine Kieferknochen mahlen sehen.

Eine kleine Weile standen sie unschlüssig vor dem Haus, in dem die Praxis von Frau Dr. Reiter lag. Der Sturm schien ewig dauern zu wollen. Die Luft schmeckte salzig. Längst war es Nacht und die Gischt zauberte im Licht der Hafenanlage in unregelmäßigen Abständen bizarre Gemälde in die Dunkelheit. „Soll ich das Ohr in die Polizeistation bringen?“, fragte Anna und streckte die Hand aus.

Paul schüttelte den Kopf. „Geh heim, Anna. Du hast von uns allen am wenigsten Schlaf abbekommen. Und krank bist du auch. Iss was und mach dir einen heißen Tee. Sieh zu, dass du gesund wirst, ich brauche jetzt jeden Mann.“ Er lächelte schräg. „Und jede Frau.“

„Das Ohr kann ich rasch rüberbringen“, erbot sich Marten, und Paul steckte ihm die Schachtel in dem Plastikbeutel zu.

„Ich werde mich noch mit dem Wetterdienst kurzschließen, ob wir morgen wieder eine Ausgangssperre rausgeben müssen“, sagte Paul und klappte die Kapuze über sein nasses Haar.

„Und ich habe noch ein paar Häuser, die ich nicht geschafft habe“, erklärte Marten. „Die nehme ich auf dem Nachhauseweg mit. Schrebergärten gucke ich nur oberflächlich durch, das hat bei den Lichtverhältnissen keinen Sinn.“

Anna nickte. „Klingt, als wolltet ihr mich endlich loswerden.“

„Wollen wir. Definitiv.“ Paul klopfte ihr kumpelhaft auf die Schulter, und aus irgendeinem Grunde kränkte sie das. Doch Anna ließ sich nichts anmerken, sondern hob nur die Hand.

„Alles klar. Ich sehe zu, dass ich nachher noch drei, vier Pensionen abklappere, die noch offen sind." Dann ging sie davon, erst einmal Richtung Hummerbuden. Eine tief vermummte Gestalt, die sie vorher gar nicht bemerkt hatte, eilte davon. Aber wer war bei dem Wetter schon nicht tief vermummt. Man konnte Männlein und Weiblein nicht mehr unterscheiden, selbst bei Tag – in der Nacht schon gar nicht.

„Was für ein Schietwetter!", fluchte Anna, als die Tür hinter ihr zuklappte. In *Henry's Hummerbude* war es immerhin warm und trocken. „Moin", grüßte der Wirt.

„Moin, moin." Anna ließ den Blick schweifen. Zwei kräftige Kerle saßen an der Theke, sahen aus wie Hafenarbeiter. „Gibt es was zu essen?"

„Gulaschsuppe hätte ich noch", sagte Henry, der ihr einen Stuhl an ihrem Tisch am Fenster zurechtrückte.

„Gute Idee. Die hätte ich gerne."

„Dazu ein Bier?"

„Warum nicht."

Während Henry nach hinten abschob, zückte Anna ihr Handy und rief verschiedene Nachrichtenseiten auf: Zeitungen, Newsportale, Online-Magazine. Vor allem Regionales. Wurde irgendwo auf dem Festland ein Mensch vermisst? Gab es aus den letzten Tagen ominöse Fälle, die mit ihrem Fall zu tun haben konnten? Auch wenn es jetzt keine Verbindung zum Festland gab, musste das nicht bedeuten, dass es nicht dennoch ein Opfer von dort war. In den Medien allerdings war nichts zu finden. Hatte Paul schon entsprechende Anfragen an die Zentralen gerichtet?

Dann ging sie ihre Notizen durch. Sie hatte alle Straßen der Unterstadt abgearbeitet – mit Ausnahme der Ecke nördlich der Treppenstraße, da musste sie nachher noch mal hin. Zwischendurch aber konnte sie bei Dr. Strecker vorbeischauen, der sowieso in der Gegend seine Praxis hatte.

„Heute ist wieder Stammtisch, oder?“, fragte Anna, als Henry mit der Suppe und dem Bier kam.

„Stammtisch? Nee. Ist alle zwei Wochen. Die alten Herren haben zwar jede Menge Zeit, aber einige nicht so viel Geld. Die müssen aufpassen, dass sie ihre Rente nicht versaufen.“

„Verstehe.“ Die Suppe war verdammt heiß, Anna legte den Löffel wieder beiseite. „Können Sie mir die Namen der Stammtischler sagen?“

„Je nu“, machte Henry und zierte sich. „Ob ich die jetzt alle zusammenbekomme …“ Er setzte sich zu Anna und machte ganz den Eindruck, zufrieden zu sein, dass jemand was von ihm wollte. „Da ist erst mal Otto. Der fehlt nie …“

„Otto wie?“ Anna nahm ihren Stift zur Hand und blätterte eine neue Seite in ihrem Notizblock auf.

„Wie Otto wie?“, fragte Henry irritiert.

„Nachname.“

„Och, das kann ich jetzt nicht sagen. Ich kenn ihn nur als Otto. War Spengler früher!“

Otto, Spengler, notierte Anna und ärgerte sich, wie unprofessionell das alles war. Aber immerhin, Otto konnte sie natürlich nachher im Register nachsehen. Würde nicht endlos viele mit diesem Vornamen geben. „Und sonst?“

„Willem. Wilhelm, meine ich. Scherer heißt er, das weiß ich sogar. Die ganze Sippschaft wohnt oberhalb der Treppe.“ Henry machte eine vage Geste hin zur großen Treppenanlage, die das Unterland mit dem Oberland verband. Anna schrieb sich den Namen zwar auf, aber im Geiste strich sie ihn auch gleich wieder von der Liste: Wenn die ganze Familie dort wohnte, dann hätte man ihn längst als vermisst gemeldet.

„Hans, ganz klar. Der ist der Lauteste von allen.“

„Von dem wissen Sie nicht zufällig auch den Nachnamen?“

„Nee.“ Henry blickte zum Tresen hin. „Moment.“ Er ging rüber, holte sich selbst auch ein Bier und nahm ein gerahmtes

Foto von der Wand. „Hier. Da sind sie fast alle drauf. Das ist Otto. Das hier ist Wilhelm, wir nennen ihn immer Willem. Und der da ist Hans. Keine Ahnung, wie er mit Nachnamen heißt. Wohnt drüben in der Süderstraße. Ach ja, das issn ehemaliger Kollege von Ihnen."

„Fleischer", sagte Anna.

„Richtig! Jetzt, wo Sie's sagen … Wär ich nie von alleine draufgekommen."

„Und der hier?"

„Der gehört eigentlich gar nicht dazu. Der war bei dieser Aufnahme nur zu Besuch auf der Insel, glaube ich. Aber der hier: Frieder. Netter Kerl. Hat immer schon nach dem ersten Bier einen in der Krone. Das hier ist Torsten Tenhagen, das weiß ich so genau, weil er gleich hier hinter uns wohnt, wenn ich zum Klofenster rausgucke, kann ich ihm beim Duschen zusehen."

„Und die beiden?"

„Bernhard und Hans-Peter. Na ja, und der Jan Frick gehört auch noch dazu, vom Zollamt. Der war an dem Tag nicht da."

„Aber letzte Woche Freitag waren sie alle da, ja?"

„Alle. Donnerstag. Der Stammtisch ist immer am Donnerstag. Jede zweite Woche. Das heißt, nein, der Hans war nicht da."

Fleischer war auf der letzten Fähre aufs Festland gewesen, das hatte Marten gewusst. Die war am Donnerstagnachmittag gegangen. „Darf ich ein Foto von dem Foto machen?" Anna zückte ihr Handy.

„Hm, na ja. Ich vermute, die Polizei darf das, oder?"

„Sicher. Keine Sorge. Ist sowieso nur für den internen Gebrauch."

Sie machte eine Aufnahme des Bildes und steckte ihr Smartphone wieder weg. „Alles klar. Danke, Henry. Jetzt muss ich noch ein bisschen arbeiten. Vertraulich."

„Oh. Sicher. Klar. Wenn Sie was brauchen, ich bin am Tresen.“

„Danke, Henry.“ Anna nickte ihm freundlich zu, wartete, bis er weg war, und blätterte dann erneut ihre Notizen durch. Irgendetwas kam ihr seltsam vor. Sie wusste nur nicht, was.

Anna hatte sich noch einmal die Hotels und Pensionen vorgenommen, Marten die Schrebergärten. Inzwischen war der Abend fortgeschritten, doch die Ermittlungen standen immer noch am Anfang. Die drei Polizisten hatten noch ein paarmal kurz telefoniert, bis Paul seine Kollegen schließlich mit einer kurzen Nachricht nach Hause geschickt hatte. Obwohl alles in Anna nach Schlaf und Erholung schrie und obwohl Stalin sein Werk mit all seiner Bösartigkeit vollführte, fiel es ihr schwer, endlich Feierabend zu machen. Wie auch. Irgendwo zum Teufel musste das Opfer sein. Irgendwer musste das Opfer sein.

Paul Freitag saß an seinem Schreibtisch im Büro, als das Telefon klingelte. „Polizeidienststelle Helgoland, Freitag hier“, meldete er sich und stellte fest, dass seine Stimme irgendwie hohl klang, was er der inzwischen ja schon chronischen Übermüdung zuschrieb.

„Deine Tochter möchte dir gute Nacht sagen“, hörte er am anderen Ende der Leitung eine Frau mit bitterem Ton sagen.

„Claudia. Weißt du, wie spät es ist?“

„Sie hatte einen Albtraum. Jetzt kann sie nicht schlafen.“

Paul seufzte. „Gib sie mir.“

Wenige Sekunden später hörte er ein Schniefen. „Paulina?“

„Papa.“ Die Stimme seiner Tochter traf ihn direkt ins Herz. Warum verdammt noch mal war er jetzt nicht bei ihr. Warum konnte nicht alles viel einfacher sein. Warum musste er auf dieser gottverlassenen Insel einem Phantom nachjagen, während dieser Trottel Sven zwar seine Frau vögeln, aber seine Tochter nicht trösten konnte. „Paulina, was ist denn passiert?“

„Ich hab schlecht geträumt, Papa." Wieder schniefte sie. Er stellte sich vor, wie sie in ihrem Minnie-Maus-Schlafanzug auf der Bettkante saß, genau dort, wo er ihr immer vorgelesen hatte. Na ja, ein paarmal. „Da war ein fremder Mann unter meinem Bett."

„Ach, Paulina, du weißt doch, dass niemand in der Wohnung ist, der nicht da sein darf. Mama passt doch gut auf dich auf."

„Aber du bist nicht da, Papa."

„Leider geht das nicht, mein Schatz. Ich muss doch hier auf meiner Insel auf die Insulaner aufpassen, damit denen nichts passiert." Er atmete tief durch und sagte es: „Deshalb hat Mama auch Sven gebeten, dass er bei euch wohnt und auf dich aufpassen kann. Und auf Mama." Sven, der Vollidiot, der jeden Tag um vier nach Hause ging, während Paulina noch im Hort war.

„Ich weiß schon, dass Sven aufpasst, Papa. Aber er ist doch kein Polizist, so wie du. Da kann er das doch nicht so gut." Ein sanftes Lächeln glitt über Pauls Gesicht. Ein kluges Kind war sie, seine Paulina. „Wenn ihr mal guckt, ob die Tür gut zugesperrt ist, dann seid ihr alle ganz sicher", sagte er. „Auch Sven. Dann kann euch allen nichts passieren. Und ich denke ganz fest an dich und schicke dir meine schönsten Einschlafgedanken, oder? Wollen wir das so machen?"

„Au ja, Papa. Was sind denn deine schönsten Einschlafgedanken?"

„Lass dich überraschen, mein Schatz. Du musst die Augen zumachen und dann denkst du nacheinander an alle deine Kuscheltiere – und dann kommen die Gedanken."

„Bestimmt?"

„Ganz bestimmt."

„Gute Nacht."

„Gute Nacht, mein Schatz." Er wollte schon auflegen, da

war seine Exfrau noch einmal am Apparat. „Was hast du ihr gesagt?"

„Nur, dass Sven gut auf euch alle aufpasst."

„Hm. Warum bist du noch im Büro? Es ist mitten in der Nacht."

„Das Böse schläft leider nie", sagte Paul und sah aus dem Fenster in die tiefschwarze Nacht.

„Das Böse? Auf Helgoland?"

„Frag nicht, Claudia. Ich verstehe es selbst nicht."

Für einen Augenblick hingen die Worte in der Luft, und das Schweigen hatte etwas unerwartet Tröstliches.

„Tja, dann pass du mal gut auf dich auf."

„Danke, Claudia. Gute Nacht."

„Gute Nacht." Ein wenig versöhnt legte er auf. Es war ein gutes Zeichen, dass seine Exfrau doch noch einen milden Ton angeschlagen hatte. Meist gifteten sie sich bei ihren Gesprächen nur an. Auch ein Jahr nach der Trennung waren die Wunden nicht verheilt. Auch die Entfernung, so weit von Bremen weg, half nicht, all die Verletzungen zu vergessen, die sie einander beigebracht hatten.

Seufzend nahm Paul sich die Mappe wieder vor, in die er seine Notizen gemacht hatte. Der Fall Leon van de Loop war ein Schlüssel zu den Geschehnissen dieser Tage. Die Frage war nur: Wo war das Schloss? Zu dem Vorgang damals gab es keine Einträge im Polizeicomputer. Doch im Archiv, das Pauls Vorgänger Hans Fleischer hinterlassen hatte, gab es eine Akte. Obwohl: Akte war schon zu viel gesagt. Es waren nur ein paar wenige Blätter mit dürren Fakten. Eigentlich erstaunlich, denn Fleischer war ein Pedant gewesen, der jeden Hundehaufen auf der Insel für die Nachwelt dokumentiert hatte. Leider konnte Paul ihn nicht persönlich befragen, weil Fleischer ja gerade nicht auf der Insel war. Paul wählte Martens Nummer. Erst beim zweiten Versuch ging der Kollege ran. Es klang, als würde ihm der Sturm das Telefon gleich aus der Hand reißen. „Wo bist du denn?", fragte Paul, statt ihn zu grüßen.

„Paul? Ich bin gerade mit dem Hund draußen!", brüllte Marten. „Ganz schlechte Verbindung."

„Haben wir eine Handynummer von Fleischer?"

„Eine was?" Immer wieder war Martens Stimme für Bruchteile von Sekunden weg.

„Eine Handynummer!", brüllte Paul zurück. „Ich will mit ihm sprechen! Wegen der Akte!"

„Fleischers Handy? Ist die Nummer nicht im System?"

Seltsamerweise war sie das nicht. Aber Paul konnte nicht ausschließen, dass der alte Herr überhaupt kein Handy hatte. Auf einer Insel wie Helgoland war das eigentlich auch gar nicht nötig.

„Ich habe keine Nummer!", schrie Marten.

Paul dankte und legte auf. Er wusste, wo er die Nummer bekam, wenn es eine gab. Das Gemeindeamt würde sie haben. Nur dass das längst geschlossen war. Morgen früh also.

Die wenigen Papiere waren ein Polizeiprotokoll vom Unfallort, ein ärztliches Untersuchungsergebnis, die Aussagen der Frau, die den schwer Verletzten gefunden hatte. Das war offenbar Annas Mutter gewesen, Friede Krüger. Die Krügers waren einige Zeit nach dem Vorfall kurz hintereinander gestorben. Der Arzt, Dr. Wetke, war vor ein paar Jahren weggezogen. Es war zum Verzweifeln: ein nicht zu erreichender Exkollege, Zeugen, die verzogen oder verstorben waren – es gab verdammt noch mal keinen einzigen Menschen, der in dieser popeligen Akte vorkam, mit dem man hätte sprechen und von dem man noch irgendwelche Zusatzinformationen hätte bekommen können. Irgendwie hatte sich alles gegen Paul verschworen.

Das hieß, vielleicht gab es doch jemanden. Paul betrachtete das ärztliche Gutachten. Es war auf dem Briefbogen von

Dr. Reiner Wetke niedergeschrieben. Die Praxis aber existierte noch. Paul sah auf die Uhr. Kurz vor zehn. Konnte man da noch jemanden anrufen? In einer so dringenden Sache konnte man, entschied Paul.

Sie hatte richtiggelegen. Bernd Bergson war ein erfolgreicher Steueranwalt in einer Edelkanzlei am Harvestehuder Weg in Hamburg geworden. Erste Adresse. Edle Holztäfelungen. Spitzenhonorare. Golfclub, Porsche und zwei blonde Mädchen, die jede Woche von Mama im Mercedes-SUV zum Voltigieren gefahren wurden. Dieser Typ Erfolgsmensch. Dabei war er in der Schule zweimal durchgefallen und nur deshalb mit seinen neunundzwanzig Jahren schon bei einer großen Sozietät, weil er über die richtigen Kontakte verfügte. Sein Vater war Reeder in der Hansestadt und hatte wohl auch einige Zeit in der Bürgerschaft gesessen. Anna spürte, wie eine Welle des Hasses sie aufwühlte. Sie klickte sich durch sein Facebook-Profil und beruhigte sich zumindest in der Hinsicht etwas, dass die blonden Töchter wohl noch auf sich warten ließen und sein Status „nicht in einer Beziehung" war. Offenbar hatte es trotz seines Geldes bisher keine Frau so lange mit ihm ausgehalten, dass etwas so Ernstes wie eine Familie daraus hatte werden können. Oder er ließ nach wie vor die Sau raus, wo er nur konnte, und hatte einfach keine Lust, sich an den Ehering legen zu lassen. Sein letzter Eintrag lag gerade ein paar Stunden zurück, er kam als Opfer demnach nicht in Betracht. Und da er offensichtlich in den letzten Tagen in Hamburg gewesen war, schied er auch als Täter aus.

Hastig gab sie *Lars Braun* ein und musste einige Zeit suchen, denn Lars Brauns gab es etliche. Doch die Augen, die ihr plötzlich entgegenstarrten, kannte sie zu gut. Das war er. Dieser gleichzeitig gelangweilte und dabei völlig emotionslose Blick. Die Kehle schnürte sich ihr zu, als sie ihn auf dem Foto aus einer kleinen Regionalzeitung betrachtete. Anzug, Krawatte, Ansätze einer Glatze. Gleichzeitig neugierig und widerwillig las sie den begleitenden Text:

Banker im Koma – Bei einem tragischen Autounfall zwischen Ockholm und Dagebüll kam in der Nacht zum Montag ein Unternehmer auf der L191 von der Straße ab und stürzte ins Meer. Das Unglück ereignete sich kurz hinter dem Fährhafen Schlüttsiel. Offenbar hatte der Fahrer die Kontrolle über seinen Wagen verloren und war mit überhöhter Geschwindigkeit über die Leitplanken gerast. Durch die schnelle Reaktion der Insassen eines nachfolgenden Fahrzeugs konnte der Mann aus dem abrutschenden Wagen gerettet werden. Ein Rettungshubschrauber brachte ihn in ein Klinikum in Flensburg, wo er ins künstliche Koma versetzt wurde. Über die näheren Umstände des Unfalls hat die Polizei noch keine Mitteilungen gemacht. Der 28-jährige Lars Braun ist Geschäftsführer eines Logistikunternehmens in Rendsburg.

Mithilfe der Suchbegriffe *Lars+Braun+Unfall+Schlüttsiel* fand Anna noch einen weiteren Artikel. Es war dieselbe Zeitung, die ein paar Tage später noch einmal berichtet hatte. Immer noch hatte das Unfallopfer im Koma gelegen. Eine Todesanzeige oder ein Nachruf waren nirgendwo zu finden, was nahelegte, dass sich an Lars Brauns Zustand entweder nichts berichtenswert verändert hatte oder dass er längst wieder entlassen war. Plötzlich durchzuckte Anna der Gedanke, im Klinikum in Flensburg anzurufen. Was, wenn die Ereignisse miteinander zusammenhingen? Steves Tod, Lars' Unfall … Und nun der langsame Tod eines Folteropfers, denn nichts anderes war es ja, was auf dieser Insel offensichtlich gerade passierte. Sie suchte die Nummer sämtlicher Krankenhäuser mit unfallchirurgischer Station heraus und telefonierte sie ab. Tatsächlich wurde sie fündig in der Uniklinik Kiel. Das Käseblatt, in dem der Artikel gestanden hatte, hatte offenbar etwas zu frei gedichtet. Der Patient, so erfuhr sie, war vor mehreren Wochen zur Reha entlassen worden. Näheres war man aus Gründen der ärztlichen Schweigepflicht nicht zu sagen bereit, schon gar nicht am Telefon. Und erst recht nicht um die Uhrzeit. Immerhin glaubte sich der diensthabende Oberarzt zu erinnern, dass eine Kur in Travemünde im Gespräch gewesen sei.

Travemünde erwies sich als Schlag ins Wasser. Niemand wollte ihr irgendeine Art von Auskunft geben, nicht einmal, ob der Patient im Institut behandelt wurde oder worden war. Anna ärgerte sich nicht lange, sondern rief die Zentrale noch einmal an: „Hier ist noch mal Braun. Entschuldigen Sie, dass ich Sie um die Uhrzeit noch einmal störe. Ich hatte doch vorhin wegen meines Bruders angerufen und Sie waren so freundlich, mich durchzustellen. Leider hat es mit der Verbindung von der Station aufs Zimmer irgendwie nicht geklappt. Können Sie es vielleicht noch einmal versuchen?“ Beim ersten Anruf hatte sie ihren Namen nicht gesagt und nur gebeten, in die Unfallchirurgie durchgestellt zu werden.

„Aber gerne. Moment bitte!“, flötete die Frau in der Zentrale und war im nächsten Augenblick aus der Leitung. Stattdessen ertönte eine sehr minimalistische Version irgendeines Mozart-Stücks. Und dann hörte Anna, wie jemand das Telefon abhob.

„Ja?“

„Hallo?“

„Ja, bitte?“

„Spreche ich mit Lars Braun?“

„Ja. Und wer ist dort?“ Dieselbe Stimme. Nur unendlich viel langsamer als früher. Dabei war Lars einer von denen gewesen, die mit ihren schnellen Sprüchen jemanden erschießen konnten. Anna schwieg und lauschte auf das Rasseln seines Atems. „Hallo?“, sagte er wieder. „Was wollen Sie von mir?“ Jedes einzelne Wort betont, als wäre er ein Leseanfänger, der einen Text vorliest.

„Du klingst echt scheiße, Lars“, sagte Anna und versuchte sich vorzustellen, wie er wohl dort saß in der Reha. Hatte er einen Platz auf Lebenszeit im Rollstuhl? Trug er eine Halskrause? Hing an seiner Blase ein Beutel, in dem er seinen eigenen Urin mit sich herumtrug?

„Hey, was soll das? Wer sind Sie?“ Er brauchte dreimal so lange für die paar Worte wie jeder andere Mensch.

„Wie lange ist das jetzt schon her mit deinem Unfall? Fünf Monate?“, sagte Anna leise. Sie wusste, dass er sie genau hören konnte. Sein Lauschen war lauter als seine Sprache. „Wenn sie dich bisher noch nicht richtig hinbekommen haben, dann werden sie es jetzt auch nicht mehr schaffen.“

Ein Atemzug, laut, hektisch, heftig. Ein Keuchen. Er hatte sie erkannt. Ja, sie konnte es genau spüren, wie ihn die Erkenntnis zusammenschrecken ließ. „Du bist das“, sagte er schließlich mit rauer Stimme.

Tja, viel Spaß mit deinem Leben, dachte Anna. Doch sie schwieg. Legte auf und atmete durch. Vielleicht gab es auf dieser Welt doch auch manchmal so etwas wie Gerechtigkeit. Sollte er krepieren. Sollte er leben. Lange leben in seinem Elend. Er hatte es verdient.

Sie wusste jetzt, dass eines der drei Schweine sein jämmerliches Dasein in einem Rollstuhl in Travemünde fristete, eines tot war, nämlich Steve der Große, und eines in Hamburg den Biedermann gab. Mit dem Fall, an dem sie arbeitete, und mit dem Albtraum, den sich jemand für sie ausgedacht hatte, hatten sie alle drei jedenfalls nichts zu tun. Das war gut, aber es machte die Sache nicht einfacher.

Stefan Schwarz: Badeunfall. Lars Braun: Autounfall, Koma, Rollstuhl. Bernd Bergson: erfolgreicher Anwalt in Hamburg. Peter Franzen: Vater zweier Kinder mit charmanter, hübscher, liebender Ehefrau im ererbten Haus seiner Eltern. Wären die letzteren beiden Fälle nicht gewesen, man hätte wirklich fast an so etwas wie höhere Gerechtigkeit glauben können. Doch das Schicksal war nicht gerecht, und es machte auch nichts wieder gut. Was zerstört war, war zerstört. Niemand wusste das besser als sie. Niemand spürte das Tag für Tag deutlicher als sie.

Mit der Wut der Enttäuschung stopfte sie ein paar Kleidungsstücke in ihre Tasche, brachte den Müll raus und stieg dann in ihr zweites Paar Stiefel, während sie das Paar, das sie den Tag über getragen hatte, zum Trocknen neben die Heizung stellte. Dann sah sie sich noch einmal in der Wohnung um. Die Tür zum Schlafzimmer hatte sie nur geöffnet, um sich einen Vorrat Wäsche zu holen. Hoffentlich konnten die Spezialisten vom Festland bald kommen, damit sie das grausame Fanal endlich entfernen durfte.

Auf dem Küchentisch lag ihr Tagebuch. Seufzend ließ Anna sich auf den Stuhl sinken und schlug es auf.

Kurz hatte Paul mit dem Gedanken gespielt, gar nicht nach Hause zu gehen. Die Nacht war so weit fortgeschritten, er war so oft draußen gewesen in Eis und Wind, dass er sich kaum noch überwinden konnte. Und doch drehte er irgendwann den Schlüssel im Schloss um und warf sich gegen den Sturm, um möglichst rasch hinüberzukommen auf die etwas windgeschütztere Seite der Insel, wo sein Haus lag, mit Blick auf Düne – wenn man denn etwas sehen konnte. Doch bei diesem Wetter waren auch auf die kurze Distanz, die das Meer die beiden Teile der Insel trennte, keine Lichter zu erkennen, nicht einmal vom Dachgeschoss aus. Er musste jetzt einfach weg von der Polizeistation, sonst wurde er noch richtig depressiv. Sie drehten sich im Kreis. Kein Ergebnis, nirgendwo. Selbst der alte Fleischer war nicht zu erreichen, wahrscheinlich würde sich herausstellen, dass er gar kein Handy hatte. Der saß jetzt irgendwo drüben auf dem Festland und trank sich wahrscheinlich die Hucke voll, ohne zu ahnen, wie aufgeschmissen sein Nachfolger auf der Insel gerade war. Es war zum Kotzen, ja, das war es.

Im Unterland begab er sich zwischen die Häuser und lief die Friesenstraße entlang. Kaum irgendwo war noch jemand wach. Alles duckte sich in die Nacht und wartete darauf, dass das Unwetter endlich vorbei war. Doch das würde wohl noch weitere ein, zwei Tage dauern, womöglich sogar drei. Paul hatte es so satt. Im Windschatten eines Türsturzes fummelte er sein Handy aus der Tasche und blickte darauf. Nichts. Keine Nachricht. Hoffentlich schlief die Kleine. Sie brauchte den Schlaf. Seufzend steckte er das Handy wieder weg und atmete tief durch. Gegenüber brannte noch Licht. Im Obergeschoss. Da war tatsächlich noch jemand wach. Erst als er schon dabei war, seinen Weg fortzusetzen, hielt er inne. Das war Doras Hotel. Ja, tatsächlich, bei Dora, das hieß, bei Nele, war noch Licht. Ein einsames Licht auf einer finsteren Insel. Ob sie Besuch hatte? Und wer es wohl wäre, der in einer einsamen Stunde Nähe bei ihr suchte?

Oder war sie allein und hatte ihr Licht brennen lassen, um einsamen Herzen den Weg zu zeigen? Denn das Fenster leuchtete in einem roten Schimmer. Vielleicht waren sie beide ja die einsamsten Menschen auf dieser Insel, Paul und Nele, die sie beide in die Abgründe anderer blicken mussten. Ja, vielleicht …

Ich habe dich auf einem Bild gesehen. Uns. Wir sind beide drauf. Marten hatte es in seiner Wohnung hängen. Ich habe es fotografiert. Wir lachen beide in die Kamera. Du stehst rechts, ganz am Rand, aber irgendwie ist es, als wärst du der Mittelpunkt des Bildes. Ich bin eher links vorne. Du hast diese coole Jacke an mit dem L auf der Brust. L wie Leo. L wie Liebe. Wenn das alles nicht passiert wäre, würden wir dann jetzt im Oberland in einem kleinen Häuschen wohnen? Blau gestrichen, mit zwei Kindern im Dachgeschoss? Du gehst zur Arbeit, ich koche für dich. Oder ich gehe zur Arbeit und du kochst. Wenn die Kinder schlafen, kuscheln wir uns aneinander und lauschen dem Sturm. Und ich schaue in deine blauen Augen, und du drückst mich ganz fest an dich. Mädchenträume sind das. Die Zeit ist stehen geblieben für mich. Ich denke immer noch, du würdest genauso aussehen und reden und dich verhalten wie damals. Aber so wäre es wahrscheinlich nicht. Weißt du, ich frage mich, ob wir ein glückliches Paar geworden und ob wir zusammengeblieben wären, wenn wir nur die Möglichkeit gehabt hätten. Oder wären wir längst getrennt? Oder würden wir so nebeneinanderher leben wie unzählige andere Paare? Nein. Das würden wir nicht. Wir waren ein perfektes Paar. Wir wären ein perfektes Paar gewesen. Du warst die Liebe meines Lebens. War ich die Liebe deines Lebens? Ich wäre es geworden. Bestimmt. Ich hatte genug Liebe für uns beide. Du hättest dich vor Liebe gar nicht mehr retten können. Es ist immer noch so viel übrig. Ach, Leo …

Die Arrestzelle war ein Raum von zwei mal vier Metern. Anna hatte sich entschlossen, die restliche Nacht in der Polizeistation zu verbringen. Kahle Wände, eine schmale Liege mit einer Matte statt einer Matratze, in der Ecke ein Waschbecken, daneben ein Klo. Die Tür hatte ein Guckloch, durch das man nicht nach draußen sehen konnte, aber natürlich ins Innere des Zimmers. Der Boden war nackt, nur mit hellgrauer Kunststofffarbe gestrichen. Über der schmalen Wand, zu hoch, um eine vernünftige Aussicht zu gewähren, war ein kleines Fenster angebracht. Vergittert, wie Anna bemerkte. Die Wände waren kahl. Kein Bild, nicht einmal so etwas wie eine Hausordnung oder ein Psalm zur seelischen Erbauung. Das Kopfkissen war so komfortabel wie ein Sack Steine. Und doch: Alles das, was Kargheit ausstrahlte, Kälte und Unbequemlichkeit, war Anna tausendmal lieber als ihre mit dem Blut eines fremden Menschen verseuchte Unterkunft, die sie nicht einmal übertünchen konnte, solange die Spurensicherung vom Festland keine professionelle Bestandsaufnahme gemacht hatte. Außerdem half die Abwesenheit von Reizen aller Art beim Denken. Stundenlang lag sie wach, lauschte auf das Brummen der elektrischen Installationen, das sich mit dem unregelmäßigen Rauschen des Sturms und der Brandung vermischte. Dachte nach, bohrte in jede Frage, die sich aufwarf. Stellte ein ums andere Mal fest, dass ihr unendlich vieles seltsam vorkam. Das begann bei der Tatsache, dass sie selbst offenbar das Ziel dieses Horrors war, aber persönlich völlig unbehelligt blieb – warum versuchte der Täter nicht, ihr etwas anzutun, warum hatte er nicht sie als Opfer gewählt? Und es endete in der schlichten Erkenntnis, dass sie nach mehreren Tagen ausschließlicher Beschäftigung mit der Sache praktisch nichts in Erfahrung gebracht hatten, das auch nur annähernd aussah wie eine Spur oder wenigstens ein Motiv. Sie rannten nicht im Kreis, sie tappten völlig im Dunkeln. Drei Polizisten, die für die Sicherheit auf Helgoland sorgen sollten, schafften es nicht, einen Täter einzukreisen, der drauf und dran war, einen Mord zu begehen. Denn das war das Einzige, was für Anna inzwischen unzweifelhaft feststand: Das Ziel war der Tod des Opfers. Es konnte nur mit dessen Tod enden – wenn er nicht schon eingetreten war.

Sie stand auf und ging hinüber in den Besprechungsraum. Machte Licht und studierte die Notizen und Bilder. Namen. Zahlen. Gedanken. Nichts, was irgendwie zusammenpasste. Nichts! Sie nahm ihr Handy und machte ein paar Aufnahmen von den Bildern, um sie bei sich zu haben. Denn mehrmals hatte sie bei ihren Außeneinsätzen festgestellt, dass es hilfreich sein konnte, Vergleiche anzustellen oder Informationen abzugleichen. Also machte sie auch noch Fotos von den wichtigsten Listen, um alles immer zur Hand zu haben.

Sie schob ihren Bürostuhl vor die Wand und setzte sich vor das albtraumhafte Panorama, um einmal mehr zu versuchen, irgendwelche Querverbindungen herzustellen. Die Zeittafel. Warum hatten sie eigentlich keine Zeittafel der Lieferungen gemacht? Anna stand auf, ging zum Schreibtisch, nahm sich Papier und Stift und schrieb alle Tage, Uhrzeiten und Orte auf, an denen sie „Post“ vom Täter bekommen hatte.

Montag, (vor) 8:00 Uhr, Daumen
Dienstag, (vor) 7:45 Uhr, Blutkonserve
Mittwoch, (vor) 22:00, Uhr Blutbild
Donnerstag, (Abend), Ohrmuschel

Sie blickte auf den Kalender: Freitag. „Scheiße“, flüsterte sie und sah sich unwillkürlich um. War da jemand an der Tür? Für einen Augenblick glaubte sie, einen Schatten vor der Eingangstür vorbeihuschen zu sehen. Mit zwei Schritten war sie bei ihrer Jacke, die über dem Stuhl hing, und nahm die Dienstwaffe aus der Tasche. Plötzlich wurde ihr bewusst, dass sie durchs Fenster bei heller Beleuchtung wie auf dem Präsentierteller saß – und auch die Wand mit bisherigen Erkenntnissen zumindest teilweise von draußen sichtbar sein musste. Sie löschte das Licht und huschte zum Eingang, wo sie sich neben der Tür in Deckung hielt. Außer den Geräuschen, die der Sturm verursachte, war von draußen nichts zu hören, aber die waren laut genug, um alles andere zu übertönen. Vorsichtig, die Waffe achtsam gesenkt haltend, schob sie sich etwas vor und blickte um die Ecke. In dem schwach leuchtenden Viereck des Fensters, das die obere Hälfte der Eingangstür bildete, war nichts weiter zu erkennen als die Umrisse des gegenüberliegenden Gebäudes. Anna atmete auf. Einen Augenblick wartete sie noch, dann prüfte sie auch den Winkel zur anderen Seite hin: nichts. Sie sperrte die Tür auf und öffnete sie einen Spalt weit, die Pistole im Anschlag. Als weiterhin niemand zu sehen und nichts Verdächtiges zu erkennen war, trat sie nach draußen und sah sich um. Die Straße war leer, die Fenster der umliegenden Häuser waren dunkel, die Laternen warfen ihr gelbliches Licht in eine einsame Nacht. Wäre nicht die Luft vom Geruch des Meeres erfüllt gewesen, die Szene hätte in einem Western spielen können: pfeifender Wind in einer gottverlassenen Straße. Gut, vielleicht hätte der Regen, der jenseits des Vordachs querschoss, nicht in den Wilden Westen gepasst. Anna nahm den Finger vom Abzug, zog den Kopf ein wenig zwischen die Schultern und sog tief die kalte Luft ein. Sie blieb noch einen Moment unter dem von einer deprimierenden Lampe erhellten, aber zumindest trockenen Eingangsbereich stehen, dann drehte sie sich um und wollte schon wieder hineingehen, als sie plötzlich innehielt. Sie wagte kaum, auf den Boden zu sehen. Samstag. Es war bereits Samstag. Und es war nichts gekommen. Noch nicht. Sie schloss die Augen und versuchte, Mut zu fassen. Dann öffnete sie sie wieder und blickte auf den Boden. Nein. Dort war kein Päckchen. Keine neue Sendung mit makabrem Inhalt. Kein Blut. Kein Finger. Kein Auge. Nichts. Nichts, außer den Abdrücken nasser Schuhsohlen, die definitiv nicht ihre waren.

Angst und Lust können Verbündete sein. Sie können sich zu einem schrecklich-schönen Gemisch aus Gier und Panik verdichten und einen in Abgründe stürzen, in denen man sich ganz verliert und in denen man seine ganze Persönlichkeit aufgibt. So empfand es Katarina Loos, als sie wieder zu sich kam. Ja, zu sich kam, denn an einem bestimmten Punkt war es wie ein bizarrer Traum dunkler Leidenschaft gewesen, in den sie sich gestürzt fühlte. Dr. Strecker war einen letzten Schritt auf sie zugetreten und hatte sie an den Armen gepackt, ganz sacht, fast als wollte er ihr nicht wehtun. Und sie hatte nichts getan, als ihn anzusehen mit großen, schreckgeweiteten Augen. „Herr Doktor?“, hatte sie gehaucht und ihre Beine kaum mehr gespürt, so flau war ihr auf einmal geworden.

„Claus“, sagte er. „Sag einfach Claus zu mir.“ Und dann hatte er sie geküsst. Ohne Widerstand und ohne Erwiderung. Zunächst. Doch sein warmer Atem, der ihr über die Wange strich, sein Duft nach Aftershave und etwas anderem, das sie nicht hätte ausdrücken können, hatten in ihr etwas geweckt, das sich fast von selbst Bahn brach. Und so hatte sie seiner Zunge Einlass gewährt und ihn mit den Fingerspitzen an der Seite berührt. Sie hatte gespürt, wie er erbebte und wie sich plötzlich etwas Hartes an ihren Bauch presste.

Und dann waren sie hinübergegangen in sein Schlafzimmer. Rückblickend hatte sie daran keinerlei Erinnerung mehr. Es war einfach geschehen. Sie stellte sich vor, dass sie ihm gefolgt war wie ein Lamm, das zur Schlachtbank geführt wurde. Doch das war nur eine Idee. Tatsächlich waren diese Sekunden, bis sie im Bett lagen, weggewischt. Erst mit seinen Händen auf ihrem Leib setzte die Erinnerung wieder ein. Chirurgenhände, hatte sie gedacht, auch wenn sie wusste, dass er kein Chirurg war, jedenfalls nicht offiziell. Und dann hatte sie an das geheime Zimmer im Keller gedacht und gestöhnt. In ihrer Angst hatte sie sich an ihm festgekrallt und er war von diesen Signalen völlig außer Kontrolle geraten und hatte sich auf sie geworfen, als wäre er ein Raubtier und sie ein Stück Wild, das er sich vollkommen einverleiben würde. Seine

Energie schien unerschöpflich und an einem bestimmten Punkt war Katarina Loos nur noch mitgegangen, hatte sich von einer tierischen Lust mitreißen lassen, wie sie sie niemals zuvor erlebt hatte.

Nun, da sie auf den erkalteten, durchgeschwitzten Laken lag, kannte sie sich selbst kaum wieder. Neben ihr schlief Dr. Strecker, Claus, mit einer Hingabe, mit der nur schlafen kann, wer sich vollständig verausgabt hat. Er war ein Bild des Friedens, das in völligem Widerspruch stand zu dem, was in Katarina Loos' Kopf vor sich ging. Dort herrschte Sturm. Was war nur in sie gefahren? Wie hatte sie das tun, wie hatte sie es geschehen lassen können? Und was würde nun werden?

Natürlich würde sie weiterhin die Putze bleiben, und er würde ihr Arbeitgeber sein. Aber konnte das überhaupt so bleiben? Konnte sie noch durchs Haus stöbern, ohne ihn durch ihre bloße Präsenz praktisch ständig dazu aufzufordern, sie zu ficken? War das hier nicht überhaupt eigentlich so was wie Prostitution? Betrachtete er den Sex am Ende gar als Gegenleistung für seine Freundlichkeit? War die Gier, die Lust, die Leidenschaft vorhin überhaupt das gewesen, als was sie ihr erschienen war? Oder war es in Wirklichkeit nichts als Macht und Gewalt gewesen? Hatte er sie sich genommen, weil er dachte, dass er das durfte? Katarina Loos spürte, wie ihr Mund trocken wurde, ihr Herz schlug schneller beim Gedanken daran, dass der feine Herr, den die Hormone in einen rauschhaften Überfall getrieben hatten, in Wirklichkeit vielleicht nur ein eiskalt berechnendes Monster war, ein Kerl, der sie auch vergewaltigt hätte, wenn sie nicht mitgemacht hätte. Aber hatte sie das tatsächlich? Hatte sie sich zu irgendeinem Zeitpunkt entschieden, der Lust freien Lauf zu lassen und sich von ihm um den Verstand vögeln zu lassen?

Er regte sich, drehte sich auf den Rücken, öffnete die Augen und verschränkte die Arme hinter dem Kopf. „Wow", sagte er leise. „Das war … das war wirklich …“ Er fixierte sie. Was dachte er gerade?

Katarina Loos nickte zaghaft und versuchte ein Lächeln. „Ja“, sagte sie und spürte, wie sich ihr der Hals zuschnürte. „Wirklich.“

„Alles in Ordnung?“

„Alles bestens. Danke.“ Unwillkürlich hatte sie die Bettdecke über die Brust gezogen. Plötzlich fühlte sie sich nicht mehr nur nackt, sondern sehr verletzlich.

„Ich geh mal rasch ins Bad.“

„Klar.“

Im Nu war er verschwunden, und Katarina Loos krabbelte aus dem Bett und schnappte sich seinen Bademantel, der auf dem Boden lag. Durch die Tür konnte sie seinen Strahl hören, kräftig und ungeniert. Sie sah zum Wecker: 06:47 Uhr. Sie brauchte eine Dusche. Dringend. Sie musste ihn abwaschen. Seinen Schweiß. Sein Sperma, das ihr zwischen den Beinen klebte.

Und dann stand er vor ihr in der Tür. Ein groß gewachsener Mann, für sein Alter durchaus gut gebaut, mit nur einem kleinen Bauchansatz, männlichem, aber nicht zu dichtem Brusthaar und einem Glied, das offenbar schon wieder nach Beschäftigung drängte. Sie bemühte sich zu lächeln. „Schon kurz vor sieben“, sagte sie. „Ich mache besser Frühstück.“

Er kam auf sie zu und streckte die Hand nach ihr aus. „Hat keine Eile“, sagte er leise. „Ich werde heute nicht zur Arbeit gehen. Das vorhin war doch nur der Anfang.“

Es ist seltsam. Ich sehe immer wieder Schatten und Gestalten, die sich in nichts auflösen, wenn ich näher komme oder wenn ich genau hinschaue. Vorhin dachte ich, jemand verfolgt mich. Es ist gruselig. Vielleicht liegt es daran, dass immer wieder Ausgangssperre ist. Der Sturm er-

reicht inzwischen Windgeschwindigkeiten bis 160 km/h. Vielleicht mehr. Alles klappert und wackelt hier. Wenn man rausgeht, läuft man immer gegen eine Wand. Man kann nicht mehr richtig nachdenken. Die Augen tränen. Es fühlt sich an, als wäre man nie alleine. Alleine bin ich eigentlich nur in meiner kleinen Wohnung. Aber seit im Schlafzimmer der Fleck an der Wand ist, bin ich auch dort nicht mehr alleine.

Ich dachte, wenn ich auf die Insel zurückkomme, dann kann ich die Vergangenheit verarbeiten. Aber das Gegenteil ist der Fall. Wo ich hingehe, was ich anschaue, wen ich treffe, immer ist alles wieder da. Daran ist natürlich auch dieser Fall schuld. Jemand hat es auf mich abgesehen. Jemand will mich treffen. Ich merke schon, wie man schräg guckt. Sogar die, die nichts wissen von der Geschichte damals. Obwohl, vielleicht wissen es ja längst alle. Vielleicht wissen sie alles, nur ich weiß nicht, dass sie es wissen. Irgendjemand weiß jedenfalls genug, um mich zu verfolgen. Die ganze Sache richtet sich gegen mich, so viel ist klar. Jemand will mich hier fertigmachen. Das Schlimme ist, wenn es so weitergeht, wird ihm das auch gelingen. Leo, ich habe Angst.

Sie klappte das Tagebuch zu und strich mit den Fingerspitzen über die etwas abgegriffene Oberfläche. Es war das siebte oder achte, seit sie damit begonnen hatte. Ihre Gespräche mit Leo. Alles. Manchmal fragte sich Anna, was diese Gespräche mit ihr und Leo machten, mit ihrer Beziehung, mit Leo selbst. Wie sie sie und wie sie ihn veränderten. Ob er überhaupt noch der war, als der er sie auf dieser Welt zurückgelassen hatte. Andererseits: Durfte er sich nicht auch verändern, wo er doch in ihr weiterlebte? Musste er es nicht sogar? „Wer bist du, Leo?", flüsterte sie. „Wer bist du wirklich?"

„Lebst du noch? Was? Hey, ich spreche mit dir! – Das könnte dir so passen, mir das Finale zu verderben. Ich werde dir ein paar Infusionen verpassen, damit du durchhältst. – Deine Kumpels sollten dich so sehen. – Na gut, ich bin sowieso beschäftigt, lassen wir es für heute bleiben. Legen wir eine kleine Pause ein.“

TAG 9

Samstag, 6. Februar, 07:20 Uhr, 54° 11' nördliche Breite, 7° 53' östliche Länge, Windstärke 10, West, Eisregen

Katarina Loos huschte lautlos aus dem Bett und hinüber zum Badezimmer. Draußen war es noch stockfinster, doch die Straßenbeleuchtung warf ein trübes, gelbliches Licht durch die Vorhänge. Dr. Strecker schnarchte. Er lag mit weit geöffnetem Mund sehr unschön ziemlich in der Mitte des Betts und hatte die Arme auch noch ausgebreitet, als wäre er allein auf der Matratze. Keine Frage, Claus Strecker war attraktiv, jedenfalls in bekleidetem Zustand. Nackt war er zwar kein Adonis, aber darüber konnte Katarina Loos gut hinwegsehen, schließlich war sie selbst keine dreißig mehr und litt unter Cellulite, etwas zu üppigen Hüften und einem kleinen Doppelkinn. Was sie nicht verzeihen konnte, war Schnarchen. Das erinnerte sie an ihren Exmann.

Sie betrachtete sich im Spiegel und versuchte, die Geräuschkulisse von nebenan zu ignorieren, was nicht allzu schwer war, wenn sie stattdessen ihre Aufmerksamkeit auf den Sturm richtete. Seit sieben Tagen wütete der nun auf der Insel. Oder waren es schon acht? Und ein Ende war nicht in Sicht. Zweimal hatte die Inselverwaltung sogar schon eine Ausgangssperre verhängt.

Im Spiegel sah Katarina Loos eine Frau, die ihre Blüte hinter sich hatte, aber große Pläne für die Zukunft. Dr. Strecker hatte Geheimnisse, und es bestand kein Zweifel daran, dass es schreckliche Geheimnisse waren. Sie würde diese Geheimnisse aufdecken, und sie hatte auch einen Plan gefasst. Seltsamerweise mochte sie den Mann trotzdem. Er war charmant, gebildet – und natürlich tat die Ausstrahlung, die er als Arzt hatte, das Ihre dazu. Das war Autorität und Selbstsicherheit. Katarina Loos mochte Männer, die etwas auf sich hielten.

Verrückt war das alles hier. Nachdem sie zuerst gedacht hatte, sie wäre in die Fänge eines Sexmonsters geraten, hatte sich der Arzt als sehr einfühlsam und freundlich erwiesen. Er konnte keineswegs nur die brutale Tour. Im Gegenteil: Eigentlich war er ein ganz behutsamer Liebhaber, zärtlich und sogar ein bisschen raffiniert. Allerdings war Katarina Loos in der Hinsicht nicht verwöhnt. Ihr eigener Mann war diesbezüglich sehr einfach gestrickt gewesen. Ja, doch, es war für Katarina Loos nach zwei Tagen, die der Arzt mit ihr überwiegend im Bett verbracht und an denen er ihr das Gefühl gegeben hatte, keineswegs nur eine sexuell ausgenutzte Putzfrau zu sein, mit der er seinen jahrelangen Frust abbauen konnte, gar nicht so einfach, sich vorzustellen, dass dieser Mann eine dunkle Seite hatte. Eine sehr dunkle. Umso mehr drängte es sie, sein Geheimnis zu enttarnen oder vielmehr: zu verstehen, was dort unten vor sich ging. Denn solange sie darüber nicht mehr wusste, konnte sie nichts erreichen und brachte sich nur in immer noch größere Gefahr. Das zumindest redete sie sich ein. Vielleicht wäre es auch mit dem bloßen Verdacht und ohne Beweise klüger gewesen, direkt zur Polizei zu gehen. Und vielleicht hatte die unerwartete Entwicklung mit ihren erotischen Glücksmomenten dazu beigetragen, dass sie zögerte, zur Polizei zu gehen. Was immer es war, sie steckte in einer Situation, von der sie nicht wusste, wie sie da wieder rauskommen konnte. Jedenfalls aber würde sie sie nutzen. Und sie würde sie, so weit es irgend ging, genießen.

Sie erledigte ihr kleines Geschäft, wusch sich die Hände und ging wieder hinüber. Zum Glück hatte er sich ein wenig zur Seite gedreht und aufgehört zu schnarchen. Sie hob die Bettdecke, schlüpfte wieder darunter und fuhr mit der Hand zart über seinen Po und die Hüfte, um dann weiter vor zu wandern, wo sich ihr schon nach wenigen Augenblicken etwas entgegenreckte. „Guten Morgen, Herr Doktor", flüsterte sie.

„Guten Morgen, Frau Loos. Sie sind aber früh im Einsatz."

„Früher Vogel fängt den Wurm."

Er lachte. „Klingt nicht wie ein Kompliment!" Er drehte sich um und zog sie an sich. „Und was macht der Vogel dann mit dem Wurm?"

„Herr Doktor! Ich weiß nicht, worauf Sie hinauswollen!", kicherte Katarina Loos.

„Ich würde auch nicht behaupten, dass ich hinauswill. Eher hinein." Er versuchte sie zu küssen, doch sein Morgenatem roch fürchterlich. Sie schob ihn ein wenig von sich. „Dann legen Sie sich mal gemütlich hin, Herr Doktor", sagte sie und wählte das kleinere Übel.

Anna hatte den Vorfall der vergangenen Nacht für sich behalten. Was hatte sie schon gesehen: Fußabdrücke. Jemand konnte sich kurz untergestellt haben, um sich vor dem Regen zu schützen, ehe er weiterging. Jemand hatte bemerkt, dass mitten in der Nacht in der Polizeistation Licht brannte, und hatte neugierig durch das Fenster geschaut. Ein Verbrechen? Sicher nicht. Eher normales menschliches Verhalten. Jemand hatte gesehen, wie sie zur Tür kam, wollte Missverständnisse vermeiden und war deshalb schnellstens weitergelaufen. Oder jemand hatte es nicht gesehen, sondern hatte einfach nur so zugeschaut, dass er rasch nach Hause kam.

Aber wer? Jemand vom Hafen? Um die Uhrzeit? Jemand, der nur einen Spaziergang gemacht hatte? Bei dem Wetter? Vielleicht jemand, der von einem heimlichen Stelldichein mit der Geliebten kam? Aber in dieser Gegend, in der es keine Wohnhäuser gab? Annas Gedanken drehten sich im Kreis. Welche Begründung sie sich auch immer zurechtlegte, um den

Vorfall in ein normales Licht zu stellen, es gab stets etwas, das dagegensprach. Andererseits: Wenn es wirklich jemand war, der sie beobachtet hatte: War es dann nicht auch ihr Fehler gewesen, sich ihm auf einer solchen Plattform darzubieten? Jeder hätte durch das Fenster reinschauen können. Das allein war kein Vergehen. Nein, sie konnte nichts tun und sie wollte nichts tun, um aus der Begebenheit mehr zu machen als das, was sie war – eine unangenehme Geschichte. Und doch war es eine Geschichte, die sie gruselte. Denn es war ja nicht das erste Mal, seit sie auf der Insel war, dass sie sich beobachtet gefühlt hatte. Und diesmal war es kein Verdacht gewesen, sondern Gewissheit: Es waren Fußabdrücke da gewesen, eindeutig. Groß genug, um von einem Mann zu sein, jedenfalls höchstwahrscheinlich. War Paul noch einmal zurückgekehrt? Doch weshalb hätte er dann vor ihr flüchten sollen? Im Nachhinein ärgerte sie sich, dass sie die Abdrücke nicht gleich fotografiert hatte. Als ihr der Gedanke gekommen war, waren sie natürlich schon wieder getrocknet gewesen. Alle Spuren verwischt, verdammt. Eine echte Ermittlerin hätte schnellstens ein Lineal oder wenigstens irgendetwas danebengelegt, das ein klar definiertes Maß hatte, ein Blatt Papier vielleicht, und hätte den Abdruck fotografiert. Aber sie war keine echte Ermittlerin. Sie waren alle keine echten Ermittler. Etwas, das ihr zunehmend bewusst wurde.

Paul war zuerst drüben gewesen bei der Gemeindeverwaltung, nun führte er wieder seine Telefonate mit Pinneberg, wo man ihn hinhielt, mit dem Wetterdienst und den Fährverbindungen. Weiterhin hieß es, dass keine Fähren nach Helgoland kommen würden. Weiterhin war Windstärke 9 bis 11 vorhergesagt. Orkan.

„Konnten sie was wegen der Nummer herausfinden, von der meine ominösen Botschaften kommen?“, fragte Anna und wusste doch die Antwort längst.

„Nein. Was sie herausfinden konnten, haben sie herausgefunden."

„Und die Kollegen in den Niederlanden? Ich meine, wenn das Handy dort gekauft wurde …"

„Du glaubst nicht im Ernst, dass die die Sache für uns verfolgen ohne einen richtigen Fall und eine akute Bedrohungslage." Paul warf sich in seinem Stuhl zurück und schloss die Augen. „Wir sind hier ganz auf uns gestellt, Leute", sagte er mit rauer Stimme. „Keine Ahnung, wie wir das alles zu einem guten Ende bringen sollen."

Um elf Uhr hatten sie ein Treffen mit Dr. Bause vom Klinikum, der noch einige Tests mit dem Blut angestellt hatte. Das Ergebnis war ernüchternd. Weiterhin konnte er nicht mit Sicherheit bestätigen, dass es menschliches Blut war. „Das sind die Werte, die wir mit unseren begrenzten Möglichkeiten ermitteln konnten", sagte er und schob Anna und Paul zwei Blätter mit Zahlenreihen hin.

„Kann man daraus sonst irgendetwas Bestimmtes ablesen?", fragte Paul, nachdem er eine Minute schweigend auf die rätselhaften Daten gestarrt hatte.

„Nicht wirklich." Dr. Bause verschränkte die Finger ineinander und es wirkte wie eine abschließende Geste.

„Diese Zahlen hier", Anna deutete auf eine Spalte in der Mitte der Kolonnen, „wofür stehen die?"

„Glucose. Das ist Zucker."

„Blutzucker?"

„Blutzucker, ja."

„Die Werte sind ganz unterschiedlich."

Das Labor hatte tatsächlich sehr unterschiedliche Zuckerwerte festgestellt, ohne aber etwas Konkretes daraus zu schließen. „Das sagt nichts darüber aus, ob das Blut von ein und demselben Menschen stammt. Die Blutzuckerwerte können stark schwanken. Interessant ist allenfalls, dass sie bei keiner Probe im normalen Bereich liegen. Wenn wir davon ausgehen, dass es menschliches Blut ist, könnte das auf einen gestörten Stoffwechsel hinweisen."

„Das heißt?", fragte Paul.

„Diabetes", sagte Anna.

„Richtig", bestätigte der Arzt. „Die Wahrscheinlichkeit ist hoch."

„Wenn es so wäre", wollte Anna wissen, „könnten wir dann möglicherweise den Kreis der in Betracht kommenden Menschen eingrenzen?"

„Sie meinen auf alle Diabetiker auf der Insel? Möglich."

Paul sah zu Anna, dann zum Arzt und nickte. „Ich möchte eine Liste aller Diabetespatienten auf Helgoland."

Dr. Bause lehnte sich zurück, und es war deutlich zu erkennen, dass er zwischen Amüsiertheit und Empörung wankte. Schließlich seufzte er und erklärte: „Das kann ich verstehen, Herr Freitag. Aber ich muss Sie leider an die ärztliche Schweigepflicht erinnern."

„Zum Teufel mit Ihrer Schweigepflicht!", donnerte Paul, dessen Nerven offensichtlich blank lagen. „Sie haben Informationen, die wir brauchen. Und Sie geben Sie uns gefälligst!"

„Sonst *was*?", fragte der Arzt ganz ruhig, aber es war deutlich, dass er in dem Moment beschlossen hatte, mit Paul nicht mehr zu kooperieren.

„Sonst werde ich Sie wegen unterlassener Hilfeleistung anzeigen!" Paul stand auf, so hastig, dass der Stuhl hinter ihm umkippte und polternd zu Boden fiel.

Anna erhob sich ebenfalls, aber betont langsam, und legte ihm die Hand auf die Schulter. Sie sah zu dem Arzt hin, der seine Unterlagen zusammenschob und keine Anstalten machte, irgendetwas zu erwidern. „Herr Doktor Bause", sagte sie, so ruhig, wie es ihr möglich war. „Sie haben Ihre ärztliche Schweigepflicht, und die werden wir respektieren. Aber Sie haben doch auch den hippokratischen Eid geleistet, nicht wahr?" Er blickte mit zusammengekniffenen Augen zu ihr hin, schwieg aber weiter. „Und wenn ich diesen Eid richtig verstehe, dann geht es dabei darum, dass Sie Krankheit und Tod von Menschen abwenden und alles tun, um sie am Leben zu halten."

„Nun ja", sagte Dr. Bause sehr leise und mit gepresster Stimme. „In etwa trifft es das. Worauf wollen Sie hinaus?"

„Wie wir alle inzwischen mit ziemlicher Gewissheit sagen können, gibt es einen Menschen, der sich gerade jetzt in höchster Lebensgefahr befindet. Ihn zu retten ist unsere Aufgabe. Und es ist Ihre Aufgabe, wenn Sie Ihrem Eid gerecht werden wollen."

„Das hat aber mit den Patientenakten anderer Menschen nicht das Geringste zu tun", entgegnete der Arzt und erhob sich nun ebenfalls. „Wenn wir so argumentieren würden …"

„Wir argumentieren aber gar nicht so, Herr Doktor Bause." Anna stützte sich mit beiden Händen auf den Schreibtisch und beugte sich zu ihm hin. „Die Patientenakten der anderen interessieren uns gar nicht. Alles, was wir brauchen, ist die Akte des Menschen, der gerade dabei ist zu sterben. Und das, vielleicht, weil Sie seine Informationen nicht rausrücken wollen!"

Der Arzt schüttelte den Kopf. „Kommen Sie mir nicht so", sagte er. „Woher sollen wir denn wissen, welcher Patient es ist. Ob er überhaupt Patient von uns ist. Ob er überhaupt *Patient* ist! Viele haben ja Diabetes und wissen es gar nicht. Und die meisten, die es haben und wissen, sind bei niedergelassenen Ärzten in Behandlung. Wir sind hier kein Diabeteszentrum. Nein, so kommen wir nicht weiter. So kommen *Sie* nicht weiter." Der Arzt wandte sich ab. „Sie finden selbst hinaus."

„Wir finden selbst hinaus", sagte Anna betont kalt. „Und wir brauchen Ihre Informationen nicht. Nicht die über *ir-*

gendwelche Patienten. Im Gegenteil: *Sie* brauchen die Informationen. *Sie* müssen nachsehen, ob unter Ihren Patienten jemand in Betracht kommt. Denn wenn das so ist, dann müssen *Sie* ihm helfen, und zwar schnellstens. Und wenn das der Fall ist, dann kann ich Ihnen versichern: Anders als *Sie uns* werden *wir Sie* unterstützen, und zwar mit allem, was wir zu leisten imstande sind." Mit diesen Worten packte sie Paul am Arm und zog ihn mit sich hinaus.

Vor der Tür atmete sie erst einmal durch. Paul sah sie von der Seite an. „Hey, das war richtig gut", sagte er. „Ich bin beeindruckt."

Anna zuckte die Achseln. „Na ja, die Frage ist, ob es etwas bringt. Mehr als zehn Prozent Chance wird wohl nicht drin sein. Ich denke, er hat recht mit seinen Zweifeln. Außerdem werden sie die Patienten hier wahrscheinlich nicht nach einzelnen Symptomen katalogisieren." Sie winkte der Dame am Empfang zu und ging voraus nach draußen. „Wäre einfacher, wenn sie wirklich eine Diabetesstation hätten. Dann gäbe es die Art von Liste, die wir bräuchten. Wenn unser Opfer tatsächlich Diabetiker ist. Und wenn er es weiß."

Paul nickte. „Zu viele Wenns", sagte er.

„Ja", bestätigte Anna. „Zu viele Wenns. Trotzdem. Ich habe das Gefühl, er wird zumindest nachforschen. Und falls er etwas findet, wird er einen Weg finden, uns das mitzuteilen."

„Hoffentlich hast du recht."

Ja, das hoffte Anna auch. Zugleich fragte sie sich, warum der Arzt nicht von sich aus angesprochen hatte, dass das Opfer Diabetiker sein könnte. Wieso hatte er etwas so Wichtiges nicht bemerkt? Oder hatte er es bemerkt, aber absichtlich nichts gesagt?

Wenig später saßen sie wieder vor ihrer Wand auf der Polizeistation, ratloser denn je. Die Zettel bedeckten jetzt fast die gesamte Breite des Raums, es waren haufenweise kleine Informationen hinzugekommen. Marten hatte irgendwann verschiedenfarbige Post-its auf etliche der Blätter geklebt, um die jeweiligen Details miteinander in Bezug zu setzen. Dadurch war letztlich alles noch unübersichtlicher geworden, und man fragte sich ständig, was welche Information noch mal mit einer anderen eigentlich zu tun hatte. Auch ohne Stalin hätte Anna beim Betrachten dieses Chaos längst Kopfschmerzen gehabt. Obwohl: Aus unerfindlichen Gründen hatte sich die Migräne etwas zurückgezogen und war jetzt mehr ein dumpfer Hintergrundschmerz.

Paul fragte zum x-ten Mal alles ab.

„Die Nummer von Annas geheimnisvollem Anrufer?"

„Die Zentrale in Pinneberg konnte die Nummer nicht zuordnen. Irgendein ausländisches Prepaid-Handy. Sie versuchen, es über ihre Kollegen in den Niederlanden herauszukriegen", antwortete Marten.

„Hm. Schrebergärten?"

„Komplett durch. Negativ."

„Katakomben?"

„Ebenfalls."

„Du bist reingekommen?"

Marten zuckte mit den Achseln. „War nicht so schwierig. Ich wusste, wo Fleischer seinen Schlüssel versteckt."

„Und alles durchgegangen?"

„Bis zum letzten Winkel ..."

„Vierzig Kilometer?", warf Anna erstaunt ein.

Marten setzte eine leicht angesäuerte Miene auf. „Da hat jemand in Heimatkunde gut aufgepasst, was? Aber dann weißt du vielleicht auch, dass mehr als die Hälfte davon versiegelt ist, weil die Stollen stark einsturzgefährdet sind. Ein Spaziergänger geht in einer Stunde ..."

„Sieben Kilometer, ich weiß", murmelte Anna.

„Ich war drei Stunden dort unten. Und ich bin nicht spazieren gegangen. Da ist nichts."

„Schon gut, Marten. Sorry."

Paul räusperte sich. „Gut. Unterland alles durch?"

„Alles durch. Nur auf der Süderstraße fehlen noch ein paar Häuser", sagte Anna leise.

„Wieso fehlen die noch? Die hätten wir doch gleich erledigen können!" Paul schien die Welt nicht mehr zu verstehen.

Marten hob die Hand. „Ich mach das. Anna soll noch einmal zu den Kirchen gehen. Die hatten wir nicht auf der Liste."

Paul stutzte. „Das stimmt. Warum hatten wir die nicht auf der Liste?" Er erwartete keine Antwort, sondern fertigte sofort einen weiteren Zettel an: *St. Nicolai/St. Michael.* „Ich übernehme St. Michael. Anna, du übernimmst St. Nicolai."

„Geht klar. Und die Süderstraße mach ich selber, Marten. Aber danke." Es war nett gemeint von Marten, dass er ihr die Süderstraße ersparen wollte. Offenbar wusste er genau, wie schwer es ihr fiel. Aber nun war es Zeit, mit den Geistern der Vergangenheit auch endlich mal aufzuräumen. Sie konnte nicht auf Dauer vermeiden, dorthin zu gehen.

„Wie lange wird er noch durchhalten?", knurrte Paul und ballte die Fäuste. Seine Nerven wurden dünn, das war mehr als deutlich sichtbar.

„Oder sie?"

„Hm?"

„Könnte ja auch eine Frau sein", sagte Marten. „Wir wissen jedenfalls nicht, ob es ein Mann ist oder eine Frau."

„Klar", sagte Paul.

„Es", sagte Anna.

Die beiden Männer blickten zu ihr herüber und schwiegen einen Moment. „Du denkst, dass es ein Kind ist?", fragte Marten.

„Es. Das Opfer." Anna hob die Augenbrauen und blickte

ihre Kollegen abwechselnd an. „Fällt euch was auf? Wir wissen immer noch so gut wie gar nichts."

Paul nickte. Schweigen. Draußen zerrte der Sturm an der Insel. Und ein irrer Gewalttäter zerrte an ihrer aller Nerven. Sie waren übermüdet. Sie waren frustriert. Und sie hassten, was mit ihnen geschah. „Er spielt mit uns", knurrte Paul und kratzte sich an der Wange. Anna fiel auf, dass er nicht rasiert war. Wie auch. Sie alle fanden schon kaum Zeit zu schlafen oder gar zu duschen. Im Grunde war jede Minute, die sie hier ratlos beisammensaßen, ein Sandkorn in der Lebensuhr des Opfers. Eines, das fiel. Das Telefon klingelte. „Freitag!" Paul lauschte, seine Miene schien sich ein klein wenig aufzuhellen. Für einen winzigen Augenblick hegte Anna die illusorische Hoffnung, es könnte sich plötzlich alles aufklären. Doch natürlich waren sie davon weit entfernt. „Wann?", fragte Paul. Auf seinem Gesicht war jetzt deutlich der Jagdinstinkt zu erkennen, den ein guter Ermittler haben sollte. Anna warf einen Blick zu Marten hin, der scheinbar wie sie den Atem anhielt. „Gut. Sagen Sie ihm, er soll warten. Das ist eine polizeiliche Anordnung. – Egal, das kann ich verantworten. Ich bin in zehn Minuten unten."

„Wo unten?", fragte Marten, als Paul aufgelegt hatte.

„Unten am Binnenhafen. Fähranleger. Seit einer halben Stunde haben wir Windstärke 8. Reeker fährt rüber."

„Rüber?" Anna richtete sich in ihrem Stuhl auf und sah Paul mit großen Augen an. Konnte es sein, dass es wieder Fährverbindungen gab? Dann würden sie Unterstützung bekommen können. Sie konnten die Proben ins Labor schicken, sich kriminalistische Hilfe besorgen …

„Rüber nach Düne", erklärte Marten. „Reeker betreibt eine der Binnenfähren. Hauptinsel, Düne und zurück."

Paul war aufgestanden und sortierte seine Sachen: Notizbuch, Handy, Dienstwaffe, Schlüssel … „Auf Düne werden die Medikamente knapp. Eine Oma will zurück in ihr eigenes

Häuschen, solche Sachen. Aber für uns ist das eine gute Gelegenheit, uns auch auf Düne noch mal umzusehen."

„Aber wozu?", warf Anna ein. „Außer dem ersten Päckchen ist doch alles erst passiert, nachdem der Sturm schon losgegangen war. Es kann doch gar nicht auf der Düne passieren, der Täter kann nicht dort sein und das Opfer auch nicht. Wenn irgendjemand bei dem Sturm heimlich übergesetzt hätte, wäre das doch auf jeden Fall jemandem aufgefallen."

Paul nickte. „Wäre es. Aber du hast ein Detail außer Acht gelassen, Anna."

„Und zwar?"

Paul ging zur Wand mit den Fotos. „Das." Er deutete auf das Marmeladenglas. „Das." Er deutete auf die blutige Wandmalerei. „Und das." Er deutete auf den Daumen und das Ohr. „Wir haben es alles bekommen, nachdem der Sturm schon in vollem Gange war, da hast du völlig recht." Er blickte Anna lange an. „Aber wer sagt uns, dass diese grausigen Präsente nicht alle längst auf der Insel waren? Wir wissen nicht, ob das Blut frisch gezapft oder ob das Ohr und der Daumen frisch amputiert wurden. Wir wissen nicht, ob diese ganzen Beweisstücke nicht in Wahrheit nur von irgendeinem anderen Kühlschrank in unseren hier wandern. Wir wissen ja nicht einmal, ob wir hier nicht einem Mord auf der Spur sind, der sich schon vor Wochen zugetragen hat oder vor noch längerer Zeit!" Er schlüpfte in seine Sturmjacke und tauschte die Dienstschuhe gegen Gummistiefel. „Alles, was ich weiß, ist, dass wir auf Düne noch nichts erforscht und noch niemanden gefragt haben. Ich fahre jetzt mit Reeker rüber und werde drüben mein Bestes geben. Und wenn er zurückfährt, bin ich wieder an Bord." Er blickte Anna forschend ins Gesicht. „Und du hast bis dahin die Süderstraße durch. Was immer es ist, das dich bisher davon abgehalten hat, dorthin zu gehen, es hat bei diesen Ermittlungen nichts zu suchen."

Anna seufzte. „Du hast recht, Paul. Danke."

Marten schien besorgter denn je. Eine Unruhe hatte ihn ergriffen, die auch Anna nervös machte und die Stalin weckte. Vielleicht war es auch die Angst vor den Schatten der Vergangenheit, die ihm Nahrung gab. Mit einem fiesen Ziehen hinter der rechten Augenbraue meldete sich Annas persönlicher Folterknecht zurück, nachdem er sie für ein paar Stunden halbwegs in Frieden gelassen hatte. „Ich denke, ich sollte heute mal die Runde machen", sagte sie.

„Lass mal", warf Paul ein, „ich bin jetzt sowieso draußen und hab die halbe Runde schon gemacht, bis ich drüben beim Binnenhafen ankomme." Eine Minute später war Paul weg.

Anna sah ihm durch die Glastür nach und hatte ein ungutes Gefühl. Doch wenn sie ehrlich war, gab es in diesen Tagen gar nichts anderes mehr als ungute Gefühle. „Okay", sagte sie.

„Okay. Dann sehe ich mir jetzt noch den Rest der Kameraaufzeichnungen durch, und anschließend bin ich dann in der Süderstraße. Marten, vielleicht kannst du auch noch mal mit Frau Doktor Reiter oder mit Doktor Strecker sprechen. Wenn wir Glück haben, sind sie kooperativer als Bause."

Marten nickte. „Alles klar. Bis dann."

„Bis dann."

Es gab diese Sequenz, die Anna wieder und wieder ansehen musste, obwohl sie mit dem Fall gar nichts zu tun hatte – jedenfalls nichts Unmittelbares: Auf grob gekörnten Bildern bewegte sie sich wie ein nahezu schwarzer Schatten auf die Tür zu und betrat dann das Gebäude. Man sah das auf den Aufzeichnungen in einem bizarren Winkel von rechts oben. Natürlich erkannte sie sich selbst. An ihrer Körperhaltung. An ihrer Art, sich einen Pferdeschwanz zu binden. Aber wenn sie in dem Augenblick die Kapuze auf dem Kopf gehabt hätte: Wäre sie zu erkennen gewesen? Oder wäre da nur ein Mensch unbestimmten Alters und Geschlechts auf das Polizeigebäude zugegangen, den man unmöglich hätte identifizieren können? Natürlich gab es technische Mittel, solche Aufnahmen zu analysieren. Bildbearbeitungsprogramme mit der Möglichkeit, das Licht aufzuhellen. Wie viel damit möglich gewesen wäre, das hätte Anna gerne gewusst – aber für den vorliegenden Fall war es uninteressant. Denn ausgerechnet für die Nacht von Montag auf Dienstag gab es keine Aufzeichnungen. Das erste Päckchen hatte noch die Post gebracht. Der Briefträger war ja sogar in die Polizeistation gekommen, um es persönlich abzugeben. Das war am Montagmorgen gewesen. Die zweite Sendung aber hatte der Täter nicht mehr mit der Inselpost geschickt, vermutlich deshalb, weil er sie als Paket hätte aufgeben müssen. Aber vielleicht auch, weil er schon befürchten musste, dass man Augen und Ohren offen hielt.

Hätte er dann aber nicht auch vor der Überwachungskamera über dem Eingangsbereich zur Polizeistation zurückschrecken müssen? Die Kamera zeichnete alles auf, was in einem Radius von zehn Metern um die Tür geschah. Sie hätte ihn eingefangen und womöglich überführt. Wenn sie nicht an genau dem Tag ausgefallen wäre. Dem einen Tag, an dem der Täter sich hierhergewagt hatte. Andererseits: Wenn der Täter sich mit solchen Kameras auskannte, dann wusste er auch, dass nicht viel von ihm zu erkennen sein würde. Und doch, es wäre ja denkbar gewesen, dass Größe, Körperhaltung, Kleidung, Schuhe, dass irgendetwas von seiner äußeren Erscheinung oder auch alles zusammen anderswo deutlicher eingefangen wurde und so eine Identifikation ermöglichte. Wenn der Täter zur Bank ging. Wenn er bei irgendeiner anderen Behörde etwas erledigen musste. Wenn er sich an einem der Häfen herumtrieb, wo es auch überall Kameras gab … Dann wäre ein Abgleich der Bilder möglich gewesen. Aber so …

„Immer noch beim Sichten?“, fragte Paul, der noch einmal reinkam, um seine Dienstwaffe zu holen.

„Sinnlos. Was für ein Pech."

„Allerdings. Kann mich nicht erinnern, dass die Kamera schon mal ausgefallen wäre. Dabei gibt's die schon länger als mich hier."

„Vielleicht deshalb. Vielleicht müsste man mal eine neue anschaffen."

„Ja, vielleicht. Ich bin jetzt weg." Er legte seine Jacke gar nicht mehr ab. Er lächelte ihr aufmunternd zu. „Eine Mütze voll Schlaf wäre jetzt gut, was?"

Anna versuchte ebenfalls ein Lächeln. „Ja", sagte sie. „Das wäre was. Ich werde versuchen, nachher ein bisschen zu schlafen. Wir werden alle nicht besser, wenn wir auf dem Zahnfleisch daherkommen."

„So isses. Tschüs."

„Tschüs, Paul."

In der Tür drehte er sich noch einmal um. „Kann ich mich darauf verlassen, dass du eine Runde schläfst?" Tiefe Schatten lagen unter seinen Augen. Am liebsten hätte sie ihn in den Arm genommen. „Klar", erwiderte sie. „Keine Sorge."

„Danke", sagte er. „Das ist mir wichtig." Dann war er weg und Anna war allein in der Polizeistation. War es das? War es ihm wichtig? Hatte er sich den Neuzugang so vorgestellt? Anna versuchte, sich in Paul hineinzufühlen. Eine kleine Polizeidienststelle am Ende der Welt. Ein ruhiges Leben. Keine besonderen Vorkommnisse. Eine neue Kollegin würde vielleicht ein wenig Abwechslung mit sich bringen. Aber eigentlich saßen hier alle Beamten auf einem ruhigen Posten und hatten nur die Aufgabe, dafür zu sorgen, dass es auch auf dem Rest der Insel ruhig blieb. Und dann kam die Neue, und mit ihr kam der Horror. Abgetrennte Körperteile. Blut. Das Böse, das irgendwo unsichtbar seinem Handwerk nachging, während sie hier saßen und auf das nächste grausige Päckchen warteten oder über die Insel irrten, ohne zu wissen, was sie da taten und ob es auch nur die geringste Aussicht auf Erfolg hatte. Wer sagte ihnen schon, dass die freundliche Hausfrau vorne an der Tür nicht behauptete, es sei alles in Ordnung, und anschließend ging sie in den Keller und hackte ihrem Mann einen Finger ab. Der Täter konnte überall sitzen. Er konnte sich in einem der biederen Häuschen im Oberland verstecken oder hier unten am Hafen. Er konnte drüben auf der Kurseite sein oder im Hinterzimmer einer Hummerbude. Es war fast aussichtslos, ihn zu finden. Und wenn ihm dann auch noch der Zufall zu Hilfe kam, so wie bei den nicht vorhandenen Videoaufnahmen von Montag auf Dienstag …

Anna war aufgestanden und hatte sich vor die Wand mit den Aufzeichnungen gestellt. Zum wievielten Mal? Ein Puzzle, in dem nicht nur ein Teil fehlte, sondern in dem fast gar nichts zusammenzupassen schien. Wie sollte das jemals ein Bild ergeben? Sie versuchte sich vorzustellen, welche Verbindungen es zwischen den verschiedenen Orten und Vorkommnissen gab, wenn man sie von oben betrachtete und Linien von einem zum anderen zog. Die Orte, an denen die Fundstücke aufgetaucht waren: die Polizeistation, ihre Wohnung im Oberland, der Friedhof … Der Briefkasten, von dem aus die erste Sendung mutmaßlich geschickt worden war. Die Ärzte. Doras Hotel. Der Hafen …

Paul hatte den Hafen untersucht: extrem unwahrscheinlich, dass sich dort jemand verborgen hielt – noch viel unwahrscheinlicher, dass dort jemand ein *Opfer* verborgen hielt und unbemerkt quälte. Auf einem Schiff wäre es natürlich möglich gewesen. Aber die Besatzungen waren nach Crew-Listen vollzählig – und es lagen ohnehin nur zwei Frachter vor Anker, die vom Sturm überrascht worden waren. Die Boote in den verschiedenen Häfen, auch im Binnenhafen: sinnlos, sie zu filzen. Wenn der Täter oder jedenfalls sein Opfer dort war, dann konnten sie die Suche gleich aufgeben. Zu viele Möglichkeiten für ein Versteck und zu wenige Gelegenheiten für den schnellen Zugriff. Natürlich, wenn Gefahr im Verzug war, dann konnte die Polizei auch ohne Durchsuchungsbeschluss handeln. Aber ob das der Fall war, ließ sich immer erst hinterher sagen. Sie konnten nicht reihenweise Boote aufbrechen, um zu prüfen, ob an Bord zufällig ein Massaker stattfand. Doch wenn sie sich die Bilder ansah, dann glaubte Anna auch nicht, dass das Gemetzel auf einem Boot stattfand. Die Nussschalen schaukelten alle an den Molen, dass man sich kaum auf den Beinen halten konnte, wenn man sie betrat. Jemandem Blut abzunehmen oder ihm gar ein Ohr fein säuberlich vom Kopf zu trennen, war unter solchen Bedingungen praktisch unmöglich. Nein, der Täter ging viel zu kontrolliert vor, um sich derart unkontrollierbaren Einflüssen auszusetzen.

An der gegenüberliegenden Wand hing eine gerahmte Karte der Insel. Anna nahm sie ab und stellte sie unter die Zettel und Fotos an ihrer großen Ermittlungswand. Sie versuchte, sich genau vorzustellen, wie der Täter zur Polizeistation gegangen war und wohin er verschwunden sein könnte in der Nacht von Montag auf Dienstag. Würde er sich von den Hummerbuden her genähert haben? Kaum. Nirgendwo wurde man eher beobachtet. Es musste nur ein Mensch nachts mal auf die Toilette gehen und aus dem Fenster gucken, schon bestand die Gefahr, entdeckt zu werden. Am sichersten kam man von den Klippen her, wo man im Schutz der Krater und weit weg von den Häusern vom Oberland herabsteigen konnte. Bei dem Wetter, wie es zurzeit herrschte, war auch kaum jemand unterwegs. Ja, genau genommen hatte in der besagten Nacht sogar Ausgangssperre bestanden! Der Täter konnte unbeobachtet über die Insel wandern und seine makabre Lieferung vor der Polizeistation ablegen. Die Kamera funktionierte nicht – und dann machte er sich wieder davon, vielleicht auf demselben Weg, vielleicht Richtung Hafen, unsichtbar für den Rest der Inselbewohner zwischen den Baracken und Lagerhallen. Ein Bewegungsprofil? Sinnlos. Hoffnungslos.

Sie betrachtete das Bluttherz an ihrer Zimmerwand. So als Farbausdruck des Fotos auf einfachem Kopierpapier in das Mosaik eingefügt, wirkte es fast niedlich, obwohl es nicht makellos war. Jemand hatte es eilig gehabt, natürlich. Sie erinnerte sich an die Abdrücke nasser Schuhsohlen auf der Treppe. Davon gab es kein Foto. Auch von den Fußabdrücken vor der Tür der Polizeistation gestern Nacht gab es keine Aufnahmen. Sie hätte sie leicht machen können, hatte aber zu spät daran gedacht. Wenn sie sie jetzt vor ihr geistiges Auge rief, konnte sie nicht mehr sagen, ob sich die Spuren ähnlich gewesen waren.

Das Ohr. Der Daumen. Passten sie zusammen? Gehörten sie zum selben Menschen? Gut möglich, ja. Aber nicht zwingend. Die Nachrichten auf ihrem Smartphone. Was für ein Mensch schrieb das?

Jemand, der Geheimwissen hatte oder wenigstens so tat. Jemand, der etwas über sie wusste. Also jemand, der sie kannte? Vielleicht. Andererseits kannte auf einer Insel mit tausend Einwohnern beinahe jeder jeden irgendwie. Und über sie war damals viel gesprochen worden, daran hatte Anna keinen Zweifel. Hinter vorgehaltener Hand, gewiss, aber dafür umso eifriger. Dass niemand etwas Genaues wusste, reizte nur noch mehr, sich das Maul zu zerreißen. Niemand außer den Beteiligten natürlich. Und die hatten nicht gesprochen. Niemals. Und zu niemandem. Aus unterschiedlichen Gründen, aber dafür garantiert.

„Wer bist du?“, flüsterte Anna und zuckte zusammen, als ihr Stalin seinen Dolch in die rechte Gehirnhälfte stieß.

Wodurch sich Windstärke 8 von Windstärke 9 unterschied, hätte Anna angesichts der heftigen Böen, die ihr entgegenschlugen, nicht beantworten können. Aber wenn es denn seit einer halben Stunde ruhiger war, musste das objektiv messbar sein. Sie hielt Ausschau, ob sie Paul noch irgendwo drüben bei der Gemeindeverwaltung entdecken konnte, wo auch der Fähranleger war. Doch von ihrem Kollegen war nichts zu sehen. Stattdessen brandete die Gischt hinter den Kajen hoch, dass einem angst und bange werden konnte um jeden Kahn, der bei der Witterung auslief. Die Entfernung nach Düne mochte nur ein paar Hundert Meter sein, wenn überhaupt. Doch bei Sturm konnte jede Welle die letzte sein, die man erlebte. Und, ja, Anna machte sich Sorgen um Paul. Es fühlte sich merkwürdig an, dass er die Insel verließ, während sie mit Marten hierblieb – und mit einem wahnsinnigen Mörder und seinem Opfer, dessen letzte Stunde unaufhörlich näher rückte. Denn so viel war für Anna klar: Hier ging es nicht um ein Experiment, nicht um einen schrecklichen, perversen Scherz oder eine Racheaktion, die jemand kurz vor dem Exit abbrechen würde. Hier ging es darum, einen Menschen vom Leben zum Tod zu befördern, und zwar nach einem ganz exakten Plan. Einem Plan, den Anna besser kannte, als ihr lieb war.

Endlich war er aus dem Haus. Die zurückliegenden zwei Tage waren vielleicht erotisch aufregend gewesen, aber sie waren auch eine Art permanentes Kontrollprogramm gewesen: Da er ständig im Haus oder nur ganz kurz abwesend war, hatte sie nichts unternehmen können und sich unentwegt beobachtet gefühlt. Nun aber war damit Schluss. Die Patienten ließen sich nicht länger vertrösten, die Aufgaben in der Praxis waren unaufschiebbar geworden – und aus irgendeinem Grund wollte offenbar auch die Polizei etwas von ihm. Jedenfalls hatte sie bereits zwei Anrufe der Polizeistation entgegengenommen und auch mitbekommen, dass er sich mit den Beamten verabredet hatte. Ob er auch dort verdächtigt wurde?

Zwei Geheimnisse umgaben Dr. Strecker, und Katarina Loos hätte nicht zu sagen vermocht, ob diese Geheimnisse zusammenhingen. Es war nur einfach äußerst unwahrscheinlich, dass es nicht so war. Doch wenn das grausige Verlies im Keller und Barbara Streckers Verschwinden in irgendeinem Zusammenhang standen, dann erschien es ihr doch völlig unklar, in welchem. War die Frau des Arztes hinter sein düsteres Geheimnis gekommen und hatte ihn verlassen? Doch was dann? Und wieso war sie nicht wiederaufgetaucht? Nirgends! Hatte er sie verschwinden lassen? Doch weshalb hatte dann niemand mehr nach ihr gefragt?

Dieses Haus war viele Jahre lang auch Barbara Streckers Zuhause gewesen. Irgendwo hier musste eine Antwort auf all die Fragen zu finden sein, irgendetwas würde Katarina Loos mehr über die Geschehnisse damals an Weihnachten verraten.

So viel war klar: Sie musste die Zeit nutzen. Katarina Loos war in den letzten Stunden im Geiste noch einmal jeden Winkel durchgegangen, hatte überlegt, wo sie noch nicht geforscht hatte. Es gab nicht viele Plätze im Haus, die ihrer Aufmerksamkeit bisher entgangen waren. Und so hatte sie sich vorgenommen, noch einmal durch alle Räume zu gehen und zu versuchen, sie wie eine vollkommen Fremde zu betrachten. Manchmal gab einem ja genau das die nötigen Eindrücke, dass man eben nicht aus Gewohnheit nahezu alles übersah.

Als sie ins Arbeitszimmer kam, wunderte sie sich ein wenig, dass es dort ja immer noch das Bild von seiner Frau gab, das in einem silbernen Rahmen im Regal stand. Die anderen Bilder im Haus waren mehr oder weniger gleichzeitig mit ihr verschwunden, damals hatte Katarina Loos nicht so darauf geachtet. Aber dieses eine Bild war noch da. Warum eigentlich? Sie betrachtete die Frau, die mit den eigentümlich ernsten Zügen um die Mundwinkel so präsent wirkte, als könnte sie jeden Moment zur Tür hereinkommen. Vorsichtig nahm Katarina

Loos das Bild in die Hand, drehte es um, ohne aber irgendetwas Auffälliges zu entdecken, und stellte es wieder zurück. Dann wandte sie sich um und sah, was ihr die ganze Zeit schon mehr als deutlich vor Augen gestanden hatte: den Computer.

Es war durchaus an der einen oder anderen Arbeitsstelle schon vorgekommen, dass sie mal neugierig in den Computer geschaut hatte. Meist, um festzustellen, dass fast jeder ihn durch ein Kennwort vor unerwünschten Einblicken geschützt hatte. Deshalb war ihr klar, dass auch Dr. Strecker ein Passwort haben würde. Als Arzt verfügte er über viele sensible Daten, Patientenakten, die er sicher verwahren musste. Und doch konnte sie der Versuchung nicht widerstehen und drückte auf „On".

Wie alle Wege auf Helgoland war auch der Weg von der Polizeistation in Mittelland hinüber zur Süderstraße nicht weit. Für Anna aber fühlte er sich an wie ein Gang nach Canossa: schwer und unendlich lang. Das Haus hatte sich nicht verändert. Es war so kränklich blass wie damals. Sie konnte sich noch genau erinnern, wie die Tür zum letzten Mal hinter ihr zugegangen war. Sie hatte mit ihrer Tasche auf der Straße gestanden und sich noch einmal umgesehen. Ihre Mutter hatte nicht mehr gewunken. Außer einem ängstlichen „Auf Wiedersehen, Anna" hatte sie nicht mehr zu sagen gewusst. Und Anna hatte auch nicht mehr geantwortet. Wie ferngesteuert war sie der Frau vom Jugendamt Pinneberg gefolgt, die für die Zeit bis zu ihrem achtzehnten Geburtstag für sie zuständig sein sollte. „Zuständig?", hatte Anna geschrien, als ihre Eltern es ihr eröffnet hatten. „Ich bin für mich selbst zuständig!"

„Das bist du nicht", hatte ihr Vater widersprochen. „Solange du nicht volljährig bist, bist du gar nichts." Es hatte Anna die Sprache verschlagen. Und auch ihr Vater hatte geschwiegen, als ihm bewusst wurde, was der Satz bedeutete.

Vielleicht hatte er es nicht einmal so gemeint. Aber er hatte es gesagt. Und alle hatten gewusst, dass es genau das war, was Anna selbst von sich dachte. Seit dem Selbstmordversuch, bei dem sie einfach zu wenige Tabletten geschluckt hatte, hatten ihre Eltern aufgegeben. Aufgegeben, so zu tun, als sei nichts passiert.

Die Tür. Stalin pochte in Annas Kopf, als wollte er seine Faust dagegenschlagen. Sie studierte das Klingelschild. Westermann. Vielleicht waren das die Westermanns, mit denen Leo verwandt gewesen war. Leo, der sie insgesamt zweimal hier besucht hatte. Einmal vor dem Tag, an dem ihr Leben zerstört worden war, und einmal am Tag danach. Kurz bevor er selbst aus dem Leben gerissen wurde. Vielleicht, wenn es diesen zweiten Besuch nicht gegeben hätte …

„War ich es, Leo?“, flüsterte Anna leise, während sie an dem Haus entlangging und durch die Fenster hineinblickte. „Habe ich etwas gesagt, was dich zu dem Treffen mit den Schweinen veranlasst hat? Bin ich schuld, dass du hingegangen bist?“ Seit damals quälte sie die Frage, ob sie Leos Tod hätte verhindern können, wenn sie damals etwas anderes zu Leo gesagt hätte. Wenn sie *überhaupt* etwas gesagt hätte. Doch das hatte sie nicht. Sie hatte nur am Fenster gesessen und hinaus aufs Meer geblickt. Sprachlos. Mutlos. Hoffnungslos. Hatte Leos Versuche, ihr nahezukommen, zurückgewiesen. Hatte weder seine Worte noch seine Gesten erwidert, sondern versteinert dagesessen und geschwiegen und nicht gewagt, ihn auch nur anzusehen. Nichts. Sie war nichts für ihn gewesen. Weder der Mensch, der seine Fürsorge zulässt, noch der Mensch, der sich über das Schicksal erhebt und ihm die Möglichkeit bietet, zuversichtlich zu sein. Sie war nichts gewesen. So hatte sie sich gefühlt. Und dann, später, viel später, hatte ihr Vater es ausgesprochen. Und auch wenn er etwas ganz anderes hatte sagen wollen, so war es doch wahr gewesen. Grausam und wahr und unabänderlich. Aber das hatte sie ihrem Vater nicht mehr übel genommen. Denn er war schon viel früher nichts mehr gewesen. Jedenfalls für Anna. Er hatte es vielleicht noch nicht gewusst, aber er war an jenem Tag schon seit langer Zeit für Anna tot gewesen. Ihre Mutter aber war in jenem Augenblick für sie gestorben, in dem sie die Tür schloss. Aus. Vorbei. Ich habe keine Eltern mehr. Nie gehabt. Das waren keine Eltern. Das waren nur Menschen, bei denen ich gelebt habe. *Und nun kommen andere Menschen, bei denen ich lebe. Leben würde, wenn ich noch ein Leben hätte.*

Es dauerte eine Weile, bis Anna merkte, dass sie weinte. Ganz verschlossen waren die Wunden eben doch noch nicht. Vielleicht würden sie es nie sein. Sie gab sich einen Ruck und trat an die Tür heran, um zu läuten. Doch ehe sie die Klingel berührt hatte, riss ein Mann die Tür auf und sah sie misstrauisch an. „Was wollen Sie hier? Warum schleichen Sie ums Haus?"

Anna räusperte sich. „Polizei", sagte sie, während sie nach ihrem Ausweis suchte. „Wir müssen in allen Häusern fragen, ob die Bewohner wohlauf sind und ob niemand vermisst wird." Endlich hatte sie ihn gefunden und hielt ihn dem Mann hin. „Herr Westermann, nehme ich an?"

„Ja", entgegnete der Mann, der vielleicht fünfzig Jahre alt war und eine Ausstrahlung hatte, mit der er es beinahe gegen die bittersten Erinnerungen Annas an das Haus aufnehmen konnte. „Was soll das?"

„Tut mir leid, wenn ich Ihnen da keine genaueren Auskünfte geben kann. Dienstgeheimnis."

Der Mann kam einen Schritt auf sie zu, die Schultern leicht angehoben. Instinktiv führte Anna die Hand in die Nähe ihrer Dienstwaffe. Ein klarer Fall für Aggressionstraining, dachte sie. „Nun?"

„Hier lebt sonst niemand außer mir.“ Er starrte sie an, als würde er jeden Moment auf sie losgehen. „Sehe ich aus, als wäre ich nicht wohlauf?“

„In dem Fall“, sagte Anna, „haben Sie meine Frage schon zur besten Zufriedenheit beantwortet, und ich danke Ihnen für Ihre Auskunft und die freundliche Unterstützung der örtlichen Polizei.“

Er musterte sie, atmete tief ein, gab ein kurzes Knurren von sich und verschwand wieder im Haus. Anna merkte erst jetzt, dass sie die Luft angehalten hatte. Sie atmete tief durch. Irgendwie passte es, dass in dem Haus jetzt ein solches Ekelpaket lebte.

Sie hat sich in ihrem Zimmer eingeschlossen. Schon seit gestern. Sie will gar nicht mehr raus. Will nichts mehr essen, nicht mehr schlafen, nicht mehr wach sein. Niemanden sehen! Niemanden hören. Auch ihre Mutter nicht, die jede Stunde, ach was, noch viel öfter zu ihr raufkommt, an die Tür klopft und erst aufhört, wenn sie merkt, dass Anna drinnen zumindest noch lebt. Dann schleicht sie schluchzend weg. Manchmal schimpft sie. Einmal hat sie geschrien.

Aber als das auch nicht geholfen hat, hat sie wieder aufgehört. Anna starrt ins Leere. Sie kann nicht mehr denken. Eigentlich kann sie auch nicht mehr leben. Wie denn? Sie haben sie benutzt wie irgendein Ding. Als wäre sie kein Mensch. Sie ist nichts wert. Sie ist niemand. Sie möchte tot sein. Am liebsten gleich. Aber sie weiß nicht einmal, wie sie das in ihrem Zimmer machen soll. Sie hat keine Tabletten und auch kein Messer oder sonst etwas, womit sie sich die Adern aufschneiden könnte. Sie könnte sich nur an einem Gürtel erhängen. Doch es gibt nichts, woran sie sich aufhängen könnte. Außerdem bringt sie die Energie nicht mehr auf. Sie möchte nur noch bleiben und liegen und sterben.

Doch dann ist es nicht ihre Mutter, sondern Leo, dessen Stimme sie vor ihrer Tür hört. Leo. Plötzlich kann sie nicht mehr aufhören zu heulen. Es ist, als müsste alles aus ihr raus, bis nichts mehr in ihr drin ist. Sie heult so lange und so laut, bis ihre Tür mit einem lauten Knall auffliegt. Leo hat sie eingetreten, hat mit aller Kraft so lange gegen die Klinke getreten, bis es das Schloss zerrissen hat. Der Schreck bringt Anna zum Schweigen. Sie starrt ihn an und kann nichts sagen. Nichts. Dort ist Leo. Hier ist sie. Und zwischen ihnen liegt die ganze Welt. Er will näher kommen, doch Anna kriecht in die Ecke ihres Betts und presst die Decke an sich. Starrt ihn an, so irre, dass er besänftigend die Hände hebt.

„Alles wird gut, Anna", sagt er leise. Sie kann es an seinen Lippen ablesen, denn es ist nicht zu hören. Ihre Mutter ist hinter ihm die Treppe hochgekommen und schreit herum, weil die Tür kaputt ist. Anna möchte lachen, doch sie merkt, dass sie doch nur wieder hysterisch heulen würde, wenn sie auch nur einen Ton hervorbringt. Also beißt sie die Zähne aufeinander und versucht zu atmen, nur zu atmen.

Leo kommt langsam auf sie zu. Er achtet gar nicht auf ihre Mutter, sondern kniet sich neben das Bett und legt behutsam eine Hand auf die Bettdecke, dorthin, wo ihr Fuß ist. Sie kann ihn fühlen durch die Federn, aber nur ganz leicht.

„Anna", sagt er leise. „Es wird alles gut. Wirklich. Ich bin doch da. Ich bin bei dir."

So gerne möchte sie ihm glauben. Aber wie soll alles gut werden, wie denn, wenn die anderen alles kaputt gemacht haben?

„Ich werde mich darum kümmern. Und dann wird alles wieder gut."

Er beugt sich vor und küsst die Stelle, wo er sie unter der Bettdecke gespürt hat. Dann steht er auf und geht an ihrer Mutter vorbei aus dem Zimmer und aus dem Haus. Und Anna bleibt zurück und denkt: Er wird sich darum kümmern. Er wird sich darum kümmern. Er wird sich darum kümmern … Und jahrelang wird die Schuld sie verfolgen, dass sie ihn nicht gefragt hat, wie er sich darum kümmern will. Denn dann hätte sie gewusst, dass er bereit ist, die Täter zu stellen – und sie hätte ihn davon abbringen können. Drei gegen einen. Auf Leben und Tod.

Außer Anna schien sich nie eine Frau in *Henry's Hummerbude* zu verirren. Wie die letzten Male saßen lediglich ein paar Männer an den Tischen oder an der Bar und raunten einander im rauen Halunder Dialekt ihre alten Geschichten zu. Vielleicht auch neue. Der Sturm dieser Tage würde sicher einst zum Repertoire gehören. Weißt du noch damals im Februar, als wir sechs Meter hohe Brecher über dem Südhafen hatten? Und acht Meter hohe an den Lummenfelsen? Windstärke 12! *Hundertsösti Kilometer inne Stunn. Jo dat weer een Winner!* Vielleicht würden sie sich auch über die bizarre Geschichte unterhalten, von der sie im Augenblick noch nicht einmal wussten, dass sie sich in diesen Tagen auf der Insel zutrug. Wobei Anna sich bei jedem Menschen, den sie sah, fragte, ob nicht ausgerechnet er es vielleicht ja doch wusste. Weil er derjenige war, der das alles inszenierte. Der einen anderen Menschen zur Ader ließ, bis es vorbei war mit ihm. Der zum Messer griff und ihm Körperteile abschnitt. Würde einer dieser trinkfreudigen Halunder bei Henry dazu imstande sein? Wer vermochte das schon zu sagen.

Paul war jetzt also drüben auf Düne. Noch hatten sie nichts von ihm gehört. Und Anna befürchtete, dass der Wind zu schnell wieder stärker werden würde, als dass er zurückkehren konnte. Sie wählte seine Nummer. „Paul?“

„Anna. Was liegt an?“

„Wollte nur sicher sein, dass du gut angekommen bist.“

„Danke. Alles bestens. Ich bin hier dabei, die Hütten zu durchpflügen. Noch nichts Neues von mir."

„Gib Bescheid."

„Klar. Bis dann."

„Bis dann." Dann war die Verbindung unterbrochen, und Anna spürte, dass sie sich um Paul größere Sorgen machte als um das unbekannte Opfer.

Der Wirt hatte ein sehr ordentliches Sandwich gemacht und ihr das Bier in der Flasche danebengestellt. Anna war vom Sturm zerrüttet. Nicht nur vom Sturm. Es waren auch die ewigen Kopfschmerzen, die an ihr zehrten. Die Selbstzweifel. Der Zorn auf das Schwein, das sich irgendwo versteckte und sein perverses Spiel spielte. Auch mit ihr. Vor allem mit ihr. Vielleicht ja überhaupt nur ihretwegen. Und natürlich war es das Wiedersehen mit ihrem Elternhaus gewesen, dieser Blick zurück, vor dem sie – zu recht, wie sie jetzt zugeben musste – immer Angst gehabt hatte. Es hieß ja, man könne ein Leben zwar rückwärts erklären, aber nur vorwärts leben. In ihrem Fall aber schien davon nur die Hälfte zu stimmen, und nicht einmal das: Sie tat sich mit ihrem Leben schwer, *und* es war und blieb ihr unerklärlich. „Ganz verschlossen heute?", fragte Henry, der plötzlich vor ihr stand.

„Hm? Entschuldigung. Ich war in Gedanken."

„Kann mir nicht vorstellen, dass ihr polizeimäßig gerade sehr viel zu tun habt." Er war neugierig. Zu neugierig? Vielleicht wollte er auch einfach nur plaudern oder seine Gäste unterhalten, indem er Kommunikation machte. „Ist nicht mein Tag heute", sagte Anna und versuchte, dabei nicht allzu schroff zu klingen, was ihr offenbar nur halb gelang. Henry nickte und tat, als müsse er den Nebentisch wischen. Aus den Augenwinkeln konnte Anna erkennen, dass zwei Männer an der Bar zu ihr herübersahen. Ob es nur ein Abchecken war, wie viele Männer es mit Frauen ohne Begleitung machten?

Oder machte längst die Geschichte dieser seltsamen Ermittlungen auf der Insel die Runde, und alle blickten auf Anna als die Hauptperson? So, wie sie es schon einmal getan hatten vor Jahren. Demonstrativ starrte Anna zurück – in dem Moment flog die Tür auf, und ein Mann stand auf der Schwelle. „Er ist weg!“, schrie er. Er schrie aus tiefster Brust. „Er ist weg!“ Sein Kopf war ein einziger Schrei, Anna schauderte und sprang auf, dass der Stuhl hinter ihr umkippte. Sie machte zwei Schritte auf ihn zu. „Hannes ist weg!“, brüllte der Mann und wusste nicht, wohin er den Blick richten sollte. Sein Gesicht war rot geschwollen, er bekam kaum noch Luft. Anna hastete zu ihm hin, doch Henry war schneller: „Alles in Ordnung, Fritjof, alles gut!“, redete er laut, aber beruhigend auf ihn ein und packte ihn an den Schultern, um ihn auf einen der Stühle bei der Tür zu zwingen. Der alte Mann wehrte sich, versuchte, seine Hände wegzuschlagen. Doch Henry war nicht abzuschütteln. Er begegnete der Situation mit einer Routine, als habe er sie schon soundso oft erlebt. „Aber der Hannes …“, protestierte der Mann und suchte Augenkontakt mit Henry.

„Der Hannes liegt im Bett und schläft. Alles ist gut, Fritjof, wirklich. Beruhige dich.“

„Er ist weg!“, insistierte der Alte, nun aber schon viel ruhiger. Anna trat an Henrys Seite. „Kann ich helfen?“ Henry schüttelte den Kopf. „Alles unter Kontrolle. Das ist eine alte Geschichte hier. Kommt von Zeit zu Zeit vor. Ich schaff das schon. Aber danke.“ Anna nickte und entfernte sich wieder ein Stück.

„Ist sein Bruder“, sagte einer der beiden Männer an der Bar, als Anna sich ihnen genähert hatte. „Der Hannes.“

„*War* sein Bruder“, verbesserte der andere der beiden.

„War sein Bruder? Aber er sagt doch, Hannes ist weg.“

Der erstere der beiden Männer senkte die Stimme und beugte sich ein wenig näher zu Anna. „Er denkt, wir sind im

Krieg. Der Sturm, verstehen Sie? Er denkt, wir hätten Luftangriff. Wenn es zu schlimm wird mit dem Sturm, dann dreht er durch."

Anna nickte. „Er hat den Krieg erlebt?"

„Ist ein alter Geselle, der Fritjof", erklärte der andere der beiden. „Die Familie war im Bunker, als die Engländer die Insel zu Klump gebombt haben dreiundvierzig."

Anna kannte die Geschichte. Natürlich. Jeder Halunder kannte sie. Die Briten hatten das Eiland tagelang unter Dauerbombardement genommen, während die Einwohner in den Höhlen saßen und wahnsinnig wurden. Es musste ein unvorstellbares Inferno gewesen sein, ein irrwitziger Albtraum, den sich Menschen, die keinen Krieg erlebt haben, gar nicht vorstellen konnten. Anna jedenfalls tat sich schwer. Aber sie hatte gesehen, was die Bomben aus der Insel gemacht hatten: eine Mondlandschaft, eine Wüste aus Stein, Gift und Metall. Viele Halunder hatten noch Jahre und Jahrzehnte an den Folgen zu leiden gehabt, viele waren noch später daran zugrunde gegangen. Der Anblick des alten Mannes gab Anna einen Stich ins Herz. Konnte es wirklich sein, dass Einzelne immer noch unter den traumatischen Erlebnissen von damals litten? „Hell-Go-Land", murmelte einer der beiden Männer. Ja, dachte Anna: das Land, das zur Hölle fahren sollte. Irgendwie schien es ihr so prophetisch, dass sie Gänsehaut bekam.

Und doch, Helgoland stand immer noch im stürmischen Meer, ein Fels weit draußen, stolz und standhaft. Es war nicht mehr, was es einst gewesen war. Aber es lebte. Der alte Mann indes saß neben der Tür, Henrys starke, freundschaftliche, warme Hand auf der Schulter, und schluchzte, ein Wrack seit seiner Kindheit, verzweifelt und untröstlich. „Hat sein Bruder überlebt?"

„Niemand weiß, was aus ihm geworden ist", sagte einer der beiden Männer. „Er ist verschwunden."

„Klar, dass er tot ist“, sagte der andere. „Aber ob’s die Bomben waren, ob er verschüttet wurde oder ob er ins Meer gestürzt ist …“

„Wie schrecklich.“

Wieder öffnete sich die Tür. Eine Frau mittleren Alters trat ein, sah den schluchzenden und zitternden Mann und nickte Henry zu. „Danke, Henry.“

„Keine Sache. War schon mal schlimmer.“

Die Frau brachte den Alten dazu, aufzustehen, und legte ihm den Arm um die Schultern. „Komm, Opa, lass uns gehen. Der Hannes ist nicht hier.“

„Der Hannes ist weg“, krächzte der Alte. „Er ist weg, ich weiß es. Er war nicht … er war nicht …“

„Ich weiß, Opa. Ich weiß. Komm, wir gehen.“ Und während sie sprach, fiel hinter den beiden die Tür zu. Anna aber meinte für einen kurzen Moment, etwas in den Worten des Alten erkannt zu haben, was sie stutzig machte.

Jemand ist an meinen Sachen gewesen. Ich habe es eben entdeckt. Nach dem Duschen. An meiner Unterwäsche. Die Slips lagen auf den BHs. Ich sortiere sie andersherum. Jemand hat in meinen Sachen gewühlt. Vielleicht fehlt auch etwas, ich weiß es nicht. Wer macht das? Die alte Frau Hovekamp sicher nicht. Aber wer kommt sonst hier herein? Derjenige, der auch meine Wand verziert hat? Oder geht hier ein und aus, wer gerade Lust dazu hat? Trotzdem: Jemand hat sich für meine Unterwäsche interessiert. Jemand interessiert sich für mich. Dauernd. Bisher dachte ich, ich bilde mir das ein. Aber jemand beobachtet mich. Immer wieder. Jetzt hat sich jemand bei mir eingeschlichen. Was ist da los, Leo? Hat es etwas mit den Nachrichten zu tun? Wenn ja, dann hat es auch etwas mit den grausamen Vorgängen zu tun. Aber das passt nicht zusammen. Nichts passt zusammen, Leo. Es ergibt keinen Sinn.

Es gab keine Anzeichen, dass jemand mit Gewalt in das Haus und die Wohnung eingedrungen wäre. Die Schlösser waren völlig intakt, keine Kratzspuren, kein Hinweis, dass irgendwo ein Eisen angesetzt worden wäre, ja nicht einmal Schleifspuren von einer Karte, mit der der Schnapper aufgezwängt worden wäre. Da war nichts. Und auch in der Wohnung selbst oder auf den Treppen: nichts. Keine Spuren, kein Hinweis auf irgendeinen Menschen, der etwas verändert hätte. Anna betrachtete alles mit anderen Augen. Plötzlich war jede Tasse verdächtig, jedes Kleidungsstück, jedes Detail in der Wohnung. War der Küchenschrank durchwühlt worden, weil in der Zuckerdose Geld versteckt sein mochte? Hatte jemand einen Sessel verrückt, den Vorhang vorgezogen, um nicht zufällig von außen gesehen zu werden? Hatte jemand den Badezimmerschrank durchforscht, ob sie die Pille nahm, welches Parfum sie benutzte, ob sie sich die Körperhaare rasierte? Nein, nichts dergleichen war sicher festzustellen, aber alles war möglich. Erst als Anna die Schublade mit ihrer Unterwäsche öffnete, war da plötzlich die Gewissheit: Ein Fremder hatte ihre Sachen durchwühlt. Gut möglich, dass er bei allem anderen die nötige Ruhe gehabt hatte, alles exakt so wieder hinzustellen, wie es dagestanden hatte. Nur in diesem intimen Bereich war ihm die Gelassenheit abhandengekommen. Hier hatte er plötzlich nicht mehr gewusst, was wo hingehörte. Oder hatte er es gewusst und absichtlich dieses Zeichen hinterlassen: Ich war an deinen Sachen. Ich bin ganz nah, Anna Krüger. War es das, was er beabsichtigt hatte? Dann wäre er allerdings noch weitaus kontrollierter gewesen, als man es sich vorstellen mochte. Ja, dann war es eine Botschaft, die Anna Gänsehaut machte.

Sollte sie es Paul und Marten sagen? Immerhin konnte es eine weitere Spur sein. Andererseits: Sie hatte schon geforscht, ob der Täter Spuren hinterlassen hatte. Das Gleiche jetzt noch einmal zu tun würde sie nur Zeit kosten. Zeit, die ihnen bei den anderen Recherchen fehlte. Und Zeit war kostbar. Denn die Uhr lief ab. Vielleicht war es auch genau das, was der Täter beabsichtigte: Eine falsche Fährte zu legen, um sie von der Arbeit abzulenken, um sie von ihrem Ziel wegzulocken. Aber hätte er dann nicht etwas Offensichtlicheres getan, etwas, das Anna ganz sicher entdecken würde? Wie immer sie es drehte und wendete, sie musste es den Kollegen sagen. Aber es würde sie nicht weiterbringen, da war sie sicher.

Ein Signal ihres Handys riss sie aus ihren Überlegungen. Eine Nachricht:

Wir setzen wieder über. Besprechung am Südhafen um 00:00 Uhr.

Am Südhafen. In der Polizeistation. Erleichterung ließ sie aufatmen. Zumindest das. Paul würde nicht auf Düne bleiben – und im Moment war das Wetter auch nicht so mies, dass man Angst haben musste, wenn er die paar Hundert Meter mit dem Boot zurücklegte. Das konnte in wenigen Stunden schon wieder anders sein. Würde es auch, wenn man der Wettervorhersage glaubte.

Verwirrt starrte Katarina Loos auf den Bildschirm. Eine ganz normale Oberfläche mit verschiedenen Programmen und Dateien, auf die sie klicken konnte. Wo war das Eingabefeld für das Passwort? Vorsichtig bewegte sie mit der Maus den Cursor auf eines der Felder: „W" – das Textverarbeitungsprogramm. Und konnte es mit einem Doppelklick ganz einfach öffnen. Es gab kein Passwort, Dr. Strecker hatte seinen Computer nicht vor unerlaubten Zugriffen geschützt! Katarina Loos setzte sich auf den Schreibtischstuhl und konnte es kaum fassen. Doch irgendwann wurde ihr klar, dass in einem Haus, in dem außer dem Besitzer des Computers niemand lebte, auch kein Passwort nötig war. Niemand außer dem Arzt benutzte ja das Gerät, niemand konnte also sehen, was darauf gespeichert war.

Fasziniert stöberte sie in den Dokumenten, wo es Dateien mit Schriftverkehr gab und Steuerunterlagen, Patientenakten, Bestelllisten für Arzneimittel, Korrespondenz mit Laboren, Kliniken, Kollegen, Fachärzten vor allem. In der Patientenliste, die Katarina Loos fand, gab es auch eine Datei „Strecker, Barbara". Tatsächlich Unterlagen zu seiner Frau.

Katarina Loos rückte näher an den Bildschirm und überflog alles, was sie zu Barbara Strecker finden konnte. Da gab es Untersuchungsergebnisse, z. B. auch über eine Schwangerschaft bis zur vierzehnten Woche, über Komplikationen, die mit einer Stoffwechselsache zu tun hatten, doch das war kaum zu verstehen. Es gab Einträge zu Medikamenten und zu einer Therapie gegen Schlafstörungen, Überweisungen an einen Schmerztherapeuten und an eine neurologische Praxis. Auch an einen Psychiater ... Katarina Loos spürte, wie ihr Puls raste. Was war hier geschehen? Offenbar hatte die scheinbar so aufgeräumte, kontrollierte Frau unter ernsten Problemen gelitten. Auch der Vermerk „depressive Schübe" fand sich in den Unterlagen. Hatte Barbara Strecker Depressionen gehabt?

Gerne hätte Katarina Loos sich eine Kopie von all diesen Dokumenten gemacht. Doch natürlich hatte sie weder einen USB-Stick noch eine DVD dabei. Sollte sie sich alles per Mail an ihre eigene E-Mail-Adresse schicken? Kurz spielte sie mit dem Gedanken, doch dann wagte sie es nicht.

Die Mails! Hastig machte sie das Programm zu und ging in die E-Mail-Ordner des Arztes. Seine elektronische Korrespondenz war überschaubar. Im Grunde das gleiche Bild wie in den Briefdateien: Kollegen, Kliniken, Labore. Dazwischen ab und zu eine Nachricht von seinem Bruder aus Australien. Katarina Loos hatte nicht gewusst, dass er einen Bruder hatte. Aber wenn er in Australien war: Spielte es eine Rolle?

Auch den Internetbrowser rief sie auf. Als Startseite hatte der Arzt „Spiegel Online" eingerichtet. Die Liste der Standardsites präsentierte neben zwei medizinischen Fachblättern noch die Fahrplanauskünfte der Fähren und der Fluglinien nach Helgoland, natürlich Google, eine astrologische Website, ein Erotikportal, eine Kurklinik und eine Plattform für Aktienhandel. Nichts, was irgendwie überraschend gewesen wäre. Und doch hatte Katarina Loos das Gefühl, dass sich in diesem lichtgrauen Kasten unter dem Schreibtisch mehr verbarg, als sie auf die Schnelle entdecken oder erkennen konnte.

Natürlich, es war die Kurklinik, sie musste es sein. Weshalb sonst sollte Dr. Strecker regelmäßig mit einer Kurklinik korrespondieren. Katarina Loos rief noch einmal die Mails auf und fand all die Hinweise auf Barbara Strecker, die wegen schwerer Depressionen und ständiger Suizidgefahr in Behandlung war. Was sich so blumig Kurklinik nannte, war eine psychiatrische Facheinrichtung, in der Patienten im offenen und im geschlossenen Bereich betreut wurden. Katarina Loos ertappte sich bei dem Gedanken, dass die Frau des Arztes etwas entdeckt haben könnte, worauf der Mediziner sie mit Psychopharmaka ruhiggestellt oder vielleicht sogar in den Wahnsinn getrieben und aus dem Verkehr gezogen haben könnte. Doch hatte sie Claus Strecker in den letzten Tagen nicht ganz anders kennengelernt? War er nicht ein zwar leidenschaftlicher, aber auch einfühlsamer Liebhaber, ein Mann, der eine Frau glücklich machen konnte? Ein feinsinniger Mensch, der ihr Tee ans Bett gebracht und ihre Füße massiert hatte? Konnte ein Mensch zwei so unterschiedliche Gesichter haben? Nein, das schien ihr ausgeschlossen. Dann wiederum: Das Verlies im Keller … So was hatte ein Arzt nicht. Ein Mensch, der nichts zu verbergen hatte, richtete sich keine solche Kammer ein. Dr. Claus Strecker *hatte* zwei Gesichter. Er *hatte* etwas zu verbergen. Aber hatte er deshalb auch seine Frau auf dem Gewissen, zumindest psychisch?

Es war fast Mitternacht, als Anna wieder in die Polizeistation zurückkam. Niemand war da. Die Schreibtischlampen verbreiteten eine deprimierende Atmosphäre. Aber immerhin war es warm. Nach den vielen Stunden draußen im Sturm, ständig auf dem Weg zur nächsten überheizten Wohnung oder dem nächsten zugigen Hausflur, spürte Anna die Erkältung wieder, das Letzte, was sie jetzt brauchte.

Sie ging in die Teeküche und setzte Wasser auf. Kurz überlegte sie, ob sie Paul und Marten anrufen sollte. Als die beiden um zehn nach zwölf noch nicht da waren, zückte Anna ihr Handy und schickte eine Nachricht an beide:

Bin vor Ort. Bist du noch unterwegs? Lagebesprechung heute noch oder morgen früh?

Es dauerte nur ein paar Sekunden, bis Marten ihr antwortete:

Bin unterwegs ins HQ. Bis gleich.

Von Paul kam keine Rückmeldung. Vielleicht hatte er wirklich die Segel gestrichen und lag längst im Bett. Anna konnte sich das bei Paul zwar nicht wirklich vorstellen, aber nach solchen Tagen hatte auch der stärkste Mann eine Pause verdient. Und die stärkste Frau. Sie goss sich einen Kräutertee auf und setzte sich auf ihr provisorisches Bett in der Ausnüchterungszelle. Das Gebräu schmeckte so scheußlich, dass selbst Stalin für ein paar Augenblicke irritiert schien. Es war ruhig in der Polizeistation. Der Sturm, der Anna den ganzen Tag entweder vor sich hergetrieben oder ihr perfide ins Gesicht gepeitscht und durch alle Glieder gezogen hatte, schien sich noch etwas weiter zu beruhigen. Einen Moment lang glomm in ihr die Hoffnung auf, es könnte ein Ende haben mit dem Orkan. Vielleicht würden ab morgen Abend sogar wieder Fähren unterwegs sein! Doch ein nochmaliger Blick in die Wettervorhersage zerschlug allen Optimismus: Schnee und Graupel, Windstärke 9 bis 10. Heilige Scheiße!

Sie checkte die Mails, doch auch da hatte Paul keine Nachricht hinterlassen.

Marten stolperte durch die Tür herein. „Moin!“, rief er nach hinten.

„Moin, moin. Hast du was von Paul gehört?“ Anna stand auf und lehnte sich an die Tür der Zelle.

„Ist er noch nicht hier gewesen?“

„Ob er zwischendurch mal da war, weiß ich nicht. Ich bin selbst erst seit zehn Minuten hier. Und in der Zeit war er jedenfalls nicht hier. Weißt du, ob die Fähre heil zurückgekommen ist?“

„Hab nichts Gegenteiliges gehört.“ Marten legte seine tropfnasse Jacke ab und hängte sie an die Garderobe. Mit dem regenglänzenden Stoff und dem zerschundenen Fellbesatz an der Kapuze sah sie aus wie ein erschossenes Tier. „Wahrscheinlich taucht er jede Minute auf. So spät kann er nirgends mehr klingeln, da haben sogar die Pensionen alle Schotten dichtgemacht.“

„Absolut.“ Anna beobachtete die Tür, vor der tiefschwarze Nacht herrschte. Vor allem sah sie ihr eigenes Spiegelbild in der Scheibe, schüttelte den Kopf und ging zu ihrer Pritsche zurück.

Marten folgte ihr. „Was trinkst du denn da?“

„Frag nicht. Mach dir bloß was anderes.“

„Jetzt wäre ein Grog gut.“

„Da bin ich skeptisch, ob du hier was Hochprozentiges findest.“

„Ich auch. Gibt nicht viel, was noch unwahrscheinlicher wäre.“ Er schlurfte hinüber zur Teeküche, kramte eine Dose Instantkaffee aus dem Oberschrank und setzte Wasser auf. „Ich geh mal davon aus, du hast auch nichts herausgefunden. Sonst hättest du dich gemeldet.“

„Haarscharfe Analyse, Marten, bravo.“ Es klang sarkastischer, als es gemeint war. Im Grunde war sie Marten dankbar, dass er so tat, als hätten sie die Situation im Griff. Aber irgendwie hatte sie wegen Paul ein ungutes Gefühl. Und dieses Gefühl wurde von Minute zu Minute stärker. „Weißt du, eigentlich müsste Paul doch auf jeden Fall hierhergekommen sein, oder? Und wenn er schon hier gewesen ist, dann hätte er uns entweder dazugerufen, oder er hätte wenigstens irgendeine Nachricht geschickt.“

Marten setzte sich mit seinem Instantkaffee, dessen Dämpfe gemischt mit dem Aroma des Kräutertees einen sehr fragwürdigen Geruch ergaben, neben Anna auf die Pritsche. „Was willst du damit sagen?“

„Ich finde, irgendwie stimmt doch was nicht. Der geht doch nicht heim und legt sich aufs Ohr, wenn wir uns hier verabredet haben.“

„Ist aber schon ziemlich spät“, gab Marten zu bedenken.

„Du bist doch auch hier. Und ich auch. Ich meine, hey, er ist der Chef, oder? Wieso ist er nicht da?“

„Keine Ahnung, Anna. Gibt bestimmt eine gute Erklärung. Es ist spät. Wir sollten auch nach Hause gehen.“

Anna atmete tief durch. „Geh du heim, Marten. Ich halte hier die Stellung.“

„Echt jetzt? Wegen Paul?“

„Nein. Wegen meinem Schlafzimmer mit Graffiti.“
„Oh, ja, natürlich. Sorry.“
„Kein Problem.“
„Ja also …“ Marten nahm einen kräftigen Schluck aus seiner Tasse, verzog das Gesicht, schüttelte sich und stand wieder auf. Auf dem Weg zur Teeküche hielt er inne. „Du kannst aber auch mit zu mir kommen, wenn du möchtest“, sagte er mit fragendem Blick.
„Das ist ein total liebes Angebot, Marten. Aber lieber nicht, danke.“ Anna nahm ihr Handy raus und wählte. „Ich rufe noch mal bei Paul zu Hause an. Selber schuld, falls ich ihn aufwecke.“ Doch sie bekam keine Verbindung.
Marten stand etwas unbeholfen im Raum, zögerte, dann ging er seine Tasse aufräumen und seine Jacke wieder anziehen. „Sicher, dass du allein hierbleiben willst?“
„Sicher“, sagte Anna. Obwohl sie nicht sicher war, dass sie wirklich bleiben würde. Vielleicht musste sie doch noch einmal hinaus in den Sturm.

Paul Freitag wohnte in Oberland, in einem Haus am Falm, direkt über der Klippe. Von seinem Wohnzimmer aus musste er einen großartigen Blick auf Unterland und übers Meer Richtung Osten haben. Die Straße ging unmittelbar in den Klippenrandweg über, schneller konnte man kaum vom Oberland aus an der Polizeistation sein. Und schnell war auch Anna vor Pauls Haus, nachdem sie seine Privatadresse aus der Datenbank gesucht hatte. Ein Allerweltsgebäude, nicht einmal bunt angemalt, sondern weiß und schmucklos. Nur an der Tür hing etwas, das wohl mal ein Kranz gewesen war, nun aber nur noch als armseliges Gestrüpp im Wind baumelte, der hier immerhin sehr mäßig war: Das Haus bot Schutz, auch vor dem Schneeregen, der inzwischen wieder eingesetzt hatte. Ohne Hoffnung auf eine Reaktion drückte Anna auf die Klingel, einmal, zweimal und noch einmal. Nichts. Das Haus war dunkel, wie alle Häuser um diese Uhrzeit. Seitlich gab es einen Zugang über die Rickmersstraße. Anna zögerte nur kurz, dann schwang sie sich über den niedrigen Zaun und blickte durch die rückwärtigen Fenster. Alles war dunkel. Aus der Küche blinkte ihr die Digitalanzeige einer Mikrowelle entgegen, durch das kleine Fenster der Hintertür konnte sie erkennen, wie fahles Licht von der Ostseite ins Haus fiel, offenbar war der Mond gerade herausgekommen. Kurz überlegte Anna, ob sie ihre Kenntnisse einsetzen sollte, um die Hintertür zu knacken. Das war offensichtlich nicht besonders schwer. Ein altmodisches Sicherheitsschloss, nichts weiter. Es hatte einen Kollegen in der Polizeiausbildung gegeben, der vorher bei einem Sicherheitsunternehmen gearbeitet hatte. Sein Spitzname war „Schlüsseldienst“ gewesen … Egal, sie entschied sich dagegen. Wenn Paul hier gewesen wäre, hätte er geöffnet. Wenn ihm etwas zugestoßen wäre, hätte er nicht alle Lichter gelöscht. Die Fähre war sicher wieder angelandet, und Paul war an Bord gewesen und am Binnenhafen unbeschadet an Land gegangen, das hatte Anna gecheckt, auch wenn sie sich wüste Beschimpfungen des Schiffers anhören musste, als sie ihn mitten in der Nacht herausgeklingelt hatte. Nein. Paul war nicht da. Er war auf der Insel, aber er war verschwunden. Und das nachtschwarze Haus, das über Anna aufragte wie ein böses Zeichen, war so kalt und leer, wie ein Haus nur sein konnte. Etwas war geschehen. Etwas Schlimmes. Und Anna ahnte, dass sie nicht viel Zeit haben würde, es herauszufinden.

Während sie zur Polizeistation zurückhastete, verfluchte sie sich, dass sie keine Medikamente gegen die Erkältung besorgt hatte. Ihre Augen tränten, und sie spürte, dass sie leichte Temperatur hatte. Paracetamol hätte sie jetzt brauchen können. Ein Nasenspray. Was auch immer. Schlaf natürlich, das wäre es gewesen. Doch Schlaf war etwas, das in einem anderen

Leben stattfand. Abgesehen davon: Paul war jetzt wichtiger als alles andere. Hastig stolperte sie die Treppenanlage hinunter und lief dann an den geschlossenen Geschäften und den Hummerbuden vorbei nach Mittelland.

Auch der Medizinschrank der Polizeistation gab keine tauglichen Medikamente her, wie sie feststellte. Egal. Arbeit war die zweitbeste Ablenkung. Die beste war Panik. Und von der war sie nicht weit entfernt. Wo verdammt noch mal steckte Paul? Mit zitternden Fingern wählte sie die Nummer des Hamburger Kommissariats, das ihr schon einmal geholfen hatte. Die Kollegen in der Hansestadt waren nicht sehr begeistert, als Anna wenige Minuten später ihr Anliegen vortrug: „Könnt ihr bitte das Diensthandy meines Kollegen Paul Freitag orten?"

„Was liegt denn an, liebe Kollegin? Haben Sie ein Kapitalverbrechen zu melden? Soll das eine Vermisstenanzeige sein? In beiden Fällen wären Sie selbst die erste Ansprechpartnerin."

„Es liegt an, Herr Kollege, dass wir hier die technischen Möglichkeiten nicht haben", sagte Anna scharf, um sich sogleich zu zügeln. Sie wusste natürlich, dass ein heftiger Auftritt ihre Chancen auf Unterstützung durch die Polizei der Hansestadt deutlich senken würde. „Es tut mir leid, dass ich Sie mitten in der Nacht stören muss", erklärte sie deshalb so sanftmütig wie möglich. „Ich kann Ihnen versichern, ich würde jetzt auch lieber schlafen. Der Punkt ist, unser Kollege Paul Freitag wird vermisst. Wir ermitteln hier gerade in einer sehr fragwürdigen Angelegenheit. Kapitalverbrechen können wir nicht ausschließen. Immerhin liegen bereits abgeschnittene Daumen und Ohren vor, von literweise Blut ganz zu schweigen."

Der Kollege in Hamburg schwieg betreten. Vielleicht wägte er auch nur ab, was er von der Geschichte halten sollte. Also fuhr Anna fort: „Kollege Freitag ist, wie wir anderen auch, in der Sache ausgerückt, um vor Ort zu ermitteln. Er ist aber nicht wieder zurückgekommen. Er ist auf keiner Leitung telefonisch zu erreichen und auch zu Hause nicht aufgetaucht. Das macht uns große Sorgen."

„Geben Sie mir doch bitte mal Ihren Dienststellenleiter", sagte der Hamburger Kollege.

„Das ist Paul Freitag."

„Verstehe. Dann möchte ich seinen Stellvertreter sprechen."

„Den haben Sie am Apparat. Anna Krüger, stellvertretende Leiterin der Polizeidienststelle Helgoland. Wir sind hier draußen ein sehr kleiner Fleck mit sehr kleiner Besetzung. Im Moment ist diese Besetzung auf zwei Leute geschrumpft, und wir versuchen, mit völlig unzureichenden Mitteln, das Schlimmste zu verhindern."

Wieder schwieg der Kollege. Dann seufzte er und sagte: „Okay. Klar. Wir helfen Ihnen. Sie versuchen, den Kollegen über sein Handy zu orten. Sie haben ihn nicht erreicht, sagen Sie. Aber Sie haben es versucht und wissen deshalb, dass es nicht ausgeschaltet ist."

„Richtig."

„Sagen Sie mir mal die Nummer."

Anna diktierte ihm die Nummer von Pauls Diensthandy. „Gut", sagte der Kollege. „Bleiben Sie dran. Wir versuchen, das gleich herauszubekommen, ja?"

„Klar. Danke." Anna stellte den Lautsprecher des Telefons an und legte den Hörer beiseite. Während die Hamburger Kollegen ihre Computer fütterten, ging sie die Liste der Namen und Adressen durch, die sie in den letzten Tagen durchforstet hatten, um herauszufinden, ob jemand fehlte. Gab es da Lücken? Hatten sie irgendetwas übersehen? War ihnen etwas nicht aufgefallen, was ihnen hätte auffallen müssen? Sie hatten alle öffentlichen Einrichtungen überprüft, hatten im Kurzentrum und in der Schule gefragt, in der Verwaltung, im Hafenamt und im Klinikum. Sie hatten die Hummerbuden abgeklappert und die Pensionen, die Hotels und das Schwimmbad. Marten hatte sogar die Schrebergärten durchforstet, die im östlichen Oberland zwischen den Wohngebäuden und dem Leuchtturm dicht an dicht lagen. Nichts. Das heißt: Fast nichts. Eine Frau, die im *Haus Stewens* abgestiegen war, hatte dort wieder ausgecheckt, obwohl der Fährverkehr schon unterbrochen war. Sie war in keinem anderen Gasthaus aufgetaucht. Das zumindest war seltsam. Aber es war nicht das, wonach sie suchten: Jemand, der fehlt. Vermutlich ein älterer Mann. Einer, dem ein Ohr fehlt. Und ein Daumen. Konnte die Frau die Täterin sein? Theoretisch ja. Aber praktisch: Wie sollte sie es als Fremde auf der Insel anstellen, ein Opfer dauerhaft versteckt zu halten? Marten hatte dennoch den Namen der Frau nach Cuxhaven gemeldet, ob die Reederei, die als einzige im Winter den Fährverkehr aufrechterhielt, etwas über sie wusste. Doch außer dem Transport auf die Insel konnte sie nichts bestätigen.

„Kollegin Krüger?“

„Ja?“

„Wir haben es geortet.“

„Großartig! Ihr seid ja genial! Und, wo müssen wir suchen?“

„Sieht so aus, als müsste sich das Handy in der direkten Umgebung des Funkturms auf Ihrer Insel befinden. Der Radius dürfte kaum mehr als fünfzig Meter betragen. Plus/minus zwanzig Meter, da muss man bei der Witterung mit einer etwas größeren Toleranz rechnen.“

„Herr Kollege, vielen Dank!“

„Gern geschehen. Viel Glück.“

Keine zwei Minuten später war Anna draußen in der Nacht

und ließ sich vom Sturm vorantreiben, den Invasorenpfad hinauf, Richtung Funkturm.

Der Funkturm, der erst vor ein paar Jahren erbaut worden war, ragte wie ein monströses Skelett in den Nachthimmel, mehr zu erahnen als zu erkennen. An seiner Spitze blinkten Warnlichter für den Flugverkehr, den es zurzeit nicht gab. Anna hatte sich eine der starken Taschenlampen geschnappt, die in der Dienststelle vorrätig waren, und leuchtete damit schon den Hinweg aus, so gut das auf so unebenem Gelände möglich war. Vielleicht war Paul gestürzt, hatte sich verletzt und konnte sein Handy nicht bedienen. Vielleicht lag er ohnmächtig irgendwo am Fuß des stählernen Gerippes, das die Insel weit höher überragte als jedes andere Objekt, ja selbst als der Leuchtturm, der sich nur etwa hundert Meter weiter Richtung Norden erhob und dagegen wie ein Kinderspielzeug wirkte.

Anna nahm die Abkürzung über den Klippenrandweg und dann querfeldein über die Wiese, wobei sie aufpassen musste, dass sie nicht in eines der unzähligen Löcher trat, die die jahrelangen Bombardements der Engländer hinterlassen hatten. Je näher sie dem Funkturm kam, umso stärker spürte sie, wie Stalin sich regte. Er presste ihre Schläfen zusammen und begann, ihren Kopf in den Schraubstock zu spannen. Über ihrem rechten Auge senkte sich ein stechender Schmerz in ihren Schädel. Anna blieb stehen und versuchte sich zu konzentrieren. Was geschah hier? Waren es die Funkfrequenzen? War es der Elektrosmog? Sie rollte den Kopf im Nacken und atmete tief durch. Nach einigen Augenblicken konnte sie weitergehen. Hinter dem Turm lagen einige Gebäude, in denen absolute Dunkelheit herrschte. Es gab nicht einmal eine Notbeleuchtung. Als sie an den Drahtzaun kam, der den Turm umgab, entschied sie sich für die Route zur See hin und begann, das Gelände Meter für Meter abzuschreiten und dabei die Taschenlampe unablässig vor sich hin und her zu schwenken, den Blick ständig auf den Boden gerichtet. Eine Plastiktüte, die sich im Zaun verfangen hatte, eine Thermosflasche, die in einer Grasnarbe lag, eine Getränkedose. Doch keine Spur von Paul. Und auch kein Handy. Nicht vor und nicht hinter den Gebäuden, in deren Schatten es noch dunkler war als nach Süden und zur Seeseite. Marten hätte hier sein müssen. Zu zweit wären sie schneller gewesen. Doch auch so war nach wenigen Minuten klar, dass Paul, wenn er nicht in einem der Gebäude war, hier draußen nicht zu finden sein würde. Anna trat ganz nah an den Zaun, Stalin mit zusammengebissenen Zähnen ignorierend, und leuchtete das Areal in der unmittelbaren Umgebung des Funkturms mit der Taschenlampe ab. Wäre hier jemand gewesen, so hätte sie ihn auf jeden Fall entdeckt. Doch da war niemand. Hier draußen waren nur sie und Stalin. Und der Sturm, der mit einer wütenden Böe noch einmal kräftig zunahm. Kurz geriet Anna aus dem Gleichgewicht und taumelte ein paar Schritte zurück. Plötzlich wurde ihr wieder klar, weshalb es auf der Insel bei Wetter wie diesem Ausgangssperren gab. Sogar für Insulaner war ein Orkan über Helgoland tückisch, und mehr als einmal waren Halunder über die Klippen in den Tod gestürzt. Die mickerigen Absperrungen, die man zum Schutz der Touristen aufgestellt hatte, waren lächerlich und in der Dunkelheit eher gefährlich, weil man darüber straucheln konnte. Noch einmal schwenkte Anna die Lampe über das Areal. Kameras! Das Gebäude war mit Kameras gesichert. Wenn es Aufzeichnungen gab, würde sie vielleicht auch die prüfen müssen.

Wenn Paul nicht plötzlich doch noch auftauchte, würden sie morgen die Gebäude inspizieren, so viel war klar. Und sie würde die Aufzeichnungen verlangen, um zu prüfen, ob Paul darauf zu sehen und wenn, wohin er gegangen war. Wenn er nicht erst nach Einbruch der Dunkelheit hier aufgetaucht war, beziehungsweise nachdem man die Außenbeleuchtung abgeschaltet hatte ... Warum nur musste alles so verdammt kompliziert sein! Fluchend wandte sich Anna wieder dem Trampelpfad zu, der hier an den Funkeinrichtungen vorbeiführte. Doch dann fiel ihr ein, dass es einen viel einfacheren Weg gab, das Handy zu finden. Mit zitternden Fingern nestelte sie ihr Mobiltelefon aus der Jackentasche und wählte Pauls Nummer an. Wenn sie ihr Handy ganz fest ans Ohr presste und sich so gegen den Wind stellte, dass die Kapuze ihren Kopf schützte, konnte sie hören, wie es am anderen Ende läutete. Hier draußen aber, wo der Sturm brüllte, hätte sie keinen Klingelton der Welt hören können, egal wie konzentriert sie lauschte. In dem Moment, in dem sie den Anruf beendete, wurde ihr aber bewusst, dass sie Pauls Handy nicht zu hören brauchte. Sie musste nur die Augen aufmachen, dann würde sie das Display leuchten sehen. Wenn denn das Gerät hier draußen lag.

Zwei Minuten später hatte sie es entdeckt. Es lag nur wenige Meter von ihr entfernt. Vom Display strahlte ihr das Gesicht eines kleinen Mädchens entgegen. Hastig steckte sie es ein und stolperte los Richtung Mittelland.

Die Polizeistation war verlassen. Natürlich. Einen Augenblick lang presste Anna den Kopf gegen die kühle Wand, um Stalin in Schach zu halten. Er war inzwischen in Hochform und quälte sie beinahe minütlich mit Attacken. Japanische Tranchiermesser fuhren ihr von allen Seiten durchs Gehirn, so scharf und sauber, dass jeder Schnitt erst als Ganzes spürbar wurde. Und immer wieder hieb das Monster in dieselbe Kerbe. Schwer atmend ließ Anna sich auf ihren Schreibtischstuhl fallen und griff nach dem Telefon. „Marten?"

„Anna? Weißt du, wie spät es ist?"

„Tut mir leid. Aber ich glaube, Paul ist verschwunden."

„Was heißt verschwunden?" Langsam wurde Martens

Stimme klarer. Offenbar hatte Anna ihn aus dem Schlaf geholt, was um zwei Uhr morgens keine Überraschung war.

„Ich habe sein Diensthandy gefunden. Draußen am Funkturm."

Es dauerte einen Moment, bis Marten antwortete: „Was um alles in der Welt hast du draußen am Funkturm gemacht?"

„Pauls Handy gesucht. Was denkst du denn?"

„Moment." Marten keuchte. Im Hintergrund konnte Anna seinen Hund knurren hören. „Du warst am Funkturm, um sein Telefon zu suchen? Wie bist du daraufgekommen?"

„Die Kollegen in Hamburg haben es für mich geortet."

„Clever." Langsam klang er munter. „Und das Handy war dort, aber Paul nicht."

„So ist es. Nachdem er weder hier aufgetaucht ist noch bei sich zu Hause, denke ich, wir müssen etwas unternehmen."

„Es ist mitten in der Nacht."

„Schon klar, Marten. Aber was, wenn er in Gefahr ist?"

Marten räusperte sich. „Und was, wenn er nur, na ja, bei jemand anderem übernachtet?"

„Bei jemand anderem? Du meinst, er hat eine Freundin auf der Insel?"

„Hat er."

„Oh. Und warum haben wir dort nicht nach ihm gefragt?" Plötzlich war Annas Stimme lauter geworden. Sie hatte es nicht gewollt, aber diese unerwartete Information brachte sie aus der Fassung: Zum einen, weil Paul offenbar nicht der romantische Junggeselle war, als den sie ihn betrachtet hatte, auch wenn ihr das in diesem Augenblick erst bewusst wurde. Vor allem aber, weil Marten ihr davon nichts erzählt hatte. Das war doch verdammt noch mal wichtig, wenn jemand nicht auftauchte. Wenn jemand aus dem Team plötzlich fehlte, musste man doch alle Optionen seines Verbleibs auf dem Tisch haben. Stalin feierte ein Gemetzel an ihrem Gehirn. „Nun?"

„Wie denn, Anna“, sagte Marten und klang etwas verdrossen. „Ich weiß nicht, wer es ist.“

„Aber du weißt, dass er jemanden hat. Sicher?“

„Er hat so was angedeutet. Außerdem bin ich ja nicht blöd.“

Aber ich, dachte Anna, der inzwischen schwarz vor Augen war. Ich bin offenbar zu blöd, so was zu erkennen. Andererseits arbeitete sie erst seit wenigen Tagen mit Paul zusammen. Genau genommen wusste sie kaum etwas über ihn. Oder über Marten, außer die alten Sachen aus der Schulzeit. „Okay“, sagte sie langsam. „Hast du eine Idee, wie wir herausfinden können, wer es ist?“

„Hm. Keine Ahnung. Wir können nicht gut bei ihm einbrechen und nach Hinweisen suchen. Und um die Uhrzeit können wir auch nicht ohne begründeten Verdacht einfach die Nachbarschaft rausklingeln und fragen, ob sie wissen, von wem Paul Damenbesuch bekommt. Wenn überhaupt. Außerdem machen wir uns verdammt lächerlich, wenn er wirklich bei ihr ist und morgen früh auf der Dienststelle auftaucht, als wäre nichts gewesen.“

„Aber das Handy …“

„Das Handy? Mann, Anna, was sagt das schon! Er war halt draußen unterwegs. Es ist Sturm. Eine Böe reißt ihm das Ding aus der Hand oder er stolpert und verliert es so, er findet es in der Dunkelheit nicht mehr, irgendwann geht er heim. Oder vielmehr, er geht zu seiner Freundin. Das Handy kann er schließlich auch am nächsten Tag suchen.“ Marten klang inzwischen einigermaßen genervt.

„Alles klar“, sagte Anna. „Verstehe. Ich sehe Gespenster. Klar. Tut mir leid. Schlaf weiter.“ Sie legte auf, ohne sich zu verabschieden. Denn natürlich hatte Marten recht. Nur ein Detail wollte ihr nicht einleuchten: Was hatte Paul mitten in der Nacht mitten im Sturm am Funkturm gewollt?

Der Kollege in Hamburg war auch nicht sonderlich amüsiert, als er den zweiten Anruf aus Helgoland bekam. „Lieber Kollege Schlüter", versuchte es Anna auf die freundliche Tour. Sie hatte ein paar Tabletten eingeworfen, einen Pott Kaffee in der Hand und einen Kühlpack über den Augen, den sie mit einer Hand festhielt, während sie mit der anderen den Hörer umklammerte. „Können Sie für mich herausfinden, mit wem Kollege Freitag zuletzt telefoniert hat?"

„Kollegin Krüger", knurrte der Polizist im Nachtdienst. „Haben Sie jetzt überhaupt Dienst?"

„Habe ich. Und genau genommen ist das nicht einfach Dienst, sondern ein Einsatz."

„Hm. Haben Sie das Handy gefunden?"

„Habe ich. Und der Fundort macht das Verschwinden unseres Dienststellenleiters eher noch mysteriöser. Denn das Handy war dort, er aber nicht. Können Sie mir die letzten Verbindungen raussuchen?"

„Verbindungen zwischen wem?"

„Zwischen Paul Freitags Diensthandy und seinen Gesprächspartnern." Anna versuchte zu vermeiden, dass ihre Stimme zu sehr vom Schmerz verzerrt wurde.

KOK Schlüter schwieg einen Moment, dann sog er scharf die Luft ein. „Schon mal was von Gesetzeslage gehört?"

„Fernmeldegeheimnis? Datenschutz? Meinen Sie so was?" Anna war genervt, und sie brachte nicht mehr die Kraft auf, es zu verbergen. „Hören Sie, hier geht es vielleicht um Leben und Tod!"

„Vielleicht." Anna konnte hören, dass er überlegte, für wie verrückt er sie halten sollte. „Vielleicht aber auch nicht. Vielleicht erzählen Sie mir hier auch nur einen Scheiß, und ich habe hinterher die Dienstaufsicht an den Hacken. Holen Sie sich einen richterlichen Beschluss. Dann können wir das für Sie abfragen. Sie wissen doch selbst ganz genau, dass wir dazu

Daten von einem unabhängigen Dienstleister brauchen, der sie nicht ohne Weiteres rausrücken darf. Ganz abgesehen davon, dass Sie hier wahrscheinlich weit über den Grundsatz der Verhältnismäßigkeit hinausgehen."

„Das ist ein Diensthandy, Herr Kollege", fauchte Anna, während ihr Blick über die Mails und die Kurznachrichten auf ihrem Handy flog, ob nicht doch etwas von Paul angekommen war. War es nicht. Natürlich. „Und das bedeutet, dass die Kollegen von der IT ruck, zuck an die Infos kommen!"

„Sie meinen, dass die Kollegen von der IT den Dienstaccount vom Kollegen Freitag mal eben ruck, zuck hacken können. Wissen Sie was, Frau Krüger? Gehen Sie zur CIA. Die brauchen da Leute wie Sie." Einen Augenblick schwieg der Hamburger Kollege und schien nachzudenken. Dann stellte er trocken fest: „Die PIN kennen Sie natürlich nicht."

„Nein. Natürlich."

Ein Seufzen. Anna konnte förmlich hören, wie er sich fragte, ob er sie gegen die Wand laufen lassen sollte. Aber entweder hatte er ein weiches Herz oder Angst, der Fall könnte ihm um die Ohren fliegen, wenn er nicht kooperierte. „Na gut", sagte er schließlich. „Aber ich kann Ihnen nicht versichern, ob wir das auf die Schnelle geklärt kriegen. Die Kollegen, die für so was zuständig sind, haben auch mal Feierabend. Außerdem ist es … halb drei Uhr morgens. Wollen Sie nicht warten, ob er in der Frühe auftaucht?"

„Nein", sagte Anna knapp. „Wir müssen jetzt klären, wo er ist. Er ist beim Außeneinsatz verschollen. Da können wir nicht abwarten und Tee trinken." Sie nahm einen Schluck von ihrem Kaffee, der so stark und so abgrundbitter war, dass selbst Stalin für einen Moment zu erstarren schien.

„Gut. Ich melde mich."

„Rufen Sie mich auf meinem Diensthandy an." Nachdem sie aufgelegt hatte, schleuderte sie den Kühlpack an die Wand mit den Dokumenten und Notizen und schrie auf, so frustriert war sie. Zehn Tage auf der Insel, und sie war wieder ganz am Ende. Zehn Tage. Sie steckte ihr Mobiltelefon und Pauls Diensthandy ein, nahm sich eine frische Taschenlampe und schlüpfte wieder in die völlig durchweichte Jacke. An Schlaf war sowieso nicht mehr zu denken. Aber vielleicht hatte sie doch etwas übersehen. Der Funkturm lag abseits von allem, wo Paul etwas zu suchen gehabt haben konnte. Sie war schon an der Tür, als sie sich entschloss, auch die Dienstwaffe mitzunehmen. Vielleicht war es ja wirklich nur noch die reine Paranoia. Aber je länger die Nacht dauerte, umso fauler erschien Anna die ganze Sache.

Der Regen jagte jetzt waagrecht über die Insel. Immerhin schob er Anna ein Stück weit vor sich her und blies nicht in Richtung Klippen. Von daher hatte sie nichts zu befürchten. In sehr wenigen Häusern brannte vereinzelt Licht. Wenn sie sich umdrehte und über Unterland und Hafen blickte, war alles ausgestorben, die Wellen brachen sich schemenhaft im gelblich-trüben Licht der Hafenanlagen und der Promenaden.

Es war etwas, was ihr nicht mehr einfallen wollte, aber irgendetwas gab es, das sie zweifeln ließ, dass Paul in diesem Augenblick geborgen in den Armen einer Frau dort drüben unter dem Dach eines der Häuser lag, die sich wie umgefallene Dominosteine über das südwestliche Drittel der Insel fächerten.

Der Funkturm lag nur wenige Schritte vom Klippenrand entfernt. Je näher Anna kam, umso wütender wurde sie auf sich selbst, dass sie nicht hinabgeblickt hatte. Wenn Paul sein Handy dort verloren hatte, wenn ihn eine Böe erfasst und aus dem Gleichgewicht gebracht hatte, wenn er den Halt verloren hatte … Inzwischen war ihr so schlecht, dass sie selbst Stalin nicht mehr spürte. Es war eine andere Art von Übelkeit, eine, die sie am ganzen Leib zittern ließ. „Paul!“, rief sie im Näherkommen. „Paul!“ Sie drehte sich in alle Richtungen, stolperte vorwärts, drehte sich wieder und rief seinen Namen, so laut sie konnte. Doch außer dem wütenden Wind, der ihr die Worte aus dem Mund riss und hinüber auf die andere Inselseite trug, war nichts zu vernehmen. Weiterrufend näherte sie sich der Klippe, vorsichtig, aber so schnell wie möglich. Die ohnehin dürftige Absicherung des Klippenrandwegs war an der Stelle heruntergebogen und bildete auf diese Weise fast noch eine Stolperfalle. Der Wind blies ihr entgegen, immerhin. Doch je stärker der Sturm sich gegen sie stemmte, umso stärker musste sie gegen ihn ankämpfen. Sich gegen einen Sturm zum Klippenrand vorzuarbeiten war verrückt – ein plötzliches Abreißen des Sturms, eine sich drehende Böe und es war vorbei. In ihrer eisigen Hand hielt sie die Taschenlampe umklammert und leuchtete auf den Boden und schließlich über den Rand der Felsen. Der Lichtkegel reichte längst nicht so weit, wie Anna es erwartet hatte. Sie konnte weder die vorgelagerten Wellenbrecher sehen noch sehr viel von der Gischt, die sich hier mit maximaler Gewalt auftürmte. Vor ihr lagen einige Meter roter Sandstein, der sich mit fünfzig, sechzig Grad abwärtsneigte. Zehn oder zwölf Meter weiter ging es dann senkrecht hinunter. Aber schon ein einziger Schritt weiter wäre ein Schritt ohne Wiederkehr. Denn wer einmal auf dem abschüssigen Stein war, schaffte es nicht mehr zurück. Zitternd vor Kälte und Panik beugte sich Anna so weit vor, wie es ihr Gleichgewicht gerade noch erlaubte. „Paul?" Ein Seevogel schreckte auf und kreuzte ihren Lichtstrahl. Anna rutschte aus und fand nur mit Mühe wieder Tritt. Sie trat einen halben Schritt zurück und rief erneut: „Paul! Paul!" Mit aller Kraft: „Paul!" Doch es kam keine Antwort. Anna spürte, wie ihr Tränen in die Augen schossen. Sie löschte die Lampe und drehte sich um. Ein Mann stand vor ihr, so dicht, dass sie das Blitzen in seinen Augen sehen konnte. Und dann spürte sie, wie sich ein eiserner Griff um ihre Arme krallte.

Die Tür war offen. Immer noch. Er hatte es nicht entdeckt, hatte sie nicht wieder verschlossen, war nicht hinter ihr Geheimnis gekommen, dass sie ihm den Schlüssel entwendet hatte und hier eingedrungen war. Noch war sie also sicher. Wenn man davon absah, dass sie hier in der Höhle des Löwen saß und ihm ausgeliefert war. Ja selbst wenn sie nicht hier gewohnt hätte – auf der Insel gab es ja so gut wie keine Sicherheit davor, entdeckt zu werden und … Mit zitternder Hand knipste sie das Licht an, das fahl aufflackerte und dem Raum eine gespenstische Atmosphäre verlieh. Vorsichtig trat sie näher, stieg die drei Stufen hinab und blickte sich um. Natürlich. Es sah genauso aus wie beim letzten Mal. Nichts war anders. Wie auch. Die Liege. Das Tischchen mit dem grünen Tuch, unter dem sich das OP-Besteck verbarg. Die Schränke, der Arbeitstisch. Was wollte ihr all das sagen? Welche schreckliche Wahrheit verbarg sich hinter all dem? Ratlos schlicht Katarina Loos an der kargen Einrichtung vorbei, musterte alles, entdeckte den Mülleimer auf der anderen Seite der Liege, trat vorsichtig auf das Pedal und hielt die Luft an, während sie hineinblickte. Doch er war leer, nur mit einer schwarzen Plastiktüte versehen.

Auf dem Arbeitstisch stand ein kleiner Drahtbehälter, dessen Funktion Katarina Loos unbekannt war. Darunter ein Rollcontainer mit zwei Schubladen. Vorsichtig zog sie die obere auf und entdeckte darin verschiedenes Verbandszeug, Spritzen, Kanülen, Schachteln mit medizinischem Kleinkram. In der unteren war eine Hängeregistratur untergebracht, ähnlich der in einem Versicherungsbüro, in dem Katarina Loos in Cuxhaven zweimal wöchentlich putzte, vermutlich Patientenakten. Im Hochschrank daneben lagerten verschiedene Medikamente, vor allem aber etliche Infusionsflaschen. NaCl. Glucose. Ringer-Lösung. Sie schloss den Schrank, hielt kurz inne – und dann wurde ihr klar, wo der Schlüssel zu allem liegen musste. Mit bangen Gefühlen zog sie die untere Schublade noch einmal auf, griff hinein und nahm einen Stapel Akten heraus. Sie legte sie auf den Arbeitstisch, holte sich den Hocker von der Liege und begann, die Unterlagen zu studieren. Ja, tatsächlich, es war ein grausames Panorama, das sich ihr darbot. Innerhalb weniger Augenblicke war ihr klar, was sie da vor sich liegen hatte: eine Sammlung schrecklicher Schicksale. Ein Archiv des Todes.

„Du hast es also gefunden", sagte Dr. Strecker und schloss die Tür hinter sich.

„Marten?"

„Anna!" Seine Hände hielten sie wie Schraubstöcke fest. „Was machst du hier draußen?"

„Was machst du hier?", keuchte Anna. „Ich wäre um ein Haar abgestürzt."

„Allerdings", sagte Marten und zog sie ein Stück weg von der Klippe. „Ich dachte schon, ich erwische dich nicht mehr."

„Nein, ich dachte … ich meine …" Anna sah sich um. Unter ihnen tobte die See wütend gegen den nachtschwarzen Fels. „Ich …"

„Mein Gott, was soll das denn?", schimpfte Marten, zerrte sie noch ein, zwei Schritte weiter vom Abgrund weg und ließ sie los. „Bist du völlig übergeschnappt? Hier draußen mitten in der Nacht herumzustreifen. Ich meine, hey, kein Mensch findet dich, wenn dir was passiert!" Er regte sich auf, aber gleichzeitig wirkte er sehr kontrolliert. „Du hast deine Taschenlampe verloren."

Anna blickte auf die Lampe, die im Gras lag und Richtung Funkturm leuchtete. Sie konnte sich kaum bewegen, so tief saß der Schreck. Ihr Herz arbeitete wie verrückt. „Aber warum bist *du* hier?"

Marten schnaubte. Sie konnte sein Gesicht in der Dunkelheit nicht erkennen, doch sie hatte das Gefühl, als funkelten seine Augen sie zornig an. „Ich habe mir gedacht, dass …" Er wandte sich ab und stapfte davon. „Mein Gott!", rief er. „Natürlich beunruhigt mich das auch, dass Paul weg ist."

Endlich löste sich die Schockstarre, und Anna hob die Taschenlampe auf, um Marten zu folgen. Sie konnte seinen Ärger verstehen. Es war eine Schwachsinnsidee gewesen, mitten in der Nacht bei dem Wetter noch mal auszurücken, hierher, wo jeder unachtsame Schritt tödlich sein konnte. Sich selbst innerlich verfluchend, lief sie hinter Marten her. „Wo willst du hin?"

„Wohin wohl. Du gehörst ins Bett. Ich bringe dich jetzt nach Hause." Marten wartete nicht, sondern packte sie und zog sie am Handgelenk mit sich.

Als Marten wieder weg war, stürzte Anna ins Badezimmer und erbrach sich. Sie wusch sich das Gesicht, zerrte sich die nassen Kleider vom Leib und schlüpfte in den Bademantel. Der Kopfschmerz war so stark, dass sie kaum mehr scharf sehen konnte. Doch scharf denken konnte sie, auch wenn alles keinen Sinn ergab. Marten mitten in der Nacht am Funkturm, Paul verschwunden, das Handy auf freiem Feld … Zornig wankte sie zurück in ihre kleine Küche und klappte das Notebook auf. Sie versuchte, sich in ihren Account drüben im Büro einzuloggen, doch das klappte nicht. Schließlich googelte sie die Nummer der Hamburger Kollegen und fragte sich bis zum diensthabenden Mitarbeiter der Kripo durch. „Gut, dass ich Sie erreiche", seufzte sie, als sie die ebenso genervte wie vertraute Stimme hörte.

„Bin ich nicht so sicher, Kollegin Krüger", erwiderte der Beamte. „Kennt ihr da oben keinen Schlaf?"

„Nee, Kollege Schlüter", sagte Anna und hoffte, dass ihre Stimme bei dem mörderischen Kopfschmerz nicht wie Lallen klang. „Schlafen können wir, wenn wir tot sind."

„Wird nicht mehr lange dauern, wenn Sie so weitermachen. Was liegt denn nun wieder an, das nicht bis morgen früh warten kann?“

„Sie wollten mich doch anrufen!“

„Hören Sie, Frau Kollegin, ich würde Ihnen gerne helfen, aber ich entscheide hier nicht alleine. Und mein Vorgesetzter sieht Ihre Anfrage skeptisch.“

„Ihr Vorgesetzter liegt vermutlich im Bett und schläft. Den haben Sie doch nicht wirklich gefragt. Aber wissen Sie was, Herr Schlüter? Wenn Paul Freitag in diesen Stunden stirbt, wird jeder erfahren, dass Sie nicht helfen wollten.“ Sie drückte den Anruf weg und warf ihr Handy auf den Tisch. „Scheiße!“, rief sie. Sie stand auf und trat ans Fenster. Es herrschte immer noch tiefste Nacht draußen. Man konnte den Sturm am Dach zerren hören. Gegenüber ragte der Schatten der Kirche auf. Im Pfarrhaus brannte ein einsames Licht. Stalin bearbeitete jetzt ihren rechten Hinterkopf mit einer Methode, die an Stromstöße erinnerte, deren Intensität sich immer weiter steigerte, um dann plötzlich nachzulassen, bis kaum noch Schmerz da war, um von einem Moment zum nächsten erneut irrwitzige Ladungen auf ihr Hirn abzufeuern. In solchen Augenblicken hätte sie ihren Schädel am liebsten gegen die Wand geschlagen, so lange, bis es vorbei war, endgültig vorbei.

Doch Stalin durfte nicht siegen. Sie war ein Mal besiegt worden in ihrem Leben, ein Mal. Nie wieder würde sie es zulassen, dass jemand anderes über ihr Schicksal bestimmte. Sie schloss kurz die Augen und feuerte einen Gegenschlag auf Stalin ab, der ihn wirklich kurz aus dem Tritt zu bringen schien. Dann zog sie sich aus und ging unter die Dusche.

Als sie wieder in die Küche kam, sah sie eben noch das Display ihres Handys verglühen. Sie sah nach und entdeckte, dass ein Anruf eingegangen war. 04:36. Eine Hamburger Nummer. Die Verbindung stand binnen Sekunden. „Krüger hier“, sagte sie.

Es war die Stimme des Hamburger Kollegen. „Selbst wenn ich wollte, könnte ich die Verbindungsdaten nicht auf die Schnelle herausfinden“, sagte er in versöhnlichem Ton, vielleicht raunte er aber auch nur, um von den anderen Kollegen, die mit ihm in einem Raum saßen, nicht gehört zu werden. „Aber Sie haben doch das Handy, oder?“

„Ich habe es, ja.“

„Wenn Sie die PIN eingeben, dann können Sie doch auf der Anrufliste selbst nachsehen.“

„Dazu müsste ich die PIN haben.“

„Bach.“

„Wie bitte?“

„Ich weiß sie leider nicht. Bach.“

„Wie jetzt. Können Sie für mich die PIN herausfinden? Weil es ein Diensthandy ist, richtig? Sie haben natürlich ein Verzeichnis, klar! Suchen Sie für mich die PIN raus, ja, das ist der einfachste Weg.“

„Tut mir leid, Frau Kollegin“, sagte KOK Schlüter. „Sie wissen doch: Datenschutz und so. Bach.“

„Hören Sie, wollen Sie mich veralbern?“

„Bach. Sie wissen schon.“ Im nächsten Moment hatte er aufgelegt. Verwirrt betrachtete Anna ihr Spiegelbild im Fenster, meinte für einen Augenblick, gegenüber ein Licht aufblitzen zu sehen, zog rasch den Vorhang zu und zog sich etwas an. Bach, dachte sie. Konnte es wirklich sein?

Aufgeregt nestelte sie Pauls Mobiltelefon aus ihrer durchnässten Jacke an der Garderobe. Auf dem Sperrbildschirm leuchtete das Bild des kleinen Mädchens auf, als sie den Knopf drückte. „Paulina“, flüsterte sie. „Wir werden deinen Papa finden.“ Dann tippte sie die Nummer ein.

Es war so simpel, dass sie hätte lachen können, wäre nicht der Kopfschmerz gewesen. Bach, das hatte sie in der Schule gelernt, konnte man in Noten übertragen. B-A-C-H, das war sozusagen die Kennung des großen Johann Sebastian gewesen. Kam in allen möglichen Werken von ihm vor. Aber man konnte es auch in Zahlen übertragen, indem man nämlich das Alphabet abzählte. B ist der zweite Buchstabe, A der erste, C der dritte und H der achte: 2138. Bach. Der Kollege aus Hamburg hatte ihr einen Code genannt. Einfach und effektiv. Wer würde ihm schon ans Bein pinkeln können, dass er was von einem Musiker geschwafelt hatte, mitten in der Nacht. Aber tatsächlich hatte er irgendwie die PIN von Pauls Diensthandy aufgetrieben und sie ihr durch die Blume zugerufen. Und nun war sie drin in seinen Daten. „Braver Junge“, flüsterte sie. Das Erste, was sie getan hatte, als sie ihr eigenes Diensthandy bekommen hatte, war, die PIN zu ändern. Aber Paul war ja so was von korrekt. Was sie auf den ersten Blick feststellen konnte, war, dass Paul die Tatsache ernst nahm, dass ein Diensthandy ein Diensthandy war: außer seiner Tochter auf dem Sperrbildschirm keine privaten Fotos, keine privaten Nachrichten, nichts, was irgendwie den Verdacht aufkommen ließ, er nutzte sein Arbeitsgerät auch für persönliche Zwecke. Das erleichterte die Arbeit auch insoweit, als Anna nicht filtern musste. Was auf Pauls Handy war, ging die Polizeiarbeit an.

Die Anrufliste war interessant. Sehr interessant sogar. Die Frage war jetzt, in welcher Reihenfolge sie vorgehen sollte. Denn an diesem Punkt ihrer Nachforschungen konnte sie alles richtig und alles falsch machen.

Sie entschied sich dafür, nicht vom letzten Anruf aus rückwärtszugehen, sondern Pauls Weg von dem Zeitpunkt aus nachzuverfolgen, zu dem sie ihn zum letzten Mal gesprochen hatte. Denn zwischen diesem Zeitpunkt und dem seines Verschwindens musste irgendwann etwas Entscheidendes geschehen sein – und Anna hätte schwören können, dass es ein Schlüssel zu der ganzen Angelegenheit war, die sie nun seit sieben Tagen in Atem hielt. Sie blickte zur Uhr. Fast fünf. Draußen war es dunkel. Alle würden noch schlafen, so viel stand fest. Aber vielleicht war das auch ganz vorteilhaft. Es verstärkte den Eindruck, den sie mit einem Anruf machte. Oder mit einem Besuch? Anna musste nicht lange überlegen, ehe sie sich hastig anzog, in ihre wunderbar trockenen Turnschuhe stieg und die Jacke vom Haken nahm. Schon an der Tür kehrte sie noch einmal um und steckte neben ihrem eigenen Handy auch das von Paul wieder ein. Ein morgendlicher Spaziergang zu einigen Menschen, die spät am Abend noch mit Paul telefoniert hatten. Sie schickte noch eine Mail an Marten:

> *Bitte prüf die Aufzeichnungen und Gebäude des Funkturms wegen Paul. Danke. Bin unterwegs und erst später im HQ. A.*

Dann war sie aus der Tür.

„Ich dachte nicht, dass ich dich schlagen muss, um dich wach zu bekommen. Mann, siehst du scheiße aus. Eine Gesichtsfarbe wie Haferschleim. – Und ziemlich dehydriert. Kannst du trinken? Hallo? Hey! Kannst du trinken? – Mist. Muss ich dir jetzt echt noch eine Infusion legen? – Na, großartig. Aber bevor du mir zu früh hopsgehst, bekommst du noch mal was Feines. Hier, NaCl, Kochsalzlösung. Damit hältst du noch ein paar Tage durch, wenn die Pumpe nicht zu früh aufgibt. Aber eine ganz besondere Arbeitssitzung brauchen wir noch. Also bleib mal schön am Leben. – Wer hätte gedacht, dass ich das mal zu dir sagen würde! Ha! Wirklich schräg."

„Hhhhh ..."

„Was? Sprich deutlicher, wie soll ich dich so verstehen."

„Dach chuf fff hach fff ..."

„Oh Mann, du bist ja wirklich scheiße drauf. Halt lieber die Klappe. Kommt nichts Brauchbares mehr raus. Ich lass jetzt noch ein bisschen Blut ab, damit alles seine Richtigkeit hat, und dann sehen wir uns sowieso nur noch ein Mal, um die Angelegenheit zum Ende zu bringen. Also, jetzt mal schön bluten, aber nur ein wenig, sodass du nicht gleich abkackst. Und dann bekommst du eine Infusion, damit du hier nicht noch vertrocknest. Aber verschon mich bloß mit deinem sinnlosen Gefasel. Sonst lass ich es einfach laufen, und du bist in zwei Minuten alle."

TAG 10

Sonntag, 7. Februar, 06:00 Uhr,
54° 11' nördliche Breite, 7° 53' östliche Länge,
Windstärke 10, West, Regen, Schnee

Das blendende Weiß der Räume wirkte im Dunkel der immer noch andauernden Nacht beinahe surreal. Wie ein Raumschiff im Weltall, dachte Anna und versuchte zu ignorieren, dass die extreme Helligkeit ihren Kopfschmerz schürte.

„Schon mal überlegt, sich psychologische Hilfe zu holen?"

„Sie meinen von wegen Täterprofil und dergleichen?"

„Oh, ich spreche nicht von Ihrem Fall", sagte Frau Dr. Reiter und betrachtete Anna aus halb geschlossenen Augen wie ein Insekt unter dem Mikroskop. „Ich frage Ihretwegen. Sie sind doch Migränepatientin, oder?"

„Patientin nicht wirklich", erwiderte Anna und überlegte, ob sie den Ausflug ins Persönliche unterbinden sollte. Immerhin ging es hier um eine polizeiliche Ermittlung. Andererseits …

„Sprich, die Kollegen konnten Ihnen nicht helfen, und Sie schlucken irgendwelches Zeug oder auch nicht und leben irgendwie damit, richtig?"

Anna zuckte die Achseln. „Und? Haben Sie einen besseren Tipp?"

„Tja, ich weiß nur, dass Migräne oft psychisch bedingt ist. Wenn Sie das Leiden Ihrer Seele lindern, geht auch der Kopfschmerz weg. Vielleicht sogar dauerhaft."

„Wenn ich eine Migränepatientin sehe, sage ich es ihr", erwiderte Anna knapp. „Kann ich Sie ein paar Sachen zu meinem Fall fragen?"

„Schießen Sie los." Die Ärztin lehnte sich zurück, ohne aber ihren analytischen Blick aufzugeben. Anna nahm ihr Handy heraus und rief ihre Notizen auf. Sie versuchte, Stalin zu ignorieren, was aber nicht ging. Die ganze rechte Seite ihres Schädels stand wieder unter Dauerfeuer. Sie hätte ein paar Tabletten einwerfen müssen. Aber jetzt musste sie da durch, es half alles nichts. „Sie haben gestern Nacht mit meinem Kollegen Paul Freitag telefoniert, richtig?"

Die Ärztin schwieg, ihre Augen verengten sich nur noch ein bisschen mehr.

„Haben Sie?"

„Worum geht es hier, Frau Krüger?"

„Es geht um eine Ermittlung, wie Sie wissen."

„Ich wüsste nicht, was diese Ermittlung mit der Frage zu tun hat, mit wem ich wann telefoniert habe."

„Es ist auch ganz egal, ob Sie mir das Telefonat bestätigen. Ich weiß, dass Sie gesprochen haben. Zweimal. Ich möchte wissen, worum es in Ihren Gesprächen ging." Anna hatte den Punkt gefunden, an dem sie Stalin in Schach halten konnte. Nun fixierte sie den Blick der Ärztin mit aller Ruhe und aller Professionalität, zu der sie fähig war.

„Wenn Sie denken, wir hätten gesprochen, warum fragen Sie nicht ihn?"

„Weil ich *Sie* frage, Frau Doktor Reiter."

Ein Lächeln glitt über das Gesicht der Ärztin. „Was beweist, dass Sie diese Frage gar nicht stellen dürfen. Wissen Sie, es ist ja nicht so, dass ich Sie nicht gerne unterstützen möchte. Aber ein paar Grundregeln wollen wir dabei schon einhalten, nicht wahr? Und dazu gehört, dass ich mich nicht behandeln lasse wie eine Verdächtige in einem Kriminalfall. Wenn Sie mir nicht sagen, worum es geht, werden Sie von mir nichts erfahren."

Anna schwieg. Sie nahm Pauls Diensthandy hervor, rief die Anrufliste auf und sagte: „23 Uhr 14. Zwei Minuten und zwölf Sekunden lang. Nun?"

Das leicht spöttische Lächeln war aus dem Gesicht der Ärztin gewichen. „Ist das sein Handy?“

Anna sagte nichts, sondern musterte die Ärztin nur, die sich nun auf ihrem Stuhl vorbeugte. „Ist ihm was passiert?“

„Wie lange sind Sie schon ein Paar?“

„Ein Paar? Paul und ich? Wie kommen Sie darauf?“ Die Ärztin versuchte ein Lachen.

„Sie sind nicht die Einzige, die gut beobachten kann, Frau Doktor.“

Einen Moment dachte die Frau nach, deren Ernsthaftigkeit ihr etwas durchaus Attraktives verlieh. „Sie wissen nicht, wo er ist? Wenn Sie es wüssten, würden Sie mit ihm sprechen. Denken Sie, es hat etwas mit dem Fall zu tun, dass er verschwunden ist?“

„Es wäre eine große Hilfe für mich, wenn Sie meine Fragen beantworten“, sagte Anna leise. „Ich erwarte nicht, dass Sie für mich Ihre ärztliche Schweigepflicht brechen. Bitte erwarten Sie Ihrerseits nicht von mir, dass ich Ihnen polizeiliche Interna offenbare. Auch ich bin zur Verschwiegenheit verpflichtet. Was ich Ihnen sagen kann, ist, dass es wichtig für Paul sein könnte, dass wir beide uns möglichst schnell auf eine Zusammenarbeit verständigen.“

Die Ärztin nickte. „Trotzdem fürchte ich, Sie erwarten mehr, als ich Ihnen sagen kann. Ich kann mir nicht vorstellen, dass Ihnen meine Informationen sehr nützlich sind.“

Anna hob die Hände. „Was soll ich Ihnen sagen, ich weiß es selbst nicht. Probieren wir es doch bitte aus.“

„Gut.“ Frau Dr. Reiter faltete ihre sehr schlanken, überaus gepflegten Hände auf dem Schreibtisch. „Zuerst einmal, wir sind kein Paar. Wir sind befreundet. Aber wir haben keine Beziehung.“

„Nie gehabt?“

„Nur kurz. Vor zwei Jahren etwa.“

„Verstehe.“ Zwei Singles auf einer Insel mit einem dramatischen demoskopischen Problem, beide noch relativ jung, beide gut aussehend, vermutlich beide nach einer gescheiterten Beziehung. „Wie haben Sie sich kennengelernt?“

„Er kam zu mir in die Praxis.“

Eine Sackgasse. An diesem Punkt würde die Ärztin keine weiteren Informationen preisgeben. Also in eine andere Richtung fragen: „Hatten die Anrufe gestern berufliche Gründe?“

„Für ihn oder für mich?“

„Für Sie.“

„Nein.“

„Also für ihn?“

„Möglich. Ich weiß es nicht.“ Sie zögerte nicht mehr, sondern hatte offenbar beschlossen, Anna zu vertrauen. „Zuerst rief er an und sagte, dass er wieder da sei. Er war ja drüben auf Düne, wie Sie wahrscheinlich wissen. Und dann hat er mir mitgeteilt, dass er später kommen würde. Vielleicht auch gar nicht.“

„Sie waren verabredet?“ Um die Uhrzeit musste dahinter doch fast zwangsläufig eine Beziehung stecken, oder?

„Ich hatte ihn zum Essen eingeladen. Das machen wir manchmal. Er kocht ganz gut, wissen Sie. Besser als ich. Gestern war ich dran. Und er hätte um zehn kommen sollen. Aber dann … Nun ja, es war schon nach zehn, als er anrief und absagte.“ Ihr Blick hatte jetzt etwas ganz und gar Aufgeschlossenes. Anna konnte verstehen, dass Paul sich in sie verliebt hatte. Sie war eine kluge und durchaus schöne Frau, wenn sie ihren beruflichen Panzer ablegte. „Es gab also keinen besonderen Anlass für das Treffen gestern?“

„Ich denke, er wollte mit mir über Ihren Fall sprechen.“

„Sie meinen, die Sache mit dem Blut, dem Daumen und so weiter?“

Die Ärztin wiegte den Kopf und hob ein wenig entschuldigend die Augenbrauen. „Nein, ich meine tatsächlich *Ihren* Fall."

„Das müssen Sie mir erklären."

„Tja." Sie zog die Hände vom Tisch und setzte sich ganz aufrecht hin. „Er wollte mit mir über Sie sprechen. Ich weiß nicht, ob es klug ist, dass ich Ihnen das sage." Sie atmete durch und bemühte sich, so neutral wie möglich zu klingen: „Paul wollte eine Einschätzung über Ihre Vertrauenswürdigkeit."

„Er wollte von Ihnen wissen, für wie vertrauenswürdig Sie mich halten?" Anna machte sich nicht selbst vor, dass sie das nicht verletzte. Denn das tat es. Sicher, Paul kannte sie erst ein paar Tage lang. Aber es gab schlicht keinen Grund, ihr zu misstrauen. Wenn ein perverser Stalker es schaffte, dass ihre persönliche Integrität auf der Dienststelle in Zweifel gezogen wurde, dann hatte er jedenfalls schon einen riesigen Erfolg erzielt. Anna spürte, wie sich ihr der Hals zuschnürte. Sie musste schlucken. „Tut mir leid", sagte Sarah Reiter mitfühlend. „Ich kann mir vorstellen, dass Sie das kränkt."

„Und? Was haben Sie ihm gesagt?" Anna versuchte, ihre professionelle Fassung wiederzufinden.

Die Ärztin zuckte mit den Schultern. „Nichts. Wie Sie wissen, ist er nicht aufgetaucht."

„Und wenn er aufgetaucht wäre, was hätten Sie ihm dann gesagt?"

Sarah Reiter lächelte entschuldigend. „Dann hätte ich ihm vermutlich gesagt, dass ich ihm keine Einschätzung geben kann. Ich hatte schließlich kaum Gelegenheit, Sie zu studieren." Sie räusperte sich. „Sie kennenzulernen, meine ich."

„Immerhin", sagte Anna. „Das beruhigt mich."

„Inwiefern, wenn ich fragen darf?"

„Dass Sie sich keine vorschnellen Urteile erlauben."

„Ich versuche es zu vermeiden", erwiderte die Ärztin. „Aber natürlich macht man sich seine Gedanken."

„Ach ja? Welche denn zum Beispiel?“

„Zum Beispiel darüber, wie es sein kann, dass eine Frau Mitte zwanzig auf einen Posten nach Helgoland kommt, ans Ende der Welt, wo sie schwer einen Partner finden wird und wo sich Fuchs und Hase gute Nacht sagen.“

„Irgendwelche Theorien dazu?“

„Sie sind jedenfalls eine komplexe Persönlichkeit. Wahrscheinlich mit einem psychischen Defekt – nichts Ernstes wahrscheinlich –, ich vermute, basierend auf einem seelischen Trauma …“

„Ich möchte Ihnen etwas zeigen, Frau Doktor Reiter“, sagte Anna unvermittelt und legte ihr Handy vor der Ärztin auf den Tisch. „Das hier haben wir am vergangenen Montag mit der Post bekommen.“

„Ich weiß …“

Anna schüttelte unwirsch den Kopf. Sie deutete auf das Foto des Daumens, das sie aufgerufen hatte. „Das hier“, sie wischte zum nächsten Bild, „ist am Dienstag eingetroffen.“

„Götterspeise, hausgemacht.“ Die Ärztin nickte. „Und es war Blut, wie wir wissen.“

„Richtig. Dann folgte das hier …“ Anna beobachtete genau die Reaktion der Ärztin, als sie das Bild von der blutverschmierten Wand aufrief, doch außer höchster Konzentration war da nichts.

„Ebenfalls Blut.“

„Etwa zwei drittel Liter.“

Sarah Reiters Miene wurde nun sehr ernst. „Nach wie vor wissen Sie nicht, ob es das Blut von ein und demselben Menschen ist und ob es überhaupt menschliches Blut ist?“

„In der Hinsicht wissen wir nicht mehr als Sie. Aber ja, wir vermuten es natürlich.“ Wieder zog sie ihre Fingerspitze über das Display. Das Ohr. So, wie Frau Dr. Reiter es selbst gesehen und analysiert hatte.

Einen Augenblick lang herrschte Schweigen. Anna konnte die Ärztin atmen hören. Die Bilder hatten sie vielleicht doch ein klein wenig aus der Fassung gebracht. Sie hielt die Hände ineinander verschränkt, ihre Kieferknochen traten ein wenig hervor, Anna konnte sehen, wie es in ihr arbeitete. „Das Glas – welches Volumen hatte es?“

„Ein Drittelliter.“

„Mit dem Blut für das Bild und dem Blutverlust, der beim Abtrennen eines Daumens und eines Ohrs entsteht, sind das schon ziemliche Mengen.“

„Aber noch nicht lebensbedrohlich, richtig?“

„Nein, ich denke, noch nicht. Vorausgesetzt natürlich, die Blutung vor allem bei der Amputation des Daumens wurde rechtzeitig gestillt. Ab vier Litern wird es lebensgefährlich. Das hängt natürlich auch ein wenig von der sonstigen Verfassung ab.“

„Und sonst?“

„Was meinen Sie?“

Anna rief die Bilder in umgekehrter Reihenfolge noch einmal auf. „Als Psychologin. Fällt Ihnen unter dem Aspekt etwas ein?“

Frau Dr. Reiter streckte die Hand aus. „Darf ich?“ Als Anna nickte, nahm sie das Handy vom Tisch und sah sich die Bilder nacheinander noch einmal an. „Der Daumen ist mit der Post gekommen, richtig?“ Abermals nickte Anna. „Und das Ohr?“

„Ist an einem Ort hinterlegt worden.“

„Einem Ort?“

„Einem Grab.“

Die Ärztin sah auf. „Ein Grab, das für Sie eine besondere Bedeutung hat, nehme ich an.“

„Das ist richtig.“

Sarah Reiter nickte erneut. „Tja, die Postsendung fällt etwas aus dem Schema. Aber sonst würde ich sagen, ist es auffällig, dass ein gewisser, nennen wir es mystischer Bezug hergestellt wird."

„Mystischer Bezug?"

„Die Götterspeise. Das klingt wie ein religiöses Motiv. Das Grab auch. Vermutlich hat der Täter das Päckchen am Kreuz abgelegt? Das überrascht mich nicht. Das Herz ist zwar nicht religiös, aber eben doch ein Motiv für eine höhere Macht: die Liebe. Haben Sie einen Verehrer?"

Anna hätte gerne gelacht. Doch dafür war die Situation zu ernst. „Was lässt sich aus den mystischen Bezügen auf den Täter schließen?"

„Leider bin ich keine Polizeipsychologin, Frau Krüger. Als Profiler tauge ich sicher nicht. Ich kann Ihnen weder sagen, ob die gesuchte Person männlich ist oder weiblich, noch kann ich einschätzen, ob sie von der Insel stammt oder vom Festland. Das Einzige, was mir sicher scheint, ist, dass sie eine starke emotionale Beziehung zu Ihnen hat. Aber ob es Liebe ist oder Hass … Wer weiß." Die Ärztin gab Anna das Handy zurück und stand auf. „Lassen Sie mich darüber nachdenken. Ich melde mich dann bei Ihnen."

Anna nickte. „Gut", sagte sie. „Sie waren mir eine große Hilfe."

„Na, ich weiß nicht …"

„Doch, doch. Ich durfte nicht mit so viel Unterstützung rechnen."

„Freut mich, wenn Sie es so sehen", sagte Dr. Reiter, die nun an einen Schrank trat, in dem sie verschiedene Medikamente aufbewahrte. „Sumatriptan?"

„Zolmitriptan. 5 mg."

Die Ärztin nickte, zögerte kurz und nahm dann eine kleine Schachtel heraus: Rizatriptan 10 mg. Sie drückte zwei Stück davon aus dem Blister und legte sie vor Anna auf den Tisch. „Probieren Sie die mal. Oft reagiert der Schmerz auf einen

Wechsel der Medikation stärker als auf die immer gleichen Präparate. Ich schreibe Ihnen noch 1000 mg ASS dazu auf. Besorgen Sie sich die und nehmen sie begleitend dazu ein. Es unterstützt die Wirkung und hilft auch gleich noch gegen Ihre Erkältung. Und wenn Sie klug sind, lassen Sie uns das mal in einem Gespräch durchleuchten. Ich kann Ihnen nicht versprechen, dass die Migräne geht, nur weil wir entdecken, dass Sie in Ihrer Kindheit mal mitansehen mussten, wie ein Frosch zerquetscht wurde. Aber vielleicht gibt es etwas, das den Schmerz anfeuert. Überlegen Sie sich das."

Anna nickte. „Okay", sagte sie. „Danke." Sie nahm die Tabletten und öffnete das Päckchen. „Ob ich wohl ein Glas Wasser haben könnte?"

„Sicher. Warten Sie." Frau Dr. Reiter verließ das Sprechzimmer und Anna sah durchs Fenster, wie ein heller Schimmer den Himmel überzog. Endlich, es dämmerte. Sie blickte auf die Uhr. Die anderen würde sie vermutlich nicht mehr aus den Betten scheuchen. Aber das machte nichts. Wichtig war, dass sie die Zeit nutzte. Sie stand auf und ging ein paar Schritte auf und ab. Als sie sich umdrehte, stand die Ärztin bereits wieder in der Tür und hielt in der Hand ein gefülltes Glas.

Auf Pauls Telefonliste stand ein eingehender Anruf von einer nicht gekennzeichneten Nummer. Anna drückte auf Rückruf und wartete, bis sich die Verbindung aufbaute, den Rücken eng an die Hauswand gedrückt, um sich vor dem Regen zu schützen, den die heftigen Böen vor sich hertrieben. Beim fünften Klingeln meldete sich die Mailbox: „Doktor Claus Strecker. Leider erreichen Sie mich nicht persönlich. Bitte hinterlassen Sie eine Nachricht nach dem Signalton." Dann ein Piepsen. „Doktor Strecker", sagte Anna. „Krüger hier von der Polizei. Ich möchte Sie gerne sprechen. Bitte rufen Sie mich zurück. Es ist dringend. Danke."

Anna steckte das Handy weg und überlegte einen Augenblick, da meldete sich der Arzt bereits mit einem Rückruf. „Strecker hier. Guten Morgen, Frau Krüger. Was kann ich für Sie tun?"

„Danke für den prompten Rückruf. Kann ich Sie treffen? Möglichst gleich?"

„Sicher. Kommen Sie in meine Praxis. Ich bin in zehn Minuten dort."

„Sind Sie noch zu Hause?"

„Ähm, ja. Warum …"

„Dann komme ich besser direkt zu Ihnen nach Hause", sagte Anna und drückte den Anruf schnell wieder weg. Sie wollte keine Zeit verlieren. Außerdem hatte sie das Gefühl, dass eine Atmosphäre, die weniger Autorität ihres Gesprächspartners ausstrahlte, in dem Fall besser wäre. Hastig durchquerte sie das Oberland und lief die Treppen hinab Richtung Südhafen. Streckers Wohnhaus lag nur einen Katzensprung entfernt von seiner Praxis, das hatte sie in Erinnerung. Doch als sie vor dem Haus stand, wurde ihr schlagartig bewusst, dass es ein großer Fehler gewesen war, ausgerechnet hierherzukommen. Sie hatte es zwar nicht gewusst, aber sie hätte es sich klarmachen können. Dieser Ort war der denkbar schlechteste für ein Gespräch, in dem sie selbst die Fäden in der Hand halten wollte. Doch das erkannte sie erst, als sie davorstand. Und dann öffnete sich die Tür, noch ehe sie etwas unternehmen konnte, um das Gespräch doch in die Praxis zu verlegen. „Da sind Sie ja schon", sagte der Arzt und schenkte ihr ein ganz und gar falsches Lächeln. „Ja", sagte Anna und spürte, wie ihr Hals sich zuschnürte. „Da bin ich schon."

„Kommen Sie herein." Dr. Strecker trat einen Schritt zur Seite und wies ins Innere des Hauses. Die Fassade war blau gestrichen, unschuldig blau. Der Flur strahlte in makellosem

Weiß. Gegenüber, im Wohnzimmer, leuchtete es in einem frühlingshaften Gelbton, so fröhlich und unbefangen, als gäbe es in diesem Haus keine dunklen Geheimnisse. Doch es gab sie. Und Anna kannte sie, ja, sie war Teil dieser Geheimnisse gewesen. Nur dass Dr. Strecker das nicht wusste – und dass er es auch niemals erfahren sollte. „Danke“, sagte sie, zaghafter, als ihr lieb war. Und kräftiger: „Ich will Sie nicht aufhalten. Aber ich habe ein paar Fragen.“

„Gerne“, entgegnete Strecker und schloss die Tür hinter ihr. „Gehen wir ins Wohnzimmer?“

Anna trat näher und bemerkte erst jetzt die Frau, die dort schon auf dem Sofa saß. „Guten Tag.“ Die Frau nickte, sagte aber nichts.

„Darf ich Ihnen einen Tee anbieten? Oder einen Kaffee?“

„Nichts. Danke.“ Anna räusperte sich. „Können wir unter vier Augen sprechen?“

„Dann gehen wir doch besser in mein Arbeitszimmer.“ Dr. Strecker deutete zur Treppe hin und ging dann voraus in den ersten Stock. „Nehmen Sie Platz.“

Wieder war es die gleiche Situation: auf der einen Seite des Schreibtischs der Arzt, auf der anderen, auf dem Besucherstuhl, Anna. Sie hätte sich verfluchen können, dass sie diese Konstellation nicht vermieden hatte. „Ich bleibe lieber stehen“, sagte sie und versuchte, sich so selbstbewusst wie möglich in dem kleinen Raum zu positionieren.

„Wie Sie möchten. Was also hätten Sie gerne gewusst?“ Ein Blick auf die Uhr. Anna spürte, dass irgendetwas nicht war, wie es sein sollte, ohne dass sie hätte sagen können, was es war. „Sie haben uns nicht vorgestellt“, sagte sie. „Die Frau im Wohnzimmer und mich.“

„Oh. Eine Freundin der Familie.“ Strecker setzte eine betont beiläufige Miene auf. Zu betont, wie Anna fand.

„Und Ihre Frau?“ Gab es überhaupt eine? Anna war sich

nicht sicher, ob Strecker nicht doch auf der Liste der Alleinstehenden stand.

„Worum geht es denn, Frau Krüger? Ich habe Patienten. Termine, verstehen Sie? Menschen, die krank sind und Hilfe brauchen."

„Natürlich." Anna sah sich in dem kleinen Arbeitszimmer um, dessen Wände ringsum mit deckenhohen Regalen vollgestellt waren, in denen eine ganz ansehnliche Bibliothek versammelt war. „Sie haben gestern meinen Kollegen Freitag angerufen?"

Strecker nickte. „Das ist richtig. Und?"

„Das war gegen wie viel Uhr?"

„Ich habe ihn zweimal angerufen. Aber ich finde, das könnten Sie eigentlich auch ihn fragen, das schiene mir passender."

„Einmal am Abend, schon ziemlich spät. Und das andere Mal?"

„Keine Ahnung", erwiderte Strecker etwas unwirsch. Das Gespräch schien eine Wendung zu nehmen, die ihm nicht gefiel. „Warum?"

„Was wollten Sie von ihm?"

„Beim ersten oder beim zweiten Gespräch?"

„Sowohl als auch." Anna ignorierte die zunehmende, aber immer noch sehr unterschwellige Aggression, die in seine Worte einfloss.

„Wie gesagt, fragen Sie Ihren Kollegen. Der kann es Ihnen sagen."

Ein Vibrieren in ihrer Tasche zeigte Anna eine eingehende Nachricht an. Sie nahm das Handy hervor und warf einen kurzen Blick darauf:

Recherche am Funkturm negativ. Keine Spur von Paul. M.

Sie steckte es wieder weg. Keine Spur von Paul. Irgendwie hatte sie es auch nicht erwartet. „Ich kann ihn leider nicht dazu befragen, Herr Doktor Strecker. Aber ich kann Ihnen versichern, er wäre einverstanden, dass ich Sie frage." Sie verschränkte die Arme und fragte betont ruhig, aber mit aller Autorität, derer sie fähig war: „Worum ging es in Ihrem Gespräch?"

Dr. Claus Strecker ließ den Blick zu einem unbestimmten Punkt irgendwo über ihrer linken Schulter gleiten. „Ich fürchte, es ging um Sie."

Sie musste etwas essen. Inzwischen spürte sie ihren Körper kaum noch, so sehr war sie auf Stalin fixiert und auf die Erkältung. Die Nebenhöhlen waren dicht, ihre Augen tränten. Und die Wirkung der Tabletten, die ihr Frau Dr. Reiter gegeben hatte, war kaum noch spürbar.

Automatisch führten ihre Beine sie zu *Henry's Hummerbude*, die aber noch geschlossen war. Klar. Bei dem Wetter. Es kamen ja kaum Gäste, selbst wenn heute keine Ausgangssperre war. Dann also weiter. Vielleicht in den Laden, in den sie mit Marten an ihrem ersten Arbeitstag gegangen war? Aber auch der war zu. Endlich fand sie ein Café, das geöffnet hatte, aber natürlich leer war. „Bekomme ich bei Ihnen was Heißes zu trinken und irgendetwas zu essen?"

Die Inhaberin sah sie skeptisch an. „Anna Krüger?"

„Kennen wir uns?" Es war zu schwer, nachzudenken. Anna ließ sich nur auf einen Stuhl fallen und rieb sich das Gesicht.

„Wetke. Mein Vater war Arzt hier auf der Insel."

Wetke. Natürlich kannte Anna diesen Namen. Sie würde ihn nie vergessen. Sie musterte die Frau, die auch nicht mehr die Jüngste war. Kurzes blondes, oder eher blondiertes Haar, ein Kittelkleid, blickdichte Strümpfe, stämmig, nein: kräftig, aber nicht dick. „Sicher", sagte sie. „Moin, Frau Wetke."

Die Wirtin nickte nur und verschwand hinter der Theke. „Kaffee? Tee?"

„Kaffee bitte. Möglichst groß. Und ein Glas Wasser."

Als das Wasser kam, schluckte Anna ein paar von ihren alten Tabletten gegen den Kopfschmerz und schloss kurz die Augen. So konnte sie nicht weitermachen. Sie musste sich die neuen Medikamente möglichst schnell besorgen. Vielleicht war das Präparat, das ihr Frau Dr. Reiter empfohlen hatte, tatsächlich das bessere. „Sie gehören ins Bett", stellte die Wirtin fest.

„Da haben Sie recht, Frau Wetke", erwiderte Anna. „Aber das Verbrechen schläft bekanntlich nicht. Da dürfen wir auch nicht schlafen."

„Wir?"

„Polizei."

„Oh. Verstehe. Hätte ja nicht gedacht, dass das Verbrechen auf so einer kleinen Insel eine Rolle spielt."

„Ich auch nicht, Frau Wetke."

„Bienick."

„Bitte?"

„Ich heiße nicht mehr Wetke."

„Sie haben geheiratet."

Die Wirtin zuckte die Schultern. „Auch so ein Fehler. Ist aber schon lange vorbei. Egal." Sie zog sich zurück. Anna war dankbar. Sie hatte auch keine Lust auf ein solches Gespräch. Und sie wollte die Tochter des Arztes auch gar nicht sehen. Nach dem Gespräch mit Strecker schon gar nicht. Es erschien ihr wie ein bizarrer Albtraum, dass sie ausgerechnet jetzt auf die Tochter seines Praxisvorgängers traf. Bis der Kaffee kam, prüfte sie die Wettervorhersage, checkte die Mails, suchte nach Nachrichten zu den verschiedenen Namen, richtete einen Alert auf „Paul_Freitag" ein und blätterte einmal mehr die Aufnahmen von der Wand in der Dienststelle durch.

Der Kaffee hätte Tote aufgeweckt. Anna war dankbar. Sie trank ihn schwarz und in großen Schlucken. Draußen schoben sich nur gelegentlich dick vermummte Gestalten durch den Regen. Jede von ihnen hätte der Täter sein können. Jeder von denen, mit denen Anna in den letzten Tagen gesprochen hatte, hätte der Täter sein können! Nele Steenkamp. Diana Franzen. Dr. Rückert ... Aber von keinem waren Fingerabdrücke auf den Beweisstücken gewesen. Die Zeit lief ab, aber weder Anna noch Paul, noch Marten waren auch nur einen Schritt weitergekommen. Es sei denn, Paul war auf etwas gestoßen und war deshalb verschwunden. Sie sah noch einmal seine Anrufliste durch. Ein Gespräch mit Dr. Strecker, dann der Anruf bei Frau Dr. Reiter, in dem er ihr mitteilte, dass es später werden würde. Hatte er etwas von Strecker erfahren, was ihn unmittelbar handeln ließ? Ein zweites Telefonat mit Strecker. Und dann ein Anruf bei Marten. Und einer bei Dr. Bause. Wenn Paul etwas Neues gehabt hätte, dann hätte er es Marten doch gesagt. Aber das hatte er nicht. Marten hatte, als sie ihn um Mitternacht auf der Polizeistation getroffen hatte, nichts zu berichten gewusst. Das hieß: Er hatte behauptet, überhaupt nichts von Paul gehört zu haben. Aber der hatte ihn doch angerufen!

Warum hatte Marten ihr das nicht gesagt? Hatte es mit der seltsamen Frage zu tun, mit der Paul sich an Frau Dr. Reiter gewandt hatte: War Anna vertrauenswürdig? Hatte Paul diese Frage auch Marten gestellt? Oder hatte er ihm erzählt, was er von Dr. Strecker über Anna erfahren hatte? War Marten deshalb mitten in der Nacht aufgetaucht, weil er sie in Pauls Auftrag beobachtet hatte? Verdächtigten sie am Ende gar sie selbst, hinter der ganzen Sache zu stecken?

Es war ein Teufelskreis aus wirren Überlegungen, doch immer wieder lief es darauf hinaus, dass Anna selbst im Mittelpunkt stand. Dabei wusste sie nach wie vor nichts! Das Einzige, was Anna sicher wusste, war: Morgen würde das Spiel zu Ende sein. Morgen war der Tag, an dem sich alles entschied.

Morgen war der Todestag eines Menschen – wenn sie es nicht schafften, vorher den Täter zu finden. Deshalb durfte sie sich jetzt auch nicht ihrer Erschöpfung und Übermüdung ergeben, sie durfte die Krankheit und den Kopfschmerz nicht über sie bestimmen lassen. Nein, sie musste ihre letzten Kräfte mobilisieren! Sie musste jetzt raus und weitermachen, jetzt und keine Minute später! „Danke!", krächzte sie und legte ein paar Münzen auf den Tisch, die sie noch in der Tasche gehabt hatte.

„Doch nichts zu essen?", rief ihr die Wirtin hinterher.

Essen, dachte Anna und zog sich wieder die Kapuze über den Kopf. *Essen. Was für eine verrückte Idee.* Sie würde schon nicht verhungern.

Die Apotheke war, trotz Grippewelle und Notdienst, menschenleer. Niemand, der bei Sinnen war, verließ ohne Not das Haus. Selbst mit Medikamenten hatten sich die Einwohner längst hinreichend eingedeckt. Nur Anna brauchte Nachschub, um Stalin in Schach zu halten. Während sie die meiste Zeit versuchte, ohne Drogen auszukommen, war sie jetzt entschlossen, sich so wenig wie möglich vom Schmerz ablenken zu lassen. Auch wenn es nur eine geringe Verbesserung darstellte: Sie musste schnellstens die Tabletten einnehmen, die ihr Dr. Reiter verschrieben hatte.

Der Apotheker war ein freundlicher, aber kritisch dreinblickender Mann. „Rizatriptan 10 mg?"

„Migräne", sagte Anna.

„Ist mir klar. Aber Sie brauchen ein Rezept."

„Habe ich. Moment." Anna suchte ihre Taschen ab. Wo hatte sie den Zettel hingesteckt? Hatte sie ihn überhaupt eingesteckt? Herrgott! „Hören Sie", sagte sie. „Rezept kann ich Ihnen gerne nachliefern." Stalin feuerte aus allen Rohren. Anna merkte, wie ihr Sichtfeld sich immer weiter verengte. Wenn es so weit war, stand sie kurz vor dem Blackout.

„Tut mir leid …“, fing der Apotheker an und musterte sie misstrauisch.

„Guter Mann“, fiel Anna ihm ins Wort. „Ich besorge Ihnen ein Rezept. Aber bitte geben Sie mir jetzt das Medikament. Der Kopfschmerz fängt leider nicht erst an, wenn ich ein Papier für Sie habe.“ Sie sah sofort, wie der Mann dichtmachte. Klar, jetzt hatte sie ihn als Pedanten hingestellt. Wahre Pedanten konnten das auf den Tod nicht ausstehen und wurden erst recht pedantisch. „Kommen Sie bitte wieder, wenn Sie ein Rezept haben“, sagte er mit dem eisigsten Lächeln.

„Hören Sie“, versuchte es Anna begütigend, während Stalin ihr die Großhirnrinde von beiden Seiten her zerfraß. „Das ist ein Notfall. Mir geht es wirklich schlecht. Wenn ich nicht sofort …“

„Dann sollten Sie sich mit dem Rezept beeilen“, sagte der Apotheker. „Ich bin sicher, einer unserer hervorragenden Ärzte auf der Insel wird Ihnen innerhalb kürzester Zeit eines ausstellen.“

Anna atmete tief durch. Dann zog sie ihren Polizeiausweis aus der Tasche, hielt ihn ihm vor die Nase und sagte: „Ich darf Sie bitten, mit auf die Polizeistation zu kommen.“

„Was?“ Der Apotheker war so überrumpelt, dass ihm die Züge entglitten. „Was soll das?“

„Es liegt eine Anzeige wegen Strafvereitelung gegen Sie vor und wegen Behinderung der Staatsgewalt.“

„Ich … ich …“ Unwillkürlich wich der Mann einen Schritt zurück.

„Ich befinde mich in einem Notfalleinsatz. Sie unterstützen mich nicht. Ich habe Sie hiermit selbst angezeigt. Und ich werde meine Anzeige erst zurückziehen, wenn …“ Sie ließ den Rest im Raum stehen. „Darf ich also bitten?“ Diesen Ton hatte sie schon immer draufgehabt. In der Polizeiausbildung hatten sie sie deshalb „Miss Sheriff“ genannt. Jetzt spielte sie ihr Talent zu brachialer Autorität aus, während sie ihren Ausweis wieder einsteckte und wie von ungefähr ihre Hand in die Jacke gleiten ließ, dort, wo jedermann vermuten musste, dass sie ihre Waffe trug.

„Hören Sie …“, fing der Apotheker wieder an. Als er ihren Blick sah, verstummte er. Einen Moment lang standen sie sich gegenüber wie an High Noon. Dann murmelte er: „Augenblick.“ Und verschwand hinter den Regalen. Als er wieder hervorkam, hatte er das Päckchen in der Hand. „Hier“, sagte er. „Vergessen Sie die Anzeige, und ich vergesse das Rezept.“ Er wandte sich um und nahm von einem der Regale eine Schachtel Ibuprofen. „Die sind gegen das Fieber.“ Ein Friedensangebot.

Wortlos nahm Anna die Tabletten vom Tisch und verließ den Laden. Draußen wartete sie nicht lange, sondern drückte die dreifache Dosis in ihre Hand und warf sich die Pillen in den Mund. Wasser brauchte sie nicht, gegen den Schmerz in ihrem Schädel war die Unbequemlichkeit, eine Handvoll Pillen ohne Flüssigkeit zu schlucken, das reine Vergnügen. Kurz lehnte sie sich gegen die Hauswand und schloss die Augen. Fieber. Klar. Jetzt wurde es ihr wieder bewusst. Sie glühte. Fieber, Stress und Migräne waren eine höllische Mischung. Aber irgendwie auch eine, die dazu führte, dass sie sich keinem ihrer Leiden ergeben würde: Was war schon Stress gegen Migräne. Was war Migräne gegen den unaufhaltsam näher kommenden Tod eines Menschen. Anna drückte noch zwei Ibuprofen-Tabletten aus dem Film und schluckte sie. Dann warf sie sich wieder gegen den Sturm.

Zuerst schlug sie den Weg Richtung Kirche ein. Sie brauchte sowieso aus ihrer Wohnung neue Kleider.

Nichts weiter. Anna spürte, wie Panik in ihr aufwallte. Was um alles in der Welt ging auf dieser verfluchten Insel vor sich! Mussten sie wirklich hilflos zusehen, wie ein Mensch in nächster Nähe zu Tode gequält wurde? Wer konnte im Verborgenen all die Bluttaten begehen, ohne dass ihn jemand dabei entdeckte? Wer konnte spurlos verschwinden, ohne dass ihn jemand vermisste?

Während die Medikamente Stalin in einen dumpfen, unruhigen Schlaf zwangen, schleppte Anna sich rauf nach Oberland, machte sich schnell frisch und wechselte ihre Kleidung. Dann ging sie hinüber zum Friedhof. Vielleicht würde ihr ein stummes Gespräch helfen, irgendeine Struktur in ihre Gedanken zu bringen.

Als sie wieder vor der Haustür stand, kam die Nachricht:

Wir haben es bald geschafft.

An Leos Grab stand jemand. Zuerst hatte sie es nur vage aus dem Augenwinkel wahrgenommen, es gar nicht richtig realisiert. Gegen die Dämmerung und den Regen war es selbst dann schwer zu erkennen, wenn man genau hinblickte. Doch sie war sich sicher, dass die Gestalt, die jetzt zur Kirche hinstrebte, eben noch an Leos Grab gestanden hatte. Ohne lange nachzudenken, überquerte Anna die Straße und lief auf den Kirchhof. Es war kalt. Anna zog die Kapuze tiefer übers Gesicht und vergrub die Hände wieder in den Taschen. Der Wind verlieh ihr eine leichte Schlagseite, ihre Augen tränten. Sie verlor die Gestalt kurz aus dem Blick, wollte schon in die Kirche hineingehen, da erkannte sie, dass der Unbekannte den Kirchhof auf der gegenüberliegenden Seite wieder verlassen hatte und nun den Weg neben der Schule entlang Richtung Leuchtturm lief. Er war schnell, Anna konnte kaum Schritt halten. Aber sie war auch mit ihren Kräften am Ende. Was machte sie hier eigentlich? Die letzte Ausgangssperre war aufgehoben, es gab keinen Grund, jemanden zu verfolgen, schon gar nicht jemanden, von dem sie nicht wusste, wer er war und wohin er wollte. Und doch: Er hatte an Leos Grab gestanden. Leos Grab war völlig verwahrlost gewesen, als Anna hier angekommen war. Es war offensichtlich gewesen, dass niemand jemals an seine letzte Ruhestätte kam. Warum also jetzt? Und wer?

Die Gestalt schien sich kurz umzusehen, als ob sie sicher sein wollte, dass Anna ihr auch folgte. Unwillkürlich tastete Anna nach ihrer Dienstwaffe, die sie natürlich wieder einmal nicht bei sich trug. Sie hatte sie in der anderen Jacke gelassen. Aber solange sie auf Abstand blieb, würde sie sie ohnehin nicht brauchen. Nein, sie würde sie gar nicht brauchen. Warum sollte sie! Niemand bedrohte sie. Der Unbekannte lief eher vor ihr weg. Ja, in der Tat, hinter der Schule war er wieder verschwunden. War er ins Schulgebäude gegangen? Anna blickte auf die dunklen Fenster, in denen sich der Umriss ihres eigenen Spiegelbildes ebenso fremd und beängstigend ausnahm wie die Silhouette des Unbekannten. Da, ganz nah am Leuchtturm, war er das nicht? Das musste er sein, oder? Sie hastete über das Brachland, darauf bedacht, sich nicht in einer der unzähligen Verwerfungen einen Knöchel zu brechen.

Ging der Unbekannte hinein? Schwer zu sagen. Der Regen peitschte Anna nun direkt ins Gesicht, sie bekam kaum Luft. Einen Moment lang drehte sie sich um, atmete tief durch und wischte sich das Gesicht. Stalin bäumte sich gegen die Medikamente auf und strafte sie mit seinem Zorn, sie hätte schreien mögen, doch wozu. Als sie sich dem Leuchtturm wieder zuwandte, war niemand mehr zu sehen.

Er konnte auf der anderen Seite weitergelaufen sein, das Gelände war uneben, bei den Sichtverhältnissen wäre er rasch aus ihrem Blick verschwunden. Er mochte sich auch hinter einem der großen Krater dort verborgen haben, doch das hätte vermutlich keinen Sinn ergeben. Und wenn die Gestalt überhaupt nur Einbildung war? Wer konnte schon sagen, dass das Monster in ihrem Hirn sie nicht irgendwann auch noch mit

Halluzinationen foltern würde. Je länger dieser Albtraum auf der verdammten Insel andauerte, umso mehr glaubte Anna daran, dass Stalin sie in den Wahnsinn treiben würde.

Der Leuchtturm ragte wie ein dunkler Riese vor ihr auf, kalt und höhnisch. Er war das immerwährende Symbol ihrer Enttäuschung, ihrer Erniedrigung und ihres zerstörten Lebens. Sie hasste ihn. Doch jetzt gab er zumindest für eine kurze Verschnaufpause einen gewissen Schutz vor dem Sturm. Der Regen verwandelte sich zunehmend in Eis, das beißend auf sie einstürmte. Anna hielt sich die klammen Hände vors Gesicht und versuchte sich zu beruhigen, nicht an die Geister der Vergangenheit zu denken, nicht hemmungslos zu weinen. Sie würde jetzt ganz ruhig wieder nach Hause gehen, Schritt für Schritt, würde sich nicht mehr umsehen, nicht mehr an die Gestalt denken, die sie hierhergelockt hatte, das Hirngespinst, die Ausgeburt ihres angegriffenen Geistes, nein, daran würde sie nicht mehr denken. Sie würde jetzt nur noch an das Bad denken, das sie zu Hause nehmen würde, an den Tee, den sie trinken würde, an die Wärme ihres Bademantels und ihres Bettes und an … Noch während sie sich ganz abwandte vom Leuchtturm, sah sie es liegen. Auf der Treppe. Es war in rotes Papier gewickelt, unübersehbar auch bei diesem Wetter. Lag da und wartete so offensichtlich darauf, von ihr bemerkt zu werden, dass Anna ein kurzer Aufschrei entfuhr. Es hatte die Größe … Anna spürte, wie sich ihr der Magen umdrehte und ihr ganzer Körper von einem Schaudern erfasst wurde. Die Größe eines Schuhkartons.

Zögernd trat sie darauf zu und fasste das Paket mit eisstarren Fingern an. Leer. Der Karton war leer. Sobald sie ihn aufgehoben hatte, war es ihr klar gewesen. Er war so leicht – hätte sie ihn nicht unmittelbar, nachdem er hingestellt worden war, aufgehoben, dann wäre er vom Sturm längst weggeweht worden. Und auch so hatte er die wenigen Augenblicke nur auf der Treppe des Leuchtturms überstanden, weil er in deren Windschatten platziert gewesen war.

Nun saß Anna auf dem Boden, den Rücken an die Turmmauer gepresst, in den Händen die Schachtel in ihrem leuchtenden Rot, und atmete tief durch. Vorsichtig hob sie den Deckel an und fand darin ein Papier, eine Seite aus einem Buch. Sie kannte dieses Blatt, kannte es gut. Sie schloss die Augen und machte den Karton wieder zu. Eine Weile saß sie still da, lauschte auf den Sturm, den um sie herum und den in ihrem Inneren. Hätte es eines letzten Beweises bedurft, dann wäre es diese Botschaft gewesen.

Alle Glieder schmerzten, als sie sich wieder hochkämpfte und – den Wind im Rücken – Richtung Mittelland stapfte. Sie hatte das Paket angefasst, nun waren ihre Fingerabdrücke darauf. Aber sie hätte es so oder so packen müssen, bevor es der Wind forttrug. Bei den Wetterverhältnissen hätte sie es auch nicht vorsichtig mit einem Taschentuch und spitzen Fingern aufnehmen und zur Polizeistation transportieren können. Ob der Unbekannte das so kalkuliert hatte? Vielleicht. Andererseits hatte er sich zum ersten Mal gezeigt. Bisher war er nur ein Phantom gewesen, jemand, den es *wahrscheinlich* gab und der *wahrscheinlich* eine grausame Tat beging, an der er die Polizei von Helgoland in Echtzeit teilhaben ließ. Jetzt war dieser Unbekannte aus dem Status der Wahrscheinlichkeit herausgetreten und war zu einem Menschen geworden, den es sicher gab. Zu einem Täter. Und das mögliche Verbrechen wurde zur wirklichen Tat.

Anna stolperte auf der buckeligen Piste, alles war aufgeweicht und rutschig, die Insel schien sich langsam in ihre Bestandteile aufzulösen. Wer konnte schon sagen, ob es nicht dieser Tag sein würde, an dem sich das Meer doch noch diesen ganzen verfluchten Felsen einverleiben würde. Hinter ihrer linken Schulter hörte sie die Glocken von St. Nicolai läuten.

Zaghaft, einsam. Sie war schon fast an der Polizeistation, als ihr plötzlich klar wurde, welcher Art das Läuten war: Es war die Totenglocke, die düster über die Insel hallte und deren trauriger Klang vom Wind weit übers Meer getragen wurde.

Als sie die Tür öffnete, erschrak sie. Er stand nur mit Hemd und Hose bekleidet vor ihr, ohne Jacke, ohne Mütze, nichts hielt den Regen und den schneidenden Wind davon ab, ihn anzugreifen. Sein Haar hing ihm wirr in die Stirn, die Augen starrten sie an wie in Panik, voll tiefer Angst und Not. „Katarina", presste er hervor, kaum zu verstehen, „Katarina, es tut mir leid." Er schluchzte auf. „Es tut mir so leid!" Dann fiel er auf die Knie und vergrub das Gesicht in den Händen.

Katarina Loos merkte, wie sie die Luft anhielt, wie sich Eiseskälte über ihren Rücken breitete, wie sich ihr ganzer Körper versteifte. „Claus?", keuchte sie. „Was ist los?"

Er blickte zu ihr auf, als wäre sie sein rettender Engel. „Ich wusste nicht … ich dachte nicht …", stammelte er. „Es war … Gott! Bause … Er …" Der Rest war ein sinnloses Heulen. Panik schüttelte ihn, und Katarina Loos konnte nicht anders, als zu ihm herunterzusinken und sich vor ihn hinzuknien und seine Hände zu nehmen.

„Um Gottes willen, was ist denn passiert?", fragte sie, während der Regen auch ihr über Kopf und Schultern lief.

Doch Dr. Claus Strecker fand nicht die Worte, den Schrecken auszudrücken, den Geistern einen Namen zu geben, die ihn jagten. Er zitterte nur vor sich hin und weinte, wie er noch nie im Leben geweint hatte.

Schließlich fasste sich Katarina Loos ein Herz und zerrte ihn vom Boden weg hinein ins Haus. „Komm! Es nützt überhaupt nichts, hier in der Kälte zu sitzen!" Widerstandslos ließ sich der Mann nach drinnen ziehen. Katarina Loos schloss die Tür und wandte sich zu ihm um. Er war ein Schatten seiner selbst. Was war nur geschehen? Was hatte er getan? Sie holte Luft, wankte, wusste nicht, ob sie es noch wissen wollte. Wenn er ihr etwas Schreckliches gestand, würde es für sie beide noch eine Zukunft geben? *Konnte* es noch eine Zukunft geben? War nicht alles zerstört, was in den letzten Tagen entstanden war? Sie versuchte, sich zu beruhigen, und schob ihn ins Wohnzimmer, wo er sich wie ferngesteuert auf das Sofa setzte. „Wer ist Bause?“, fragte sie nach einer kleinen Weile, als könnte das Unsägliche dadurch leichter werden, dass man es beim Nebensächlichen packte.

„Er wird mich hinter Gitter bringen.“

„Warum? Was hast du getan?“ Nun war es raus. Und was immer er antworten würde, würde für immer auf ihrer Beziehung lasten wie ein Mühlstein.

„Oh Katarina, ich habe alles falsch gemacht.“ Er blickte zu ihr auf. „Dabei wollte ich alles richtig machen! Und es sah auch zuerst aus, als würde alles gut gehen. Doch dann …“

„Dann was?“

„Dann habe ich zugelassen, dass es aus dem Ruder läuft.“

„Und nun?“ Sie wagte kaum zu atmen. „Was ist nun?“

„Nun wird ein Mensch sterben, Katarina. Und ich bin schuld. Ich habe es zugelassen. Ich habe es *getan*.“

Die Polizeistation lag einsam im Niemandsland zwischen den Lagergebäuden von Mittelland. Weder Marten noch Paul waren zu sehen. Anna streifte die Kapuze vom Kopf und trat an die Wand mit den Aufzeichnungen. Sie schob einen der Tische davor und drapierte die Schachtel darauf. Beinahe wirkte alles wie ein Schrein, ein Altar des Makabren. Nachdem sie sich gesetzt hatte, wischte sie sich Regen und Tränen aus dem Gesicht, putzte sich die Nase und versuchte, ihren Atem zu beruhigen.

Die Totenglocken. Sie hatten sicher für Pastor Willemsen geläutet. Die Trauer griff mit eiserner Hand nach ihrem Herzen.

Der Pfarrer war vielleicht der einzige Mensch auf dieser Insel gewesen, der ihre Geschichte kannte und zu dem sie trotzdem Vertrauen gehabt hatte. Mit zitternden Fingern tastete sie nach dem Kreuz, das sie um den Hals trug. Er hatte sie verstanden, hatte ihre Enttäuschung und ihre tiefe Traurigkeit weder ignoriert noch abgetan: Er war menschlich gewesen, auch im Angesicht des Unmenschlichen. Sicher auch, weil er tiefes Vertrauen hatte. In Gott. Egal wem man vertraut, es ist gut, jemandem vertrauen zu können. Wie gerne hätte sie ihren Eltern vertraut. Das hatte sie, zuerst. Doch die hatten dieses Vertrauen verraten. Hätte Leo wenigstens gelebt, vielleicht hätte sie ihm ihr tiefes Vertrauen schenken können. Vielleicht wäre alles gut geworden. Vielleicht hätte sie eine Familie mit ihm gehabt, wie Peter Franzen sie hatte, mit seiner schönen, liebenswerten Frau und den Zwillingen. Ob seine Frau ihm solches Vertrauen schenkte? Vielleicht tat sie es, weil sie nicht wusste, was er getan hatte. Vielleicht aber tat sie es ja auch, obwohl sie es wusste. Hatte er es ihr erzählt? Hatte er gebeichtet?

So viele Einwohner hatte sie bei ihren Streifzügen in den letzten Tagen gesehen. Aber nicht Peter Franzen. War das Zufall? Oder war es am Ende Absicht? Anna spürte, wie ihr Puls sich beschleunigte. Peter Franzen. Einer der vier, die ihr Leben ruiniert hatten. Auch wenn er nicht an dem Mord an Leo beteiligt gewesen war, so gehörte er doch zu der Bande dazu. Womöglich wäre alles nicht passiert ohne ihn. Oder es wäre zumindest anders gekommen. Peter Franzen. Konnte es sein, dass sie ihn nicht gesehen hatte, er sie aber sehr wohl? War er vielleicht der Beobachter, dessen Gegenwart sie immer wieder gespürt hatte? War er es, der die Schachtel am Leuchtturm abgelegt hatte?

Plötzlich war alles wieder da. Der Zettel. Er hatte ihn geschrieben. Sie kannte den Wortlaut auswendig. Er hatte sich für immer in ihr Gedächtnis eingebrannt.

Heute um 17 Uhr in der Hütte von meinen Eltern? Leo

Mit zitternden Händen faltet sie den Zettel und steckt ihn in die Tasche ihrer Jeans, nimmt ihn wieder hervor, schnuppert an ihm und küsst die Worte. Dann schiebt sie ihn wieder hinein und nimmt ihre Sachen. Er hat ihn oben durch den Spalt ihres Schulspinds gesteckt. Fast hätte sie ihn übersehen, weil er nach hinten gefallen ist. Aber nun ist alles gut. Leo wird in der Hütte auf sie warten. Und wer weiß schon, was geschehen wird … Annas Herz klopft so wild, dass ihr schwindelig ist. Der Zettel in ihrer Tasche brennt, dass ihr ganz warm wird, ganz heiß.

Tagträume. Nein, Tagalbträume, denen sie sich nicht hingeben durfte. Was passiert war, war passiert. Aber was noch bevorstand, darum ging es. Ein Menschenleben zu retten, das war ihre Aufgabe. Sie wählte Martens Nummer.

„Anna?“

„Hallo, Marten.“

„Alles in Ordnung mit dir? Du klingst so …“

„Nur eine Erkältung.“

„Das tut mir leid.“

Anna hielt sich nicht mit Nettigkeiten auf. „Wir haben eine neue Aufmerksamkeit bekommen. Und ich eine neue Nachricht.“

„Oh!“, rief Marten. „Aber nicht gemeinsam, oder? Ich meine, nicht die Nachricht mit der … Aufmerksamkeit.“

„Nein“, erklärte Anna und fand die Frage verwirrend. „Die Botschaft wie immer per Handynachricht.“

„Und was ist die Aufmerksamkeit?“

„Eine Schuhschachtel.“

„Eine Schuhschachtel? Du meinst, das ist die Verpackung? Und du hast noch nicht reingeschaut?“

„Wo bist du gerade, Marten?“ Anna rieb sich die Schläfen und wagte kurz, die Augen zu schließen. Keine gute Idee. Die Mächte des Bösen in ihrem Schädel waren auf diese Weise noch lauter mit ihrem Höllentanz.

„Ich bin zu Hause, Anna. Was dachtest du? Ich hoffe, du bist auch zu Hause?“

„Zu Hause“, murmelte Anna. „Hm.“ Sie spielte mit dem Gedanken, ihren Kopf gegen die Wand zu schlagen. Es würde alles so sehr vereinfachen … „Nein.“

„Nein?“

„Nein, ich habe die Schachtel noch nicht aufgemacht“, erklärte sie. „Ist auch nicht nötig. Sie ist leer.“

„Oh. Aber … wie kommst du dann darauf, dass es eine *Aufmerksamkeit* ist? Ist sie wieder an dich adressiert?“

„Er hat sie mir praktisch vor die Nase gelegt.“

„Er? Wer?“

„Ich weiß es nicht, Marten. Irgendwer. Hat mich rüber zum Leuchtturm gelockt und die Schachtel dort abgelegt. Es war klar, dass ich sie dort finden sollte.“

Einen Moment schwieg Marten am anderen Ende der Leitung. „Und du bist sicher, dass du dir das nicht einbildest? Ich meine, wozu sollte dir irgendjemand eine leere Schuhschachtel präsentieren?“

„Das weißt du sehr gut, Marten“, flüsterte Anna, und ein paar Tränen tropften auf den Schreibtisch. „Das weißt du sehr gut.“ Sie legte auf, ohne sich zu verabschieden. Vielleicht würde Marten in ein paar Minuten wieder hier auftauchen. Vielleicht würde sie auch alleine bleiben. Vielleicht erschien Paul doch wieder aus der Versenkung … Doch nein, damit rechnete Anna nicht, denn dann hätte er sich längst gemeldet. Er war weg, weil jemand wollte, dass er weg war. Jemand *anderes* als Paul selbst.

Sie machte ein paar Fotos mit dem Handy von der Schuhschachtel, mailte sie sich selbst, druckte sie aus und hängte sie neben all die anderen schrecklichen Bilder an der großen Wand menschlicher Abgründe. Die Materialien erstreckten sich inzwischen über die ganze Längsseite des Besprechungsraums. Anna nahm einen Stuhl, setzte sich davor und versuchte, irgendeine Antwort zu finden. Ergab sich aus allem, was sie hier sah, irgendein Hinweis auf den Täter? Auf den Tatort? Auf das Opfer? Irgendeiner?

Bisher hatten sie sich von dem Monster vor sich hertreiben lassen, hatten mit Ratlosigkeit reagiert, hatten erfolglos die Fragen gestellt, die es ihnen angeboten hatte. Wenn es einen Weg gab, dieses Muster zu durchbrechen, dann war es vielleicht, es zu provozieren. Jedenfalls mussten sie auf ganz andere Weise initiativ werden. Und wenn es ein Schuss ins Blaue war, sie mussten feuern.

Ruckartig stand sie auf, sah sich noch einmal – als wäre alles, alles ihr fremd und unheimlich – in der kleinen Polizeistation um, drückte sich zwei Tabletten aus der Verpackung, nahm sie mit einem Schluck Wasser aus der Leitung und verließ das Gebäude voller Hass und Aggressionen. Den Weg hinauf nach Oberland bemerkte sie weder die heftigen Böen noch den schneidenden Regen. Sie registrierte die wenigen Menschen nicht, die ihren Weg kreuzten und ihr verwundert nachsahen, weil sie nicht zurückgrüßte. Sie hatte jetzt nur Peter Franzen vor Augen und seine entzückende Frau. Ob sie es wusste? Ob sie es wusste und trotzdem heile Welt mit ihm spielte? Ihren Kindern den lieben Papa, den guten Vater vorgaukelte? Oder ob sie gar nicht ahnte, dass sie mit einem Schwein und Monster verheiratet war? Annas Füße trugen sie so schnell wie nie durch die schmalen, düsteren Gassen, in denen der Wind um jede Ecke schoss, dass einem der Atem wegblieb. Und dann stand sie wieder vor der Tür, die sich freundlich blau von der umgebenden Tristesse abhob. Durch das kleine Milchglasfenster schimmerte anheimelndes Licht. Das Haus strahlte geradezu eine wohlige Wärme aus, was Anna noch wütender machte. Sie überlegte nicht, sondern klingelte, ließ den Finger auf dem Knopf, sodass drinnen ein unablässiger, bohrender Ton durchs Haus dröhnte. Schon hörte sie hastige Schritte, die die Treppe herab und über den Flur kamen. Dann riss jemand die Tür auf.

„Hallo? Was ist denn?" Die junge Frau wusste offensichtlich nicht, ob sie empört oder in Panik sein sollte.

„Frau Franzen?", sagte Anna. „Ich muss Ihren Mann sprechen."

„Oh, Sie sind das!" Die blonde Frau strich sich eine Strähne hinters Ohr und konnte einen gewissen Unwillen nicht verbergen. „Mussten Sie so heftig läuten? Ich war gerade dabei, die Zwillinge ins Bett ..."

„Ist Ihr Mann zu Hause?"

„Nein. Ist er nicht." Schon wollte Diana Franzen die Tür reflexartig wieder ein wenig schließen, doch Anna streckte unvermittelt ihren Fuß vor. „Sind Sie sicher?"

„Hören Sie, ich weiß nicht, was Sie von meinem Mann wollen. Aber er ist nicht da und wird sicher auch in der nächsten Stunde nicht heimkommen." Sie schien einen winzigen Moment zu überlegen, dann schob sie nach: „Und dann würden wir den Abend gerne ungestört verbringen. Falls also kein Notfall vorliegt ..."

„Es liegt ein Notfall vor, Frau Franzen. Wo ist Ihr Mann?"

Verunsichert betrachtete Diana Franzen die Polizistin. „Aber es geht doch nicht um ihn? Ich meine, ihm ist doch nichts zugestoßen, oder?"

Anna blickte in die großen blauen Augen und konnte nichts Böses darin erkennen. „Frau Franzen, darf ich kurz reinkommen? Ich glaube, ich muss Ihnen etwas erzählen. Etwas, das Sie nicht auf der Straße hören wollen."

„Du bist wach! Hätte ich nicht erwartet. Ist aber ja auch viel schöner so, nicht wahr? Man möchte doch sein letztes Minütchen im Vollbesitz seiner geistigen Kräfte verbringen. – Und? Schon aufgeregt? – Hä? – Sprichst du nicht mehr mit mir? Auch gut. Ist mir sehr recht. Besser als dieses Gewinsel. – Eigentlich sollte ich dir noch ein bisschen wehtun, oder? Du hättest es verdient. Ich könnte dir noch ein paar Finger abschneiden. Eigentlich sollte ich dir den Schwanz abschneiden. – Dachte ich mir, dass du da reagierst. Zu komisch. Aber im Ernst. Ich werde mich jetzt nicht noch weiter mit dir besudeln. Ehrlich gesagt bin ich froh, wenn wir unsere kleinen Rendezvous hier zu Ende bringen. Du bist so unappetitlich und du stinkst, dass mir ganz schlecht wird, wenn ich nur hier reinkomme. – Wenigstens wird der ganze Gestank auch weg sein, wenn das hier erledigt ist. Schau, ich habe einen Kanister Schiffsdiesel dabei. Wenn ich gehe, lass ich euch hier allein. Luft kommt genug durch den Türschlitz rein, damit das ein gutes Feuerchen gibt. Jetzt denkst du, dass Schiffsdiesel nicht brennt. Haha. Stimmt. Es sei denn, man mischt ihn mit genügend hochreinem Alkohol. Damit lassen sich nicht nur Keime beseitigen. – So, jetzt schön stillhalten ... Ach, ich habe ganz vergessen, du kannst dich ja schon gar nicht mehr bewegen. Sehr guter Nebeneffekt. – Glotz mich nicht so an. – Glotz mich nicht so an, habe ich gesagt! Sonst mach ich dir die Augen mit dem Messer zu. – Ach, schau doch, wohin du willst. – So, und jetzt fixieren wir dich noch ein bisschen besser hier. Nicht dass du auf einmal doch noch mehr Kraft hast, als du vorgibst. Kann ja auch sein, dass die Säge mehr Effekt macht. Soll ja verdammt schmerzhaft sein, so ohne Narkose. – Ha! Hab ich dich erschreckt? Warte erst mal ab, bis ich so weit bin. Wir lassen erst noch ein bisschen Blut ab, damit es nicht so spritzt. Hallo? Hörst du mir überhaupt zu? – Du bist ohnmächtig geworden? Na, dann bin ich mal gespannt, ob das anhält ...“

„Hhhhhhhhhh … Hhhhhhh …“

„Na also, ein bisschen besser geht es jetzt doch. Dann passt es ja. So ein Erlebnis wollen wir dir ja auch nicht vorenthalten, was? Da musst du schon dabei sein. Wenigstens am Anfang …“

TAG 11

Montag, 8. Februar, 04:55 Uhr,
54° 11' nördliche Breite, 7° 53' östliche Länge,
Windstärke 9, West, Regen

Sie musste eingeschlafen sein. Als das Klingeln ihres Handys sie weckte, lag Anna schräg auf der Liege in der Arrestzelle der Polizeistation, den Kopf an die Wand gelehnt, das Kinn auf der Brust. Sie konnte sich kaum aufrichten, so sehr schmerzte ihr Nacken. Blinzelnd versuchte sie, die Nummer des Anrufers zu identifizieren. Bis sie so weit bei sich war, ranzugehen, hatte sich die Mailbox eingeschaltet. Keine Minute später gab das Handy Zeichen, dass eine Nachricht vorläge. Sie wählte die Mailbox an und wartete, während sie sich den Nacken mit der anderen Hand massierte und den Rücken streckte. Die Luft war dick, als hätte sie in einer Konservendose geschlafen. Sie stand auf und ging zum Fenster. Doch das ließ sich, den Vorschriften für die gesicherte Unterbringung gemäß, nicht öffnen. Traumbilder tanzten vor ihrem inneren Auge. Diana Franzen, wie sie mit schreckgeweiteten Augen und schließlich in Tränen aufgelöst in ihrem Wohnzimmer saß. Die Zwillinge, die in ihren Schlafanzügen die Treppe herunterkamen. Nein, keine Traumbilder. Es war nur ein paar Stunden her, dass sie all das erlebt hatte.

Die Mailbox. Eine Nachricht von – einen Augenblick lang musste sie überlegen, weil sie die Stimme nicht sofort erkannte – einem Mann, der so tiefernst klang, dass Anna ein Schauder über den Rücken lief. „Frau Krüger, bitte melden Sie sich bei mir. Doktor Strecker hier. Es gibt etwas, das ich Ihnen sagen muss. Es ist … es geht um …“ Ein Seufzen, ein Ächzen fast. Weinte er? Seine Stimme war ganz rau, es kostete ihn hörbar Überwindung, weiterzusprechen: „Wie soll ich es sagen, ich fürchte, ich bin verantwortlich …“ An der Stelle brach die Verbindung ab und Anna hörte nur das Besetztzeichen. Anna stöhnte auf und drückte auf Wahlwiederholung, doch eine Verbindung kam nicht zustande. Auch beim nächsten Versuch und beim übernächsten nicht. Sie sah sich um. Eigentlich hatte sie hier immer ein gutes Netz gehabt. Sie wollte die Arrestzelle verlassen, um es draußen zu probieren. Doch aus irgendeinem Grund ließ sich die Zellentür nicht öffnen. „Ich glaub's ja nicht!“, fluchte sie und rollte den Kopf im Nacken. Hatte sich nun alles gegen sie verschworen? Sie versuchte, sich zu sammeln. Die Eingangstür zur Station war abgesperrt. Es konnte also niemand von draußen hereingekommen sein und sie in der Zelle eingesperrt haben. Erleichtert atmete sie auf und versuchte es noch einmal. Doch wieder ließ sich der Türknauf nicht bewegen. Der Türknauf. Er war zweifellos gar nicht beweglich. Wieso sollte er, das war schließlich eine Arrestzelle. Die hatte von innen verschlossen zu bleiben. Auch ein Schlüsselloch gab es nicht, wie Anna erst jetzt auffiel. Warum überhaupt war die Tür zu? Hatte sie selbst sie geschlossen? War sie durch Zugluft eingeschnappt? Aber nein, wo kein Fenster geöffnet war, gab es keine Zugluft. Sie versuchte, noch einmal die letzte Nacht vor ihrem geistigen Auge abzurufen. Sie war spät gekommen, hatte sich zuerst nach drüben gesetzt und die Wand studiert. Dann Fotos davon gemacht und sich hier herübergesetzt. Danach war sie aufgestanden und hatte sich eine Tasse Tee geholt, um ihre Erkältung in Schach zu halten. War einmal zwischendurch auf die Toilette gegangen, dann wieder hierhergekommen. Hatte sich hingesetzt und angefangen, die Bilder durchzusehen, wieder und wieder und immer wieder. Hatte sie die Tür da geschlossen? Nein. Das hatte sie nicht. Das hatte sie ganz sicher nicht. Sie konnte sich erinnern, dass sie ab und zu von der Pritsche aus nach drüben an die Wand geguckt hatte, um zu vergleichen, wo das Dokument hing, das sie auf dem kleinen Display ihres Handys gerade aufgerufen hatte. Das hätte sie nicht tun können, wäre die Tür geschlossen gewesen.

Das konnte nur eines bedeuten: Jemand hatte sie eingeschlossen. Sie saß in der Arrestzelle der Polizeistation von Helgoland und konnte nicht raus. „Scheiße!“, schrie Anna, als es ihr bewusst wurde, und schob flüsternd hinterher: „Das darf nicht wahr sein.“ Wie war das überhaupt möglich? Niemand außer den Polizisten hatte doch den Schlüssel zur Polizeistation. Eigentlich. Doch konnte man das nach Pauls Verschwinden noch sicher sagen? Vielleicht hatte man Paul den Schlüssel abgenommen. Doch wer hätte schon mitten in der Nacht jemanden hier vermutet? Und selbst wenn: Wer hätte riskiert, hier einen diensthabenden Polizisten vorzufinden, der womöglich bewaffnet war ... Das wäre verrückt gewesen. Andererseits: Die Bluttaten der letzten Tage konnten nur auf das Konto eines Verrückten gehen. Die Nachrichten auf ihrem Handy waren ebenso krank – und offensichtlich vom Täter.

Anna ließ sich auf die Pritsche fallen. Das alles war ein Albtraum. Ein einziger, riesiger Albtraum. Sie musste Marten erreichen. Mit pochendem Herzen griff sie nach ihrem Handy. Doch es hatte weiterhin keinen Empfang. Es war, als hätte jemand das Netz gekappt. Keine Verbindung nach nirgendwo. Vielleicht konnte sie Kurznachrichten verschicken! Tatsächlich entdeckte sie, dass sie in der Nacht auch eine SMS bekommen hatte. Sie rief das Programm auf und erstarrte:

Bringen wir es zu Ende.

Dazu ein Smiley, als ginge es um eine fröhliche Angelegenheit. Anna spürte, wie Panik in ihr hochkroch. Bringen wir es zu Ende! Sie sah auf die Uhr. 05:17. Morgengrauen. Wann war die Nachricht geschrieben worden? 03.59 Uhr. „Oh Gott!“ Fast anderthalb Stunden. Zeit genug, um einem halb toten Menschen den letzten Tropfen Blut aus dem Leib zu ziehen. Oder ihm … sie mochte gar nicht daran denken.

Sie spürte, dass ihr Herz wie verrückt klopfte. Das Fenster war nicht nur geschlossen, es war vergittert. Die Tür: keine Hochsicherheitseinrichtung, aber solide und fest verschlossen. Nirgendwo sonst ein Ausweg. Das Handynetz unterbrochen, der Himmel wusste, warum. „Hallo?", rief sie. „Haaaaaaallo! Marten!" Aber wieso sollte er um die Uhrzeit schon in der Station sein? „Hört mich jemand? Hallo?" Sie schrie aus Leibeskräften. Brüllte. Kreischte. Schlug mit den Händen gegen die Tür, mit den Schuhen. Versuchte die Tür einzutreten, vergebens. Das Fenster einzuschlagen, doch auch das ohne Erfolg. Sicherheitsglas. Sie lachte auf aus Wut und Verzweiflung. Sicherheitsglas, damit niemand sich daran verletzen konnte, niemand sein Leben verlor. Dabei wirkte es jetzt genau andersherum: *Weil* es nicht zu Bruch ging, verlor jemand vielleicht gerade sein Leben. Was konnte sie nur tun?

Immer wieder versuchte sie eine Handyverbindung herzustellen, was nicht klappte. Wann würde Marten auftauchen? Um sieben Uhr? Um acht? Bis dahin war das Opfer tot, daran hatte Anna nicht den geringsten Zweifel.

Aber selbst wenn sie rauskam, was sollte sie tun? Was konnte sie tun, das sie nicht längst schon versucht hatte? Sie hatten alle Häuser durchkämmt, alle Winkel durchsucht, kein Gebäude und auch sonst nichts unberührt gelassen. Das Einzige, was sie tun konnte, war, Strecker aufzusuchen und zu fragen, was er ihr hatte sagen wollen. Wofür war er verantwortlich? Und wenn er es ihr sagte, hoffen, dass es um den Fall ging, der ihnen seit Tagen den Schlaf raubte, und dass sie schließlich den Menschen fanden, den sie seit Tagen verzweifelt suchten – und dann wiederum hoffen, dass er das Martyrium überlebt hatte.

Aber selbst wenn: Wie sollte das in den Minuten, die sie vielleicht noch hatten, gelingen? Wieder griff sie nach dem Handy. Keine Verbindung. Vielleicht hatte der Sturm den Funkmast beschädigt. Dann würde es Tage dauern, bis es wieder ein Netz gab. Hoffnungslos. Aussichtslos. Sie holte aus, um das Gerät voll ohnmächtiger Wut gegen die Wand zu schleudern, doch im letzten Moment besann sie sich. Vielleicht war es ja auch nur eine vorübergehende Störung. Vielleicht würde sie in den nächsten Augenblicken doch wieder eine Verbindung zur Außenwelt herstellen können und das Blatt würde sich wenden. Sie durfte jetzt nur nicht verrückt werden. Sie stand auf, atmete tief durch, nahm das Handy und begann, damit in der kleinen Zelle hin und her zu wandern, ob es irgendwo zu einer Verbindung käme. Am Fenster hob sie es hoch in der Hoffnung, dass durch das Glas leichter ein Funkkontakt zustande käme. Doch natürlich klappte es nicht. Seufzend blieb sie stehen und entschied sich, ihre Analyse aus der Nacht wiederaufzunehmen. Sie rief die Fotos der Dokumente von der Wand wieder auf und begann, ihren Verstand wieder und wieder alles abschreiten zu lassen und in immer neue Verbindungen zueinander zu bringen: Namen. Häuser. Straßen. Orte. Zeiten. Oberland, Unterland, Mittelland. Der Hafen, die Hummerbuden, die Hotels und Pensionen. Funkturm, Leuchtturm, Vogelwarte. Das Kurzentrum, die Schrebergärten, die Kirchen. Das Klinikum, die Praxen, die Informationen der Ärzte. Die Fähren, die Düne, die Personen-, Melde- und Transportlisten. Wieder und wieder wischte sie von Foto zu Foto, vergrößerte, ging weiter, übersprang, ordnete sie zu verschiedenen Gruppen, kopierte sie in andere Gruppen, legte neue Ordner an, zoomte Gesichter und Ortsaufnahmen heran. Und natürlich immer wieder die Tatobjekte: das Ohr, das Blut, das Wandbild, noch mehr Blut, die Verpackungen, die leere Schuhschachtel, Leos Grab … Dazwischen das Bild von Martens Schlafzimmerwand.

Sie hielt inne und betrachtete die Aufnahme. Alle waren sie darauf zu sehen. Alle, die ihr Leben ruiniert hatten. Aber auch sie selbst. Und vor allem Leo. „Leo“, flüsterte sie. „Was soll ich tun? Was geschieht hier, Leo?“ Auch wenn sie wusste, dass er sie nicht hörte, gab es irgendwo in ihrem Inneren einen Ort der heimlichen Hoffnung, dass es nicht vorbei war mit Leos Tod. Eine Hoffnung, die, wie sie jetzt erkannte, auch ein klein wenig von Pfarrer Willemsen genährt worden war. Seine Art, mit dem eigenen Tod umzugehen, mit der eigenen Sterblichkeit, vor allem aber mit dem, was danach kam, war mehr als tröstlich gewesen: Sie war zum Lichtstreif in den tiefsten Lagen von Annas Seele geworden, dass es nicht das Nichts war, in dem alle Menschen versinken würden. Wenn es einen Ort der Hoffnung gab, an den die Verstorbenen gelangen konnten, dann, das wusste sie ganz sicher, würde Leo dorthin gekommen sein.

Eine Träne fiel auf das Display. Anna wischte sich die Augen und versuchte, das Handy zu trocknen. Ja, da war sie. Und dort war Leo. Alle waren sie drauf. In dem Augenblick wurde ihr klar, was falsch war an diesem Bild, und vor allem: was falsch war mit diesem Bild. In diesem Augenblick durchfuhr sie die Erkenntnis mit einer Gewalt, dass es sie in die Höhe riss und sie kaum noch Luft holen konnte. In diesem Augenblick nämlich wurde ihr bewusst, was sie die ganze Zeit über nicht erkannt hatte und was doch so offensichtlich gewesen war.

Sie stürzte zur Tür und zerrte daran mit aller Kraft, die sie aufbrachte, nahm ihre Jacke und wickelte den Ärmel um den Knauf, um nicht mit ihren schweißnassen Händen abzurutschen – und da kam ihr die zweite Erkenntnis wie eine göttliche Eingebung. Eine Erkenntnis, die über Leben und Tod entscheiden konnte, in mehr als einem Sinne.

Katarina Loos spürte es sofort. In dem Augenblick, in dem sie aus dem Badezimmer kam, wurde es ihr klar. Er war weg. Dr. Claus Strecker war nicht hier. Und wenn sie drüben in der Praxis anrief, würde sie ihn ebenso wenig erreichen. Natürlich versuchte sie es trotzdem. Erfolglos. Auch auf dem Handy erreichte sie ihn nicht. Er hatte keine Nachricht hinterlassen.

Ihre Hand mit der Waffe zitterte noch. Sie konnte den beißenden Geruch in der Luft wahrnehmen, nachdem sie sie mehrfach abgefeuert hatte. Während der Ausbildung hatte sie das bei jedem Schießtraining erlebt und auch danach bei jeder Übung. Aber in diesem Augenblick war es, als wäre der ganze Raum erfüllt vom Atem des Teufels. Anna spürte, wie ihr das schweißnasse Hemd auf dem Leib klebte, die zurückliegenden Stunden hatten sie unendlich viel Kraft gekostet. Doch jetzt war sie frei. Die Tür der Arrestzelle war von mehreren Projektilen im Bereich des Schlosses durchlöchert, ansonsten aber völlig unbeschadet. Dass es am Ende so leicht gewesen war, hätte sie kaum zu hoffen gewagt. Sie hatte sich den Weg nach draußen buchstäblich freigeschossen und stellte erleichtert fest, dass es keine stählernen Querstreben zwischen Tür und Rahmen gab, die alle Bemühungen zum Scheitern verurteilt hätten. Warum war sie nicht früher draufgekommen, dass sie die Waffe in ihrer Jacke gehabt hatte? Sie hätte wertvolle, vielleicht entscheidende Minuten gespart. Für eine Sekunde schloss sie die Augen und atmete durch. In dem Moment schwang die Tür mit einem lauten Knall auf.

„Wir müssen sprechen."

Sie war ganz in Schwarz gekleidet. Und sie wirkte viel kleiner als bei ihrer letzten Begegnung. Aber das mochte daran liegen, dass sie diesmal keine High Heels trug. „Nele?"

„Was zum Teufel veranstaltest du hier?"

Anna konnte sehen, wie die Frau, die einmal ihre Mitschülerin gewesen war, nur mühsam ihre Züge unter Kontrolle hielt. „Ich wäre beinahe getroffen worden."

„Entschuldige", stotterte Anna. „Warum war … wie bist du reingekommen?"

„Die Tür war offen." Nele nickte zur Eingangstür hin.

„Klar. Tut mir leid. Ich … egal. Gut, dass du da bist."

Nele Steenkamp starrte auf die Waffe in Annas Hand. „Kannst du die bitte wegstecken?"

„Sicher." Anna steckte die Pistole wieder in ihre Tasche und drängte die Hure hinüber in den Besprechungsraum.

„Ich habe über deine Worte nachgedacht", fing sie an. Ihre Augen hatten sich irgendwo über Anna an einem unsichtbaren Punkt festgehängt. Schöne Augen, wie Anna feststellte. Keine Frage, Nele Steenkamp war eine attraktive Frau. Dass sie es zu Geld machte, war auf traurige, aber nachvollziehbare Weise konsequent. „Und?"

„Und ich vertraue darauf, dass wir nicht gesprochen haben. Niemals. Du warst nicht bei mir. Und ich war auch nicht hier."

Anna nickte. Sie würde das nicht bestätigen. Aber sie würde versuchen, Neles Wunsch zu berücksichtigen. Es kam darauf an, wohin diese Geschichte noch führte.

„Es gibt jemanden, der nicht aufgetaucht ist. Ein Stammkunde." Nele Steenkamp zögerte. „Es war mir zuerst nicht einmal wirklich aufgefallen. Aber dann …"

„Nicht aufgefallen? Wie das? Ist es jemand, der ohne festen Termin kommt?"

„Das tun die meisten. Aber in seinem Fall … Nun, er kommt immer wieder. Alle zwei Wochen. Zu einem festen Termin."

„Und es ist dir trotzdem nicht aufgefallen."

„Er kommt nicht allein." Wieder hielt die Hure für einen Atemzug inne und überlegte. „Sie kommen zu sechst."

„Zu sechst?“ Anna konnte ihre Verblüffung nicht verbergen. Konnte es tatsächlich sein, dass alle zwei Wochen eine ganze Reisegruppe ins Bordell kam – mit *einer* Hure?

Nele Steenkamp lächelte freudlos und ein wenig abschätzig. „Nicht wie du denkst“, sagte sie. „Ich bin doch keine Fickmaschine.“ Sie schien einen Augenblick zu überlegen, ob sie Anna wirklich einweihen sollte, ob es sich überhaupt lohnte, mit dieser naiven Frau weiterzusprechen. Doch dann atmete sie durch und erklärte, als sei es das Normalste von der Welt: „Eine Gruppe älterer Herren. Für die gebe ich eine Art Privatvorstellung. Sie gucken nur und machen es sich selber.“

Anna wusste, dass ihre ehemalige Mitschülerin wusste, dass sie in diesem Moment ein Bild vor Augen hatte, das sie ekelte. Und dass sie sich Neles Körper vorstellte, wie er sich nackt vor den Männern präsentierte, während diese ... Sie wischte den Gedanken beiseite. „Sechs Männer“, sagte sie, so nüchtern, wie es ihr möglich war. „Und einer war letztes Mal nicht dabei?“

Nele Steenkamp nickte. „Einer hat gefehlt.“

„Wann war das?“

„Vorletzten Donnerstag.“

Anna hielt die Luft an. Sechs ältere Männer. Letzten Donnerstag. „Du meinst, vorletzte Woche Donnerstag?“

„Richtig.“

Der Tag, an dem sie nachmittags auf die Insel gekommen war. „Warum hast du mir das nicht gleich erzählt?“

Nele blickte zu Boden. „Wie gesagt, es war mir erst gar nicht wirklich aufgefallen. Sie zahlen immer eine Summe, und ... Was denkst du, was ich da mache? Ich versuche, auszublenden, was geschieht!“ Plötzlich zerbröselte die Fassade der souveränen Frau, die schon alles erlebt hatte. Mehr als alles. Der coolen Prostituierten, die nichts mehr schockierte. Plötzlich war da eine verletzliche Persönlichkeit hinter den Zumutungen eines unzumutbaren Jobs.

Anna fühlte sich elend. Sie zögerte kurz. Wenn sie jetzt nicht vollkommen falschlag, dann ergab auf einmal alles ein Bild. Es ergab Sinn! Sie griff nach ihrem Handy, auf dem immer noch sämtliche Bilder, die sie gemacht hatte, gespeichert waren. Mit ein paar Wischbewegungen hatte sie, was sie suchte. Sie legte das Handy auf den Schreibtisch, drehte es um und schob es zu Nele Steenkamp hin. „Es ist einer von denen", sagte sie. „Richtig?"

Nele Steenkamps Blick hob sich. Verblüfft sah sie Anna in die Augen. „Du weißt es?"

„Jetzt weiß ich es."

Nele Steenkamp war so unauffällig verschwunden wie möglich, was nicht schwer war bei dieser Witterung. Gerade als Anna ihre Sachen zusammenraffen wollte, um die Polizeistation zu verlassen, entdeckte sie, wie vor der Eingangstür jemand auftauchte. Ohne weiter nachzudenken, lief sie hin, die Pistole in der Hand. Doch als sie die Tür erreicht hatte, war die Gestalt schon wieder weg. „Hallo?" Nicht weit entfernt sah sie eine graue Silhouette durch das Dämmerlicht davonrennen. Es goss in Strömen. Der Sturm schien nachgelassen zu haben, aber der Regen war umso heftiger geworden. Immer noch nur im Hemd setzte Anna der Gestalt nach und schrie schließlich: „Stehen bleiben oder ich schieße!" Und als der Schemen dennoch weiter wegrannte, feuerte sie ihre Pistole einmal in die Luft ab. Ein panischer Schrei, der Schrei einer Frau. Die Gestalt blieb stehen und riss die Arme in die Luft. Anna hielt die Waffe zur Seite und lief zu ihr. „Stehen bleiben. Lassen Sie die Arme oben!", rief sie gegen den Lärm, den der Regen und die Brecher veranstalteten, die immer noch gegen alle Hafen- und Kaimauern brandeten. „Drehen Sie sich um!" Sie trat einen Schritt zurück und hob die Waffe auf halbe Höhe zwischen sich und die Frau, die den Kopf eingezogen hatte und sich so zögernd umwandte, dass Anna sie schließlich an der Schulter packte und herumriss.

„Tun Sie mir nichts!"

„Was wollten Sie bei uns?"

„Ich … ich …" Die Stimme versagte der Frau, deren Augen starr auf die Pistole gerichtet waren und die vor Panik erstarrt schien. „Können wir reingehen?"

„Reingehen?"

„Zur Polizei."

„Sie gehen vor, ich bleibe hinter Ihnen."

Eine Minute später standen sie sich in der Polizeistation gegenüber, das grelle Deckenlicht ließ sie beide wie lebende Leichen aussehen. Dennoch kam Anna die Frau vage bekannt vor. Wo hatte sie sie schon gesehen? Sie versuchte sich zu erinnern. Erfolglos.

„Ich habe etwas entdeckt", sagte die Frau, nachdem sie sich wieder etwas gefasst hatte. „Und ich glaube, es ist dringend."

„Wer sind Sie?"

„Katarina Loos", sagte die Frau. „Ich arbeite bei Doktor Strecker."

„In der Praxis?"

„Zu Hause. Ich mache ihm einmal die Woche den Haushalt."

Jetzt erkannte Anna die Frau wieder. Sie hatte sie gestern im Wohnzimmer des Arztes gesehen, als sie ihn besucht hatte. Nur dass sie völlig durchnässt und mit ins Gesicht hängenden Haaren ganz anders aussah. „Ist es etwas Dringendes?"

„Sehr dringend. Genau genommen glaube ich, dass es um Leben und Tod geht."

Anna atmete tief durch. Sie deutete auf einen Stuhl. „Setzen Sie sich", sagte sie. „Aber machen Sie schnell. Ich bin im Einsatz und darf keine Minute verlieren." Eigentlich keine Sekunde, dachte Anna und verfluchte den Tag, an dem Gott diese Insel erschaffen hatte. Sie musterte die Frau, überlegte kurz, ob es denkbar war, dass sie im nächsten Moment eine Waffe aus der Tasche zog oder sonst wie gefährlich werden könnte. Im Augenwinkel sah sie die Tür mit dem zerschossenen Schloss. Nicht einmal die Möglichkeit, jemanden sicherheitshalber festsetzen zu können, hatte sie.

„Sie kennen das Haus, in dem Doktor Strecker wohnt." Eine Feststellung, keine Frage. Natürlich. Anna war gestern dort gewesen, die Frau hatte sie gesehen.

„Und?"

„Es gehört dem Doktor erst seit vielleicht fünf Jahren."

Auch das wusste Anna. Zu gut. Sie nickte, ohne den Blickkontakt zu der Frau auch nur für einen Sekundenbruchteil zu kappen.

„Die Praxis von Doktor Wetke hat er mit übernommen, unten am Lotsengang."

Dr. Strecker hatte seinem Vorgänger Haus und Praxis abgekauft. Der alte Dr. Wetke war aufs Festland gezogen, Dr. Strecker hatte sich ins gemachte Nest gesetzt. Das war Anna alles bekannt. So machten es Ärzte: Sie übergaben ihre Praxis an ihre Nachfolger, dem einen war auf diese Weise ein schönes Auskommen im Alter sicher, dem anderen ein Start mit vielen Patienten.

„Worauf wollen Sie hinaus, Frau … Loos?"

„Wir wissen beide, was in dem Keller im Haus in der Friesenstraße passiert ist all die Jahre."

„Wer beide? Sie und Doktor Strecker?" Es war nur ein Flüstern. Annas Stimme hatte versagt. Sie wusste, was jetzt kommen würde.

Und es kam: „Nein", sagte die Frau und kam ein wenig näher, fast als würde sie ein Geheimnis mit Anna teilen – und letztlich war es genau das, was sie auch tat: „Sie und ich. Wir beide wissen es." Einen Moment lang schwieg sie, ließ die

Worte wirken, und tatsächlich spürte Anna ein Frösteln. „Doktor Strecker ist verschwunden. Und ich denke, es hat damit zu tun."

Die Augen waren geschlossen, doch es war deutlich zu erkennen, wie sich der Brustkorb langsam hob und senkte. Sehr langsam. Ein rasselndes Geräusch begleitete die Bewegung. Kaltes Licht fiel von der Decke auf den Körper, dessen blasse Haut mit einem klebrigen Film überzogen schien. Wie lange würde es noch dauern? Tage? Nein. Stunden? Vielleicht. Aber vielleicht nur noch Minuten. Ein Flackern der Lider, ein unkontrolliertes Zittern der linken Hand, ein kurzes Aufbäumen des Körpers. Ein schwaches Stöhnen. Dann wieder Ruhe. Nein, Stille. Die nackte Hand des Todes, die nach einem Menschen griff. Von plötzlicher Panik gepackt, nahm er sein Handy, wählte die Nummer der Klinik. Doch er bekam kein Netz. Fluchend steckte Dr. Claus Strecker das Handy weg und riss seine Jacke vom Stuhl. Zehn Sekunden später rannte er, so schnell er konnte, die Friesenstraße runter Richtung Klinikum. Warum hatte er es so weit kommen lassen!

Marten war nicht zu erreichen. Paul sowieso nicht. Niemand hatte sich gemeldet, weil er ihn gesehen hatte. Nichts. Es war, als wäre Anna allein auf der Insel. Allein mit all den schrecklichen Erinnerungen, grausamen Geschehnissen und seltsamen Menschen. Nele Steenkamp. Katarina Loos. Während Anna die Polizeistation hinter sich zusperrte, ließ sie die Haushälterin keinen Moment aus den Augen. Eine schlanke Frau, etwa so groß wie Anna, dunkles Haar, große dunkle Augen, die in dem blassen Gesicht erschreckend wirkten. „Steigen Sie ein", sagte sie und nickte in Richtung Polizeiwagen.

Katarina Loos setzte sich auf den Beifahrersitz und schniefte. Nein, sie würde ihr jetzt nicht in die Friesenstraße folgen. Schon deshalb nicht, weil es völlig sinnlos war. Wenn Dr. Strecker verschwunden war, dann würde er nicht deshalb wieder bei sich zu Hause auftauchen, weil Anna oder die Putzfrau oder beide dort auf ihn warteten. Das Verlies im Keller, das hatte ihr die Frau versichert, war leer. Niemand war dort. Wo immer das Opfer war: Strecker hatte es nicht bei sich zu Hause untergebracht.

Inzwischen lief die Zeit, und sie lief immer schneller. Irgendwo auf dieser Insel verblutete jemand, nahm – hoffentlich – gerade einen seiner letzten Atemzüge. Denn wenn es einer der letzten war, dann atmete er wenigstens noch. Beziehungsweise sie. Bis vor wenigen Minuten war Anna sich sicher gewesen, dass es ein Mann war. Dass *er* es war. Und sie war sich sicher, dass sie wusste, wo sich das alles abspielte. Nach der Aussage von Frau Loos schien alles wieder völlig fraglich. Eigentlich passte nichts mehr zusammen. Es sei denn … Anna konnte kaum atmen, als ihr dieser ungeheuerliche Gedanke kam: Es sei denn, es gab zwei Opfer!

„Sie gehen in die Friesenstraße“, wies sie Katarina Loos an. So schnell es mit dem Elektrovehikel möglich war, fuhr sie die Hafenstraße runter, am Binnenhafen vorbei hinüber zur Kurpromenade. An der Dänenstraße schubste sie Katarina Loos förmlich vom Beifahrersitz und rief ihr hinterher: „Sie bleiben dort und warten auf mich! Sie können sonst nichts tun. Ich komme, so schnell ich kann!“ Dann riss sie die Beifahrertür wieder zu und trat aufs Gaspedal.

Am Südstrand entlang, die Kurpromenade und dann scharf links zur Treppenstraße. Dort musste sie den Wagen stehen lassen und zu Fuß weiterhetzen. Sie hätte doch den Invasorenpfad benutzen und von oben ranfahren sollen. Während sie die Treppe zum Oberland hinaufhastete, verfluchte sie sich innerlich. Der Klippenrandweg wäre die richtige Route gewesen! Also lief sie die tausend Stufen hinauf, als wäre der Teufel hinter ihr her. Oben angekommen, war ihr so schwindelig, dass sie beinahe zurückgetaumelt und wieder hinabgestürzt wäre. Sie lachte atemlos. Das wäre ein geniales Ende gewesen. Für sie und für diese irrsinnige Geschichte, die sich da vor ihren Augen abspielte.

Über den Klippen lief sie den Norderfalm entlang, bis sie sie sehen konnte. Klein, grau in grau geduckt hinter entlaubten Büschen und schiefen Zäunen, die Fahnenmasten nackt, verstellt mit Regentonnen und Spaliergittern, hochgekanteten Schubkarren und abgedeckten Gartenmöbeln: die Häuschen in den Schrebergärten. Da lagen sie vor ihr, dicht an dicht, dunkel alle, nutzlos und trostlos im Winter. Aber schamlos für sie, Anna Krüger. Höhnisch friedlich im scharfen Westwind, zerbrechlich beinahe und mitleiderweckend, wenn man ihre Geschichte nicht kannte. Doch sie kannte sie. Denn die Geschichte war auch ihre Geschichte. Vielleicht nicht nur ihre, wer wusste das schon so genau.

Voll Zorn und Ekel betrat Anna das Gelände der Schrebergärten. Etwa in der Mitte, ganz am Rand der Kolonie, war es gewesen. Sie war seither nie wieder hier gewesen und musste einen Moment nachdenken. Manches hatte sich verändert. Die Eigentümer dieser Parzellen waren ja unermüdlich in ihrem Eifer zu bauen, zu streichen, zu verschönern und immer weitere Beete anzulegen. Doch dann war sie sicher. Da stand es. Dieses Haus hatte sich nicht verändert. Es passte zu ihrer Erinnerung wie der Prägestempel zu seinem Abdruck. Es würde immer unauslöschlich in ihr Gedächtnis eingebrannt sein. Anna erlaubte sich kein Zögern. Es ging nicht um sie, es ging um ein Menschenleben. Vielleicht um mehr als eines.

Ohne sich lange mit Schlössern aufzuhalten, sprang sie über den Gartenzaun und riss sich dabei ein Hosenbein auf. Dass sie blutete, bemerkte sie nur am Rande. Die Tür des Häuschens war verschlossen. Sie zog die Pistole, um auch dieses Schloss aufzuschießen, besann sich dann jedoch anders. Zu gefährlich. Wenn das Opfer hinter der Tür lag, musste sie damit rechnen, es zu treffen. Also trat sie gegen die Tür.

„Aufmachen!“, schrie sie. Keine Antwort. Sie trat noch einmal, doch die Tür war stabil, und ihre Kräfte ließen nach. Ihre Beine waren vom Weg über die Treppenanlage hierher schwer, es fehlte ihr die nötige Kraft. Das Fenster! Mit drei großen Schritten war sie an der Seite, betrachtete die Szenerie. Dann griff sie nach einer Eisenstange, die am Boden lag und an der im Sommer vielleicht Bohnen emporrankten. „Achtung!“, rief sie. „Weg vom Fenster!“ Im nächsten Augenblick splitterte das Glas, und Anna konnte hineingreifen und das Fenster öffnen. Die Pistole in der Hand, presste sie sich gegen die Hauswand und versuchte, zu Atem zu kommen. „Lassen Sie die Waffen fallen und legen Sie sich auf den Boden. Wenn Sie Widerstand leisten, machen wir von der Schusswaffe Gebrauch!“ Dann warf sie sich nach vorn und zielte mit der Waffe in den Raum.

„Na sieh mal einer an, wer da kommt. Anna Krüger! Was für eine schöne Überraschung!“

Sie sind zu viert. Unwillkürlich stolpert Anna einen Schritt zurück. Doch da spürt sie schon den Griff, hart wie ein Schraubstock, um ihren rechten Oberarm. „Nicht hinfallen, Schätzchen!“ Die Stimme ist ganz nah an ihrem Ohr. Ihre Nackenhaare stellen sich auf.

„Wir werden bestimmt gleich Besuch bekommen. Du solltest den Weg freimachen. Komm einfach her und mach es dir bequem. Hier zum Beispiel.“ Er klopft auf den Tisch, den jemand mitten in den Raum geschoben hat. „Leg doch ab. Nur nicht schüchtern sein. Wir wollen doch, dass es ein schöner Nachmittag wird. Auch für deinen Freund. So ein richtig schöner Nachmittag. Oder, was sagt ihr, Jungs?“

Sie nicken. Anna hört ein nervöses Lachen ganz nah bei sich. Lockert sich der Griff um ihren Arm ein wenig? Sie zuckt – doch zu zaghaft. Schon hat er sie wieder mit seiner enormen Kraft gepackt. Dafür ist er bekannt. Er macht Sport. Kraftsport. Und manchmal setzt er diese Kraft auch ein. Nicht sehr oft, das ist gar nicht nötig. Manchmal, wenn er sie einsetzt, ist es vielleicht auch nicht nötig, aber es ist eine Demonstration, damit alle sich überzeugen können. Ihr Arm schmerzt. Doch das ist nicht das Schlimmste. Das Schlimmste ist die Angst, die ihr plötzlich durch alle Glieder fährt. Der Tisch. Die drei Kerle in der Hütte, einer an der Tür. Vor allem aber: die Ruhe, die sie ausstrahlen. Das hier ist kein Zufall. Das ist geplant. Und es ist ein böser Plan. Das spürt sie sofort. „Lasst mich gehen", sagt sie mit rauer Stimme.

„Aber du hast doch eine Verabredung hier, oder?" Er nickt zu dem Vierten hin, Peter Franzen, der daraufhin die Tür hinter sich zuzieht.

„Woher wisst ihr das?" Sie versucht, ihren Arm aus der Umklammerung zu winden, doch der Griff verstärkt sich nur immer noch mehr. „Hör auf! Du tust mir weh!"

„Oooch." Alle vier lachen. Leise. So leise. Sich ihrer Sache so sicher.

„Wir haben die Nachricht in deinem Spind gelesen."

Da wird es ihr schlagartig klar: „Ihr habt sie geschrieben." Sie flüstert die Worte fast.

„Keine Sorge. Dein Freund wird trotzdem kommen. Nur ein klein wenig später. Er hat auch eine Einladung bekommen. Von dir."

Plötzlich packen die zwei anderen sie am linken Arm und am Nacken. Zu dritt zerren sie sie mitten in die kleine Hütte zu dem Tisch hin. Anna schreit auf. „Lasst mich los! Hilfe! Hilfe!!"

„Ach bitte, nun hör aber auf. Du weißt genau, dass um diese Zeit keiner in der Nähe ist. Und ich habe eine Allergie, weißt du? Eine Allergie gegen Weibergeschrei. Tja, das ist wirklich Pech. Willst du wissen, was passiert, wenn ich Weibergeschrei höre?" Langsam, ganz langsam öffnet er seinen Gürtel und knöpft seine Hose auf. Streift sie über die Hüften. Es ist prall und groß und zielt auf sie wie eine Kanone. Anna hat noch nie ... Sie ist einen Moment lang starr vor Schreck und Ekel, dann beginnt sie, um sich zu schlagen, und holt Luft, um nach Leibeskräften zu schreien, zu brüllen, zu kreischen ... Doch Bernd Bergson dreht ihr den Arm auf den Rücken, als wäre sie eine Puppe, und reißt ihn nach oben, dass ihr vor Schmerz der Atem stockt. „Los!", herrscht er sie an und stößt sie nach vorne. Sie zerren sie um den Tisch herum, sodass sie mit dem Gesicht zum Eingang steht, und pressen ihren Oberkörper auf die Platte. „So ist es doch gut", knurrt Steve. „Ich hab ja gesagt, du sollst es dir bequem machen. Zieht ihr die Hosen runter. – Ja, so ist es gut. Da wird er doch gleich noch steifer. Noch ein bisschen weiter. – Gut. Na, mal schauen, ob du noch Jungfrau bist oder ob du unseren Freund Leo schon rangelassen hast." Und dann stößt er zu, wieder und wieder und immer wieder, während Lars Braun ihr Gesicht gegen die Tischplatte presst, dass sie nichts als ein unartikuliertes Stöhnen hervorbringt, schließlich ein Schluchzen. Durch Tränenschleier sieht sie einen Schatten in der Tür auftauchen. Dann ein Schrei. Leo!

„Leo!", keucht sie. Und dann blitzt plötzlich eine Klinge neben ihrem Hals auf. Sie kann sie nur aus den Augenwinkeln sehen. Doch an Leos Reaktion erkennt sie, was passiert ist.

„Du bleibst einfach da stehen, und es geschieht ihr nichts", hört sie Steves Stimme hinter sich, während sein heftiges Stoßen für einen Moment aufhört. „Wenn du näher kommst, hat deine kleine Freundin hier leider ein Messer im Hals. Und wenn du wegläufst, übrigens auch."

„Steve! Du Schwein!“ Leo zuckt kurz in ihre Richtung, doch schon spürt sie die Klinge auf ihrer Haut. Peter packt ihn von hinten und hält ihn an den Armen fest. Anna schreit. Nein, sie quiekt wie ein Schwein. Sie hasst sich. Steve hinter ihr dagegen scheint nur darauf gewartet zu haben. Mit einem Mal stößt er wie verrückt in sie hinein, packt ihr Haar und fängt an, wild zu zucken. „Yeaaaah!“, schreit er und lacht, während er sie mit seinem Samen vollspritzt. „Yeaaaah! Das ist geil!“ Schließlich hält er inne, verharrt einen Augenblick reglos. Dann tritt er einen Schritt zurück und lacht. „Was für ein Tag, Kumpels“, sagt er ganz leise und blickt zu dem kalkweißen Leo hinüber, der mit malmenden Kiefern immer noch in der Tür steht und stoßweise atmet. Er wehrt sich nicht mehr gegen Peters Griff. „Du bist so ein Schwein“, sagt Leo leise. „Warum hast du das getan?“

„Hey, du solltest mir dankbar sein, van de Loop. Hast es ja selber nicht geschafft, sie zu entjungfern. Jetzt kannst du sie jederzeit ohne Zickereien besteigen.“ Seine Freunde lachen zaghaft. Anna hat die Augen zusammengepresst. Sie kann Leo nicht ansehen. Sie will nichts mehr sehen. Gar nichts mehr. Sie will tot sein. Am liebsten auf der Stelle. Sofort. Sollen sie ihr doch das Messer in den Hals stechen! Ja, das ist die Lösung, das ist der Ausweg! Sie stemmt sich so plötzlich und so heftig gegen ihre Peiniger, dass sie sie tatsächlich für einen Augenblick überrumpelt und freikommt. Sie taumelt zurück, fällt über ihre Jeans, die ihr in den Kniekehlen hängen, und stürzt rückwärts gegen ein Regal. Als sie wieder zu sich kommt, hat sie sich erbrochen.

Es können nur Sekunden vergangen sein, denn die drei Schweine stehen immer noch um den Tisch herum. Nur Leo reißt sich von seinem Bewacher los und stürzt sich, nun da Anna nicht mehr in den Händen der Vergewaltiger ist, auf Steve. Der hat das offenbar kommen sehen und rammt ihm den Tisch in den Unterkörper, dass Leo sich vor Schmerz krümmt und zu Boden geht. „Wir sind hier doch überhaupt noch nicht fertig", sagt Steve der Große so ruhig, als wäre nichts geschehen. Er nimmt seinem Freund das Messer aus der Hand und hält es Leo an den Hals. „So geht das auch. Ist vielleicht sogar noch ein bisschen lustiger, oder? Na los, Jungs. Jetzt dürft ihr mal. Ich bin sicher, Leos Freundin hat nichts dagegen." Der Rest vergeht in dunklem Nebel.

„Frau Krüger? Frau Krüger?" Eine sanfte Hand, die sich auf ihre Schulter legte. „Ist alles mit Ihnen in Ordnung? Sie bluten."

Es war der Ort. Diese Hütte. Sogar der Geruch war der gleiche. Das Licht. Und dort: der Tisch. Die Tür, in der Leo gestanden hatte. Ja, es war der Ort. Hier hatte sich ihr Leben ins Dunkel gewendet. Hier war sie in Schmerz und Scham versunken. Dieser Ort war die Wurzel des Bösen. Und alles stand ihr so klar vor Augen, als wäre es gerade eben geschehen – als *geschähe* es gerade eben. Es war die Geburtsstunde von Stalin gewesen, der jetzt, in diesem Augenblick, fast acht Jahre später, plötzlich schwieg. Wie benommen saß Anna inmitten des engen Raums und starrte auf den Boden, auf dem sie Blutstropfen erkannte. Ihr Blut. Wie damals. Sie hatte sich in die Hand geschnitten, als sie sich, die Pistole vor sich haltend, über die schmale Fensterbrüstung geschwungen hatte. Und dann war sie in der Hütte auf dem Boden gelandet, halb blind im Zwielicht dieses Wintertags, und hatte sich in einer einzigen hektischen Bewegung um sich selbst gedreht, in jede Richtung zielend, um jeden in Schach zu halten, der sich hier verschanzt hatte.

Doch da war niemand gewesen. Die Hütte war leer. Wie ein Tatort ohne Opfer. Schlimmer: Es wirkte, als wäre seit Langem niemand hier gewesen. Die Luft war abgestanden, über allem lag eine dicke Staubschicht. Nachdem Anna ihre Verblüffung überwunden und all die offensichtlichen Faktoren geistig abgehakt hatte, nachdem ihr also klar geworden war, dass sie auf der falschen Fährte gewesen war, wurde mit einem Mal das andere sichtbar: das, was ihr selbst in diesem Raum angetan worden war. Ihr und Leo. Und sie durchlebte es, als wenn es in diesem Augenblick geschähe, mit all dem Grauen und dem Schmerz, der ihr damals zugefügt worden war.

Sie wusste nicht, wie lange sie so auf dem Boden gehockt hatte. Hatte sie die Erinnerung im Zeitraffer durchlebt? Um sie herum lagen Glasscherben, zwischen denen sich ihr Blut in einem dünnen Rinnsal einen Weg suchte. Ihr Gesicht war nass von Tränen. Doch Stalin schwieg. Er schien sein Recht, ihr Schmerz zuzufügen, an eine höhere Macht abgetreten zu haben: an die schwärzesten Erinnerungen, zu denen ein Mensch fähig war. Und dann war da plötzlich diese Stimme gewesen. Leise, freundlich, behutsam. Anna blickte auf. „Sie?"

„Herr Kollege? Ich brauche Hilfe. So schnell wie möglich!"

„Dr. Strecker? Was ist passiert?"

„Sie erinnern sich an die Blutkonserve?"

„Wie könnte ich die vergessen haben, Herr Kollege", sagte Dr. Bause missmutig. „Mit der Geschichte haben Sie mich ziemlich in Verlegenheit gebracht."

„Tut mir leid. Der Punkt ist: Es hat nicht ausgereicht."

„Wie? Nicht ausgereicht?"

„Ich habe die Blutung zwar zunächst stoppen und den Blutverlust ausgleichen können." Dr. Claus Strecker schlug die Hände vors Gesicht. „Aber die Wunden sind immer wieder aufgebrochen. Wir hätten das doch hier machen müssen, in einem anständigen OP!"

Dr. Bause sah seinen Kollegen unverwandt an. „Und jetzt?"

„Blutvergiftung. Sehr schlechte Verfassung."

„Prognose?"

„Letal. Geringste Chancen."

„Verdammt, Strecker, sind Sie verrückt geworden? Warum kommen Sie dann erst jetzt?" Wütend schlug Dr. Bause mit der Hand auf den Tisch. „Wo ist die Patientin?"

„Ich dachte wirklich, es wäre hier", murmelte Anna und sah von Sarah Reiter zu Katarina Loos und zurück. „Was machen Sie hier?"

„Wir haben Sie gesucht", erklärte die Ärztin und half Anna auf die Beine. „Können Sie stehen?"

„Mich gesucht? Warum? Warum hier? Wie sind Sie darauf gekommen?"

„Ihr Kreislauf ist ziemlich unten." Die Ärztin hielt sie mit einem kräftigen, aber freundlichen Griff um die Schultern fest. „Setzen Sie sich lieber." Sie schob sie zu dem Tisch hin, doch Anna zuckte zurück, sah sich um und steuerte auf einen der Klappstühle zu, die an einer Wand lehnten. „Hier ist es besser."

„Gut. Setzen Sie sich."

Anna nahm, immer noch leicht zitternd, Platz. Sie betrachtete die Wunde an der Hand. Es kam nicht mehr viel Blut nach. Nichts Schlimmes. „Wieso haben Sie mich ausgerechnet hier gesucht?"

„Wie Sie wissen, hat Frau Loos hier Ihre Akte gefunden. Es gab da einen Vermerk …"

„Meine … Akte?"

„Ihr Krankenblatt. Doktor Wetke hatte eines angelegt, als er Sie behandelt hat. Damals."

Damals. Als sich herausgestellt hatte, dass sie schwanger war. Dass Steve, das Schwein, ihr ein Kind gemacht hatte. Als ihr Vater sie täglich ins Gesicht schlug und beschimpfte und ihre Mutter nichts dagegen unternahm. Nichts – bis sie sie mit zu Dr. Wetke nahm, in die Friesenstraße. In dieses Haus. Diesen Keller. „Er hatte ein Krankenblatt angelegt? Wieso das?"

„Er hat es gut gemeint, Anna", sagte Sarah Reiter leise und nahm sich ebenfalls einen Klappstuhl, um sich neben sie zu setzen, während Katarina Loos am anderen Ende des Raums stehen blieb, nah an der Tür, dort, wo Leo einst gestanden hatte. Und Peter Franzen.

„Aber das Gartenhaus."

„Ich wusste das auch nicht, aber so, wie es mir Frau Loos erzählt hat, ist Ihr Fall wohl so etwas wie eine Mahnung. Ein Vermächtnis von Doktor Wetke."

„Ein Vermächtnis? Ich verstehe nicht …" Was wurde hier gespielt? Worum ging es hier überhaupt? Konnte sie, durfte sie hier sitzen und sich über längst Vergangenes unterhalten, während irgendwo anders auf dieser verfluchten Insel jemand um sein Leben kämpfte? Irgendwo! Irgendwo, nur nicht hier! Aber wo, um alles in der Welt?

„Als Sie schwanger waren, Anna, war Abtreibung nach Vergewaltigungsfällen längst nicht mehr strafbar. Aber in einer so kleinen Gemeinde ist immer alles ein Stigma. Ihre Mutter wollte nicht, dass Ihr Leben …"

„Meine Mutter? Die wollte nicht, dass über die Familie geredet wird", sagte Anna bitter.

„Was immer die Motive waren." Die Ärztin traf einen Ton, mit dem Anna einverstanden sein konnte. Ja, sie meinte es gut, und sie wollte es gar nicht verharmlosen. Es war, wie es war: Nachdem drei Jungs Anna vergewaltigt hatten, hatte ihre Mutter sie noch einmal vergewaltigen lassen – in dem Haus in der Friesenstraße. In dem Kellerraum. Mit Spekulum und Drahtschlingen, die ihr Dr. Wetke in den Unterleib geschoben hatte, um aus ihr herauszukratzen, was ihr ein teuflisches Schicksal in den Bauch gepflanzt hatte. Und natürlich: Sie hatte es nicht gewollt. Ein Baby von ihrem Vergewaltiger. Egal ob es Steves oder Bernd Bergsons oder Lars Brauns Bastard gewesen wäre – obwohl Lars es am Ende gar nicht geschafft hatte. Aber das war nur ein Detail in einem für Anna epochalen Albtraum.

„Ich hatte doch den Raum entdeckt", erklärte Katarina Loos. „Den Raum, in dem … Sie wissen schon. Doktor Strecker hat mir Ihre Akte gezeigt. Doktor Wetke hatte sie aufgehoben."

Anna schüttelte ungläubig den Kopf. „Wie kann man so was aufheben. Haben diese Ärzte nicht den geringsten Respekt vor menschlichen Schicksalen?"

„Doch, Anna, das haben sie", sagte Sarah Reiter leise und nahm Annas Hände in ihre. „Ihr Beispiel zeigt, wie wichtig es ist, dass es jemanden gibt, der auch in einer so kleinen Gemeinschaft solche Eingriffe vornehmen kann und sich nicht scheut, das auch im Geheimen zu tun. Um die Opfer zu schützen. Junge Mädchen, deren Leben vielleicht ruiniert wäre. Weil sie Gewalt erfahren haben. Oder weil sie einmal unvorsichtig waren. Wer will schon mit sechzehn ein Kind bekommen. Oder noch jünger. Wer will nach einem Missbrauch ein Kind austragen und zur Welt bringen. Nicht viele sind so stark. Aber immer wird es ein Fluch sein, der das Leben in einer Gemeinde, in der jeder jeden kennt, begleitet."

Anna nickte. „Und in der sich alle das Maul zerreißen." Sie blickte der Ärztin in die Augen. „Ich verstehe schon. Und Sie haben mich hier gefunden, weil es in Ihren Kreisen bekannt ist, dass mich ein paar Jungs in einem Schrebergarten flachgelegt haben."

„Na ja, ganz so ist es nicht. Das mit dem Schrebergarten wussten wir natürlich nicht." Sarah Reiter versuchte ein Lächeln. „Aber Frau Hovekamp wusste es. Sie dachte, dass es sein könnte, dass Sie hierhergekommen sind."

Frau Hovekamp. Natürlich. Alt und schwerhörig und

trotzdem blitzgescheit. Gott sei Dank. Sie hatte also fast den gleichen Gedanken gehabt wie Anna. Und doch war sie hier im Nichts gelandet. Oder vielmehr: nur in ihrer eigenen Vergangenheit. Dabei gab es irgendwo eine Gegenwart. Eine Gegenwart, die mit ihrem Schicksal untrennbar verknüpft war. Aber nicht an diesem Ort. Wie konnte das sein? Wie konnte es sein, dass alles in ihr zusammenkam, und doch war dies nicht der Ort, an dem es geschah?

Zu ihrer eigenen Verblüffung stellte sie diese Frage an einen unsichtbaren Begleiter: an Stalin. Doch Stalin schwieg. Er schwieg schon eine ganze Weile. Seit sie diese Hütte betreten hatte, oder vielmehr: in diese Hütte gestürmt war, schwieg der Feind in ihrem Kopf, der einzige Vertraute, den sie hatte, der einzige außer Leo. Da war nichts. Kein bohrender, kein pochender Schmerz, kein Dröhnen, weder der Schraubstock noch das Stilett, das sich immer und immer wieder in ihr Hirn bohrte. Stattdessen: die Freiheit, glasklar zu denken, sich messerscharf zu konzentrieren. Und das tat Anna. Fast war es, als sähe sie sich selbst beim Denken zu.

Was sie sah, war eine Alternative. Eine Alternative zu dem, was ihr bisher als das einzig Logische erschienen war. Ja, sie fragte sich, wieso sie nicht diesen letzten Schluss in einer langen Reihe von Schlussfolgerungen ebenfalls hatte ziehen können. Denn er schien ganz augenfällig. Aber vielleicht war es ihr in den Fängen des Schmerzes schlicht nicht möglich gewesen, einen Ort außerhalb ihrer eigenen Vergangenheit zu entdecken, der dennoch mit ihrer Geschichte eng zusammenhing. Weil es nämlich hier nicht um sie ging. Auch wenn der Täter es vorgab, ging es doch in Wirklichkeit um ihn. Und um sein Opfer. Es war seine Rache, es war sein Spiel, und Anna war nur eine Figur in diesem Spiel, so wie Steve, Bernd und Lars nur Figuren in seinem Spiel waren, und auch Paul, der die Ermittlungen leitete, ja vielleicht sogar Dr. Strecker mit dem

Keller, den er geerbt hatte. Die dritte Hauptfigur neben Anna und dem Täter aber war das Opfer selbst. Und für dieses Opfer gab es einen ganz anderen Ort. Einen Ort, der wie kein anderer geeignet war, jemanden zu verbergen und ihm ganz langsam das Leben aus den Adern zu lassen, ohne dass auch nur irgendjemand dahinterkäme. „Ich muss los", sagte Anna. Im nächsten Augenblick war sie verschwunden.

„Wie lange haben Sie sie hier schon versteckt?", fuhr Dr. Bause seinen Kollegen an und riss die Decke vom ausgezehrten Körper des jungen Mädchens.

„Ich … es war vorletzte Woche, das wissen Sie doch", stammelte Dr. Strecker.

„Nichts weiß ich. Gar nichts!" Bause griff nach ihrem Handgelenk und versuchte, den flatternden Puls zu ertasten. Dann zog er vorsichtig die verklebten Augenlider auseinander und musterte prüfend die verdrehten Augäpfel. „Was haben Sie sich nur gedacht, Mann!" Scharf sog er die Luft ein. Im Zimmer hing der Geruch von Krankheit und Verfall. Er beugte sich ganz nah zu ihr hinunter. „Tanja? Hörst du mich? Tanja?" Die Familie Möring gehörte zu den einflussreichsten der Insel. Man förderte das Kurzentrum und auch das Klinikum. Die Mörings waren ein Rückgrat der Gesellschaft. Und jetzt das. „Wir müssen sie so schnell wie möglich in die Klinik rüberbringen. Packen Sie mit an."

„Ich dachte, der Krankenwagen …"

„Hören Sie, es geht hier um Minuten, und die Kleine hat keine Brüche. Wir müssen sie so schnell wie möglich rüberschaffen. Nehmen Sie die Beine und helfen Sie mir tragen. Und seien Sie froh, wenn wir sie durchbringen. Wenn!" Bause keuchte. Körperliche Arbeit war er nicht gewohnt, aber die dramatische Situation, in der sich das Mädchen befand, und die Panik, dass ihm daran eine Mitschuld gegeben werden könnte, befeuerten ihn. „Wie konnten Sie nur, Strecker. Wie konnten Sie ihr das antun – und wie konnten Sie so lange warten …"

„Bis vorgestern war alles auf einem guten Weg. Aber dann …"

„Sie sind verrückt, Strecker. Das wird ein Nachspiel haben, ich hoffe, das ist Ihnen klar."

Dr. Claus Strecker erwiderte nichts. Er hatte einen Plan gefasst.

Helgoland liegt auf 54° 11' nördlicher Breite und 7° 53' östlicher Länge. Das Eiland gilt als einzige deutsche Hochseeinsel. Doch das ist sie nicht. Sie liegt am äußersten Ende des Festlandsockels und damit geologisch nicht in der Hochsee. Mit einer Entfernung von mehr als vierzig Kilometern von der Küste und den nächstgelegenen Inseln ist Helgoland dennoch ein einsamer Flecken Erde in der rauen Nordsee. Eine besondere Beschaffenheit des Gesteins, aus dem der Fels geformt ist, der sich bis zu fünfzig Meter über die Wasseroberfläche erhebt, macht ihn stabil und widerstandsfähig gegen die immer wieder hart wütenden Wellen, gegen Brecher, ja Monsterwellen, die immer wieder wie aus dem Nichts über das winzige Stück Land stürzen. Nur manchmal, alle paar Hundert Jahre, nimmt sich das Meer einen Teil des Eilands und verschlingt mit ihm alle Menschen und alles Getier, das sich nicht in Sicherheit bringen konnte.

Der Mensch hat dieser Insel ihre Gestalt gegeben, indem er grausam zu ihr war. Er brach gigantische Teile aus ihr, um sie zu verschiffen, er durchbohrte sie kilometerweit und trieb seine Werkzeuge tief in ihren Leib, er bombardierte sie jahrzehntelang mit unvorstellbarer Gewalt und versuchte sie buchstäblich von der Landkarte zu sprengen. Dennoch steht Helgoland, die Geschundene, die Gequälte, unverrückbar weit draußen in der rauen See und trotzt dem Menschen und dem Meer.

Im Bauch der Insel aber, tief in den Stein gegraben, lag ein Geheimnis, ein grausames, blutiges Geheimnis, das sie nun ans Licht bringen würde. Anna Krüger stand über dem Eingang zu den Katakomben von Helgoland, jenem Tunnelsystem, das schon seit Menschengedenken existiert und in den düsteren Zeiten des Krieges zu einem gigantischen Labyrinth ausgebaut worden war. Auf einer Strecke von vierzig Kilometern zogen sich unterirdische Gänge unter der Insel hindurch, die doch selbst nur höchstens drei Kilometer lang und zwei Kilometer breit war. Hier aber, im Garten eines Hauses in Oberland, verbarg sich der einzige Zugang zu diesem unsichtbaren Geäder, der nach dem Krieg und nach den jahrelangen Bombardements der Engländer noch verblieben war. Eine Touristenattraktion, eine Sehenswürdigkeit für wohligen Schauer. Manche der unterirdischen Räume waren noch erhalten, wie sie während der Bombenangriffe 1943 genutzt worden waren. Man konnte sich die dort unten zusammengekauerte, panische Bevölkerung gut vorstellen, die von endlosen Erschütterungen und unablässigen ohrenbetäubenden Explosionen zermürbt wartete, ob irgendetwas von ihrem Hab und Gut an der Oberfläche noch erhalten sein würde. Gleichzeitig um ihr Leben fürchtend, nicht wissend, ob der Fels den endlosen Angriffswellen standhielt und ob am Ende noch ein einziger Ausgang übrig sein würde oder ob sie hier freiwillig in ihr Grab auf hoher See hinabgestiegen waren. Es war nichts mehr übrig von der schönen Insel, die Helgoland einst gewesen war. Die Bomben und das Feuer hatten alles vernichtet. Die Zerstörung war so vollkommen, dass ein Weiterleben auf der Insel nicht mehr möglich war. Die Bevölkerung, die aus der Tiefe letztlich wieder herausgefunden hatte, musste evakuiert werden und es sollte mehr als ein Jahrzehnt dauern, bis wieder ein Mensch einen Fuß auf die Insel setzen konnte.

Erleichtert stellte Anna fest, dass der Eingang zu den Katakomben nicht verschlossen war. Hätte es noch eines Hinweises bedurft, dass ihr Verdacht diesmal der richtige war, dann wäre es dieses Detail gewesen. Es fühlte sich jemand sicher. Sicher, weil er dachte, dass Anna außer Gefecht gesetzt wäre und dass niemand wüsste, wo er zu suchen sei. Hastig stolperte sie die Treppen hinab ins Zwielicht der Katakomben. Es ging um Minuten, wenn überhaupt. Falls noch ein Rest einer Chance bestand, das Opfer lebend anzutreffen, dann durfte sie keinen einzigen Atemzug mehr vergeuden. Die Lampen warfen ein trübes Licht, das nur wenige Meter weit reichte. Anna war nie hier unten gewesen. Doch, ein Mal: mit der Schule. Aber damals war sie kaum bei der Sache gewesen. Man war hinuntergestiegen, ein paar Meter gelaufen, hatte sich zwei oder drei Räume angeschaut, dann hatte der Geschichtslehrer einen gähnend langweiligen Vortrag gehalten, schließlich war man wieder nach oben geklettert und froh gewesen, den muffigen Geruch endlich los zu sein.

Ja, der Geruch, er war drückend. Schon nach wenigen Metern kam es Anna vor, als kröche ihr die feuchte, madige Atmosphäre in jede Pore, als bilde sich ein Film von Trostlosigkeit und Angst auf ihrer Haut. Doch sie hielt sich damit nicht auf, sondern hastete voran, vorbei an roh behauenen Wänden, unter niedrigen Türen hindurch. Stahltüren, überall. An den Decken zogen sich endlose Kabelstränge entlang. Rohre. Lüftungsschächte. Nischen. Schon nach kürzester Zeit hätte sie nicht mehr zu sagen vermocht, aus welcher Richtung sie gekommen war. Aber das war in diesem Moment egal. Da sie nicht wusste, wohin sie sich orientieren musste, konnte sie nur versuchen, so tief in das Labyrinth einzudringen wie irgend möglich. Er würde nicht vorne sein in einem der „offiziellen" Räume. Wer immer ihn hierhergebracht hatte, würde ihn möglichst abseits von den touristischen Pfaden gefangen halten, auch wenn in diesen Monaten gar keine Touristen hier herunterkamen.

Immer wieder hielt Anna inne und lauschte. Geräusche gab es verschiedene. Wasser, das irgendwo herabtropfte. Das Surren von elektrischem Strom in alten Leitungen. Das wetzende Geräusch, mit dem Ratten über den staubigen Boden huschten. Mehrmals sah sie auch welche, zuckte zusammen, weil sie die Bewegung zuerst für einen Angriff hielt. Doch dann waren es nur die scheuen Tiere, die vor ihr flüchteten.

An manchen Stellen gab es einen frischen Luftzug. Dann schöpfte sie Atem, versuchte sich doch zu orientieren, um zumindest nicht im Kreis zu laufen, lauschte wieder. Einmal meinte sie ein Stöhnen zu hören. Doch dann, wenige Schritte später, war wieder völlige Stille. Sie lief zurück, doch sie fand die Stelle nicht wieder. „Verdammt!“, schrie sie und lauschte auf das Echo ihres Schreis. Der Schweiß auf ihrer Stirn war kalt. Sie zitterte. Ob vor Anstrengung oder Panik, hätte sie selbst nicht zu sagen vermocht. Die Zeit verrann. Und sie lief plan- und ziellos durch das Halbdunkel der Katakomben. War es nicht eine wahnwitzige Idee gewesen, hierherzukommen ohne jemanden, der sich auskannte? Wie hatte sie nur so blind in dieses Labyrinth steigen können! Sie hätte sich verfluchen können. Doch wozu? Sie war die einzige Hoffnung, die ein Mensch hatte, der gerade die letzten Augenblicke seines Lebens durchlitt. Vielleicht. Noch. Vielleicht auch nicht mehr. Mit noch größerem Eifer als eben schon rannte sie weiter. Solange Leben in ihr war, konnte sie seines vielleicht retten. Und das musste sie, wenn nicht alles, alles, was ihr geschehen war, in einem einzigen schwarzen Loch enden sollte.

Da! Ein hellerer Lichtschein aus einer geöffneten Tür! Anna blieb stehen, atmete tief durch, versuchte, ihre Kräfte zu sammeln, vor allem ihren Puls in den Griff zu bekommen. Jetzt musste sie ganz und gar bei Sinnen sein, durfte sich keinen

Fehler erlauben. Was immer sie dort erwartete, sie musste auf alles gefasst sein. Leise, fast lautlos, setzte sie Fuß vor Fuß und näherte sich der Tür, die Pistole im Anschlag. Tatsächlich kam ein leises Geräusch von dort vorne. Ein menschliches, nein ein unmenschliches Geräusch, ein Ächzen, ein Röcheln … Anna stockte der Atem. Als sie die Tür erreicht hatte, drückte sie sich eng an die Wand und konzentrierte sich vollkommen auf das, was nun kommen würde. Sie schloss für einen Moment die Augen und sammelte alle Kraft, zu der sie noch fähig war. Dann wirbelte sie mit einer einzigen sichelförmigen Bewegung herum und hielt die Waffe vor sich gestreckt in den Raum.

Der Schlag kam völlig unerwartet. Mit einem harten Knall landete ihre Pistole auf dem Boden und schlitterte ans andere Ende des Raums. „Nur zur Sicherheit", sagte ihr Angreifer und trat hinter der Stahltür hervor, die ihm Deckung geboten hatte. „Ich möchte nicht, dass du uns am Ende noch unglücklich machst."

Anna hielt sich das Handgelenk. Es war genau, wie sie es sich gedacht hatte: ein Tisch. Darauf ein Mensch, eine gequälte Kreatur, blutverschmiert und bleich. Eine Infusion, die von der Decke hing, aber nicht mehr mit dem Menschen verbunden war. Auf einem weiteren Tisch Skalpelle, Scheren, eine Säge. Der blutige Stumpf eines Unterschenkels. Davor, wie eine Trophäe präsentiert, der abgetrennte Fuß. „Er ist für dich. Ich bin gerade fertig geworden." Und dann ging das Licht aus.

Es kam so plötzlich, dass Anna nicht wusste, wie sie reagieren sollte. Aus der offenen Wunde war Blut getropft. Sie musste das Bein abbinden! Sie musste den Täter überwältigen! Sie musste fliehen! Und nichts davon konnte sie in diesem Augenblick tun. Es war so dunkel, dass buchstäblich nichts zu sehen war. In ihrem Rücken ein Geräusch. Sie konnte sich nicht einmal umdrehen, so schnell kam der Stoß, gar nicht heftig, nur unerwartet, und sie taumelte einige Schritte in den Raum hinein. Dann die Stimme von der Tür her: „Beruhige dich. Alles wird gut." Ja, sie saß in der Falle.

„Nichts wird gut. Das hier ist Wahnsinn!"

„Es ist Gerechtigkeit, Anna. Nur Gerechtigkeit. Für dich."

Sie konnte ihn nicht sehen, und doch sah sie sein Gesicht genau vor sich, wusste, dass er es ernst meinte. Da war kein Zynismus, keine Hinterhältigkeit. Und das war das Schlimmste: Er meinte es genau so, wie er es sagte, im wahrsten Sinne des Wortes todernst. „Aber ich will diese Gerechtigkeit nicht! Und du machst das auch gar nicht für mich."

„Aber verstehst du denn nicht, Anna ..."

Auch nachdem sich ihre Augen an die Dunkelheit gewöhnt hatten, war absolut nichts zu sehen. Es herrschte vollkommene Finsternis. Wenn sie ihn nicht sehen konnte, konnte er sie auch nicht sehen. Dennoch: Zu versuchen, ihn zu überwältigen, war sinnlos. Sie wusste nicht, ob er eine Waffe bei sich trug. Und er rechnete zweifellos damit, dass sie sich auf ihn werfen würde. Im direkten Kampf war sie ihm unterlegen. Lautlos bewegte sie sich rückwärts und tastete in die Luft hinter sich. „Doch", sagte sie. „Ich verstehe genau. Und ich verstehe alles. Es geht nicht um mich, es geht um dich. Immer schon. Vielleicht hast du dir eingeredet, dass du das alles für mich tust. Aber in Wahrheit ist es deine Rache. Weil du denkst, sie hätten deinen Traum zerstört."

„Nein, Anna, denk doch! Auge um Auge, Zahn um Zahn!"

„Und Tag um Tag. Heute musste es so weit sein. Weil Leo zehn Tage lang durchgehalten hat. Zehn Tage im Koma in der Klinik. Dabei hatten alle gedacht, er würde durchkommen. Ein abgerissenes Ohr, ein zerquetschter Daumen, ein zertrümmerter Fuß ... Das ist doch nichts. Und dann starb er an inneren Blutungen. Einfach so. Am elften Tag. An irgendeinem geplatzten Gefäß." Ein gequälter Laut hinter ihr. Etwas links. Sie drehte sich ganz leicht. Da, der Tisch. Als sie vorsichtig über die Platte tastete, hatte sie die Finger praktisch mitten in der Wunde. Ein Ächzen. Sie packte den Unterschenkel und presste ihn mit aller Kraft zusammen. Sie musste den Blutfluss unterbrechen, sonst war er in Sekunden tot.

„Ja. Und das Herz hatten sie ihm auch gebrochen. Das hier ist Rache für dich und für Leo."

„Nein", sagte sie und öffnete den Gürtel ihrer Hose. Zog ihn vorsichtig heraus, während sie mit der anderen Hand den Schenkel zusammendrückte. „Das war nicht Rache für mich. Und auch nicht für Leo. Schließlich hatten sie ja auch dein Herz gebrochen. Nicht wahr, Marten?"

Sie hatte es ausgesprochen. Er atmete tief durch. Stoßweise. Natürlich waren auch seine Nerven in diesem Moment aufs Äußerste gespannt. „Aber, Anna", sagte er mit rauer Stimme. „Doch nur deinetwegen. Ich liebe dich. Schon immer."

„Ich weiß, Marten."

„Du weißt?"

„Es war das Bild, Marten." In unendlicher Anstrengung streifte sie den Gürtel über den offenen Schenkel. Er durfte nichts hören, nichts. Wenn er es mitbekam, war das Spiel aus. „Warum machst du nicht Licht, Marten? Ich weiß doch, dass du es bist."

Er reagierte nicht. Wie sie es erwartet hatte. Stattdessen fragte er: „Ich verstehe nichts. Welches Bild?"

„Das Bild in deinem Schlafzimmer. Die Aufnahme auf dem Schulhof."

„Was ist damit?"

„Du bist nicht drauf, Marten." Er schwieg. Sie zog den Gürtel zu, so fest es irgend ging, wand ihn noch einmal um das Bein und steckte ihn fest. Mehr konnte sie nicht tun. Jetzt ging es nur noch darum, einen Ausweg aus der Situation zu finden. „Wieso hängst du ein Foto auf, auf dem du nicht drauf bist?

Wieso erinnerst du dich noch an die Jeans, die ich damals getragen habe? Es waren viele Kleinigkeiten, die mir schon viel früher hätten auffallen können. Doch das sind sie nicht. Vielleicht bist du auch nur zur Polizei gegangen, weil du wusstest, dass ich Polizistin geworden bin. Erst als mir klar wurde, dass du bei unserer Suche nach dem Opfer alle die Orte gecheckt hast, die mit meiner Geschichte zusammenhingen, begann ich eins und eins zusammenzuzählen. Süderstraße: Marten sagt, die übernehme ich. Die alleinstehenden Inselbewohner: Marten prüft sie alle. Die Katakomben hier hast auch du durchsucht. Ich kann mich noch genau erinnern, wie wir uns gewundert haben, dass du reingekommen bist. ‚Ich wusste, wo Fleischer seinen Schlüssel versteckt', hast du gesagt. Der Computerabgleich der Fingerabdrücke auf dem Glas hat nur einen Tapser von dir ergeben. Wir dachten, weil du bei der Untersuchung unvorsichtig warst. Aber in Wirklichkeit warst du unvorsichtig beim Einpacken gewesen! Und die SMS-Botschaften: ‚Die Kollegen konnten die Nummer nicht zuordnen. Irgendein ausländisches Prepaid-Handy.' Klar. Jetzt weiß ich, dass es deines war, wahrscheinlich in einem Import-Export-Laden in Rotterdam gekauft, wo keiner genau nachfragt. Du hast aber ja sicher nie eine Anfrage bei den Kollegen in Pinneberg gestartet. Denn du wusstest ja, was es mit dem Handy auf sich hat. Und wir brauchten es nicht zu wissen. Eigentlich hätte ich wirklich nur eins und eins zusammenzählen müssen. Oder ein bisschen genauer auf Doktor Rückert hören müssen."

„Doktor Rückert? Den Lehrer? Was soll das denn heißen?" Seine Stimme klang gepresst. Anna konnte hören, wie sehr er unter Stress stand.

„Wir haben über dich gesprochen, Marten."

„Über mich?"

„Und weißt du, was er sagte?"

„Du wirst es mir wahrscheinlich verraten." Es war nicht zu überhören, dass Marten den alten Lehrer verachtete, vielleicht sogar hasste. Warum auch immer. Anna sprach ganz leise, als sie die Worte zitierte: „Gib auf ihn acht."

Einen Moment lang sagte niemand etwas.

„Das hat er gesagt?", fragte Marten schließlich. „Dass du auf mich achtgeben sollst?"

„Ja, das hat er gesagt: Aber ich habe zu spät erkannt, wie wörtlich er das gemeint hat. Und als ich es endlich kapiert hatte, bin ich erst einmal auf das falsche Ergebnis gekommen."

„Das falsche Ergebnis?"

„Ich dachte, du hättest dein Opfer in den Schrebergarten gebracht." Vorsichtig schlüpfte sie aus ihren Stiefeln und stellte sie lautlos unter den Tisch. „Aber davon konntest du ja gar nichts wissen."

„Von dem Schrebergarten? Doch", sagte Marten. „Das wusste ich."

„Du wusstest es? Von wem?"

„Ich war nämlich dort an dem Nachmittag, als dir die Schweine das alles angetan haben."

„Du warst dort?" Für einen Augenblick verlor Anna die Fassung und stolperte gegen den Tisch. Ein Stöhnen.

„Ich bin dir gefolgt. Ich bin dir überallhin gefolgt. Meine Nachmittage waren es, dein Schatten zu sein. Wenn du runtergegangen bist an den Südhafen, um dir ein Eis zu kaufen, dann war ich nicht weit und sah dir zu. Wenn du dich mit deinen Freundinnen an den Klippen getroffen hast, saß ich auf dem großen Krater bei der Jugendherberge und habe euch mit dem Feldstecher beobachtet. Ich war immer in deiner Nähe."

„So wie jetzt", flüsterte sie. „Seit ich wieder da bin. Richtig?" Er war es gewesen. Er war der Schatten gewesen, der sie verfolgt hatte. Der durch Fenster gespäht hatte. Dessen Schatten sie auf der Straße gesehen hatte. Der an Leos Grab gewesen war. Der sie beobachtet hatte, bis sie sich schon für paranoid zu halten begann. Nicht Peter Franzen. „Du warst das. Damals und heute."

„Natürlich. Nur dass es damals ohne besonderen Grund war. Ich mochte dich eben. Ich war verliebt. Ich habe es dir nicht einmal übel genommen, als du plötzlich was mit Leo angefangen hast. Natürlich hat es mich getroffen. Aber du konntest es ja nicht wissen, dass ich mich in dich verliebt hatte. Leo hatte eben Glück gehabt. Das Glück, das ich verdient hätte, das hat er gehabt. Na ja, bis sie ihn von der Klippe gestoßen haben."

„Hast du das etwa auch gesehen?"

„Was dachtest du, von wem die anonyme Anzeige war?" Marten lachte leise. „Ich dachte, er würde sich mit dir treffen, deshalb bin ich ihm nachgeschlichen, habe mich hinter einen Krater geduckt und dann gesehen, wie stattdessen Steve und seine Kumpels den Weg raufkamen. Mann, das war heftig. Zum Glück haben sie mich nicht entdeckt, sonst hätte ich auch noch dran glauben müssen."

Einen Augenblick herrschte Stille in dem Raum tief unter der Erde, nur das leise Röcheln des Opfers war zu hören. Dann, mit einer Stimme voller Zärtlichkeit, sagte Marten: „Ich liebe dich immer noch, Anna, das weißt du doch. Ich werde immer für dich da sein. Mit mir bist du sicher. Wenn ich bei dir bin, wird dir keiner mehr etwas tun."

„Oh, Marten! Wie kannst du denken, dass ich das will?"

„Du bist zu mir gekommen neulich nachts. Hast du das schon vergessen? Du bist nicht zu Paul oder zu irgendjemand anderem gegangen, du bist zu mir gekommen. Das war kein Zufall."

„Nein. Das war kein Zufall." Sie versuchte, so hart zu klingen wie möglich. „Das war Dummheit." Außerdem hatte sie nicht gewusst, wo Paul wohnte.

Einen Moment schwieg Marten. Dann schien er sich wieder gefangen zu haben. „Jedenfalls hätte niemand das für dich gemacht, was ich für dich gemacht habe."

„Und was wäre das? Einen Menschen bestialisch ermorden?"

Sie konnte ihn atmen hören. Dann, überraschend sanft, als spräche er mit einem Kind: „Gerechtigkeit herstellen. Die Welt vom Kopf wieder auf die Füße stellen."

„Denkst du das wirklich?" Endlich kam ihr der erlösende Gedanke. Die Instrumente. Sie hatte sie für einen kurzen Augenblick gesehen. „Denkst du wirklich, das Leben dieses Wracks wiegt Leos Leben auf?", fragte sie und bewegte sich ganz langsam um den Tisch herum. Sie würde Marten aus der Bahn werfen. Sie würde ihn verunsichern und sich dann mit ihm verbrüdern. Scheinbar gemeinsame Sache mit ihm machen. Bis er das Licht wieder andrehte. „Und was, wenn sie uns erwischen? Was dann, Marten?"

„Uns?" Zweifel schwang in seiner Stimme. Aber war da nicht auch ein wenig Hoffnung? „Heißt das, du …"

„Wir müssen das bis zu Ende denken, Marten. Mit allen Konsequenzen, verstehst du?" Endlich hatte sie gefunden, was sie suchte. Kalt und glatt lag es unter ihrer Hand, und sie griff zu, ganz vorsichtig, um kein Geräusch zu machen.

„Aber das habe ich doch, Anna!"

Lautlos setzte sie einen Fuß vor den anderen und bewegte sich auf ihn zu, so vorsichtig wie nur irgend möglich. Der Boden war uneben. Ein leises Scharren unter ihrer linken Sohle ließ ihn innehalten. „Anna?" Er wandte sich ihr zu, scheinbar ohne darüber nachzudenken, weshalb sie nun woanders stand. „Das habe ich wirklich."

„Ach, Marten", sagte Anna ganz leise, damit er ihre Entfernung nicht abschätzen konnte, während sie einen weiteren Schritt auf ihn zutat und mit dem rechten Arm ausholte. „Er war doch bloß ein Teil des Verbrechens. Es gibt ja noch die anderen. Bernd Bergson. Peter Franzen."

„Die anderen?" Marten lachte bitter. „Zwei sind noch übrig. Zwei haben ihre gerechte Strafe schon erhalten. Mit ihm hier drei." Die Worte hingen wie Fallbeile im Raum. „Und um die beiden, die sich in Sicherheit wiegen, werde ich mich auch noch kümmern."

„Sag nicht, du hast dafür gesorgt, dass ..." Anna spürte, wie ihre Beine zitterten. „Du hast für den Badeunfall auf Düne gesorgt? Und für den Autounfall von Bernd Bergson?"

„Gerechtigkeit, Anna. Es geht um die Gerechtigkeit."

Er war wahnsinnig. Das wurde Anna schlagartig klar, als sie hörte, mit welcher Ruhe er all das aussprach. Einen Mord, einen Mordversuch und dieses Verbrechen hier, das am Ende ebenfalls ein Mord sein würde, wenn sie nicht ... Ja, wenn sie nicht was? Je länger sie hier in der Finsternis stand und mit Marten redete, umso wahrscheinlicher würde der Mensch auf dem Tisch neben ihr die Verstümmelungen nicht überleben. Und doch, sie hatte nichts, was sie Marten entgegensetzen konnte. „Ich habe mit Bernd gesprochen", sagte sie.

„Du hast ... mit Bernd gesprochen?" Für einen Moment hatte sie Marten aus der Fassung gebracht. „Wann? Wieso? Wo hast du ihn gefunden?"

„Er ist in einer Klinik in Kiel. Er ist ein Wrack, Marten. Sein Leben ist vorbei."

„Aber er lebt." Bitterkeit in Martens Stimme. Es war deutlich hörbar, dass er damit nicht zufrieden war. Der Unfall war geschickt eingefädelt gewesen. Ein Auto, das von der Straße abkommt und ins Wasser rutscht, ist eine ziemlich tödliche Falle, wenn der Unfall an einer Stelle geschieht, an der man sich kaum zurück an Land kämpfen kann. Und genau eine solche Stelle war es gewesen. Marten hatte alles richtig gemacht. Er hatte nur nicht damit gerechnet, dass ein anderer

Wagen vorbeikommen und das darin sitzende Ehepaar dem Schwein Bergson im wahrsten Sinne des Wortes unter die Arme greifen und ihn wieder rausziehen würde. Das war Pech gewesen. „Er wird nicht mehr lange leben", knurrte Marten. „Genau wie Peter und Bernd. Alles Todeskandidaten. Auge um Auge, Zahn um Zahn."

„Peter hat nicht zu den Mördern gehört", sagte Anna, auch wenn es ihr schwerfiel. Peter Franzen hatte seiner Frau alles gestanden. Er war Küster in der Kirche St. Martin geworden und führte ein frommes, gottgefälliges Leben. Wenn man seiner Frau glauben durfte. Er versuchte seine Schuld abzutragen. Irgendwie.

„Aber er hat zu den Schweinen gehört, die dich vergewaltigt haben."

„Er hat nicht mitgemacht."

„Er war dabei und hat zugesehen. Er hat nichts dagegen unternommen."

„Nein. Das hat er nicht. So wie du, Marten."

„Was?"

„Du sagst, du warst dort und hast alles gesehen."

„Aber was hätte ich gegen die vier ausrichten können." Martens Stimme im Dunkeln klang trotzig. „Willst du mich etwa mit diesen Schweinen vergleichen?"

Anna sagte nichts. Sie wollte sich nicht verraten, wenn sie noch ein, zwei weitere Schritte auf ihn zumachte. Umgekehrt musste sie sich konzentrieren, von wo genau seine Stimme kam. Der Hall der kahlen Wände machte eine klare Ortsbestimmung schwer. Sie hielt die Luft an und lauschte auf seinen Atem. Die Schere in ihrer Hand schien zu glühen.

„Anna?", fragte er in die Dunkelheit. Nur das Opfer auf dem Tisch gab einen gequälten Laut von sich. „Wo bist du?" Plötzlich war Martens Stimme hart geworden. Und misstrauisch.

„Ich bin hier“, sagte Anna mit klarer Stimme und spürte, wie etwas an ihr vorbeihuschte. Und dann war es mit einem Mal gleißend hell im Raum. Blitzschnell riss sie den Arm herunter und verbarg ihn hinter ihrem Rücken. Auch Martens Augen mussten sich ja einen Moment lang an das viele Licht gewöhnen. „Was machst du hier?“ Die eine Hand am Lichtschalter, in der anderen seine Pistole, fixierte er Anna argwöhnisch.

„Er stinkt“, erwiderte sie und nickte zu dem Mann hin, der auf dem Tisch lag, in seinem eigenen Blut und in seinen eigenen Exkrementen. „Fleischer stinkt.“

Es war dunkel. Nichts, absolut nichts war zu sehen. Auch zu hören war nichts außer seinem eigenen Atem, der stockend ging. Er rang nach Luft, doch er bekam viel zu wenig. Seine Lippen brannten. Er hatte versucht, die Zunge hindurchzuschieben und das Klebeband mit Spucke zu lösen oder es nach innen zu ziehen und mit den Zähnen zu zernagen. Doch weder das eine noch das andere hatte geklappt. Verzweifelt atmete er durch die Nase ein und hatte mit jedem einzelnen Atemzug das Gefühl, dass es weniger Luft wurde, die er in die Lungen brachte. Vielleicht war es auch wirklich so, dass der Sauerstoff in dem Raum immer knapper wurde. Er hatte sich gefragt, ob er in einem Sarg lag, unter der Erde. Vielleicht war er in das Loch versenkt worden, das man für Pastor Willemsen ausgehoben hatte. Man hätte ihn gut dort begraben können. Hätte einen Sarg hinablassen und mit Erde bedecken können, um dann bei der Beerdigung des Pfarrers dessen Sarg daraufzusetzen und das Grab wieder zuzuschaufeln. Niemand hätte es bemerkt. Außer den Totengräbern vielleicht. Aber vielleicht hätten auch die es nicht bemerkt.

Doch er lag nicht in einem Grab. Er lag in einem Raum, der größer war als ein Grab. Das hatte er herausgefunden, weil er sich ein Stück weit zur Seite gerollt hatte. In einem Sarg wäre das nie möglich gewesen. Auch die Akustik wäre eine andere gewesen: Er hatte mit den Schuhabsätzen ein paarmal auf den Boden geschlagen. Ein harter Boden. Es klang nicht so eng, wie es in einem Grab geklungen hätte.

Und doch war es ein Grab für ihn. Denn er lag hier nun schon seit vielen Stunden, sehr vielen. Auch wenn ihm alles Zeitempfinden abhandengekommen war, wusste er, dass er so nicht mehr lange überleben würde. Er brauchte Wasser, zumindest das. Doch seit er hier aufgewacht war, war er allein. Nichts war geschehen. Er lag im Dunkeln und wartete in der Einsamkeit auf seinen Tod, die Arme auf den Rücken gebunden, die Beine aneinandergefesselt, den Mund mit Klebeband versiegelt. Nie wieder würde ein Wort über seine Lippen kommen. Nie wieder würde er seine Tochter küssen, würde sie trösten, wenn sie nachts nicht einschlafen konnte, würde Witze für sie reißen und sich an ihrem Lachen freuen.

Tränen rannen über seine Wangen. Am meisten tat es ihm leid, dass er nicht mehr für Paulina würde da sein können.

Hans-Peter Fleischer, Polizeimeister a. D., 67 Jahre alt, bis vor Kurzem ca. 85 kg schwer, 1,72 m Körperlänge, seit elf Tagen in den Katakomben von Helgoland auf einen Tisch gefesselt, zurzeit nicht bei Bewusstsein, hatte zu viel Blut verloren, das war auf den ersten Blick erkennbar. Nicht nur lag der Kopf auf schwarz verkrustetem Blut, auch unter seinem rechten Arm hatte sich ein großer schwarzer Fleck gebildet, während am unteren Ende des Tisches, dort wo der Fuß abgetrennt worden war, eine leuchtend rote Blutspur bis auf den Boden reichte. Auch der äußere Anblick des nackten Körpers zeigte deutlich einen schweren Blutmangel: Fleischers Haut war von ebenso grauer Farbe wie die Wände dieses Verlieses. Zwischen den Beinen des gefesselten Mannes klebten vertrocknete Exkremente, das Kinn und der Hals zeigten Spuren von Erbrochenem. Doch diese Vorfälle schienen sich schon vor Tagen ereignet zu haben. Zu so heftigen Reaktionen auf das, was man ihm antat, war der Körper, der jetzt vor Anna lag, nicht mehr fähig. Er war dem Tod näher als dem Leben, und Anna war sich nicht sicher, was sie in Fleischers Fall vorzog.

„Kann ich verstehen, dass du auf Abstand gehst", sagte Marten und trat an den Tisch. „Er ist ein Schwein und er sieht aus wie ein Schwein. Eigentlich müsste man ihn so am Funkmast aufhängen, damit ihn alle Welt als das erkennt, was er sein Leben lang war." Verwundert blieb Martens Blick am Fuß des Opfers hängen. „Du hast sein Bein abgebunden?" Ungläubig drehte er sich zu Anna um. „Willst du ihn etwa retten?" Seine Miene schien sich nicht entscheiden zu können zwischen völligem Unverständnis und dem irren Bedürfnis zu lachen. „Du? Fleischer? Das ist ja, als würde das Schaf seinen Schlachter retten wollen!" Er lachte kurz auf, schien selbst über den Ton zu erschrecken, lauschte und versank dann in Schweigen.

„Marten", fing Anna wieder an und horchte für den Bruchteil einer Sekunde auf Stalin und auf ihre Grippe. Doch beide hatten sich völlig zurückgezogen. Sie war so klar, so konzentriert wie vielleicht noch nie in ihrem ganzen Leben. „Marten, was haben wir denn davon, dass er stirbt? Er ist ein Krüppel! Weiterzuleben ist für ihn eine viel härtere Strafe als zu sterben."

„Blödsinn!", fuhr Marten sie an. Es war offensichtlich: Er traute ihr nicht mehr. „Auge um Auge! Wenn er weiterlebt, dann war alles umsonst! Außerdem können wir Paul nicht am Leben lassen."

Anna stellten sich die Haare auf. Marten war dabei, den größtmöglichen Albtraum für sie zu inszenieren. „Du hast Paul in deiner Hand?"

„Keine Sorge, ich habe mich um alles gekümmert. Paul ist kein Problem mehr."

„Aber er wird verstehen ..."

„Nichts wird er verstehen!" Marten packte Fleischers Bein und zerrte an dem Gürtel. „Paul ist ein Esel! Er hat nichts kapiert. Er denkt, Gerechtigkeit und Recht sind dasselbe." Er hielt inne und starrte Anna an. „Aber wir beide, wir wissen es besser. Er hier ..." Sein Kopf zuckte Richtung Fleischer. „Er hat es uns gezeigt. Überdeutlich. Das Recht war auf seiner Seite. Wo es keine Beweise gibt, wo Aussage gegen Aussage steht, wo man sich vom eigenen Onkel, dem Polizeimeister, einen super Leumund geben lassen kann, da ist das Recht nichts. Weniger. Es ist ein Witz! Fleischer hat dein Leben ruiniert, und er hat seinen Neffen Steve gedeckt, als der mit seiner Gang auch noch Leo umgebracht hat. Alle sind sie davongekommen, weil Fleischer die Augen zugemacht hat. Aber jetzt ist das Spiel aus. Er hat lange genug sein gemütliches Leben gelebt."

Nein, dachte Anna. Fleischers Leben ist vorbei, wenn es vorbei ist. *Aber ich werde mein Leben nicht noch zusätzlich ruinieren, indem ich einen Mord an ihm zulasse.* „Sein Arm!", schrie sie und deutete mit der Linken auf das Opfer. Reflexartig wandte Marten den Kopf in die Richtung. Anna aber riss die Rechte hoch und stieß mit aller Kraft die Schere in Martens Richtung.

Marten schien die Bewegung aus den Augenwinkeln wahrgenommen zu haben und riss instinktiv den Körper herum, sodass Anna ihn nur an der Schulter streifte. Mit einem Aufschrei polterte Marten zur Seite und kam einige Schritte weiter Richtung Tür zu stehen. Noch im Wegtaumeln zielte er mit der Pistole in Annas Richtung und feuerte einen Schuss ab, der an der Felswand zerspritzte. Schockiert blieb er stehen und starrte Anna aus großen Augen an. „Was ... was hast du getan?", stammelte er. Fassungslos tastete er nach seiner Schulter. „Du hast mich verletzt."

„Tut mir leid, Marten", sagte Anna leise. „Aber ich kann dich damit nicht durchkommen lassen."

Marten nickte. Schaute von ihr zu Fleischer und wieder zu ihr. Hob den Kopf ein wenig, als müsste er verhindern, dass ihm Tränen aus den Augen liefen. Nickte abermals und hob dann wieder die Waffe. „Du bleibst da drüben stehen." Er trat beiseite und holte hinter der Tür einen Kanister hervor. „Schade", sagte er, während er ihn aufschraubte. Es fiel ihm schwer, den verletzten Arm zu bewegen. „Wir beide hätten ein schönes Leben leben können."

„Du und ich? Denkst du das wirklich?" Anna spürte, wie ihr der Schweiß ausbrach. „Wie hätten wir auf so einem Verbrechen ein Leben begründen können, Marten?" Zeit gewinnen. Nur Zeit. Während Fleischer neben ihr sein Leben aushauchte.

„Jetzt denke ich es jedenfalls nicht mehr", sagte Marten mit bitterer Stimme. „Ich habe mich in dir getäuscht." Mit dem Fuß stieß er den Kanister um, und Anna konnte sofort den Dunst von Schiffsdiesel und eine stechende Unternote in der Luft riechen. „Es wird ganz schnell gehen, Anna", sagte Marten. „Ich warte eine Weile vor der Tür, damit du nicht alleine bist, wenn es zu Ende geht." Er sah sie an, und Anna konnte seine Augen glitzern sehen. „Ich habe dich geliebt, Anna Krüger. Ich habe dich wirklich geliebt." Im nächsten Moment hielt er ein Päckchen Streichhölzer in der Hand.

„Sind Sie sicher, dass es hier ist?"

„Natürlich nicht. Aber es ist unsere einzige Chance."

„Es ist dunkel da unten."

„Ich habe Taschenlampen dabei." Sie gab ihm eine und knipste die andere an. „Los. Wir dürfen keine Zeit verlieren."

„Und dann? Was machen wir, wenn es stimmt?"

„Dann müssen wir entweder sehr klug sein oder kämpfen."

Er nickte. „Natürlich. Sie haben recht." Er machte ebenfalls Licht und ging voran, zuerst zögerlich, dann immer schneller. Die Katakomben waren in einem erbärmlichen Zustand. Er war seit der Schulzeit nicht mehr hier unten gewesen, wozu auch. Und schon damals hatte er sich gegruselt. Doch jetzt war es weniger die Angst um seiner selbst willen, als die Angst, dass all die bösen Geister seiner Vergangenheit wieder aus ihren Löchern kriechen und sein Leben kaputt machen würden, seines und das seiner ganzen Familie. Dann plötzlich eine Abzweigung. „Links oder rechts?"

„Sollen wir uns aufteilen?"

Die Frau war so mutig, viel mutiger als er. Aber jetzt ging es nicht nur um Mut, es ging darum, das Richtige zu tun. Eine falsche Entscheidung, und Anna Krüger konnte tot sein – wenn sie es nicht längst war. „Nein, wir teilen uns nicht auf. Zusammen ist unsere Chance viel größer, Anna zu retten."

„Gut. Dann links." Sie hastete voran, er beeilte sich, hinterherzukommen. Es roch muffig und klamm hier unten. Doch nach einiger Zeit mischte sich noch ein anderer Geruch darunter, ein beißender. „Feuer", keuchte er. „Irgendwo hier unten brennt es." Instinktiv sah er sich um, ob wohl der Rückweg abgeschnitten war.

„Ja", sagte sie, ganz außer Atem. „Aber nicht hinter uns, sondern vor uns. Der Geruch wird intensiver."

In der Tat merkte er das jetzt auch. Je weiter sie in die Tiefe des Felsens vordrangen, umso deutlicher trat der Geruch eines Brands hervor. Wenige Meter später begann sich auch die Sicht zu trüben. „Sollen wir wirklich weitergehen?", fragte er, nun etwas leiser.

Sarah Reiter blieb stehen und hielt auch ihn zurück. „Da kommt jemand", raunte sie. Aus der Entfernung war der sich bewegende Lichtkegel einer Lampe zu sehen. „Schnell, machen Sie Ihre Lampe aus.“ Schon hatte sie die ihre gelöscht und packte ihn am Ärmel, um ihn in die Nische einer Stahltür zu zerren, neben der sie zum Stehen gekommen waren. „Ich stelle ihm ein Bein, Sie schmeißen sich von hinten auf ihn, ich versuche, ihm die Lampe aus der Hand zu reißen“, flüsterte sie. „Und die Waffe, falls er eine hat.“

Er konnte nichts mehr entgegnen, der Lichtstrahl kam schnell näher. Ein Hustenreiz quälte ihn, der Qualm biss in den Augen. Das Poltern schwerer Stiefel war auf dem harten Boden zu hören. Dann, er hatte sich schon zum Sprung bereit gemacht, schwenkte die Lampe und leuchtete ihm direkt ins Gesicht. „Du?“, sagte Marten atemlos. „Was machst du hier?“ In dem Moment traf ihn der Schlag mit der Taschenlampe mit aller Wucht an der Schläfe.

Der Qualm war unerträglich. Anna riss sich die Jacke vom Leib und versuchte, die Flammen niederzuschlagen. Doch der beißende Rauch nahm ihr den Atem. Sie bekam kaum noch Luft, und sie spürte, wie ihr schwindelig wurde. In wenigen Augenblicken würde sie ohnmächtig, das war ihr klar. Dann war es aus. Für sie und für Fleischer. Sie würde mit ihrem eigenen Fluch in den Flammen ein Ende finden. Ersticken. An einem Ort unter der Erde. Helgoland würde ihr Grab werden. Und Fleischers. Sie würden beide zur Hölle fahren hier drin. Mit letzter Kraft schlug sie auf die Flammen ein. Schiffsdiesel ist eine zähe Flüssigkeit, die sich langsamer ausbreitet als Wasser. Eigentlich nicht brennbar, aber wenn man ihn mit Alkohol vermischte … Anna zog mit der einen Hand ihr Hemd aus der Hose und presste es sich vors Gesicht, während sie mit der anderen immer weiter gegen den Brand arbeitete. Die Flammen krochen auf den Kanister zu. Wenn sie ihn erreichten, würde er vielleicht explodieren. Eine Stichflamme war das

Mindeste. Sie musste unbedingt vermeiden, dass das Feuer zu seiner Quelle wanderte. Gleichzeitig musste sie immer wieder die Augen schließen, weil sie den Schmerz, den der Qualm ihr zufügte, nicht mehr aushielt. Die Hitze hielt sie wie eine Zwangsjacke fest, jede Bewegung war ein Kampf. Sie spürte, wie sich ihre Muskeln verkrampften, wie ihre Halsschlagadern hervortraten. Die Tür! Wenn sie ihre Pistole zu fassen bekam, konnte sie versuchen, das Schloss zu zerschießen! Die Pistole war in der Jacke. Warum hatte sie sie nicht gegen Marten gewandt! Die Jacke. Mit ihr schlug sie auf die Flammen ein. Wenn sie in den Taschen wühlte, konnte sie nicht mehr gegen das Feuer kämpfen. Aber nein! Marten hatte ihr die Pistole aus der Hand geschlagen! Sie musste hier irgendwo liegen. Doch Anna konnte kaum noch etwas sehen. Alles schien sich im Kreis zu drehen, Annas Gedanken fanden einfach keine Ordnung mehr. Der Kanister. Sie musste ihn … Mit aller Kraft stieß sie den Behälter zur Seite, um den Korridor des Brennstoffs zu unterbrechen. Es klappte! Sie warf sich auf den Boden und tastete nach der Waffe. Wie durch ein Wunder hielt sie sie nach wenigen schmerzhaften Atemzügen in der Hand. Halb besinnungslos zog sie sich an dem Tisch hoch, auf dem Fleischer lag, und schoss, kaum noch imstande, überhaupt das Ziel zu fixieren, auf die Tür, bis das Magazin leer war. Dann sank sie zu Boden.

TAG 15

Freitag, 12. Februar, 10:20 Uhr,
54° 11' nördliche Breite, 7° 53' östliche Länge,
Windstärke 5, West

DNA-Analysen hatten ergeben, dass an mehreren der untersuchten Gegenstände Spuren hafteten, die mit dem Erbgut von Marten David Weber, Polizeiobermeisteranwärter auf Helgoland, übereinstimmten. Hans-Peter Fleischer, Polizeimeister a. D., hatte die Verletzungen nicht überlebt, er war nur Minuten vor seiner Einlieferung ins Klinikum der Insel gestorben. Überlebt hatte entgegen allen Erwartungen Tanja Möring, 15 Jahre alt, Schülerin des James-Krüss-Gymnasiums, die bis vor wenigen Tagen im vierten Monat schwanger gewesen war. Trotz des immensen Blutverlusts und einer anschließenden mangel- oder zumindest lückenhaften medizinischen Versorgung, konnte sie im letzten Moment gerettet werden. Dr. Claus Strecker sah sich nach seiner Selbstanzeige einem Verfahren wegen gefährlicher Körperverletzung gegenüber sowie dem Entzug seiner ärztlichen Approbation. Katarina Loos hatte sich dennoch entschieden, auf der Insel zu bleiben. Dem Einzug in Dr. Streckers Haus hatte sie allerdings nur unter der Bedingung zugestimmt, dass das Behandlungszimmer im Keller aufgelöst werde. Bis dahin hatte sie ein Zimmer im *Haus Stewens* genommen. Zu ihrem Entschluss, Claus Strecker eine Chance zu geben, hatte ihr Besuch einer psychiatrischen Anstalt in Hamburg beigetragen, wohin sie noch am Dienstag mit der ersten Fähre gereist war. Das Gespräch mit der dort untergebrachten Barbara Strecker hatte alles bestätigt, was ihr der Arzt gesagt hatte: Die Ehe der Streckers war vor allem an den jahrelangen Belastungen durch schwere depressive Schübe zerbrochen,

Barbara Strecker hatte nach einem missglückten Selbstmordversuch alle Brücken zu ihrem früheren Leben abgebrochen.

Das Begräbnis von Pastor Willemsen war sehr berührend. Die halbe Insel war gekommen, die Trauernden reihten sich in einer langen Schlange ein, um ins Kondolenzbuch zu schreiben. Das Grab des Pastors lag nicht weit entfernt von Leos Grab. So fand Anna sich seltsam geborgen zwischen der Liebe ihres Lebens und dem vielleicht einzigen Menschen, der sie jemals verstanden hatte. Dennoch hielt sie sich mit beiden Händen an Pauls Arm fest.

„Schon beeindruckend, wie groß die Anteilnahme ist", murmelte Paul und nickte hinüber zu der Schlange. Der Wind fuhr durch sein dichtes, dunkles Haar, sodass er mit seinem Dreitagebart aussah wie ein kauziger, aber attraktiver Kapitän auf der Brücke.

„Ich kann das gut verstehen. Pastor Willemsen war ein guter Mensch."

Paul nickte. „Kannte ihn leider kaum."

„Und ich kannte ihn zu kurz", stellte Anna fest. „Danke, dass du mich zur Beerdigung begleitet hast."

Verwundert wandte ihr Paul das Gesicht zu. „Wie könnte ich nicht. Nach allem, was wir in den letzten Tagen gemeinsam erlebt haben, frage ich mich eher, wie wir in Zukunft irgendetwas ohneeinander machen sollen."

Anna lächelte. Was für eine schöne Idee, in Zukunft alles gemeinsam zu machen. Und was für eine hoffnungslose. „Och, du wirst das schon schaffen", sagte sie. „Schau nur, Strecker ist auch da."

„Dem steht jetzt eine Menge Ärger bevor."

„Nur weil es dumm gelaufen ist. Ich habe es ja selbst erlebt, damals, noch bei Wetke. Es war schrecklich. Aber aus heutiger Sicht bin ich froh, dass es geschehen ist."

Paul nickte. „Außerdem wären wir ohne Streckers Anruf nie auf die richtige Spur gekommen."

„Jedenfalls nicht schnell genug." Strecker hatte Paul angerufen und ihm von der Entdeckung erzählt, dass es diese alte Abtreibungsakte von Anna in seinem Keller gab. Paul hatte bei Sarah Reiter angerufen und sie gefragt, für wie vertrauenswürdig sie Anna hielt, womöglich war sie ja als Rachegöttin auf die Insel zurückgekehrt. Dann hatte er den entscheidenden Fehler gemacht: Er hatte Marten angerufen und ihm davon erzählt. Wenn sich herausgestellt hätte, dass Anna nicht hinter der Bluttat steckte, dann wäre es fast zwangsläufig auf Marten hinausgelaufen. Martens ganzer Plan war plötzlich in Gefahr. Also hatte er Paul aus dem Verkehr gezogen, hatte ihn bewusstlos geschlagen und in die Katakomben geschafft.

„Warum warst du eigentlich oben beim Funkturm?", fragte Anna unvermittelt.

„Marten wollte mich dort treffen. Er war mit seinem Hund draußen."

„Wissen wir, ob er hinter dem Ausfall der Funkanlage steckt?"

„Bisher bestreitet er es", sagte Paul und nickte einer Frau zu, die ihn freundlich grüßte.

Marten hatte Paul beseitigt und war dann hinüber zur Polizeistation gegangen, wo er Anna gegenüber behauptet hatte, er hätte nichts von Paul gehört. Als sie Pauls Handy suchte, war Marten plötzlich aufgetaucht: Tatsächlich hatte er sie fast die ganze Zeit über beobachtet. Nachdem er Paul „versorgt" hatte, hatte er sich wieder Anna zugewandt.

Sarah Reiter stand plötzlich neben ihnen. „Eine schöne Beerdigung. Der Herr Pastor hätte seine Freude daran gehabt."

„Ich finde, das ist eine seltsame Vorstellung", erwiderte Paul. „Aber vermutlich hast du recht."

„Und?“, wandte sich die Ärztin an Anna. „Hat das Rizatriptan geholfen?“

Anna nickte. „Ja. Das hat es. Danke. Tatsächlich ist der Schmerz seit einigen Tagen komplett weg.“ Dass sie einen solchen Satz jemals aussprechen würde, hätte sie sich in den letzten Jahren nicht träumen lassen.

„Vielleicht haben Sie durch die Ereignisse der letzten Tage auch einfach Ihr Trauma überwunden“, sagte die Ärztin. „Solche Fälle sind gar nicht so selten.“

„Daran hatte ich auch schon gedacht. Ich hoffe, Sie haben recht.“

„Das hoffe ich auch für Sie.“

Noch eine andere Frau stand plötzlich neben ihnen und lächelte Anna eher schüchtern an. „Schneider“, sagte sie und hielt ihr die Hand hin. „Die Sekretärin.“

„Oh, ja natürlich. Guten Tag, Frau Schneider.“

„Elsbeth, ich glaube, wir fangen jetzt nicht bei dir an, uns zu siezen“, erklärte Paul, und seine Lippen kräuselten sich.

„Anna“, sagte Anna und nahm die Hand, die sich weich und warm anfühlte, wenn auch ein bisschen kraftlos – so wie vermutlich auch ihre eigene im Moment. „Freut mich.“

„Mich auch. Schön, dass du da bist.“

Anna nickte. Seltsam, so hatte das eigentlich noch niemand gesagt. Dabei tat es so gut. „Und? Hast du die Krankheit überstanden?“

„Ja, Gott sei Dank. So eine Grippe habe ich schon Jahre nicht mehr erlebt. Da muss wirklich was besonders Gemeines auf der Insel rumgegangen sein.“

Wie wahr, dachte Anna. Sie betrachtete die Trauergemeinde. Viele ältere Leute. Auch ein paar Kinder. Sie entdeckte die Franzen-Zwillinge, die aus einiger Entfernung betreten auf das Grab blickten. Und ihre Mutter, Diana Franzen, die noch mal etwas weiter abseits halb verdeckt hinter einem Grabstein stand. Auch wenn sie eine Sonnenbrille trug, spürte Anna, wie sie plötzlich ihren Blick aufnahm. Einen Moment später straffte sich der Körper der Frau, und sie kam herüber, zwischen den Gräbern hindurch, an den Trauernden vorbei, zu Anna. „Das mit Ihren Haaren tut mir leid", sagte sie leise.

„Kein Problem", erwiderte Anna. „Die wachsen nach." Sie fasste an ihre Mütze und stellte fest, dass sie gut saß. Wer es nicht wusste, würde nicht erkennen, dass ihr das Feuer fast alle Haare vom Kopf gesengt hatte. Es war die einzige körperliche Verletzung, wenn man von einer Rauchvergiftung absah, die aber schon nur noch Erinnerung war.

„Was werden Sie jetzt tun?"

„Inwiefern?"

Die Frau nahm ihre Sonnenbrille ab. Die schönen Augen waren verquollen: Mehr Tränen als für den besten Pastor der Welt angemessen, dachte Anna. Diana Franzens Stimme war kaum mehr ein Hauch: „In Bezug auf Peter."

Peter Franzen. Der Mann, der mitgemacht hatte, der zugeschaut hatte, der nicht eingegriffen und es zugelassen hatte, dass die drei anderen Jungs ihr Leben zerstörten. Der sie gedeckt hatte und der ein schönes Leben führte mit allem, was man sich nur wünschen konnte. Einerseits. Der Mann, der bereute, seiner Frau alles gestanden hatte, der seinen Platz in der Kirche gesucht hatte und täglich Gutes tat, um seine Sünden zu büßen. Andererseits. Vor allem: Der Mann, der gemeinsam mit Sarah Reiter hinter Anna her in die Katakomben hinabgestiegen war, ihr gefolgt war, um sie zu schützen, dort unten, wo niemand wusste, welche Gefahren lauerten. Der gemeinsam mit der Ärztin Marten überwältigt, Anna aus dem brennenden Verlies gezogen und schließlich auch noch Paul aus einem Nebenraum befreit hatte. Und der plötzlich neben seiner Frau stand, in seiner Miene allen Kummer dieser Welt.

„Hallo, Anna", sagte Peter Franzen mit rauer Stimme.

Es fiel Anna schwer, das Wort an ihn zu richten. Doch sie konnte ihm in die Augen blicken, ja, das konnte sie. Einen Moment schwiegen beide. Dann erklärte Anna: „Ich gehe noch an Leos Grab. Kommst du mit?"

Schweigend ging Peter Franzen hinter ihr über den Friedhof. Sie konnte seine Schritte hören, er hielt Abstand, ob aus Rücksicht oder aus Scham, wer wusste das schon. Anna hatte ein paar Blumen ans Kreuz gelegt. Sie pflückte zwei verwelkte Blüten ab und warf sie zur Seite. Dann richtete sie sich wieder auf und starrte auf das karge Erdreich, mit dem Leos Leib bedeckt war. „Warst du dabei?", fragte sie schließlich den Mann, der in ihrem Rücken stand und schwer atmete.

„Als Leo starb? Nein."

„Als er über die Klippe stürzte."

„Nein, Anna. Ich war nicht dabei. Aber ich hätte auch dabei sein können. Es war reiner Zufall, dass ich an dem Nachmittag ... Es war reiner Zufall."

„Die drei anderen waren dabei." Sie blickte sich um. Peter Franzen nickte.

„Ja", flüsterte er. „Die anderen drei waren da." Er blickte auf und sah ihr in die Augen. „Und es war kein Unfall. Sie haben ihn absichtlich da runtergeschubst."

Anna sagte nichts. Es gab nichts mehr zu sagen. Sie hatte es gewusst. Jahrelang hatte sie nicht gezweifelt. Peter Franzen hatte es ihr nur bestätigt. Änderte das etwas? Nein. Er war kein Zeuge, er wusste nur, was ihm seine Kumpels damals erzählt hatten. Vermutlich hatten sie erst vor ihm angegeben und ihn dann unter Druck gesetzt, damit er nichts sagt. „Wer ...?", setzte Anna an zu fragen, doch dann schwieg sie. Steve war tot, Bernd saß im Rollstuhl. Lars hätte man noch belangen können. Aber wer würde ein Urteil gegen ihn sprechen ohne einen glaubwürdigen Zeugen? Es würde dich nicht mehr lebendig machen, Leo, dachte Anna und erkannte, dass sie bereit war, die Vergangenheit hinter sich zu lassen. *Wir beide werden immer zusammen bleiben. Aber was war, wird nicht mehr ungeschehen. Es gibt keine Gerechtigkeit für uns.* „Gehen wir zurück?"

Peter Franzen seufzte. Anna konnte Tränen in seinen Augen sehen. Mit einem kleinen Abstand ging er neben ihr her zurück zu der Trauergemeinde, wo seine Frau noch immer stand. Anna schenkte ihr ein kleines Lächeln. „Was hätte Pastor Willemsen getan?", fragte sie und ergänzte leise: „In Bezug auf Peter." Sie sahen sich an. Vergeben. Vergessen. Ja, vergessen, das vor allem wollte sie. Nie wieder an die Geschehnisse von damals denken, nie wieder an sie erinnert werden. Anna zog den Reißverschluss ihrer Jacke auf, nahm die Kette ab, die ihr der Pfarrer geschenkt hatte, und legte sie in Peter Franzens Hand. „Hier", sagte sie. „Nimm sie als Zeichen, dass ich dir verziehen habe."

Peter Franzens Hand zitterte, als er die Kette nahm. Er atmete schwer, senkte den Kopf und sagte leise: „Danke."

Anna versuchte ein Lächeln. Pastor Willemsen hatte recht gehabt. Sie musste an seine Worte denken: Wenn du nicht Frieden mit der Vergangenheit schließt, wird deine Gegenwart immer Krieg sein, ein steter innerer Kampf. Es wird nie aufhören. Ja, nun wollte sie Frieden schließen. Sie würde auch ans Grab ihrer Eltern gehen, das nur ein paar Meter entfernt lag. Sie würde es nicht für ihre Eltern tun. Auch nicht für Pastor Willemsen, sondern allein für sich. Sie wandte sich um zu den Gräbern auf der anderen Seite des Friedhofs. Und Stalin zückte das Stilett.

ANMERKUNG

Helgoland ist ein schöner und erstaunlicher Flecken Erde. Die Insel liegt weit draußen in der Nordsee, klein, verletzlich, den Naturgewalten ausgeliefert. Auch wenn die Orte und Umstände dieser Geschichte genau recherchiert sind, habe ich mir manche dichterische Freiheit erlaubt. Die handelnden Figuren sind rein fiktiv, Ähnlichkeiten mit lebenden oder toten realen Menschen wären rein zufällig.

Besonderer Dank gebührt Polizeioberrat Alfred Geyer, Regina Nissen und Prof. Dr. med. Wolfgang Wagner, die mir für Fragen und als Testleser zur Verfügung standen, sowie Thorben Buttke für sein kluges und unbestechliches Lektorat.

Tim Erzberg, 2016